.

邱华栋——著

大鱼、小鱼和虾米

Big Fish,
Small Fish
and Shrimp

百花洲文艺出版社
BAIHUAZHOU LITERATURE AND ART PRESS

图书在版编目（CIP）数据

大鱼、小鱼和虾米 / 邱华栋著. –– 南昌：百花洲
文艺出版社, 2024. 12. –– ISBN 978-7-5500-4703-7

Ⅰ . I247.5

中国国家版本馆CIP数据核字第2024HY6077号

大鱼、小鱼和虾米

DA YU, XIAO YU HE XIAMI

邱华栋　著

出 品 人	陈　波
策划编辑	陈　波　朱　强
责任编辑	罗　云　钟力津
美术编辑	方　方
装帧设计	纸　上/光亚平　万　炎
插　　画	雷子人
制　　作	何　丹
出版发行	百花洲文艺出版社
社　　址	南昌市红谷滩区世贸路898号博能中心一期A座20楼
邮　　编	330038
经　　销	全国新华书店
印　　刷	浙江海虹彩色印务有限公司
开　　本	889 mm × 1230 mm　1 / 32　　印张　14.625
版　　次	2024年12月第1版
印　　次	2024年12月第1次印刷
字　　数	320千字
书　　号	ISBN 978-7-5500-4703-7
定　　价	85.00元

赣版权登字　05-2024-191

邮购联系　0791-86895108
网　　址　http://www.bhzwy.com
图书若有印装错误，影响阅读，可与承印厂联系调换。

目　录

鼹鼠人

城市，你观察它一般有几个角度。你可以站在地面上去观察它，你还可以飞到高空中去观察它，这时候它完全是大地之上的地衣，漫无边际地向四周漫延。此外你还可以从地下看它，如果你有一双透视一切的眼睛，你会透过城市的水泥和沥青地表，从而发现它的秘密。向下看去，城市的地下有着数不清的管道和隧道，有着蛛网一样错杂的地下电缆和地铁系统。站在一座城市中，你向上看、平视以及向下看去，将看到完全不同的景观。

我就很少看到一座城市的下面，我一直没有获取这样的机会。在城市中，我一般总是平视和向上看。平视我一般是为了看人，看行走在城市中的人和迎面而来的车辆。如果是向上看，那么我一定是对一座摩天大楼发生兴趣了。不知道你注意到没有，那些擦拭摩天大厦的幕墙玻璃的清洁工（我称之为蜘蛛人）总是城市之中一道十分亮丽的风景，我一般向上看绝不是为了看天空中的白云，我就是为了看蜘蛛人的，我担心他们会从升降机上或者是悬索上掉下来摔死。从那么高的地方掉下来摔死一般连骨头都会给摔碎了，这样人看上去就像是一张煎饼，你去抬起他的时候他软软的，瞪着悲哀而混浊的眼睛无力地看着你。我一般看到正在工作的蜘蛛人时总是想象到这些。

但是你平视的时候，你经常就会变得心烦意乱。因为很多人，他们比你高或者比你矮，他们像潮水一样地向你涌来，他们总是充满了你的视线让你无从躲避，他们不停地涌动着，只要你走在大街上，你的目光就将被他们完全占据。

我获取了一个观察城市地下的机会是缘于一次爆炸。那次爆炸很可怕，它几乎将一条小街道都给掀翻了。这次爆炸的原因是地下煤气管线漏气，因而发生了爆炸，这次爆炸简直就像是给一条街剖开了肚子，露出了城市肚腹的秘密。我经过的时候那里仍旧十分危险，破裂的煤气管道咝咝地喷着煤气，消防人员在紧张地疏散着人群，我逆着惊慌得如同狂乱水流般的人群挤到了爆炸现场。在我的面前一片狼藉，沥青路面被从下面剖开了有四十多米长，各种管线都暴露了出来，地下排水系统也被炸坏了，从而使排水不畅，污水急骤地开始聚集，使我目睹了人类污水的全景图。它的各种内容在水的聚集中上下翻腾，令人恶心不已，而且一刹那间我还看见一个不足月的灰白的死婴在污水中盘旋，恶臭在漫延，我后来仓皇地逃离了那里。

一座城市的地下有着城市的另一种秘密，我以为。比如在污水中翻腾的死婴，他的产生和被抛弃有着什么样的传奇？再比如污水中的各种人类的排泄物，它们都是在什么样的情景下产生、经由什么样的渠道，最后都汇聚到污水管中的？人为什么要把它们都排到深深的地下去，从而让它们在黑暗中渗透与消失？自从触目惊心地看到了城市地下的复杂面貌的一角之后，我总是做一个噩梦：我就像是那个死婴，从马桶开始，进入了黑暗的地下污水之中漂流。整个过程无比漫长，我从一条细小的管道开始，继而进入稍大一些的管道，与其他的污水中的各种污物相汇合，然后汇入更为巨大的排水管，就像是在地下暗河之上漂流一样，在黑暗的污水中浮沉，并毫无目的地向前浮动。

<h1 style="text-align:center">二</h1>

我是一家报社的记者，这个职业总是使我得以了解到最新发生的事件的真相。但是今天发生了一件让我感到奇怪的事情，我收到了一封信。这封信是用左手写的，它没有贴邮票，但它准确无误地躺在了我的桌子上。信封是用一种再生纸自制的，没有厂标和印量。我一开始以为是同事的留言，但我打开来才发现不是。这封信似乎就是一个陌生人给我写来的。

你好！

收到这样一封信，你会感到奇怪的吧？连我也会感到奇怪，为什么会给你写信。但我从报纸上知道，你是一个非常关心城市命运的记者和作家，你对城市、对人类当代生活的这样一个大沤粪池非常感兴趣。我也对城市感兴趣，但我认为人们为了满足自己的欲望，在大地上建立的这种巨型积木正在毁灭我们自己。别的不说，你说一座城市每天要制造出多少垃圾？要耗掉多少度电？要涌来多少人群？要使多少人死于空气污染？对城市，我同你的看法不同，宝贝儿。而且说实话，首先我就对地铁感到厌烦，因为它吵着我了，它让我觉得吵，它干扰我了。我就想告诉你这个。此外我还有很多其他的想法要一点点地和你交流。交流总是有乐趣的。我缺乏交流，但我总是对的。

这封信既没有开头对我的称呼，后面也没有具名。字写得歪歪扭扭，可以看出它就是用左手写的。但我发现，信纸竟是这座城市于1973年生产的！因为那种双行红线格的信纸格式今天已很少见了。而且墨水的颜色也比较奇怪，它既不是碳素墨水的那种黑色，也不是纯蓝、蓝黑和红色墨水，而是一种紫黑色，像是一种血液凝固后形成的那种颜色。我用鼻子闻了一下，一股奇特的臭气向我扑了过来。

在这样一个空气新鲜、阳光灿烂的早晨，我心情愉快地翻检信报，我收到了这样一封信。我皱起了眉头。我把脑袋探出小隔间，环视四周。同事们都在忙碌地走来走去，一排排电脑非常整齐，一些电脑开着，有的人在打字拼版，这一切和过去每一天都一样，没有什么十分特别的感觉，但我却多少觉得有些不对劲儿。

这种不对劲儿就是这封信带来的，它有些奇怪，甚至还散发着奇特的味道。它朴素、古老、僵硬但还有一种咄咄逼人的警告。我一开始把它想象为是一个同事的恶作剧，但是，这封信却并没有明显的圈套让我往里钻，那么，它是什么呢？

重要的是它是如何躺在了我的桌子上。当然，信封上写着我的名字，可没有贴邮票，没有邮戳，没有写信日期，也没有署名。一个精神病患者的来信。就是这样的。但它又是怎么躺到我的桌子上的呢？

我去询问了信件投递者。这是一个年轻人，他拿起信封看了一下，准确无误地说："这封信是我放在你的桌子上的，连同其他的东西一起。这封信一大早就放在门内的大桌子上，它不是通过邮局寄来的，它是某个人放在我分发信件的桌子上，叫我直接投给你的。"

我回到了我的工作间，我决定不再去想这封信。毕竟，它说了一些不着边际的废话。我立即开始忙碌起来。在城市中，信息的聚集与发散也是它的功能之一，我就不幸生活在各种信息的洪流中。在这种意义上讲，我就每天得面对信息的大海。我打开电脑，看着我收到的电子邮件，我进入国际互联网，在网上漫游了一会儿，我又打开新华社和中新社的稿库，看了看新发来的消息。我还查看了深沪两地股市的交易情况，抛掉了一只上涨的股票，我又给在美国哥伦比亚大学读书的女友发去了一封电子邮件。最后，我开始调用各地的记者站发来的新闻，开始做第二天的报纸版面。

这种工作是紧张而又愉快的。我很快就干了一个上午，中午吃饭时间到了，我去三楼餐厅吃工作餐。我端着我的托盘走向几个同事，坐下来聊天，一边吃饭一边谈论起最新的经济走势。我吃到一半的时候，我的寻呼机响了起来，我打开来一看，这是一条新闻短信息。我们每一个要闻版记者都有一台这种寻呼机，上面有一条让我震惊的消息：

地铁系统中午11时8分突然瘫痪，供电系统出了故障，发生一死五伤事故。

我愣住了。我放下了筷子，猛然想起了上午我收到的那封信，我站起来就向楼下跑去。

三

整座城市的地铁系统瘫痪了一天一夜，但仅这一天一夜已经使A城的旅客运输发生了严重的运力紧张。几乎所有的公共汽车、大巴和小巴中坐着的都是人。我是在事件发生后不久，也就是在我的新闻寻呼机告诉了我消息后的二十分钟内，赶到了最近的地铁站。在那里，很多面色苍白的人像是刚刚从地狱中爬出来一样，神情紧张地走出了地面。我拦住了一位中年妇女进行采访。

"突然之间，地铁列车车厢内的灯就全灭了，列车也一下子停在了黑暗的隧道中。连列车司机也不知道发生了什么事，他们十五分钟后才告诉我们真实情况，是地铁的动力系统发生了故障，也就是说，停电了。他们正在与地面联系，叫我们不要慌。但是在一片黑暗之中，有谁会不慌呢？一些男人用打火机照亮，一闪一闪的，车厢内人非常多，门打不开，空气越来越闷。我忽然觉得，这一刻我就像被装进了一口棺材里，根本没办法从里面出来。那种惊慌人人都有，慢慢地大家都受不了了，开始咒骂列车人员。有人用肩膀撞门，门不开，三十分钟过去了，没有任何动静。车厢内的空气更加沉闷了，忽然，'哇'的一声，传来了婴儿的啼哭声。我一听就知道，有一个婴儿在车厢里出生了。上车的时候我就注意到有一个孕妇，她人很瘦，但眼睛奇大，又漂亮，肚子很高，像是要生儿子的，安静地坐在那里，但这个事故发生后，她可能是出于紧张，一下子把孩子生了出来！婴儿啼哭的声音太过突然，大家都愣住了。有大夫吗？我高声喊，有大夫吗？有人生孩子了。没有人应答。但有人开始砸门，因为车里太闷了。这时，门突然开了，列车广播告诉大家，请大家不要惊慌，下车后沿着铁轨走，不要去碰触铁轨，步行出去。人群更加骚动了，咱们把孩子母亲抬出去！有个男人喊。……后面的事我都记不太清了，总之我非常害怕，我们一个接一个地在黑暗的隧道中向前走去，前面一点儿光亮也没有。我们照明就靠打火机点燃的报纸。地铁司乘人员走在最前面，他们大声地叫人向后一个个地传话，说不要慌。可谁会不慌呢？我就感到慌乱极了，我们尽量不出声，一直沿着铁轨向前走。这真的就像是走在地狱里一样，我们在黑暗的地铁隧道中走了一公里，才到达一座站台，整个被困在地下的时间大约有一个小时，这一个小时是最难熬的了。不过，一路上都有那个婴儿在茁壮地啼哭着，声音非常响亮，就是这个婴儿的愤怒啼哭让大家有了勇气，得到了安慰，我们才得以从地下爬出来。"这个中年妇女神色稍稍缓和了一些。

"那个母亲和她的婴儿呢？"我问她。

"刚才已被站台的工作人员送到医院去了。那个母亲失血过多，又受了惊吓，也不知有没有危险。"

我谢了那个中年妇女，继续向地铁站内走去。站里仍旧有人不停地向外边冒出来，就仿佛地下突然开始生产人类了，他们层出不穷地向外涌现。这使我想起来美国诗人庞德有关地铁车站的那首诗，"人群中许多面孔的突然闪现／一个枝条上许多湿漉漉的花瓣"。是的，这一刻我逆着人群的水流向前走，我看到了很多张脸、各种各样的脸，他们真的像是一个枝条上许多湿漉漉的花瓣，而且是一些极度惊慌和恐惧的花瓣。

我又采访了一些人，我想我的报道一定要引述很多亲身经历者的目击感受。后来我找到了地铁总指挥部，他们正在进行紧张的疏散人群工作。"就是地铁动力系统出了故障，也就是说，电源被切断了。我们正在查找事故发生的原因。我们会尽力尽快地恢复秩序的。"地铁抢险总指挥告诉我。

"请告诉我伤亡的情况。"我问。

"有两个人死了，受伤达十七人。两个死者一个死于推搡拥挤，他的大脑撞在了铁轨上。另一个死者是个产妇，她大出血，刚刚死在救护车里，这个消息是刚刚传来的。受伤的十几个人伤都不重，都是在地铁隧道中向外走时受的伤。"

"为什么非要叫大家向外走，而不抢先将动力系统修好？"我问。

"因为我们找了半个小时的事故原因，也没有查出来为什么断电了。"总工程师十分沮丧，"也许是这座城市的地下管线太多、太复杂了。我们还在继续查找。"

第二天上午，我又收到了一条新闻讯息，说是地铁系统又正常运营了。我打电话采访那个头发花白的老工程师。"……说实话，是地铁系统自动恢复了动力系统，也就是突然地，电又来了。地铁又可以开动了。我想……想不出这是为什么。这个你们不能报道，无论如何，地铁停运二十四小时，又再次开通了。这就够了，对不对？"

挂断电话，我望着桌上那封没有署名的信。我相信这个人的话了。这个写信来的人肯定不是疯子，他是一个极其聪明的人。也许还是个女人。总之，他只是做了一个警告，向城市进行了一次小小的示威。他是有这个能力的。这是一个极其可怕的人吗？仅仅因为地铁吵，就要破坏地铁，造成两死十七伤吗？要不要向公安局报案呢？我苦苦地思索着。我隐隐约约地觉得，这个人还会和我联系的。也许他还会干出其他惊天动地的事来，但他一定会和我联系的。因为他说他"缺乏交流"，可见他比较孤独，他有想法，但也许正在孤独和疯狂的边缘徘徊。我期待着他和我联系。

四

第三天早晨，我来到了办公室，打开电脑，上面有电子邮件发来的指示灯在闪烁。我打开电子邮件，只有一句话："请看你的抽屉。"

我打开了抽屉，一眼就看见里面又有一封信。信封和上一次一样，我按捺住狂跳不已的心情，撕开信封，把信纸——这次是1968年生产的一种黄色信纸，我读了起来：

你好！

我让地铁系统瘫痪了一天，这样我就睡了一个好觉。因为我总是觉得吵。在我身边，到处都是声音。那些声音搅得我不得安生。那些声音有盖大楼时的打桩声、地铁飞驰而过的呼啸声，还有其他各种声音。城市就是发出各种声音的集中场所，它总是吵我。于是它惹怒了我，我就让地铁系统瘫痪一天。我是有能力的，对不对？我有不少想法想和你交流，比如我认为现在的医院实际上是一个假性屠宰场，我看到了医院的下水道系统排出的污水，里面的内容是非常丰富的，甚至还有被人割下来的各种废弃的器官，它们大多数都有问题，人们不再需要它们，可为什么都要通过污水排到地下？它们太多了，它们也太脏了。医院就是一个屠宰场。另外，你对中关村刚刚举办的高科技国际周怎么看？有那么多的电脑和高科技专家都汇聚在那里，向人们展示出了最新的高科技产品。我也去看过，见过他们，并索要了他们的地址。你猜我对这些家伙怎么看？他们都是疯子，正在把人类引向更为疯狂的地步。电脑，一种多么可怕的东西！它像监视器一样爬进了每一个人的家庭，然后向你们散布垃圾信息，电脑把人带入了一种速度，这种速度太快了，不适合人类。我准备惩罚他们。我听说有一个美国人惩罚过他们。但这个美国人被判了刑，并给关了起来，人们都说这个叫卡辛斯基的人是个疯子，实际上他最清醒。人类已进入水火煎熬之中，这是毫无疑问的。我们被电脑、航空航天工业和生物技术带入了一片可怕的境地。我要惩罚这些人。不过，到时候我恐怕还要请你帮忙呢，因为借你的笔和版面，你可以把我有关人类目前处境的思考都表达出来，但是现在不，现在我只是和你进行一点儿交流。我现在还不能给你发表你言论的机会，因为时机不成熟。我不能和你见面，但我会经常和你联系的。我静静思考了五年，现在，我决定出山了。

这封信照旧没有署名，墨迹很浓，像一种油漆漆上去似的，我闻了闻，闻出了那种类似淤泥一样的臭味儿。但是这封信是如何到我的抽屉里的呢？我仍旧无法想通。我又面对电脑，想要查看一下电子邮件是从何处发来的，但是电脑屏幕上显示出发信人并不想让我知道从何处发来的讯息。我查不到它是从哪里发来的。我在苦苦思索着。毫无疑问，这个向我写信的人是城市中的一个偏执狂、一个冥想者，他躲在这座城市的某个角落里向我写信。他说他思考了五年，现在终于决定出山了是什么意思？这句话的意思难道不是他要制造一些骇人听闻的事件吗？他要惩罚那些电脑专家，他会如何去惩罚他们？他会像卡辛斯基那样向他们寄邮包炸弹吗？想到这儿，我不禁有些紧张。我们的高科技产业才刚刚起步，我们的电脑专家还非常稀少，他会对他们怎么样？从他制造的这起地铁瘫痪事件来看，他已经是一个罪犯了。

我希望我能够和他取得联系。但是看来他现在还不想和我联系，因为他给我发来了电子邮件，但并不想让我知道他的网址。我又去问了一下信件收发员，他告诉我他这一次没有见过这样一封信，也没有向我的抽屉里放过信。那么，看来这封信是他亲自送到我的办公室里来了。想到了这一点，我不禁有些毛骨悚然。

在我们报社的编辑中心电脑工作平台里，一百多台电脑分成了十几排。现在，这些电脑都打开了，很多记者在电脑前忙碌着。但我就是觉得有些不对劲儿。是的，是有些不对劲儿。有人已经给我发来了两封信，但我还不知道这个人是谁。毫无疑问，他已经开始了他周密计划的一部分，他已经先走了一步。已经死了两个人了，他还会让多少人死去？在整个事件中，我在扮演什么样的角色？我又有什么作为？他为什么只选择了我作为他的对话者？这对我有危险吗？我会遇到什么样的危险？生命危险吗？

我坐在电脑前开始给他写信：

不知名的朋友：

　　首先感谢您对我的信任，是的，您是信任我的，要不然，您不会给我写信，告诉我您的所思所想。我看了您的信，觉得有必要给您写一封回信。我同意您的部分观点，比如城市，尤其是大城市都有城市病，全世界所有的大城市都有环境污染、交通堵塞、吸毒卖淫等病症。但是，正如再健康的肌体都会有病症，城市也不例外。城市化与城市生活是我们走向现代社会的必由之路。另外，高科技加快了我们生活的步伐，加速了信息甚至是垃圾信息的传播，但它使我们进入了一个人类文明共享的信息世纪。这是人类的美梦！它正在变成现实。在今天，发达的交通与信息高速公路、商业外贸流通和金融、服务业使我们很快地享用到了人类在今天创造的各种文明成果，虽然这种高速度的发展也有很多负面的东西，但发展仍是人类的主题。我想电脑专家们干的正是为了人类更好地发展的事业，他们是这个时代的弄潮儿。

　　我认为您已经犯下了破坏公共设施罪，因为，您使地铁系统瘫痪，造成了两死十七伤，其中还有一位刚刚生下了孩子的妈妈，您这是犯罪。我想，您为什么不去向公安局自首呢？这可能会使您获得宽大处理。我同时不希望您"惩罚那些家伙"，否则，您会走得太远的。我们为什么不找个机会坐到一起，一边喝咖啡一边好好聊聊？也许那样我们会交流得更好，因为交流毕竟是双向的，在您向我表明态度和看法的同时，我也应该向您表明我的看法，这样我们的交流才会有效果。

　　此外，我对您是如何将信送到我的办公室的一直持有浓厚的疑问，因为我们的办公室白天大家都在忙，到了晚上又有保安值班，您是怎么样把信放到我的抽屉里的？您可以告诉我吗？

您的朋友×××

　　我写完了这封信，把它打印出来，装进一个信封，上面写"不知名的朋友收"。我把它放到了我的抽屉里。我希望他能取走它。但是接连几天，它都在那里，而且什么事也没有发生。一周后的某一天，我又来到办公室，打开抽屉，发现那封信不见了！

五

　　是的，我写给那个人的那封信不见了。看来是他拿走了那封信，是他亲手拿走了那封信，可是，他是如何来到我的办公室的？他又是怎样消失的？而且，他也没有给我留下只言片语。在那封信消失的日子里，我希望他不久就给我回信。我也忽然从内心深处产生了一种交流的渴望，我想和他谈话，和他见面。我发现我的内心之中已经产生了一种恐惧，就是我忘不了他在信中告诉我的，他要惩罚电脑专家和电子专家来的。但是，大约过了一个月的时间，我既没有收到他给我写的信，也没有任何关于电脑专家遇害的消息。我开始密切地注意这方面的动态。在报社，我已变成了一个心怀秘密的人，我现在还无法将我所遇到的事告诉同事，我必须独自去面对他，面对这个人。

我甚至还担心我给他写的信中的措辞他不能接受，比如我认为他在制造地铁瘫痪事件中已经犯了罪，他会承认吗？毕竟有死有伤，这一切又都是他造成的。他又会如何报复我呢？毕竟，从平时看到的很多西方电影里我们知道在现代文明生活中变得疯狂和危险的人是非常多的，但当他有一天出现在中国的大地上，出现在我的身边时，我多少还是感到吃惊。

我每天翻阅《法制晚报》，有一种直觉迫使我经常去翻阅它，我要从每天发生的凶案上去发现蛛丝马迹。又过了十天，我终于从这张报纸上读到了我所关心的消息：

著名电脑专家何梁尸体被发现

（本报讯）记者姚小娜今日上午10时报道，已失踪22天的电脑专家何梁的尸体在通恩河的入口处被发现。经尸检后法医认为，尸体距死亡时间已超过20天，尸体已高度腐烂。何梁是我国著名的电脑高科技专家，由他领导开发研制的电脑软件已占领了我国电脑软件市场的28%，他生前担任河海集团公司的执行董事和科技部总经理。何梁现年42岁，有一个女儿还在念高中。法医认为，何梁一向有忧郁症，不排除有自杀的可能性。但是他死时肺部没有任何藻状泡沫，说明他在死亡时尚没有入水，尸体发现的地点并不是案发地点，他杀可能性更大。何梁之死是本市高科技产业一重大损失。通恩河目前正在治理，而何梁的尸体是在一个废水排污管道口发现的，详情有待记者进一步报道。

我拿住这张报纸愣住了。我猜想这一定是他干的。他不给我回信，但他仍要干他想干的事。当然，这仍需要进一步确认。我有些发呆，我想我正在一步步地陷入一个麻烦。我正在发呆之际，我的电脑屏幕上又在闪现有电子邮件发来了。我赶紧收看它。

你的信我收到了，但我目前还不想和你见面。时机并不成熟。不过，我已经出山了，我要干的事谁也拦不住。我准备送你一个礼物，一个礼物。

我立即查阅这封电子邮件是由哪里发来的，但是查不到，发信人不想让我知道。他说要给我一个礼物？给我一个什么礼物？是死亡吗？我笑了一下，这我不怕。我很小的时候就见过死，我六岁的时候父亲死于一次车祸，他血肉模糊的尸体我除了感到亲切，当时并没有强烈的感受。死不是生的对立面，死是与生共生的。不过我可能是想得太多了。眼下我要做的选择是，我是否应该到公安局去提供这一线索？我这样做的话，会把我置于何种危险地步？我算是一个告密者还是有功的举报者？

"你是说这都是由一个疯子干的？"马文利探长看完了我

交给他的两封信说。我来到了公安局，把那两封信交给了他。这座城市的刑警制度刚刚进行了改革，已实行了警长制和探长制。马文利就是接手调查何梁之死的探长，他的助手是一个非常漂亮但却冷冰冰的女警察。"那次地铁瘫痪的原因后来查明与一个司机撞倒了一处高压变电器有关。而这何梁之死，没有证据表明他确实是他杀，他还可能是自杀。"马文利对我说。

"但每一次都是我先收到了他的信后，这些事件随后就发生了。想想美国电影中的一些疯子吧。他就是这样一个人！"我有些激动地大声说。

"你提供了非常重要的线索，我们要密切注意这个人的动向，我们要找笔迹专家去查证这个人的笔迹，我们要去找指纹专家确认信纸上的指纹，再从户口档案中查检就可以找出这个人。年轻人，谢谢你！"马文利站了起来。

"那我接下来应该干些什么呢？"我有些拿不准地问他。

"以静制动，在没有证明这些事件都与他有关系之前，你仍应和他保持联系。要有紧急情况，立即拨这个号码，我们会很快赶到的。"马文利拍了拍我的肩膀。

回到大街上已经是夜晚时分了，城市夜晚的繁华让我觉得亲切。毕竟，这是我所生活的背景之一。我一边浏览着街头广告，一边向家中走去。可这时，我忽然决定到报社去看看，我想去看看那个人给我带了一件什么样的礼物。我就来到了报社的写字大楼。这是一幢五层高的大楼，我向门卫打了个招呼，乘电梯缓缓上楼。在我们的编辑记者中心，门口仍有一个勤杂工在工作。我说我要赶发一个急稿，叫他打开门。我走了进去，里面是黑的，但我立即听到里面有动静。我打开灯，电灯一排排亮了，我看见有一个人穿着一身黑，影子一闪就从距我四十米外的另一个出口出去了。也许正是他！我赶紧追了上去，在楼层上上下下找了几遍，也没有发现有人。

我沮丧地又回到了我的小隔间，我的目光触及的东西让我吓了一跳。有一个玻璃缸放在了我的桌子上，里面有一个不足月的死婴正在里面漂浮着！

我立即明白了这就是他送给我的礼物。他送给了我一个死婴！还有一封信，是的，桌子上还有一封信。一样的信封，一样的字迹，但送信人却像鬼影子一样消失了。我拿起了那封信。但这个时候，那个勤杂工走了进来，他看到了我桌子上放着的那个死婴标本，惊得目瞪口呆。

"把他赶紧扔掉，这事儿你不要对任何一个人说，一定要替我保密。"我叮嘱那个勤杂工。他用力点了点头。我收起那封信，起身走了。

六

……收到这样一件礼物，你是觉得吃惊，还是觉得好玩儿？但是我想，你应该喜欢他。他是一对男女在激情中的产物，他被抛弃了，他没有足月就死了，但他是美丽的，我这种说法不知道你能不能够接受。你仔细地看看他，他有着我们人全部的优点和缺点，他就是你和我小时候的模样。他现在一动不动了，但他多美呀！我是在一条污水沟中发现他的，当时他正在漂浮。没有一个人看见他，我看见了他，因为他正在顺流而下，流向更黑暗的地方，流到城市地底下那五花八门而又曲径通幽的管道中去腐烂。但是我发现了他，我截取了他，我对他非常怜惜，我认为也许可以把他制成美丽的东西，把他装在酒精溶液里拿给你做礼物。我很难给你别的礼物，我于是就给了你这件礼物，请别见怪。

你在上一封信中谈到了电脑时代和信息世纪。是的，人类正在被技术的不断进步强有力地塑造着。汽车、电视、电灯、微波炉、化纤产品、高速公路、飞机……这些东西把我们带向了一个新时代。但是有些东西没有变，比如人性，成年人还是那么贪婪。我们改变世界的速度总是快过改变我们自己。我们这个时代，电脑专家成了时代英雄，但他们要把我们带到何处，连他们也不知道。我们把这些人称为时代英雄有多么可怕！而我也懂电脑，大学时代我学习的就是计算机，我对这玩意儿太了解了。它是一种工具，它不是可以带领我们真正走向幸福的通道。我不喜欢电脑专家们，我决定……惩罚他们。如何惩罚你就不要管了。

你称我已经犯了罪，对于这一点我并不能苟同。是的，我使城市地铁系统瘫痪了，并且使两个人死了。但他们的死，真的与我有关系吗？如果没有地铁瘫痪，他们也会死于别的意外，同样会死于产床和死于磕碰跌跤（我也看报纸，不过我一般要晚几天才能看到报纸）。他们总会死的。我这样说并不是蔑视生命，我是尊重生命的。可大多数人都蔑视生命，比如这个死婴，他难道不是蔑视生命的结果吗？现在的社会被一些互相勾结的政客与企业精英控制，全人类的精神被扭曲，我们正处于一种大混乱当中。我希望有一天我要正式发言，促使人们对这种混乱进行思考，从而使我们进入一种新的自然状态。我已经开始行动了，我要让所有的人知道我的想法！

我把这封信读完了，我确信何梁是他杀的。我有这样一种直觉。而且，他还会再去干掉别的一些电脑专家。我想我应该向马文利探长发出警告。我来到了报社，正要给马文利打电话，我发现我的电脑上有电子邮件，一个大大的"E"字在闪动，我接收了它。

喜欢我的礼物吗老K？

我立即查了一下网址，这次他有网址，我们可以进行网上交谈了，我立即打了几个字：

我：不太喜欢，因为有一次下水管道被煤气爆炸掀开了，我曾经见过一个死婴。

他：是这一个吗？

我：不，不是，也许是，你这是恶作剧。我想直截了当地问你，何梁先生是你杀的吗？

他：是我杀的，因为他是一个顽固的家伙，我本想约他谈谈，可他不同意我的观点，我就杀了他，我说过我要惩罚这些家伙。

我：你的下一个目标会是谁？

他：我知道你已经告诉警察了，你一定把我写给你的信拿给他们看了，不过我不怕，因为他们抓不到我的，我在暗处，他们在明处。

我：你有些疯了，能不能停止你的行动？

他：不，不可能。因为我要把他们好好惩罚一下，他们是工业社会的精英，也是人类邪恶力量的罪人。

我：他们不是罪人，他们正在用高科技使祖国经济振兴，你已经在犯罪的路上走出去好远了。

他：从更远的历史来看，这些精英与政客联手，让人们变得疯狂。

我：你在哪里？我能见你吗？

他：不，不行，还不到时候。

我：你不信任我？

他：但也谈不上不信任你，我说过我缺乏交流，我需要和你交流，但现在不行。

我：难道你要把你想杀的人都杀光才要和我交流吗？你

必须停下来。我承认我已给警方提供了你的信件，他们已开始搜寻你了。

　　他：他们找不到我。

　　我：为什么？

　　他：因为我不是你们世界中的人。

　　我们交谈到这时，他突然中止了谈话，消失了。我记录下了当时的谈话，我把它们打印了出来，立即去公安局找马文利探长。

七

　　"你说得对，他是有重大嫌疑的。我们立即去查证一下那个电脑网址！"马文利看完了我提供给他的打印件，高兴得跳了起来。我们立即在公安局的电脑中心查出了这个网址的主人，是一家房地产开发商的网址。这家公司正在参与本市地铁三号线的建设。

　　马文利经过调查，发现这个网址在公司中并没有被人用过。该房地产公司在那个时间中并没有开启这个电脑网络。线索又中断了。

　　"这是一个十分狡猾的家伙。"回到公安局，马文利沉思着，"他不会傻到把自己的网址提供给我们，他盗用了这个网址，玩了一个声东击西。你看，你们的交谈中有一句十分重要的话："他们找不到我，因为我不是你们世界中的人。"你说，这句话是什么意思？"马文利问我。

"也许他的意思是他生活在坟墓里，像是一个死人？这不过是一种比喻。"我说。

"看来在户口档案上可能查不到他。他有充分的自信认为我们抓不到他，你说，他的自信依靠的是什么？"马文利似乎想到了什么。

"他可能在另一座城市？"我问。

"不，他肯定在这座城市。你看，这里有几个疑点，我是从他信中找出来的。第一，他认为地铁很吵，你说地铁为什么会吵呢？说明他就在地下活动，所以才觉得地铁吵。第二，他送你死婴做礼物，这个死婴是有人丢进排水管道的，他在地下才找得到这东西。第三，何梁的尸体被发现时也是在一个污水排水管道的出口处，法医说何梁在污水中浮了好久了，他嘴里有污水中的各种细菌，说明他是在城市下水道中被杀的。因此，他是一个生活在这座城市地下的人！"

"一个鼹鼠人？"我说，"你说得非常有道理。因为我们报社的门卫非常严，很难有人不从门口出入，而我却在我的桌子上发现了他写来的几封信，和那个玻璃罐装的死婴，而且那次我还看见了他穿着黑色衣服的背影，但他一晃就不见了，后来我在楼上楼下找了半天，都没有发现他，现在看来，他一定是从下水道溜走了。"我有些恍然大悟。

"可你说一个人天天都生活在地下，这可能吗？生活在地下排水管里？那种臭气不把他熏死才怪呢！"

"也不是没有这种可能的。我们从哪里才能调到地下管道的资料？"

"从市政公用局。我看我们……"马文利说到这儿，他的那个漂亮的女助手走了进来，她的脸色不太好："探长，出了一件爆炸案，刚发生半个小时。"

"是怎么回事？"马文利和我都站了起来，"走，咱们立即到现场去看一看！"

我和马文利探长一起赶到了爆炸案的现场。案发地点是一所大学内的一家经济研究中心，这个研究中心是几个从哈佛大学毕业的经济学博士创办的，汇集了二十几位欧美一些名牌大学毕业的经济学硕士和博士生，他们专门从事中国经济发展的宏观和微观研究，定期以白皮书报告的形式发布各种对中国经济的预测和分析，是经济学界一个非常有名的研究所。我们赶到现场，发现有一具尸体倒在一个电脑平台面前，他朝下趴着，血流了一地。一个女人捂住了脸，正在向做笔录的警察哭诉：

"……我当时在外屋，黄博士说他收到了一个邮包，问我要一把剪刀，为了打开它，我就给他找了一把，我又走到外屋，几分钟后，我就听见里屋的爆炸声。那种爆炸声并不大，但是很脆，很响，我吓了一大跳，立即站起来向里屋看，我就看见他已经倒在了地上，四周一片烟雾弥漫，我叫了一声：'黄博士！黄博士！'他一动不动，我一下子慌了，连忙给学校派出所打了个电话，很快他们就来人了，还带来了一个医生，检查了一下，说黄博士已经死了……后来他们又给你们打了电话，你们就来了……那个邮件本来是该由我来拆的，平时他们的信归他们拆，各种寄来的邮件和印刷品，都是由我登记拆开的，可这一次黄博士他自己非要拆，就发生了这样的事……"那个女秘书哭了起来。

马文利立即查看了现场。我嗅了嗅，闻到了空气中那种十分浓烈的火药味儿。

"是一个邮件炸弹，自制的邮件炸弹。"马文利站起来对我说，"那个邮件已完全炸碎了，只剩下了这些包装盒的残片。"他递给了我一块包装盒的残片。

我把那块残片接了过来，这是一种胶版硬纸做的包装盒，是手工包装的，是通过邮局寄出的。我拿到鼻子上闻了闻，又闻到了那种类似于他给我写信时用的墨水的那种淤泥一样的臭味，毫无疑问，现在我可以判断，它是一种城市下水道里才有的独特气味儿。"是他干的，"我肯定地对马文利探长说，"我闻到了唯有他才有的那种气味儿。"

马文利拿过来，也闻了闻。"这个家伙，我一定要抓到他！"

黄一木博士是著名的青年经济学家之一，他对我国经济发展的几次过热和实施软着陆，有着精到的研究。近期他又主持了中国经济的可持续发展的研究报告，对如何启动住宅消费和汽车消费做了比较研究，从而使国家行政人员下决心加快住宅的市场化进程。他的最新成果是一本关于东南亚经济危机可能给中国经济带来的影响的书，才出版一周，即成为畅销书。

这样一个人，"他"为什么要杀死他呢？我十分悲愤，现在，我觉得这个仇恨现代社会的鼹鼠人是一个不折不扣的罪犯，我不想再和他交流了，我希望他早一点儿落入法网，我恨这个凶犯，他就像所有的偏执狂型罪犯一样令人厌恶，我想尽快看到他落入法网。

八

是的，我梦见我曾经见过他，见过那个炸弹杀手，那个在这座城市地下生活的人。我就是那个弃婴，只不过我还没有死，我浑身发白，我的大脑中还留有意识，我就在那复杂的地下下水道系统中漂浮，人们把我扔了，一对激情男女，制造我的人把我抛入了这深涧中。我在黑暗的管道中漂浮，我从一条较小的管道进入了一条更大的管道，很多泡沫、垃圾和废水包围着我，我就在它们中间浮游，我上下沉浮，这是一个黑暗的世界，没有亮光，没有植物的气息，没有雨的气息，只有一种发霉发臭的气息，这种气味使我窒息。我看不见太多的东西，我想哭但我哭不出来，因为我的嘴里弥漫的都是泡沫和碎木屑。我像一个孤独的漂流者，在纵横交错的地下排水系统中漂浮。

有一阵儿我被挡在了一面很大的过滤网边上，在泛着泡沫的水中旋转，和其他不能通过过滤网的废物一起旋转。我有一些绝望，因为我想继续漂流，我憎恶黑暗的世界，这座城市的地下世界是如此复杂和可怕，它是噩梦一样的世界，我想尽力逃离这个世界，重新见到光明。与漂浮在地下污水管中相比，我宁愿漂浮在引水渠中、大运河中或者是水库里，哪怕有惊慌的人看见了我，用手指指点点，大叫"死婴！死婴！"我也会很开心的，毕竟有人关心我，因为我缺乏爱，我在没有得到爱的情况下就被抛弃了，然后不停地在废水泡沫和各种废物中打转。

我在水中旋转时看到了四周的管壁上生长着非常多的鲜艳的东西，那是颜色古怪的苔藓，以及一些湿地里才长的毒蘑菇。它们密密麻麻地长在管壁缝里，一群群硕大的长尾老鼠在管道和管道之间来回奔窜，它们吱吱叫着，瞪着小而亮的眼睛注视着我。我担心它们朝我扑过来咬噬我，但是没有，它们只是注视着我，只是在吱吱叫。后来有一股非常强劲的水流冲了过来，我被冲得荡了起来，然后又沉入了一个漩涡，我又能继续在地底下漂浮了。

这的确是漫长的旅程，一个兴许是没有终点的漂流。我就这样沿着地下管线向前漂浮。水中自有一种向前涌动的力量。我感到好像有一双大手在后面推着我向前走似的，那种感觉非常舒服，但有时候这种力量显得有些大了，它把我推得在水中上下翻滚起来。如果我还能呼吸，那么我一定会被呛着，我沉沉浮浮，自我旋转，只是觉得有些害怕，有些孤独，毕竟在这黑暗的管道中只有我一个算是人的东西在漂浮。这原本不属于人的世界，我只是偶然才到这里，我可能永远也走不出去了，我也可能再也回不到这里了，我会被掩埋、被焚烧、被泥沙吞没。这就是我的命运吗？

在向前的漂流中，我非常渴望见到光亮，我知道，任何光亮都是通向另一个世界、一个鲜活的地上世界的机会。有时候在我经过的地方，仿佛是一束雨从天上落下来，地面管道的某一个缝隙渗下来一束光，它打在了我身上，我在经过它时想多留一会儿，但这不可能，水立即把我带走了，在经过那一束光的时候我睁着眼睛，我想看看外面的世界，但我一阵目眩，只看到白花花的一片光在晃动。另一次，我的眼睛看见了一片天空，那是在流经一个下水道的汇聚口时，一个巨大的井盖被掀开了，那一瞬间我看见了天空，是的，是那种蔚蓝蔚蓝的天空，不过有一朵云正在飘过它，它正在经过天空，然后，我又被污水重新带入了黑暗。

我后来看见了他，那是在污水汇合之处，那里仿佛有一道大堤，水就浸在大堤的边上，我看见了他。

这是一个穿着黑衣服的人，他的头发很长，就像是一个幽灵一样坐在那里。他注视着污水在发呆。他的手中拿着一支鹅毛笔，他蹲在那里写东西，往一张纸上写东西。他写几句就将鹅毛笔探入洞壁蘸几下，然后接着写。忽然，水中发出了一声响，那也许是一条鱼弄出的响声，这把他吓了一跳，他一下子跳了起来，像一只敏捷的猴子那样，几步就攀上了洞壁，双手抠住了洞壁向下看。

这是一处开阔的地方，水流到这里变得平缓了，再向前，这些城市污水将沿着三个孔道分别流向排水沟、污水处理厂和引水渠。我不知道我会沿着哪一条孔道向前漂浮，这得取决于水流的速度和我的运气。但这时，我知道他看见了我。

他看见了我，他从洞壁上跳了下来，他大叫了一声，他扑了过来，用一支木杆把我挡住，一点点地把我从水中捞了上来。从这种举动上来讲，我应该在内心之中对他充满感激才对。他用手一把抓住了我，又在水中荡了几下，将我身上的脏物冲干净。他凝视着我，脸上露出了一丝爱怜。他端详着我，自言自语道："他们怎么能把你扔了呢？多么美丽的孩子呀！我得把你放进一个玻璃瓶子里，送给他做礼物！"

……我醒了，这个噩梦太长了，我的口中很涩，仿佛真的被污水浸泡过。我吓坏了，为这个梦，为这个在我生活中突然出现的可怕的鼹鼠人。

九

"你看，这是公用局给我提供的这座城市下水道和地下各种涵洞、隧道的资料。在这座城市下面，那些管线加起来有七百多公里长，而且错综复杂、曲径通幽，要想在这下面抓到他，还真不容易哪！"马文利探长递给我一大沓资料。

我接过来翻阅着，这些资料确实非常多，它显示了这座城市下部的复杂格局。而那个鼹鼠人就藏身其中，在某个地方隐居着。他已经开始了他的行动，他是有力量的。我们在明处，他在暗处。

"是不是叫地下水道工带一些警察，一队队地分区域进行搜捕？"我说。

"那工程太大了，你想想看，几百公里长，得耗费我们多少警力啊，而且我们不可能一下子搜遍所有的管道，总得一个区域一个区域地来，这样，他就有机会逃脱了，从一个区域逃向另一个刚搜完的区域，更何况，进下水道还得会游泳，还要穿潜水衣和防毒面具，地下的情况太复杂了。"

"能不能派猎犬进去？或者用某种你们警方已经掌握的声呐仪器？"我又问。

"警犬是必须有人跟着才有用，而且一旦遇到水，狗就闻不出什么了，况且这个家伙很有力量，他会把那些狗都给杀了。说实话，要不是他给你写信，又给你发电子邮件，使我们掌握了证据，这些案子直到今天我们也没有线索的。所以，我看最好的办法就是引蛇出洞，让他到地面上来。"

"他能出来吗？"

"可以。我仔细分析了他给你写的信，以及发来的电子邮件，我发现他非常信任你，希望和你交流。他的确太孤独了，看来他在地下待了很久。他可能有时候也到地面上来，因为他不可能一直吃那些污物、喝脏水吧。"

"他经常到地面上来买菜吗？"

"他除了买食品，还买报纸，他在信中说了。不过，也许他只捡旧报纸看。"

"那他哪里来的钱呢？他又不工作，又没有生活来源。"

"也许他过去就有一笔积蓄。也许他有国外某机构的资助。也许他靠偷。也许，他只是从污水里一捞，钱就有了。"马文利笑了一下。

"我只能等他和我联系，我没办法和他主动联系啊！"我说。

"咱们不能这样被动，咱们得好好想一想。他现在的情况是已经开始行动了，他为此准备了好长时间，甚至是准备了好几年，他正在严格按自己的计划行事。他首先要杀一些他仇恨的精英人物，其次他可能要破坏这座城市的基础设施，然后他还有可能劫持人质。不过，他可能还要公开发表一份声明。"马文利一边想，一边说。

"他在给我的信中也表露了这个意思。他说他要发言。"我说。

"对，他是要发言。而你是记者，他找到你交流，就是为了将来能够通过你发言。"

"看来我暂时没有什么生命危险喽！"我自我解嘲地说。

"你现在对他来讲还很有用，所以，即使他知道你把那些信件和电子邮件交给了我们，也没有生气。这表明了两个意思：一是他非常自信，他自信我们抓不住他，或者抓住了也无所谓；二是他还要和你接触。"

"因此，我应该主动与他联系，对不对？也许我应该一个人钻到下水道里，冲着那脏水河大声地喊他，叫他出来，他就出来了。我可不喜欢他再给我送一个死婴。他就是一个病人，我不愿再和他有接触了。我和他没什么好谈的，我和他的所有想法刚好相反，我喜欢的正是他仇恨和讨厌的，这完全是一个古怪的、偏执的、没有人性的家伙，我不愿意再与他接触。"我生气地说，"再说，他已经有很长时间没同我联系了。"

马文利想了想："咱们得把高科技专家都保护好。我有一种预感，他就要和你取得联系了，你就等着吧。"

十

但是鼹鼠人并没有和我取得联系，连着几天，一大早赶到单位，我都希望能在办公桌上见到他那质地独特的来信，以及电子邮件，但是没有，什么也没有。我感觉有些不妙，我想鼹鼠人也许对我开始有戒备了，或者，也许他还会对我下手？因为我知道了太多的事情，我又是他唯一在这座城市联系过的人，我还把他写给我的信作为证据提供给了警方，提供给了马文利探长，我想他要对我下手也许只是早晚的事。

但我的确十分迫切地想和他见一次面，和他面对面交谈一下。我想知道他到底是一个什么样的人，他的生活状况，他的年龄，他的精神世界。即使他是一个疯子，他也已经形成了他固定的逻辑，这对于我来说是非常迫切地需要了解的。

在这座广大的城市中，人就像是飘浮在城市上空的微尘。而鼹鼠人他一个人生活在地下的世界中，他会是一种什么样的状态与感觉？他在那到处都是伸手不见五指的黑暗中，内心之中有着什么样可供他照明的火焰？

我一直期待着他和我联系，但他却并没有和我联系，仿佛已经遗忘了我，也忘了他自己要惩罚别人的诺言。他再没有什么动静了，直到有一天马文利给我打电话："赶快到公安局，他又行动了！"

我们赶到现场时，发现那里已经得到了控制，但那种悲恸和恐惧的情绪还在弥漫。那是一个电脑主机板生产的流水线，这家叫作虹采电脑公司生产的电脑主机占全国市场份额的百分之二十，也就是一年他们可以卖近五十万台的个人电脑。该公司的董事长被誉为电脑民族工业的开拓者，最近出版了有关他创业的两本传记和一本叫作《我要做得绝对好》的有关他经营理念的书，尤其是后一本狂销五十多万册，被誉为"知识经济"时代来临的最佳阐释。这个人就是我国电脑工业的代表人物之一欧阳贵。发现他尸体的是第一个来公司上班的女工，她一进车间就发现那整个电脑主机生产的流水线已经被开动了，但里面却没有一个人，然后很快她就发现在流水线上循环带动的传送带上躺着一个人，那个人正是他们的董事长欧阳贵。他身着白衣白裤，但这白衣白裤却已经被鲜血染红了，她大叫了一声就跑出去了。我们赶到现场的时候，这个生产线已经停了下来，但欧阳贵的尸体还没有从那条传送带上取下来。那种场面非常残酷，几乎是血淋淋的：在欧阳贵的身上，流水线上的机器在他的各个部位都安上了电子元件，从而使他看上去像是贴上了很多花花绿绿的标签。或者说你也可以把他看作是从很远的地方邮寄来的，他的身上贴着各国海关的标志、证签和印戳。毫无疑问，这是非常悲惨的一幕。凶手——一定是那个鼹鼠人，他杀人手段之残酷和独特令我震惊。一个电脑生产者身上钉满了他自己生产出来的电子元件，从而使他看上去像是一件工业制成品，这是多么残酷的事！

"妈的，我们这次真的该行动了。"马文利探长皱着眉头，他用手将一面白布单盖在了欧阳贵的尸体上。

"他还没有和我联系，我不知道他什么时候会和我联系，我们……"我说到这儿，他打断了我的话："我们用笨办法，我们派管道工和猎狗进行地下大搜捕，我们必须行动了。"他的表情非常沉重。

我知道他承受着巨大的压力，实际上，尽管他掌握了不少线索和证据，但他并没有采取直接行动，这一点，他的顶头上司也一定不会满意，一定会责怪他办案不力，而且他的顶头上司一定又承受着来自市政府首脑的巨大压力，这种压力从上到下完全可以把他压扁。

"不是已经采取了对电脑专家的保护措施吗？为什么这么不得力？"我问他。

"因为对手是一个有超常想象力和智力的疯子。"他瞪着眼睛看着我，"我们的保安人员斗不过他。我得尽快行动了。"

"你是说依靠那些下水道工人以及那些见到水就不知所措的猎狗，真的能行吗？"我问他。

欧阳贵的追悼会在几天后举行了，马文利探长和我都参加了。追悼会的气氛是非常悲壮的。我注意到来的全都是一些政府和高科技界的精英人士，他们的表情凝重，衣着庄严。致悼词的是死者多年合作的伙伴、H大学的高科技集团总裁、著名院士何光年先生。他在悼词中回忆了欧阳贵的生平与贡献，在悼词的结尾，他还谴责了凶手："……是的，在今天这样一个技术发达的时代，夺去一个人的生命就显得更为容易，也更为简单。因为残暴一直是人类的一部分本性，它在我们今天这个信息社会中的成人世界里，显得更加容易暴露，也更加容易被渲染，也许这种残暴甚至还是一种时尚：在文化不断异化着人类自身的时候，这种动物性是一些标榜生命力的人的理由。但是，最为简单的道理是：人与人在生命与生存的权利上是平等的，任何人无权剥夺他人的生命。但是，今天，躺在我们身边的欧阳先生，他的生命就是这样被剥夺了。被一种不义的力量，被一个或几个暴徒，剥夺了。如果有复仇之火的话，那么这火焰最好在今天能够点燃，因为欧阳的生命被剥夺，不仅仅是我国电脑业的重大损失，同时也是对人的尊严的漠视。正因为它发生在一个非常重要的高科技精英身上，这复仇的火焰应燃烧得更旺。愿他的灵魂得到安息，愿凶手早日得到惩罚！"

我在听这激昂慷慨的悼词时，忽然注意到旁边肃立的人群中有一个人在看着我。这是我凭余光发现的。我转过脸去，看到了在人群当中，有一个留长发、胡子拉碴的戴墨镜的人，就是这个人刚才看了我一眼。我把视线又转到了前方，前面正有人在进行回忆欧阳先生的发言。

后来我觉得有些不对劲儿，是的，我觉得有些不对劲儿。那个人给了我一种十分奇特的信息。而且，我似乎在哪儿见过他。我一边看着前方，一边在大脑中快速地搜索着有关这个人的形象记忆，但是不行，我怎么也想不起来。我又将脸向左转去，再一看却已然不见他的踪影了。是的，刚才他还在那里，但现在不在了。

我走到马文利探长跟前，在他耳边悄声说："我刚才看见了一个人，这个人让我觉得非常奇怪，我觉得他……"

"你觉得他怎么了？他就是那个鼹鼠人？"马文利偏头问我。

"有这种感觉，但不能完全确定……"我有些迟疑。

"那咱们快找一下！"马文利几乎要跳起来了。他下意识地摸了摸腰间的枪，跟着我开始在人群中搜索。但是怎么找都没有找到刚才我看见的那个人。他消失了。这更增加了我的猜测和疑虑。

我觉得我在哪儿见过他，我也许真的还认识他。

十 一

由马文利派出的四个搜索队开始进入城市的下水道系搜寻，这种搜索队由熟悉地下排水系统构造的管道工人带队，还有一些颇通水性的警察组成，他们都戴着防毒面具，穿着潜水衣，此外大批狼狗和他们一起行动。两天过后，这种搜捕以毫无结果告终。

"城市地下的管道完全是一座迷宫。"马文利对我说，"这次搜索队下水后，按照市政公用局提供的资料进行搜索，结果发现那些资料有很多不对的地方，而且，很多地下管道的走向和布局是这些资料无法标出的。这么多年，城建工人像开膛破肚般把这座城市的地下搞得面目全非了。我们派去的管道工、警察在地下被熏得都快不行了，连那些狼狗都被臭气熏得什么也闻不出来了。"

"那我们就只好等他再一次露头了？我们不能主动出击吗？"我问。

马文利看着我，忽然问："你说在欧阳贵的追悼会上见到一个人，你判断那个人就是那个鼹鼠人，你是根据什么做出的判断？"

我想了想："可能就是凭一种感觉，我觉得他在那里与旁边的气氛不太协调，他似乎是来看热闹的。而且，他有几分钟一直在注意我，我转脸看他，他又在看前方。我隐约觉得他的样子有些熟悉，但怎么想就是想不起来。"

"他有多大年纪？"

"从他的头发和胡子，以及侧影判断，他有四十多岁。"

"四十多岁的人……也许是上山下乡过的那一代人？关键是他为什么会仇恨现代社会？是不是时代的变化让他的理想都破灭了？我一直在想这个人的动机。"

"动机，"我说，"就是一种面对现代社会的脆弱感。也许他是一个失败者，因此他才会疯狂到只做一个在地下生活的人。一定要保护好那些专家，不能叫他们再被鼹鼠人加害了。"

"我们已对一百多位有可能遭到袭击的重要专家进行了二十四小时严密保护。这一次我想会万无一失的。"马文利很有信心地说。

但是事态的发展证明了马文利过于乐观了。著名生物学家、归国的普林斯顿大学生物学博士胡守常被发现死于一片小麦试验田里。胡守常并不在马文利要保护的名单中，原因是胡守常去日本讲学半年，还没有回来。他是在刚回国后第三天就遭此毒手的。胡守常的贡献在于他通过遗传技术使小麦可以抵抗多种先天性基因病，从而获得比过去多一倍的产量。

我们赶到现场时，那里已经有一些警察了，掀开白布单下的尸体，我们可以看见他正趴在那里。他是被绑架到这里后勒死的。脖子上有非常严重的瘀痕，在他的嘴里还塞有一把绿油油的麦子。六月的天空下，这里的麦田一望无际，是这座城市专门开辟给胡守常所在的大学进行农田试验的，不远处，四面都是高楼环抱，只有这一片是绿油油的麦田。我摘了一个麦穗下来，发现这个麦穗的确硕大无比，比一般的麦穗都要大一倍以上，绿油油的闪现着一种生机。

但是培育出这种东西的科学家死了，他的嘴里还塞满了这些饱含着汁液的麦穗。我觉得我们面对的这个鼹鼠人有着超常的忍耐力和残忍劲儿。看来这一切都是他所计划好的，他只是按照他的计划，在一步步地干着他打算干的事。他不是疯子，他有着他的信念、他的逻辑、他的手段和他的思想。

"我们面对的不是一个一般的家伙，"马文利沉痛地说，"他是一个非常冷静、沉着又狡猾、残忍的家伙。我真的没想到这一次轮到了胡守常，因为他一直在国外。看来，我们得更小心一些了。不过，又死了一个人，我这次面对的压力就更大了。市政府会会同所有的专家，专门组成一个专案组，对此案进行侦破的。"

的确像马文利所说的那样。胡守常的死使政府机构的机器运转了起来，市公安局立即组织最为精干的刑侦力量，把这个案子定为"鼹鼠人杀人案"，而且我也被列为专案组成员之一，因为我是唯一可以和他联系的人，这使我陡然增加了一份责任，也多了一份荣誉。

但是从我的内心深处也涌上来一种沉重的压力，这种压力是一种被恐惧和欢欣所包围的力量。我想，我正在面对一桩事件，这桩事件让我有一种兴奋感。

有一天我路过一条马路，我发现那里有一条下水道的井盖打开了，我突然产生了一种冲动，我就顺着一面梯子爬了下去。

奇怪的是我并没有看见下面正在作业的工人。下面一个人也没有。这是一条非常旧的管道，它非常宽阔，有三米高，我走在这条管道中可以听见自己走路的脚步声，脚步声非常空旷、清晰。慢慢地，我走到了一片黑暗的地带，我回头看去，可以看见在我下到管道里来的梯子上，倾泻下来一条光柱，而其余的地方则全都是一片黑暗。我开始往前走，我的胆子很大，我不知道我向前走了多久，渐渐地我听到了一阵水流声，这水流声越来越大，在黑暗的地下发出了暗河一样的轰鸣，而且，一股腥臭气息扑面而来。我再回头，发现那里的光柱已经如同一根细细的小线了，我整个地被黑暗包围了。一种恐惧感从脚底一下子升了起来。我大声喊："鼹鼠人！你出来！我要和你交谈！鼹鼠人！你在哪里？你为什么不出来见我？你来杀我吧！你出来呀！你出来呀！"

没有人回答我，只有城市暗河那种滔滔的巨大流水声，和包裹着我的无尽的黑暗。

十 二

我听到了你的呼喊，你的声音传遍了整个地下，把我的耳朵都吵聋了。我认为我应该和你见一面。（这是这天早晨我接收到鼹鼠人发给我的电子邮件的第一句话。）但是你不能通知警方，我知道他们已经严阵以待，已经成立了由本市最好的刑侦专家组成的专案组，而且你也是成员之一。我决定要见你是因为我想和你交流，这一直是我的一个朴素的愿望，因此，我希望你一个人来，和我谈一谈。你就从东边街区的第1201号井盖处，掀开井盖下来，时间是明天下午3时，我会在那里接你。等着和你的会面。你的朋友。

我阅读完电子邮件，陷入了思索。屏幕上一再提示我是否存盘，我按了不存盘的方框，让上面那封电子邮件消失了。我突然觉得，鼹鼠人一直是信任我的，尽管他已经沦为一个杀人凶犯，但他似乎十分信任我。而且今天我收到的这封电子邮件的下端，他署名是"你的朋友"，这又说明了什么呢？说明了我是他的朋友吗？他对我没有敌意吗？或者，也许这是诱使我上当的一个圈套？但是，我下决心了，不管怎么样，我打算赴约了。

我找到了1201号井盖，这是一条种满了银杏树的人行道，非常静谧，人不多，我掀开了井盖，沿着井壁下去了。

我握着铁梯，一步步向下走。这座井好像特别深。一般在城市下水道的井盖之下，很少有这么深的。我就一步步地向下走，抬起头，发现那井口已经像一枚硬币那么大小了。我有些胆怯。但是，我还是一直向下，最后，我感到我着地了。

我打亮了手电筒，发现有一条隧道贯穿南北。里面很静，向两个方向无边无际地伸展开去，但是没有人。他不是说他会接我的吗？

忽然，我听见头顶上遥远地传来了一声"哐当"响，我抬头一看，那井盖被关上了，然后有一个人从上面急速地爬了下来，很快，他就来到了我面前。

"跟我来！"他说。他穿一身黑衣服，手里也拿着一把手电筒，在前面带路。他走路的样子非常快，我几乎都跟不上他。我记不得我在地底下的管道中走了多久，走了有二十几分钟，其间拐了好几个弯，跨过了三条轰隆作响的下水道，然后，我们来到了一片开阔之处。

他一拍巴掌，被声音控制的电灯亮了。我简直惊呆了，这里的情景与我有一次做梦梦见的一样，宽阔的污水水流，一个大水泥平台，四周有好几处通道。他揭去了面罩，我愣了一下，我认出了他，他是我的大学同学韩非人。我们是一级的，他学的是计算机专业，而我学的是新闻专业。我们都是学校"青骑士"剧社的成员，在我们排练的戏剧《最后的晚餐》中，他扮演犹大。我清晰地记得这是他自愿扮演的，他非扮演这个角色不可，为此差点儿跟另一个也想扮演犹大的同学打起来。大学毕业后我们一同来到了这座城市工作，他在一家计算机公司做软件设计。一年以后，他得到了去美国杜克大学留学的机会，我记得我还参加了他去美国之前的临别小晚宴。那是七年前的事了。

"没想到是我吧？我根本就没有去美国，而是来到了这座城市的地下，这个美丽的世界里。"他对我笑了笑。他看上去还很年轻，皮肤白皙，看来他真的在地下生活很长时间了。

我仍旧被一种非常吃惊的情绪给控制着，这的确让我吃惊，我压根儿也没想到这个人会是他。我明白他为什么要选择和我交流了。

"你非常吃惊，这我从你的脸上可以看得出来。你会吃惊为什么会是我。是的，正是我，韩非人，一个扮演犹大的人，一个不适应现代城市生活的人，对，正是我。"他冲我笑了笑，从一个地方取来了一盘东西，"吃点儿零食吧。"

我一看，不禁吓了一跳，那盘子里装的全是一种黑色鞘翅目小甲虫。他见我不动手，就自己抓了几个，放进嘴里吃了起来："很有营养的。"

我镇定住了，说出了第一句话："你变成一个罪犯了。"

他看着我："我杀的人才是罪犯呢，他们，他们才是。"

"不，你是，你是一个杀人凶犯，你才是一个不折不扣的杀人犯！"我尖声叫了起来。

"开场白不错，"他笑了，坐了下来，一边吃甲虫一边看着我，"我们的交流会有趣的。我先给你讲讲我的经历吧。"

"……我在那家著名的中美合资电脑公司工作了一年，就决定选择另外一种生活方式了。当时我就明白了我自己的命运，一种不同于你和其他人的命运。我觉得人类目前的生活有问题，人类在一种盲目的生产与消费中变得疯狂了，人们的欲望没有止境，人们为满足这种欲望所进行的努力正在毁灭我们自己。电脑是什么？电脑是被信息垃圾充塞的垃圾场，每台私人电脑都是一个小垃圾桶。当然，我这样说你可能认为太极端了，是的，当时我还没有完全想清楚这个问题。有一天我在街上散步，看见有一个地方的井盖没了，你知道，前几年总有人偷下水道的井盖，去当废铁卖。我下意识地就顺着那口井的铁梯爬了下去。四周都没有人，连在管道下面作业的工人也没有，我就爬了下去。结果这次爬下去就改变了我的生活。是的，这次爬下去就改变了我的生活。因为我还从来没发现有这样一个地方是如此合我心意的，那是一个清凉的世界。我一下到地下管道里，在地面之上的各种喧嚣也就都没有了，一下子什么声音都没有了，一种巨大的黑暗和宁静包围了我，我就开始下意识地往前走，这是一条巨大的管道，我不记得那天我在地底下穿行了多久，总之我记得我钻进去的时候太阳还非常高，但等我再次出来时，太阳已快落山了。那是一次奇妙的发现，这座城市的地下管道纵横，奇妙无穷，曲径通幽，各个管道之间都有交叉。我记得我从某一个出口掀开井盖钻出来时，有一个正在人行道上行走的小姑娘，突然发现井盖掀开后，从下面钻出来了一个人时的惊慌，她手中的红气球一下子从手中松开，向天空飞去。我钻出来，把井盖又重新盖好，回到了宿舍。

"从那以后，我经常下到那无人的地底下的管道中，我发现我渐渐地喜欢上这里了，我越来越讨厌地面之上城市的喧闹和杂乱，有一天，我决定了我自己的生活方式。我决定假装去美国念书，然后采取了辞职的方式，我蒙骗了所有的人，就是为了能一个人在这城市的地下待着。

"我想我主要是为了解决我自己所面临的精神问题，一开始，我主要是想通过冥想和静修来达到，于是我每天就这样在地下静心思考，打坐、散步，去发现这地下世界的奇妙。我觉得我自己的精神处于一种非常紧张的关系中，一种和城市的紧张关系里，我必须解决这种紧张的关系，我就通过在地下的冥想来实现。

"我这样一来就是好几年，我渐渐地熟悉了地下的生活。我学会了用污水养鱼、种菜，我用卖鱼的钱再买些粮食。在排水管中，这座城市中人们丢弃的东西非常之多，我就是从污水中捞取各种日用品，把它们消毒后接着用。慢慢地，通过静坐与冥想，我已经到了可以不用怎么吃饭，而有时只喝一点水、吃几粒花生米就可以生活下来的状态，这就是气功师常说的那种辟谷状态。通过几年的静思，和经常到地面的人群中走动与观察，我思考着人类的前途和命运。我思考工业革命及信息革命给我们人类带来的灾难。我想了很多，并且，用一台电脑把它们都一点点地记录了下来。我在地下可以接到各种线路，可以利用别人的电源和线路打电话、发电子邮件。我写了大约有四十万字，印出来都可以是很厚的一本书了。

"就在不久以前，我突然觉得，我的这种思考是软弱无力的，因为我只是自己认清了现实，了解到了这一问题的严重性，但我无法向全社会施加力量，我就像是一只会思考的蠕虫，无力地思考，我的思想就像是海绵一样，我只能自己吸取水分，但我自己却无力挤出这些水分，后来，我看到报纸上介绍了一个人，这个人做的事启发了我。

"她是一个广东的农民村妇，名叫杜润琼，她在自己的村子里连续投毒，害死了不少人，她有一种恐惧，那就是现代社会人口太多了，她自己对人口越来越多的现象十分害怕，觉得自己有责任为社会负责、为更多的人负责，于是她就选择了投毒。后来她被抓住了，但她多少有些坦然，因为她认为她是在为全社会负责的。她并不是为自己活着，她这么做是'为国家大部分，不是为自己'。

"她这么做当然太简单了，但却启发了我，因为她至少是一个行动主义者。而我，我把人类目前的处境，人类自身的危险、前景，以及后工业化社会带给我们的危害想清楚了，想明白了，这又有什么用呢？

"我想我可能缺乏的就是行动。我必须用行动为社会敲响一记警钟，我不能只是通过静修来自我疗治，我还应该采取行动，刹住现代社会疯狂前进的车轮。就这样，我拟定了一个详细的计划，我开始行动了……"

十 三

他领着我在他的世界里疾速地穿行与跳跃，是的，他是他这个世界的国王。他带着我飞越激流暴跳的排水沟，带我猫腰钻进通入银行和大医院的下水道，他告诉我他从地下观察世界的一切观感。他说这座城市有很多秘密，这些秘密他从城市的地下都可以探听到，因此他对人又多了一分失望，他说他还要干下去，一直到惊天动地为止。

我们盘腿坐在地下管道中，我发现他的身手十分敏捷，他可以纵身一跃，就从高高的洞壁上摘下来一朵蘑菇。"这是无毒蘑菇，是可以吃的。"然后他就把它吃了下去。我发现他的食谱与我的已不一样了，他爱吃的是松仁、花生、各种小甲虫、青菜和鱼，他就吃这几样东西，而且饭量很小。他的睡眠一直不好，稍有动静就会把他惊醒，但他随时又会睡去。他要我陪他在地下待三天，等他把他的思想和我交流完了，他就放我回地面去。

　　我终于还是接受了这样一个现实，即这个制造了不少杀人事件的地下鼹鼠人是我的大学同学韩非人。我想也许他的这个名字没有起好，他注定要过非人的生活。他本来就不是一个人？由于我过去就了解他，熟悉他，所以我陷入了一种非常矛盾的情绪当中。在过去，我对这个隐身的鼹鼠人非常憎恶，我觉得他是一个不折不扣的杀人犯。但是，当这个人变成了我的大学同学时，我又开始试图与他沟通，去了解和理解他的这种态度，多多少少地接受了他。

　　在地下的几天中，我们每天都在讨论，我被他带着在地下钻来钻去，一方面我了解了城市地下的无穷妙处，另一方面，我了解了他思想的各个方面。

　　"不过，无论如何，你已经变成一个罪犯了，你杀了好几个人了。"我说。

　　他一步跨过一段平缓的臭水沟："你凭什么认为我就是杀人犯，不是思想家或人类社会的敲钟人？"

　　"根据法律，根据你不能夺走他人性命的法律。"我说。

"法律是人定的，而人又是天地之上的短暂者，人不该是尺度。所以你拿人定的规则来限定我，是不对的。我不是罪犯。"他又一跃跳过岸来。

"不，人是有生存权的，你不能剥夺另一个人的生存权。"

"我只是剥夺了把社会推向疯狂的人的生存权，这对大多数人是有益的。"

"你这是恐怖主义行为，你让城市陷入了恐怖，你的行为给有秩序的社会带来了慌乱。"我学着吃掉了几颗甲虫。

"不，我带来了他们想不到的福祉。这种效益属于长期的，是以后才能看得见的，很多人都是短视者。"他从污水中掏出一个大肚玻璃瓶，"这个可以养水仙。"

"它不能养水仙，它的口太小了。你杀害的这几个人，他们都是社会的精英，是电脑高科技业的代表人物，你把他们杀了，实际上是损害了社会。"

"我们在这个问题上有根本分歧，你不必非要强行说服我。他们是人类盲目发展自己的邪恶力量的代表。我还会干下去的。"他又从水中掏出了一个盆子。

"为什么不能采取缓和一点的态度，比如把你写的那些东西整理成书，然后发表？或者你可以调入一所大学，比如北大，专门进行这方面的研究，这不也挺好吗？"

他怪笑了一声："哈，你想把我纳入社会非常机械的系统中去，让我彻底异化。是的，我可以发表见解，但在大学中，我搞的任何研究、我发表的任何成果，不过是为了评职称，为了取得饭碗而已，久而久之，我将成为为社会服务的一个异化之后的怪胎。而现在则不同，我自己是一个独立的个人，我有自己独立的人格，我自己行动，不受任何限制。"

"但我对你采取暴力行动，总是不能接受的。"

"只有这样，才能激起人们的热情与警惕，实际上，城市今天已变得非常可怕了。空气极度污染，人口众多。大家都陷入了一种集体麻木当中，无法听到真正的声音。只有用惩罚那些家伙的极端行为，才可能让人们警觉。我不能只以写几本书的形式，你看现在有多少人在写着书，那些书还不是淹没在书的海洋中了？"他又从水中掏出了一个木桶。

"下一步你打算怎么干？你又要杀谁了？"我问他。

他看着我，狡黠地笑了笑："你明天就要回到地面去了，你肯定会把我的想法告诉他们。我不能告诉你。"

"他们会抓住你的，真的，这次你逃不了了。"我说。

"你能不能帮我做一件事情？"他问我。

"做什么？"

"帮我出版这本书，在他们抓到我之后。他们没抓到我之前，你不要出版它。"

"你觉得你会被抓住吗？"我问他。

他朝我诡秘地笑了一下："抓不住吧。除非他们死一千人，因为只要我一直待在这地下，就没有人能够抓住我。不过，谁也说不准将来的事儿，你说呢？"

"你打算永远这样生活，生活在这黑暗的城市地下？"

"也许吧。等我把事情做完了，我就会回到地面上去。但人类社会一定会视我为疯子、一个怪人，他们不容纳我。我还是生活在地下比较好。这几天在地下的感觉怎么样？"

"郁闷，黑暗，总的来说空气不好。此外，在这地下生活比较辛苦，也很神秘，又是一个人，时间长了，太孤独了。你过的是不正常的生活。你应该有妻子，有孩子才对。"

"哈，为了信念，我放弃了这些。我是社会的犹大，这没什么不好。在你回去之前，我把这张磁盘交给你，一定等这件事过去了再出版。"他把它交给我时说。

十　四

我回到了地面上，我找到了马文利，我把在地下和鼹鼠人会面的情况都告诉了他，但我非常守约，我没把那张磁盘交给他。马文利非常兴奋，他也没想到鼹鼠人会是这么一个人，有关这个专案组的人立即聚在一起开了一个会，决定尽快将他捉拿归案，最后，设计的结果是由我当诱饵，将他诱出地面。

我承受着道德方面的巨大考验，这对我来说是一件非常困难的事，但是，一旦重新返回了人类社会，我的所有情绪和观点又都变了回来，我不再同情他，我的这个同学，他所做的一切实际上在朝他期待的目标反向而去。

就在这一时刻，又发生了两起爆炸事件被认为是和他有关。一起是一家银行地区支行行长连同他的轿车一起被炸掉了，行长当场碎尸万段。另一起是一座著名医院的著名眼科专家的眼球被人摘去了。总之现在在这座城市中，无数人被恐怖的疑云所笼罩，凡是发生各种奇怪的案件，一般都会归到鼹鼠人头上。

与此同时，抓捕鼹鼠人的计划也在紧张地酝酿当中。这个计划是我给他准备了一笔钱，这笔钱可以供他生活不少年头，在取钱的时候把他抓住。

"你们不要打死他，这种人是值得精神分析专家进行研究的。他毕竟是我的同学啊！"我对马文利说。

"抓到了就把他永远关起来，这样你可以经常去探监了，然后再和他讨论各种人类面对的问题。那会写成一本好看的书的。"他笑着拍着我的肩膀。

我在他有可能发现的地方放了一个漂流桶，桶中放了一封信。根据我的计算，这个桶刚好可以漂到他经常活动的地方，信中告诉了他取钱的方法。

所有参与刑侦行动的干警都埋伏在我将要把钱交给他的地方。我背着一个很大的背包，在接头处。他收到了我给他发的漂流桶，按约定，他打碎了第43大街第三个路灯就说明他收到了，结果我看见那路灯的确碎了。但我们等了一天，他也没来取。

我知道这是公安局设立的圈套，我不会上当的。但我多少有些伤心，因为你已甘当诱饵。不过，我又非常能理解你，因为你是他们世界中的人，你得按他们的逻辑和思维行事。我并不需要那些钱，你们可以把钱给失学儿童。有一件事我需要说明一下，那个银行行长不是被我炸死的，他涉及了一场贷款的骗局，被对手暗害了。而那个眼科专家是被他的妻子挖去的双眼，因为他都快退休了，还找了一个情妇。这都不是我干的，我要干点儿别的，但还不想让你们知道。鼹鼠人。

这是他发给我的电子邮件，我立即把它交给了马文利探长。

在公安局的会议室中，专案组的成员正在开会。

"还是得把他诱引出地下才行，否则，没办法抓住他。"公安局局长说。

"能不能用别的办法，比如用毒瓦斯加鼓风机，把他从地下呛出来？"一个人说。

"地下通道连着千家万户和很多工厂、学校，这样一搞，势必会影响很多人的生活，把大家的生活都搞乱了。"政法委书记说。

我沉默着，停了好久，我下决心再背叛他一次，我说话了："他还交给了我一个光盘，这是他几年间写下的札记。我看可以在报纸上刊发一部分，给他造成一种我们已与他和解的假象，我们愿意倾听他，这样，他就会出来了，然后，我们再抓住他吧。"我说完后，拿出了那张光盘，内心一片黯然。

"就这么办！由日报选发部分章节，越快越好！"副市长说。

很快，日报选登了他的《有关人类的现状及其前景》的文章的一部分，我又给他发了一个漂流桶，在桶中的信上说，这座城市已理解了他，已同意将他的观点陆续发表，他完全可以回到地面，而且，本市打算专门就他的观点进行一次研讨会，希望他来参加，等等。

"我会准时参加研讨会的。"他给我发来了一个电子邮件说，"我看到了报纸，很高兴。"在预备举行研讨会的社科大楼外面，埋伏了很多人，到处都是枪手、狙击手。参加会议的专家纷纷到场了，大家都在等待着这一时刻。这是一间很大的会议室，一张大圆桌坐了三十几位头发大都花白了的专家学者，我也坐在其中。马文利和几个警探也装扮成学者，坐在他们中间。时间到了，我们都把目光投向了大门，大门开着，我知道，这座大楼里到处都是暗探与枪手，韩非人今天在劫难逃。我的内心之中涌动着十分复杂的液体，我把目光放在大门口。但是时间过去了五分钟，没有人，他没有出现。他不会又不来了吧？

忽然，我们听到天花板上有响动。接着，天花板被掀开了一块，一个人将头探了出来。然后，他从上面跳了下来。

他就是韩非人，鼹鼠人！

"大家好！很高兴认识你们，我很高兴我的思考与理论被你们接受。"他走向留给他的那个空座位。场面非常肃静，那些专家和学者见到他，脸色都变了。

他坐了下来，向我打了个招呼，然后他说："我们开会吧。谁第一个发言？"

"我！"马文利站了起来，他掏出了手枪，对准了韩非人，这时韩非人突然拉过旁边一个人，挡住了他的枪口。他的目光非常严厉："你们欺骗了我！这是我唯一上当的一次！"他向后一闪，纵身一跃，又跃上了椅子，再一次钻入了天花板，不见了。

埋伏在专家群中的警察立即站起来朝天花板开枪射击。一阵枪响过后，停了一会儿，我们都看见天花板上渗出来了一些鲜血，这鲜血令人触目惊心，它一滴滴地滴落在了桌子上，接着，一声脆响，天花板裂开了，韩非人从上面摔了下来，他刚好掉在了我眼前的桌子上，他用那种悲哀的眼神看着我："我不该信任你……"然后，他死了。

十　五

是的，鼹鼠人死了，他是这么死的。于是，整座城市立即陷入了一片欢腾，大家都在庆祝一个节日的来临。我知道，这座城市将重新获得过去的那种速度，像一艘大船一样向远处航行。鼹鼠人不过是人们街谈巷议时的奇谈怪论之一，很快，也不再有人谈论他。我又坐在了报社的电脑屏幕前，发着呆，查看着新到的电子邮件。不知为何，我的内心充溢着一种非常悲哀的心情。毫无疑问，鼹鼠人之死与我有关，假如他不是我的同学，假如他不与我联系，假如他不受骗上当来参加这么一个"研讨会"，他又是怎样的一种命运呢？在今天，在城市中，又会出现什么样的被异化的人类新品种，向社会宣战？不管如何，人类社会的发展航向已经确定，它无法回头了。即使有一千个鼹鼠人，也改变不了人类前进的航速。但我的同学韩非人，这个甘愿变成鼹鼠的人死了。我无法不悲哀。我的电脑上又发来了新的讯息：在这座城市中，两个十四岁的中学生因为一个十一岁的男孩捡了他们的足球，就把他杀了，尸体刚刚在一个土坑里发现。这种少年暴力是令人震惊的。新的新闻与事件又诞生了，作为政法线上的记者，我又要出发了。我站起身，打算尽快去现场，去了解城市里新的隐私。但我想我无法抹掉鼹鼠人之死在我心头引起的悲哀，我也忘不了他死前注视着我的悲哀的眼神。

黑暗河流上的闪光

一

在夜里，那条河流的水也是黑色的，这是因为黑夜已经把水浸湿，让它变得比黑夜更黑。如果从半空中潜入这条河流的底部，你会感觉到你在进入一个更为黑暗的深处，它似乎是没有尽头的，暗流和深水中的漩涡在搅动，有时候在河面上还会掠过一道道闪光，午夜的闪光，那是在河边公路疾驰而过的汽车灯映照河面产生的反光。河面在白天是一面裸露的镜子，在夜里是一面隐形的镜子，它就是在那里，悄悄地等着向你发出一道道闪光，如果你照耀它的话。

二

她把头靠在右侧车窗的玻璃上，这使得她的额头可以感受到那车窗玻璃的清凉。这黑暗的大地在车窗外隐约地向后退去，大地它是旋转的，如同一个旋转的罗盘，而这辆汽车仿佛是一个在圆面上跑遍的老鼠，它不停地绝望地刨动四肢，但似乎仍没有移动半步。大地是悲哀的，尤其是在夜晚的时候，它升起的雾气和幽暗的鸟鸣全都是黑色的。她确信自己可以感受到这些，感受到夜雾和鸟鸣。她把目光投向窗外，额角顶住车窗，然后她看见了，不断地看见了那些闪光，午夜的闪光；当汽车转弯，或沿一段有弧度的公路飞驰时，那些闪光就不断地映现，就像有人在暗处向他们发出信号。一开始她看不出来那闪光是什么，不过她很快就明白了，那是一条河，一条和这条公路一起蜿蜒在土地之上的河流，那闪光是河面上涌动的波浪的反光。她看着那些闪光，让心中只剩下这些骤然闪亮的、破碎的光亮。

三

他是哼着歌的，他会哼几乎所有流行歌曲中最精彩的片段，他兴致很高地哼着，他不和她说话，因为整个晚上他和她已经说了很多话，也做了很多事。他想把她带回住处是突发奇想的，他想起来这一个夜晚他将无人陪伴，他必须让自己有温香软玉在侧，他就告诉她想把她带回去，去四十公里外的另一座城市，一座小城，而他正在附近的农村采访一个案件。对于他的脸，她是熟悉的，因为她总能从电视上看见他，那个时间她还没有去"工作"，她必须等到晚上九点以后出动。说到底，她是在夜晚接待客人的。有人叫这类姑娘"三陪"，但这全是他们的事。比如她总在电视上看见他的脸，那个节目很有名，叫作《真话真说》，这是一个曝光类的批评节目，每天都有。每天晚间新闻之后就是这个节目，主持这个节目的主持人除了他，还有一个女主持。他们轮番上阵，评说各地发生的严重事件：农民抗税、警匪一家、工程事故、环境污染……对于她来讲，他的脸就是那些事件，那些令人震骇和义愤填膺的事件，因此当他走进房间的时候，她一下子就认出他来了。

四

女老板对她说，今天来了一个非常重要的客人，因此你一定要把他陪好。你是我们这儿最漂亮的姑娘，你要让他开心。她点了点头，她想起来自己的例假昨天刚刚结束，这使她有一种洁净之感，自己的身体是洁净的，因为她有一周没有出台了，只是坐台，她希望她一直不要出台，让例假一直有下去，让那经血像丝丝缕缕的雨，连绵不断地下在卫生巾上，没完没了。这样就不会有陌生男人的身体进入她的身体了。但这不过是她隐秘的一个想法，连她自己都无法察觉的。她坐在包厢里，门响了，他走了进来，她一下子就认出他来了。

五

不过，他站在电视上要真实多了，那天晚上他告诉她每一次做节目上镜前都要由化妆师化妆的。他的脸有些黑，不如在电视屏幕上看见的那么白，那么圆满，他有些瘦，脸比她印象中的要长，只是眼睛仍旧显得很大，这使他看上去很有神采。她看见他时，他的表情有些焦虑，似乎心情不好。她站了起来，她有一丝兴奋，她告诉他，她知道他是谁了。他古怪地笑了一下，然后他们就一起坐下来了。

六

事后她想，他所有的动作、声音，他身上散发的气味都是温柔的。这与他那种有棱有角的外形和气质多少有些不符，有些超乎她的想象。整个晚上她陪他喝酒、唱歌，他酒量很大，似乎总是喝不醉，他们喝了很多酒，她有些支持不住了。她把头靠在他的腿上，她想睡觉了，不知怎么，她对他产生了一种亲近的感觉，和他偎依着唱歌、笑闹时，她心中竟涌出一丝暖意，她忽然感到自己的下体有些湿了，这是她在想象将和他亲密的场景时发生的。这是一年来她做小姐从未发生过的，因为她没有喜欢过任何一个和她的身体接触的男人。他们总是心急火燎地把他们体内的一点白色黏液排出来。总是这样，她假装呻吟，假装很兴奋，假装和男人一起达到了高潮。但是今天，当她感觉到他浓重的忧郁和焦虑，当她感觉到他的另一面，他的心里有事，像个普通男人一样有烦恼时，她的身体有了反应。后来，他俯身趴在了她的身上。两个人都喝了酒，她昏昏欲睡，包厢里的灯是昏暗的，卡拉OK已经停了，屏幕上一片蓝光，宽沙发边的宽大茶几桌上酒杯全都倒了，他开始吻她了。后来她觉得她好像全身都布满了舌头。他的舌头，那软体小动物几乎探索了她身体的大地，连潮湿的谷地、山涧与斜坡都不放过。她感到他的确是温存的，仿佛一块柔软的电热毯，慢慢地覆盖了她的全身。

七

这之后，一切都松懈了下来，两个人的酒也醒了，他似乎快活了许多，还谈到了他的工作，正在进行的工作。一个农民，因交不出提留款而服农药自杀了。这件事应该由谁来负责？村长吗？政府的农村政策吗？这个农民的性格吗？这是需要他这个《真话真说》节目的记者和主持人去真话真说的。他兴致渐渐高了起来。凌晨两点，他要回去，在给了她在她看来很高的小费，她也谢过了之后，他要走了，但在出门时，他迟疑了一下，回头看看她："你今天晚上和我一起走，陪陪我吧。"

八

他觉得她的身体非常美，这让他想起了当初和妻子一开始亲密时的感觉，那已经是五六年前的事了。那时候他觉得妻子的身体像一个贝壳，他是海边长大的，喜欢那种光滑可人、有美丽花纹的小东西，妻子的身体圆润、健康、饱满，和她结婚后让他日夜迷恋和迷失，让他变成了一个迷途于这巨大海贝上的一个斑点。他宁愿变成一枚痣，永远地停留在妻子的皮肤深处。但就在一个月以前，他们之间出现了危机。因此，当他在酒精催发中，在包厢昏暗的灯光照射下，俯身向她，发现自己又和贝壳般的肉体相遇了之后，一种从生活的深渊中升腾起来的喜悦让他振奋。一开始他把她看成一个三陪女，他对她是视而不见的，他的大脑中全是他周围的人与事，他必须面对的家庭解体的问题，他主持的节目既受到疯狂的欢迎，也时时在提防着各种明枪暗箭。本来他是不需要出来亲自采访的，他们的节目可以委托各地电视台的同行以他们的名义去采访，也常派出专职记者去采访。但这一次，为了散散心，他来了。这里还有他大学时代的同学，已当上了一个市的副市长，当很多传媒名人推出了他们的传记的时候，有出版社也要给他出书。这个同学约他时，说是可以给他找个十分安静的不受打扰的地方。但离开了家中那凝滞的空气，他似乎感到更为沉重了，他无法保持更好的心情。生活中有好几头野兽一起撕咬着他，他感到非常累，他既不想采访，也不想写自传，他只想在布满星光的天空下那大地草丛上睡一觉，把自己的问题想清楚。他已经三十多岁了，他需要解决好自己的心理问题和现实处境，那就是，他是否应该离婚？妻子告诉他有这种可能，他应该怎么办？

九

他打开了车门，又帮她打开右边的车门。这是一辆"克莱斯勒·君王"型号的轿车，它的颜色华贵润泽，三点六升、六缸汽油电喷发动机，前置前驱。这是他当副市长的同学借给他在当地开几天用的，车主是一家饲料公司的老板。他开这辆车时发现它很不听使唤，这可能是一辆走私车。车上的表盘显示它已经走了接近二十万公里了。而且这辆车肯定被撞过了，他觉得左侧车门开关都有些别扭。过去他自己一直开一辆三菱越野车，那辆车跑起来就像一头敏捷的山羊，而且日本车性能好，耗油低，非常舒服。现在，他要开车走四十公里，到他的住处去。那里有一个非常高级的度假村，周围全是山村，这条贯穿城市的大河也经过那里。

也许我不再想把她的肉体像打开贝壳那样打开了，他想，我只需要人陪伴着。他平稳地开动了汽车，仿佛连一点酒也没有喝，车子很快就上路了。

十

在发现了那些午夜河流上的闪光之后，他稍微有些不安。这仿佛是一种直觉，告诉他今夜可能要发生某些事情。在车上他们都沉默了，都不说话，是因为刚才说得太多了吗？他过去没有与这样的女人发生过肉体的关系，在心理上他总觉得肮脏，但今天，他干了，这是为什么？是因为妻子要离开他吗？是为了报复妻子的背弃吗？妻子和他们的一个好友，一家保龄球馆的经理有私情，他是一个月以前才知道的。他的妻子和他一样，是另一家电视台《生活》栏目的主持人，他们被誉为金童玉女。但突然有一天，他感觉到不妙了，如果一个人爱另一个人，那么这个人有任何一点微妙的变化，情绪上些微的波动和迁移，他都是可以察觉的，你可以从她的声音、眼神、气味、突然紊乱的生理现象上来判断。他妻子过去无比正常的月经，突然在近两三个月混乱了起来，几乎变成了丛林中的"游击队"，他们都不知道这液体什么时候会涌流出来，会渗漏出来。在他们的性生活中，他从不戴避孕套，有时候她吃一些避孕药，大都是以计算安全期的办法来避孕的，因此，这一段时间他根本无法计算安全期，直到他感觉出异样来。他闻到了一种气味，感觉到了一种光线。他先是跟踪了她，查了一段时间她的寻呼机上常出现的号码，采用排除法，不经意地说一些他怀疑的对象的名字，来观察她的反应，然后他就得出了结论。她承认了。那个男人是他们的老相识，一直没有结婚，但似乎总有女朋友，他们过去每周去那个朋友的保龄球馆打两次保龄球，现在，恐怕得由她一个人去打那些球瓶了。她默认之后，他要她拿出一个办法，她说要考虑考虑。之后，他就经常在外过夜，不太回家了，然后他就主动出来采访这个农民之死的事件了。然后，现在，他和一个二十岁出头的贝壳一样的女人在一起，在午夜的道路上向四十公里外疾驰。

十 一

　　沉默笼罩了一会儿，车内的空气明显过于沉闷了。她把头抵在车窗上，闭上眼睛，尽量不去看那些午夜河流上的闪光。然后，她开始和他聊起了那个农民的死，一个人的死。一个人选择自杀，要什么样的勇气？他承受了什么样的压力？难道不死不行吗？有那么多人还不都在好死不如赖活着？为什么留下妻儿老小，一个人独自离去？这不是更不负责任吗？谁来养活他的妻小？如果他恨的人是村长，他可以以怨报怨，和村长一起同归于尽啊！他是因为善良还是因为懦弱？是因为感到乏味还是因为悲愤？她一个又一个问题地问他。这开拓了他的思路，因为明天一大早他还要去采访，他已经来到这里两天了。他明天的采访将是最后一天的采访，然后他就会离开这里，回到家中，重新面对一个问题：是否和妻子离婚。他不想离婚，但她似乎执意要离开他，不为别的，只是因为一种厌烦吗？一种两个人在一起生活了五六年之后的厌烦？妻子执意要离开他对他打击很大，他内心很沉痛。过去，所有的人都夸耀他们，认为他们是天生的一对儿，事业上互帮互助，形象上金童玉女，生活上互相料理，但是，恰恰是这种完美，要让他们分开了。他的内心很痛，现在离开家有一千多公里，他仍感到这即将到来的分离使他的心一阵阵绞痛。他的思绪不断地由过去进入现在，他的手有些儿抖。车子有些摇摆，她注意到这一点了，说："要不，休息一会儿再说，我们都喝了不少酒，我们先停下来吧。"

十 二

他们把车停好，就停在那条河的边上，午夜的星光灿烂，大地深处泛起了潮湿的雾气，清新、清凉，他们走上横跨那条小河之上的一座木桥，那桥吱吱作响。这里的河面变窄了，有三四十米宽，他们下了桥，走到了一处田埂上。水稻田边，蛙鸣阵阵，蚂蟥都蜷缩在水中，水稻草把身子摆来摆去，像迪厅里沉醉于狂欢的无聊青年。岁月像镰刀收割麦子一样，也会把他们都收割了，所以，及时行乐吧。他们坐在了田埂上，看见了黝黑的星空。

星星并不多，点缀在天穹上的几颗又大又亮。他们坐下来时她发现他的手里又多了一瓶酒，是一种叫"杰克·丹尼"的大众品牌的威士忌。"咱们再喝一点儿。"他说。"你的心情似乎不好，"她说，"可你今天喝了那么多酒也不醉，和我在一起，你的心情好了一点吗？"他搂着她的腰，仰脖喝了一大口："你也喝一些，这酒真的很好喝。"一只青蛙在不远处的稻田中腾跃而起，又哗的一声跌入水中。

十 三

"做这种事有多久了？"

"一年多。"

"没有别的谋生办法？"

"说来你可能不相信，我在师范学院毕业后，当了一年多老师呢。"

"你刚才没有讲这个。"

"当老师太穷了，而且，还经常拖欠我们的工资。现在，我每个月挣的钱比那时候多几十倍，就因为这个。"

"你并不大，有二十岁吗？"

"我有二十二岁了，我刚才告诉过你了。"

"我可能喝多了，你还告诉了我什么？"

"我还说了好多事。"

"什么事？"

"我们家的事，我爸爸很早就死了，我弟弟去年在公路上骑摩托，忽然电线掉下来，把他的头给割掉了。"

"你刚才说了这件事？"

"说了，我还说了别的。"

"……天上掉下来电线，就能让飞驰中的摩托车手的头……我无法想象。"

"这是真事儿，因为，我弟弟在去年夏天就是这么死的。"

"后来呢？"

"他正准备结婚呢。他正要当新郎，可那电线……有人叫我们家人打官司，我们就打了，后来，供电局赔了十万块钱，因为，那电线杆已变成朽木，早该换了。"

"这事儿要是我们知道了，可能就会来采访了。"

"供电局爽快地给了钱。他们给了钱就算了。"

"可毕竟是一条人命啊！"

"钱可以换命。再说，也许就是我弟弟运气不好。怎么那么多人、那么多车都不会出岔子，偏偏是他，摊上了这个？"

"这件事是很奇怪。"

"我妈妈心好，她把那十万块钱中的一半，给了我弟弟原来的对象。剩下的钱，她用来买了一辆农用车。她是一个菜贩，她把菜从乡里头收购好，然后运到市里去。但去年她没有赚到太多的钱，她还没有我挣的多。"

"……四周多安静啊，一个人也没有。在城市中很少有这种时候，可以看一些过去不太注意的东西。"

"是什么？"

"星星，田野，空气中的味道，蛙鸣，河面上的闪光。"

"你也看见了它？"

"什么？"

"河面上的闪光？"

"看见了。我有点儿怕那种闪光，像磷火一样一闪一闪的。"

"这条河不大，但很长，和这条公路一直这么走。这河是从山那边流过来的。"

"它们互相做伴。这河和这条公路。"

"有意思，它们又不是人，怎么能做伴？"

"你以后会怎么样？"

"……嫁一个男人，生个孩子。要是头胎是个女的，我还得再生一个。我们那地方就这样。"

"为什么不再做老师？"

"我？不可能，我不会再站在讲台上给小孩子讲童话了，没有童话。"

"当然可以，当然有童话。"

"没有了，对于我来说，我只想为自己活着。嫁个老实人，也许会嫁得远一点，不会有人知道我干过这个。"

"有羞耻感？"

"当然了。这是自然的，我们说些别的吧。你为什么想离婚？"

"我什么时候告诉你了？"

"刚才，刚才在歌厅里。"

"因为……因为她和别的男人……这事很简单。"

"她是干什么的？"

"节目主持人，和我一样，电视节目主持人。"

"很多人都会羡慕你们，每天有那么多人看你们。你们都是名人，名人也会有婚外恋？"

"名人？名人这种事更多了。"

"既然已经结婚了，干吗要离婚？不结不行吗？"

"我也不知道。我也弄不明白。"

"我没想到，你也会有弄不明白的事。"

"为什么？"

"因为你在电视上，好像什么都懂，你什么话都会说，评论那些大事小事，什么都说得头头是道。"

"生活很复杂，人性，人性也有很复杂的一面。"

"其实生活挺简单的。你付了钱，我就给你想要的，在我看来就是这样。"

"别人付了钱，你也和他一样干？"

"一样的，我老实承认。不过，我已经有一段时间没有出台陪男人过夜了。"

"为什么？"

"因为，因为我开始讨厌这样了。我和你出去，是因为，就是因为我喜欢你。"

"喜欢我什么？"

"你在电视上那么老成严肃，可你在歌厅里像个大孩子，又吵又闹又叫的，你活泼可爱。"

"就因为这个？"

"是吧，再说，我对你有一种感觉。"

"什么感觉？"

"我对你有一种……身体发热的感觉，想和你亲热。你开始并不想理我，你嫌我太脏了吧？你可能看不起我们这种人。"

"没有，我在想我自己的事。我的个人生活要发生变化了。我离开家还在想这件事。"

"可你并不想和我干，我看出来了。"

"你的体形……像我老婆过去的样子，你生气了？"

"……嗯。要是我不像她才对。我不想像你老婆。你总是被你老婆控制着。我看得出来这个。"

"没有，我们更像是朋友。我和她……"

"我刚才出门时，老板娘暗示我最好别跟你去。因为她知道我们要走这么远的路。"

"她什么都知道，是我的朋友安排的，他们叫我连小费也不用给。"

"你是名人，能陪你，我一辈子都忘不了，我已经忘不了了。我要是你老婆，就不会和你离婚，也不会喜欢上别的男人，因为，你太优秀了。"

"这是因为你现在所处的位置，你才会这么说。如果你和我老婆一样，你就不会这样了。生活时刻在起变化。生活就是变化。我们走吧，我有些冷了，你也冷了吧？"

十　四

　　他们又重新上了车，因为他们感到有些冷了。那种清冽的空气包围着他们，这是田野深处的气息。他把剩下的"杰克·丹尼"威士忌都喝完了，酒瓶子歪倒在田埂上，他留下了它。当他们走后，一些青蛙从水中跳了出来，抱住了那个仍有人的余温的酒瓶。

　　这时候还不到凌晨三点，天空中，那几颗明亮的星星更亮了，她在车里可以看见。她仍旧把头抵在车窗上，这样既可以看见黑暗天空中的星星，也可以看见闪烁在公路旁那条河面上的细碎的闪光。她内心深处升起了一种对他的信任感，她觉得这个男人今夜是孤独的，今后可能仍旧是孤独的。今夜她可以陪他，可以后呢？以后谁会从肉体和精神上来抚慰他？没有一个男人不是脆弱的，他们是孩子，幼年他们要叼住奶嘴，青年时期他们要偎依在恋人的胸部。她想这车再开一会儿就会到了，到他住的山庄。她将陪他过夜，把身体的甜腥和温暖一起带给他，因为他是一个需要安慰的男人，而且，她决定不再要他一分钱，那样她和他仍会是一种钱色交易。她对他已不是这样，她在心中对他已有了一种感情。这种感情是在他们相处数小时之后产生的。

　　他觉得脑袋有些沉，夜似乎更黑了。夜的大幕从天到地，无穷地拉开，遮蔽了大地、山川和公路，当然还有那条河。河流上细碎的反光令他头晕，刚才还没有这种感觉，也许这是那剩下的小半瓶威士忌的作用。这条路似乎越走越长了，为什么还不到？我还要开多久？我怎么一点儿也看不见目的地，那个度假村像一条围在半山腰的玉带一样的灯光呢？那些细碎的反光全是那条河流上的，是河水在说话，在隐秘地提醒我什么？她看着窗外，她的身体仍有一种热量，这使他感到可靠，在这漆黑的晚上，有她在身边，他就不会再有孤独感了。即使妻子将会离开他，即使他今后永远都会是孤独的，但今夜，他不会是孤单一人，因为有一个单纯、丰满的女人将伴他一直到天亮。和你相伴到天明算不算多？不多，一点也不多，因为马上就要到达目的地了，我会再次打开她鲜美得如贝壳般的肉体，我会……

十　五

……他再次打开她肉体的贝壳。贝壳的皮肤是美丽的，它的花纹和颜色简单质朴，但有它自己旋转的方向，那花纹十分动人。在贝壳内部，隐藏着的是深红色的果肉。如果一枚贝壳是一颗果实，那么它的核心部分就是它的果肉，这果肉是全部的秘密，它收缩、颤抖，它带动贝壳前行在沙地上。贝壳都是不一样的，即使它们表面看上去有些相似，但它们都有不同的秘密。贝壳中的肉体，这肉体隐藏着多么大的激情？那是带电的一瞬，是分泌液体的一瞬。贝壳的分泌物将在沙滩上留下一道闪光的遗迹，这遗迹引导太阳光线沿着它飞跑。当贝壳打开，这一瞬间是欢乐的，它意味着奉迎、接纳、承受、敞开和结合，意味着一种甜蜜而又激烈的交流，它将生命中激越的那一部分能量释放。那种电光石火的激情，是贝壳对自己命运的反叛和嘲讽。他再次打开她肉体的贝壳，这时候，他仿佛看见了黑暗河流上的那些闪光……

十　六

　　的确是那黑暗河流上的闪光刺激了他的眼睛，使他从一种抵达目的地之后的、要打开她身体的贝壳的想象中回转过来。但是已经晚了，他的车，他和她共同乘坐的这辆旧"克莱斯勒·君王"轿车，发动机发出了一声古怪的吼叫，凌空一跃，仿佛巨兽扑向猎物，汽车扑向了闪烁着光的黑暗的河流。这是在极短的时间里发生的。

十　七

这之后，一切仿佛都已变成了慢动作的世界，汽车沉入水中是如此缓慢，慢得他们都来不及钻出来。实际上，这灭顶之灾是瞬间发生的，他们还来不及想到发生了什么事，汽车已经开始在黑暗的河流中沉入水面，迅速向更加黑暗的水中沉没。这一刻，那些细碎的光亮，黑暗河流上的闪光不见了。那些星星，像孤独的守夜人般的星星，也不见了，包围着他们的是一瞬间的真实的黑暗，仿佛一下子，他们就来到了地狱中，这地狱是如此之黑，它就像吞食物质的黑洞，吞食了所有的声音和光线。这汽车像棺材一样向水中下沉，像一个玩具棺材一样向水中无声地下沉。

十　八

他慌了，他打算打开车门。但他推不开，车门外的黑暗中，仿佛有十个人在一起推着车门不让他打开，那十个人蓄谋已久，幸灾乐祸，他们齐心协力，不让他打开车门，从中逃出来。他们真的是想让这辆汽车变成下沉的棺材，装着他和她，一个男人和一个女人，亚当和夏娃，一个因为蛇的诱惑而吃了禁果，另一个，因命运和选择而变成了一个不洁之人，他们乘坐的水中棺材在向水底无声地下沉。

但这一刻其实是有声音的，他们两个人推动和捶打两侧车门的声音在水中传得很远，这是一种闷响，钝钝的，传得很远，惊动了在水草下、水流中睁着眼睛睡觉的鱼。车灯是开着的，照见了河流中的鱼和水草，它们像纷乱的鸟群和蚊群，在车灯所照的范围之内像箭一样闪避，不知道这一刻本该宁静的时候发生了什么事，为什么会有这么一个庞然大物从天而降。一条又长又宽的鳗鱼，愤怒地在车窗外像柳条一样摆动了一下身子，又像一条鞭子一样迅速弹开了。汽车灯光是明亮而又强烈的，它照亮了附近的水域，连水中慌乱地浮动的小鱼和小虾，还有更小的浮游生物，也都看得一清二楚。仿佛来到了海底世界，或者是海洋馆，他们俩乘坐水下通道车，透过玻璃看见了纷繁复杂的水中世界。但这一次他们是来到了河底世界，这河底世界被打破静谧之后的纷乱仍让他们触目惊心，和被惊扰的动物一样，他们俩也是慌乱的，他们现在想的只是从车里出去，像水底升起的巨大的水泡那样，一下子就升到水面，成功地飞出牢笼。

十　九

她信任他，在慌乱中她看见他示意她不要慌，因为这是刹那间发生的。汽车在向水底沉去，水还没有渗进来，这辆汽车的封闭性非常好，但现在水对它有压力，那种压力把它压得嘎嘎吱吱响，车身四处都传来了响声。必须打开车门，她想，只有这样才能冲出车子，现在他们才发现这条河不宽，但却很深，足有几十米深，如果它只有几米深，那么一切都好办了。现在，这辆汽车像抛锚的潜艇一样在向河底沉击。她的脚踩中了一件东西，她摸了起来。那是一把扳手，从工具箱中掉落下来的月牙扳手，它掉下来得真是时候。她一下子把它抓在手中，像在野兽来袭之前的一瞬间抓到了武器，这使她感到了安慰。而他，这时仍在奋力地推着他那一侧的车门。她把扳手递给了他，车内的氧气不多了，她已经开始有窒息感了。他抓过了扳手，用力抛砸左侧车门上的玻璃。第三下的时候，一声撕裂的声响响过，车窗玻璃被砸破了，水一下子和碎开的玻璃一起涌进了车里，像一条水龙，撞向了他们两个人。他们看那些涌进来的水，仿佛直接面对了泥石流的涌动，他向后侧了一下身子，那股水流径直撞在了她的身上，将她死死抵在了另一侧车门上，仿佛有一股巨大的力一下子把她钉在那儿。待让过了水的先锋，他才又向外推打车门，但是不行，真的不行，一股水流一下子把他也冲了开去，他向后撞上了她。

水流一下子就充满了整辆汽车，它迅速地增加了重量，加速了下沉的速度。一些慌乱的小鱼在他们眼前晃动，这一刻他们比任何时刻都慌，也比任何时候都绝望，因为，他们可能都出不去了。这时候，他奋力地再次向那没有玻璃的车门晃去，他感觉到她在推他，她在帮他，他的头钻出车窗了，他的身子也出去了，他整个人都出去了。他转过身，看见了车里的她那黑色的影子，他伸出手去拉她，打算把她拉出车子，因为刚才他是借助了她的推力，身子浮出车子的那一刻，他的脚还踩中了她的身体，现在，他也要把她从车子中拉出来。他伸出手，但他抓住的并不是她的手，似乎只是她的头发，那头发很滑，他一拽，手就滑开了。正在这时，这辆已经进水的汽车的车前灯灭了。四周一下子进入了一种真正的黑暗，这黑暗使他感到了前所未有的恐惧，他害怕极了，如果再在水中多待几秒，他就会被憋死了。他立即摆动身子，向上浮游而去，像一个巨大的水泡向上升去。

二　十

这是无比漫长的过程，这一刻是和死亡较量的时候，死亡的手在轻扯他的衣襟，把他向下拉，但求生意志却使他尽力上浮。这一刻又是充满了欢欣的一刻，仿佛是刚刚历经了地狱景象的恐怖，现在，他在向天堂急速上升。但这时他是孤独的，只有他一个人在向上浮游，而另一个人，她，则和那辆汽车一起沉下去了。他孤独地一个人向上浮游着，用着所剩不多的最后一点力气。即使是孤独的，也要活下去，即使一个人已经沉下去了，那么他，另一个人，一定要游出水面。这种信念支撑着他，因为他一点儿也未曾松懈，他来不及想别的，也来不及体味四周的黑暗，仿佛要逃离一个魔窟，他只是奋力向水面浮游而去。他在上升，一大串气泡也和他一起上升，他仰脸向上看，透过水幕，他似乎又看见了那些星星，只不过它们显得摇摆不定，颜色也有些晦暗，这是因为在水中看它们的缘故。水面就要到了，那水面闪动着一些亮光，他就要抓到那水面了，他拼命向上浮游着，像一条从鲨鱼嘴里逃生的海鱼，摆动身体，继续向上孤独地游去。

二十一

你和那辆汽车一起向似乎没有尽头的水底沉下去了。你这时候已经被水流所完全拥抱，水柔软地、欢快地、有预谋地把你紧紧地围住了。缓缓下沉的汽车，像一首渐慢曲中的一个音符，缓慢地下沉，这时候你还活着，你的眼睛是睁着的，你看见了那些水，它们把你周围所有的空间都给填塞满了，把你衣服也渗透了，把所有的空气都挤了出去，你肚子里的空气也在往外吐，它们形成了一连串的上升的气泡，一个接着一个，急速上升，仿佛在奔向一个它们早就想去的地方。你的头发像海草一起漂浮了起来，黑色的海草，在水流涌动中优美地摆动着身姿。曾经你想把头发吹成飘扬的草，它们都蓬勃地向上长，但终究因为担心发型过于奇怪而没有弄成。而你周围的小姐们，她们可以把头发做成篱笆、梳子、火炬、窗帘、火烧云或是别的，你还是长长的披肩发，发端也是直的，没有带卷儿，你本来想把它们烫成卷发，但终究没有做。你有好多事情想了都没有做。头发是这样，还有别的。现在，你的头发向上疯长，在水中漂荡，你的眼睛睁着，都可以数清楚你瞬时间吐出的气泡，你觉得自己力气不多了，你仍想冲出去，你在下沉的汽车中感到头重脚轻，有些晕，这是因为汽车下沉时受河底水流推动的影响。你现在有些失望了，因为你知道你已经逃不出去了，你将和这辆下沉的汽车一起坠入黑暗的河底，并永久地待在那里。

刚才你和他在一起的时候有着无比强烈的求生欲望，你盼望着和他，那个带给了你信任和快乐的男人。你也想和那个带给了你快乐和温暖的男人一同从车子里钻出来，一起像逃脱阴险的渔网的鱼一样欢快地游动，向上游去，去接触星空下潮湿的空气，你们只有靠那空气才能活着。但是现在他一个人走了，他在钻出车门的时候并没有拉住你的手，他的脚甚至在逃离的一刹那，还踩在了你的肩膀上和胸脯上，为的是借一点力气好奋力地挣脱这牢笼，就像游泳健将在起跳台上纵身一跃，尽量跃得远一些以求获得领先的一点点距离。但他这一踩，把你又重新推入了黑暗的车厢里，你像一块浮木一样在汽车内随着迅速涌入的水流转动，最终失却了逃离汽车的机会。当他像一团巨大的气泡离开了汽车，离开了你迅速地上升的时候，这一刻你知道你只能和这汽车一起下沉了，浓密的水已经包围了你，它们一开始包围着的是汽车，但现在已经把你彻底地包围了，你身陷于一种真正的黑暗，除了下降，你和汽车都没有别的方向。

这一刻你想了很多，你在想，这一切是如何发生的呢？为什么一下子汽车就会跃入水中？这条河流中有什么东西吸引着这辆汽车？是那些在河面上的闪光吗？它们一开始闪动，就是为了不停地召唤这辆汽车的到来吗？这是命中注定，还是只是一个偶然的事故？你想不清楚，你只是有一些心痛，因为现在这车里只剩下了你一个人，而在此之前这里面曾经有两个人，一个男人和一个女人，女人是你而那个男人你信赖他，你坐在他的车上要走几十公里的路去和他一起过夜，到了明天，不，到了今天天亮的时候，他也许就会把你再送回去，你的生活并不会因为遇见他而有真正的改变，他也不会因为你而有真正的改变。那么现在，是谁改变了？是他吗？他已经不见了，他到哪里去了呢？刚才他还握住了你的手，他的手心里还有点儿潮，因为紧张，因为孤独，因为性欲勃发？现在，这只手没有了，你离他更远了，越来越远，直到你沉入一种真正的黑暗里。

你本来就离他很远，远得有一两千公里，他生活在一座巨大的城市里，那里到处都是楼群和人群；而你，生活在一座小城市的边缘，你的家则在另一处乡村中，那里被水稻田终年环绕，你在野花中唱着歌慢慢长大。你小的时候曾被你家房前屋后的花椒树上的刺给扎破了手指，你的手流血了，你的爷爷、奶奶、父亲和母亲都非常地疼你，你父亲还把那棵惹了祸的花椒树一下子给砍掉了。你在田野上奔跑，采来各种野花，你用竹签就可以准确地扎中那些远距离的蟑螂，你还会从墙角的灰中掏出一些土鳖子晒干了去卖钱，你连蚂蟥都不怕，在水田里它们刚把头钻进你的肉中，你狠狠一拍，它们就都掉出来了，你用玻璃碴子把它们一切两半，可它们仍活着。你奶奶告诉你把蚂蟥烧成灰了它们仍活着，不信你把蚂蟥灰撒进一个盛水的玻璃瓶，它们就会变成无数个小蚂蟥，你这才对这东西产生了敬畏，一种深深的敬畏，你是一个有着强烈的好奇心的姑娘，你后来上课时提问比谁都多。但父亲突然死了，死于一种奇怪的肝病，你父亲死的时候肝肿得非常大。这样，家里就没有钱再供你去上学了，你选择了一所有生活费的师范学校，你去那里为的是忘掉父亲的死，为的是早一点自己养活自己。到后来，你当了老师，再到后来，你就跑到另一座城市当了坐台小姐，然后有一天，你遇见了他，你麻木的心有了一丝亮光，你发现他需要你，这个电视上经常可以看见的、你可望而不可即的男人，实际上是那么软弱和脆弱，他有他自己的烦恼和忧愁，他像个孩子——因为他又会耍赖又会撒娇，你喜欢上了他，因为他不仅是一个大众人物、一个电视人，还因为他是一个温柔而又孤独的男人，他的舌头和手都是温暖的，他让你的身体发热，分泌各种液体，让你答应他带你走，随便他会把你带到哪里，你都愿意。

　　但把你带到这宁静的河底，你愿意吗？把你交给河流上的闪光，然后一路下沉，你愿意吗？如果把你带到一个长满了野花的原野，你一定愿意；把你带到更大的城市，那里灯红酒绿、车水马龙，你也会愿意，因为你一直等着一个好男人可以带走你，把你带得越远越好。如果你现在的生活是一个苦海，那么这个人将把你带离苦海。但那只是一个梦，你仍在做梦，现在，在下沉的时候你还在做梦，梦想着有一个男人，他会奋不顾身地潜入水中，拉住你的手畅游水底，然后逃离这死亡的深渊。可没有这个人，他已经离你而去，没有这样的男人，只剩下了你，独自在车中留存，被水流包围，并继续向水底沉落。

你的眼睛还能看到光线，那是汽车前灯，它们又亮了。但在黑暗的水底，水太密而黑色太浓，它们不能照到更远的地方，你可以看见那光亮中，河底深处的游鱼在安详地游动。它们在夜间也没有休息，河底的水草是那么茂盛，它们像一丛丛的灌木林，像一个秘密，像一片森林。但是鸟儿变成了鱼，这里变成了一个无声的世界，一个过去你想都没想过的世界，现在，你正来到这里。

你对他有些怨恨吗？你怨恨他什么呢？你对他都还算不上了解，只有一夜情，不，只是半夜情，前半夜情，后半夜还没有进行，就这样终止了。你会不会恨他独自一个人离去？不，你不怨恨他，因为，这太危险了，假如他把手伸出来拉住你，为把你从车子里救出而再花费几分钟，他也逃不了。等待你们两个人的将是僵直下沉的命运，这是毋庸置疑的。所以，只要他活着，你仍是高兴的，你庆幸他也许能活着出去，他会大声呼救，叫来救生员，把你从这河水深处救上来。所以，即使他在逃离这下沉的汽车时，踩在你身体上的那两脚是那么重，他也因此而获得了一种逃离你的速度，像一柄射出去的箭一样飞了出去，你也不怨恨他。你仍想念着他的舌头和手，它们都那么温柔，把你饥饿的皮肤喂饱，使你在下沉中仍因沉浸在这些回忆中而充满了眷恋。

那么，为什么现在在这黑暗、冰凉的水世界中只剩下了你，没有他，没有别的人？这就是你的命运和归宿吗？为什么你要不停地下沉，而气泡却都要浮到水面去？你有那么重吗？你和车加在一起的确太重了，重得除了落到水底，你们已没有其他的选择。这辆车也许是有生命的，但现在它对它的命运无法抗拒，只能任由其沉落。它只能睁大了双眼，刚才它还闭了一会儿眼睛。照亮周围的水域，为的是把这里看得更清楚一些，它惧怕黑暗，和你一样，它不想来到这里，更不想在这里待得太久。

你还想到了什么？想到了你那骑着摩托车在飞驰中突然被飘荡的电线割去了脑袋的弟弟吗？死亡是那么密集地围着你的家庭，先是你父亲，然后是你的弟弟，现在则是你了。可你现在还没有死，你可以借助灯光，看清楚这水底的一切，你似乎还可以听见声响，汽车的各个部位在水中承受着各种压力的嘎吱响声，还有水泡上浮的声响，那是你的体内、身上、汽车中所有的空气在逃逸，它们都想逃走，逃离这压力越来越大的河底世界。

现在他是否已经浮上了水面呢？他能否截住一辆便车，赶紧去报警？他们又能以多快的速度到达这里？等他们来的时候，你已经在这水底待了多久呢？你死的时候会是什么样子的呢？浑身僵硬，眼白突出，你看不见任何光线，像一块漂浮着的硬木板一样，和汽车静静地停留在水底。现在，一切都已安静了下来，刚才的骚乱完全停止了，再没有气泡逸出了，水已经把所有的空气都挤压了出去，让它们升到水面，然后爆裂了。水底又恢复了宁静。即便这条河流的水面流速很快，但水底速度却非常慢，而且因为水底有一个凹陷地带，水甚至在回流和旋转，所以在水底形成了一片相对安静的水域，而你，就待在这安静的水域中，一动不动了。挣扎没有了，那些刚才被惊动并迅速跑开的鱼又回来了，它们好奇地围着这辆汽车旋游，在车灯照耀出的水域探视。它们冲撞着挡风玻璃、车窗玻璃，它们想进来看个究竟，但那透明的玩意儿把它们的头撞得很疼，这使它们很纳闷。后来，它们终于从那一侧被砸开的车窗玻璃上钻了进来，它们看见了你，它们感到了害怕，因为，它们把你当成了一条大鱼，一条要吃别的鱼的鱼。你潜伏在这黑暗的处所，布下了一个阴暗的陷阱，为的是将它们全部擒获。它们慌了，它们像箭一样在汽车里四下奔突，但总是要撞在那几面透明的玻璃上。后来，它们发现你没有动，你的手臂甚至十分友好地伸展开来，你并没有对它们做出任何威胁的举动，你是善良的，像你过去的时候，过去任何时候都一样，你从不伤害那些小动物，它们就放心地来到你身边，用它们的唇和你的唇相碰，并且在你散开的长发间自由穿梭、嬉闹，它们感到很快活。它们和你的身体相碰，感到你的体温要高一些，因为它们浑身都是冷的，这又使它们很快活，它们游啊，游啊，在你的四周聚成了一条鱼的环流。

二十二

对于这一切，你是完全可以感觉的，因为，你很早的时候，就想变成一条鱼，你那时候还是一个少女，你还拥有很多的幻想，你最想变成鱼或者鸟，它们可以在水中游动，或者在天上飞，那种自由令你羡慕。那当然是在你的青春期，你身体中间的那个小孔，才开始定期排出鲜红的血来，这让你恐惧、烦恼，使你对自己的身体有了十分明确的意识，使你对做一个女人，感到了忧虑，这是从内心深处涌上来的烦恼，成长的烦恼。因此，你那时候最羡慕的就是鸟和鱼了。

要做一只鸟，可以飞遍大地，飞遍大地上那些闪光的河流。但这必须有一双翅膀。这要困难些。现在，当那些鱼包围着你的时候，当那些鱼摆动着优美的尾巴围你盘绕，形成了一条鱼的花环时，你感到，你自己也要变成一条鱼了。是的，机会来了，这时候你甚至可以变成鱼的女王，一条很大的美人鱼，你将和它们一同游出车厢，游向更远的地方，顺流而下或者逆流而上，看遍水中的风景。你感觉自己的身体在起着变化，背鳍、胸鳍、尾鳍一下子就长出来了，你的双腿变成了一条大尾巴，你只是稍稍一动，就游出去了好几米。那些小鱼们欢快地和你一起游动，它们甚至比你还快活，因为现在，它们有了一个保护者，这个保护者就是你，你是它们的公主和女王，可以带着它们在水底前行。

哪里才是你最终想去的地方呢？做一条鱼，可以在水底自由地游多久？顺流和逆游，你该到哪里去？倘若顺流而下，最终河流消失的地方，是和一条更大的河流汇合，还是消失在了大海里？而上溯，是抵达了一眼眼山泉，还是到了那冰雪融化的雪山之巅？这两个方向的旅途，都是十分艰难的。做一条鱼也是不容易的，而且，做一条鱼现在面临着更多的危险，要面临鱼叉、渔网的围剿，人们为了抓住鱼，发明了各种捕鱼的方法。他们除了用鱼叉和渔网，还要用炸药炸鱼，用电电鱼，用鱼鹰来捕鱼，用鱼竿钓鱼，用粘网粘鱼，用药水毒昏鱼。水下的世界也仍是一个危险的世界，大鱼吃掉小鱼，凶狠的食肉类鱼要吃掉温顺的食草类鱼，各种鱼类之间还要厮杀、抢夺和争战。水下并不是一个安乐的世界，即使你做一条美人鱼，在夜半唱歌，引动思乡的船夫流泪，同时也要提防有人射来一把鱼叉。人是险恶的，即使是丹麦的铜雕美人鱼像，也会有人用锯把她的头锯掉，并且把这颗头颅卖到很远的地方去，让她身首异处。

你对在水底做一条鱼感到恐惧了。但现在你已经在水底了，你做不成一只鸟了。一个人只能有一种命运，这命运迫使你必须待在水下。你要学会适应这水下的环境，你要习惯水流中的泥沙和各种寄生虫，以及人们排在河流中的废水、垃圾和排泄物。没有比水更干净，也没有比水更脏的东西了。你要习惯这样，习惯在水中摆动尾巴，自由地游走。

你的内心之中还有一种担心，那就是，他是否真的已经上岸。他是否真的已经逃离了？如果他没有逃离，那么他会不会也变成一条鱼了呢？他会变成一条什么样的鱼？金枪鱼、大狗鱼、草鱼、红鲤鱼、鳗鱼？他可能并不喜欢水，也并不喜欢在水下变成一条鱼。那么，他会不会变成一条长长的水蛇？你过去就怕蛇，你怕这种长长的东西会钻进你的身体里去。他会用他长长的身体缠绕住你吗？他如果想和你亲热，他那长长的头部和尾部，会分别钻入你的嘴和身体下部的孔洞吗？这使你不寒而栗。如果他变成一条水蛇，那么你希望他忘了你好，你们不是一种类别，你们应该在生活中互相忘却，仿佛你们从未认识，在各自的水域中生活。因为，一条美人鱼是永远都无法和一条水蛇相爱的，哪怕他们曾经相爱，曾经有过一夜情，但这也是不可能的。因此，你现在还是不要去担心他、猜测他，你还是认真准备做一条鱼吧。你已经在水中了，水底的光线越来越多，在水面之上，在大气层之上，天空中的星星已经稀薄了，它们像一些神秘的客人，又消失了。天快要亮了，太阳正在疾速地升起来，光亮在整个世界中充满，并且将向水底漫溢，抵达这条河流的深处，照亮每一条鱼的鳞片，也照亮了你，照亮了那辆黑色汽车。你实际上并没有变成一条鱼，你仍旧漂浮在那辆沉没在河流底部的汽车里。

二十三

我死了吗？我确实已经停止了呼吸吗？我现在仍旧在水中，在很深很深的水中。我已没有了窒息感，那水一下子涌入肺部的时候，我反而有一种轻松的感觉，就像是闸门开了水一下子冲进了大坝之外，我的身体里所有的空间已经全部被水占满了……可我并不想死，因为为什么非得我死。他呢？他到哪里了？他刚才在我的身体上踩了一脚，借了一把力气才逃出了这口活棺材……我真该听阿姨的话，不应该在这么晚了还要和客人一起出去。我为什么要跟他一起走这么远的路？他什么时候还会再回来救我？他会回来救我的。我现在仍旧在车里，刚才还有劲儿可以爬出去，但现在没有劲了……可我还有听觉，虽然水已经充塞了我的耳朵；我还可以看见，因为水底有微弱的光亮，我已经适应了水下的视线。他刚才跃起的时候带起的很多气泡全都消失了，现在四周很静，我可以想很多事件，但我知道有一种冰冷已经侵入了我的躯体。我已经变得僵硬了，可我的大脑还在活动。我对一切都很清楚，我很清楚我不知道我会在这里待多久，我也无法责备他自私，因为他是从很远的地方来的，远得只能从电视上看见他。他也孤立无援陷入了他自己生活中的危机里，我喜欢他，我崇拜他，我没想到我会和一个我崇拜的人待得那么近。他的手握住我的手，就像我的左手握住右手。他的身体是十分强健的，这让我有安全感。如果他能把我带走就好了，把我带到他生活着的那座城市，我可以随便干点儿什么。我可以在幼儿园当阿姨，只要能天天看见他和他在一起，可他有老婆，他已经向我说了。这不是令我十分绝望吗？我仍旧喜欢他，这怎么办？我愿意，我愿意跟着他，走到哪里都行，我愿意，但到这里不好，在水下只剩下了我一个人，不好。他呢？他快回来救我了吧？带着几个蛙人，他们都有氧气瓶，还会把一个氧气罩放在我的嘴上，他们拉着我的胳膊带我走在水流中上升。你们快来呀，我体内已经没有氧气了，虽然我还可以看见，可以听见，我的体温在下降，我还没有死，我想活着，活着就好，我再挣一点钱就可以开个小店了。我在他家附近开个小店，他每天去上班都可以看见我。我们心照不宣，我在夜里等他，他说要和老婆离婚，但是……但是他还没说要带我离开这儿，带走……把我带走，这都是我的想象，我刚才一直在想，在车里想，如果和他一起走该是怎么样？我喜欢他，他在哪里？你们快来呀，我体内的氧气不多了，我死了吗？我一动不动了，可我还听见一点儿水中的声音，我看得见那微暗的灯光中的鱼，这里只剩下我一个人，我太孤单了……

二十四

他浑身湿漉漉地爬上了岸，大口地喘着气，他这下子可被吓坏了，刚才他以为自己快不行了呢，他憋足了一口气拼命划水，当他把头探出水面的一刹那他知道他成功了，他像一只两栖动物爬上了岸，大口地喘着气，余悸未消，惊魂未定。他都回想不起自己的车是如何一下子就给翻到河里去了。现在，他看见了渐渐发白的天空，他看见了那种鱼肚白色，这与青色天空和黑色大地一起过渡成某种颜色，四周没有一个人，潮气从地底下升起，他感到又冷又饿，仿佛刚被谁从地狱中驱逐，在公路上也没有车辆，什么都没有，只有他一个活物，他嘤嘤地哭了几声，但他立刻想起水下还有一个人，她还待在水下面呢，她没能和他一起钻出水面。

二十五

"姓名？"

"罗宁。"

"年龄？"

"三十六岁。"

"职业？"

"电视节目主持人。"

"我看过你主持的那个节目，这回该轮到你真话真说了，汽车中那个女的，她叫什么？是干什么的？"

"我不认识她。她是一个歌厅的小姐，我不知道她的名字。"

"是忘了还是从来也没问过她？"

"……是忘了，她好像告诉过我。"

"昨天晚上你几点开车离开那个歌舞厅？"

"是今天凌晨。大概凌晨两点……我记不清了。"

"你要把她再带回住处嫖宿，对不对？"

"不，她喜欢我，愿意跟我走，我们没有金钱交易。"

"不会吧，她的手包中已经有一笔钱了，我们检查过那是你给她的吧。你给过她钱，对不对？"

"是的。但她喜欢我，愿意到我住处去玩儿。"

"玩什么？"

"聊天，喝酒，看电视，随便玩儿什么。"

"就是不上床吹吹喇叭？"

"看情况吧。"

"那就是说，也可能会上床吹吹喇叭？"

"会的吧，看兴致。后来在路上，我心情不太好了。我妻子要和我离婚，我心情不好是不会和她干那事儿的。"

"但她的阴道提取液中有精液。是你的吗？"

"是我的。"

"所以，我说你要带她回住处嫖宿，你现在不否认了吧？继续嫖宿，对吧？"

"她喜欢我。"

"每一个这种女人都会喜欢你，谁不知道你是《真话真说》节目的主持人啊，所以，你也要向我们真话真说。"

"她真的已经死了？"

"不知道，还在抢救中。但她在水下待了六个小时，你觉得她会活吗？"

"我不想让太多人知道这件事，我实在不想。"

"我们会做一定的保密工作。后来是怎么出的事儿？"

"可能是因为酒后驾驶，我喝得太多了，在歌厅里，在车上。"

"在车上也喝了？"

"不，我们是半路下去喝的。把剩下的小半瓶威士忌喝完了，然后把瓶子扔在田头了。"

"你们下车干什么？"

"在农田边上说说话，聊天，开车开累了。"

"你们在农田里干了没有？"

"没有。"

"在出事以后，你是怎么从车里出来的？你想过要救她吗？"

"我是用一把扳手砸破窗户玻璃，从里面钻出来的。那时候水下太黑，看不清她，好像水流一下子把她冲开了，于是我一个人游了上来。"

"为什么不救她？"

"我水性不好，活着出来是我命大，我来不及，我想着要救她，但我看不见她。"

"可你为什么能够在车里找到扳手？"

"是她递给我的，工具箱在她的那一侧。"

"那你也应该有机会把她救出来。"

"没有时间，确实没有时间，我想……我也可能只顾自己逃命了。"

"你从水下爬上岸后，干了些什么？"

"我在等车，等有人经过，我等了两个多小时，天已经亮了，有一辆小轿车开了过来，我拦住了它。"

"车主是个什么人？"

"像是一个老板，我给他讲了我的情况，他同意把我拉到我的住处，在车上我用他的手提电话和几个人通了电话。"

"你都和谁通了电话？"

"给交通管理局值班室，一个女的接了电话，我还和几个朋友通了电话，还有我们《真话真说》报道组的人。"

"听说你和陈永林副市长是同学，你给他打电话了吗？"

"……没有。"

"他知道你现在的情况，他已经向我们局长打电话询问了。所以，你一定要真话真说。"

"我没什么好说的了。我在一个歌舞厅玩儿，把一个三陪小姐带上车，准备带她到住处去过夜，但路上出了车祸，我侥幸逃生了，我没有蓄意制造这起车祸，我喝了酒，算是酒后驾车肇事吧。"

"我们还会继续调查。她的尸检报告的详细内容还有待专家确定。我问你，在落水前她是否还活着？"

"当然！难道我还杀了她不成？"

"这也是一种可能。"

"你太会推理了。我没必要杀她。"

"假如你在内心中瞧不起她，觉得你干了一件蠢事，你不想再带她回去了，或者她要价太高，你就会起了杀心。"

"她是一个不错的姑娘。可惜了，她过去当过小学老师，她的死怪我，怪我……"

"她的父母已经来认领过尸体了。他们认为你是凶手。"

"她的父母亲？她告诉我她父亲很早就死了的……"

"她的继父，她妈去年又改嫁了。可能她还不知道。他们说要起诉你。"

"难道，难道不能私了吗？我愿意出钱，我愿意赔偿……"

"你是一个名人，他们会借机敲你一下的。这都免不了。树大招风啊，谁让你是名人呢。可名人也有栽的时候。你走错了一步的话你就栽了。现在你就栽了。所以你要真话真说。"

"还要我说什么！这要毁掉我的一切了，我还有什么好说的？"

"你真的说完了？"

"……"

"好吧，请在这份记录上签个字，认真看一遍后请签一个字。"

二十六

《江城晚报》——

（本报讯）著名电视节目主持人罗宁昨日晚在我省××市至××县的公路上因酒后驾车出了车祸将车开进了公路旁的潮黑河。今天上午交通管理人员已将落水的汽车打捞出来。罗宁侥幸逃生。公安人员发现，在车内还有一个女人，已经死亡，系溺水来不及逃生窒息而死。死者的身份还在调查中，据猜测与罗宁有情感关系。也有消息说此女子系一个三陪小姐。罗宁主持的《真话真说》节目在观众中有巨大的影响，此次他来我省是为制作一个新节目，有关此事的详细情况，仍在进行调查之中。

二十七

"罗宁在我们这儿出了车祸，这事儿你知道了吧？"

"从晚报上看见了。可晚间的新闻为什么没播，他那么大的名气，这事可大了。"

"他所在的电视台通过宣传部施加压力，不让报道。你说我们从这件事中能捞到什么好处？"

"你知道他是陈永林的同学。你和陈永林一向是对手，可以借一把火烧陈永林一下子。我听说陈已经给公安局施加压力，想叫他们从轻发落。我们可以以陈永林妨害公务来整他一下。"

"所以，现在要静观其变，让他们先活动，咱们后发制人。"

"不过，罗宁毕竟是著名电视节目主持人，他在北京的关系多着呢，会有人保他的。这件事儿我们还得看上面的。"

"报纸已经把这个消息捅出去了，弄得越大越好，对我们没坏处。罗宁他们这个节目，这几年找了我们省好几次麻烦，有几笔基建资金，省计委因此就不给咱们市批了。我们不能放过这个机会。"

"听说那个死了的女的是个暗娼？这下罗宁算是完了。"

"所以，要尽快让一些外地小报把这个事情炒起来。要散布一些消息出去。"

"陈永林这几年势头很好，我听说马上要进常委会，任命他当常务副市长了。这不是挡了你的道儿嘛。"

"他给公安局去的批条，要弄到，通过纪检委去办。我们要有文字凭证，拉不动他下马，也让他别跑得那么欢。"

"这次罗宁那个节目，那个叫《真话真说》的节目，是来曝光江城市水泉县大石头乡小凹村一个农民交提留款自杀的事的。这下，出了这事儿，我们先不用派人去活动了。我们先把罗宁搞臭再说。"

"这是一个好机会，我们要利用好它，我们就算不成功，也不会损失什么，这是我们的优势。"

"这《真话真说》要是天天去揭别人的短，我看着都过瘾，可老是揭到我们头上，对不起，我们可不吃你那一套。"

"不要跟电视节目对着干，现在新闻媒介越来越厉害了，要巧妙利用，要迂回前进，韬光养晦。"

"要把罗宁判个几年刑，就是特大新闻了吧？"

二十八

《南国消息报》——

（本报讯记者庞亮程）××电视一台《真话真说》节目主持人罗宁前天凌晨在××省江城市××县出了车祸。他因酒后开车，将他驾驶的一辆克莱斯勒轿车开进了公路旁的潮黑河。潮黑河发源于××山，流经三省市，最后注入长江，在罗宁出车祸的地点水深达七十米。罗宁侥幸逃生，据称他是用硬物击破车窗玻璃，从车中逃出的。警方从打捞出的车辆中还发现有一具女尸，年龄约二十二岁，系一歌舞厅三陪小姐。据知情人透露，罗宁系打算将此三陪女带至住处嫖宿时，途中不慎出了车祸，此前两人都喝了大量的酒。罗宁因酒后驾车已被拘留，详细情况本报将继续予以关注。

《法制时报》——

落水女父母起诉著名主持人罗宁缠身官司

著名电视节目《真话真说》的主持人罗宁被起诉，目前××市中级人民法院已受理了这起诉讼案。罗宁一周前在××市××县境内出了车祸，由他驾驶的汽车落水，除他逃生外，车内尚还有一不知名女子溺水而死。据证实，死者叫王梅，二十三岁，系"金色港湾"歌舞厅坐台小姐，因与罗宁在歌舞厅中搭识，被罗宁带走。此案有望在近日开庭，不少观众对罗宁的遭遇表示惊讶和同情，因他在观众中享有很高声誉，所以大多数人对此事表示了震惊和沉默。

二十九

"我们当然要和他打官司了，就是他害死了我们的女儿。我们当然要和他打官司了。"

"你们打这场官司，是谁出的主意？"

"怎么，你以为农民就不懂打官司？这事儿，就得打官司，没谁给我们出主意。"

"有人在背后操纵你们，想搞倒搞臭罗宁，继而败坏电视台的声誉，这我们是知道的。你们打官司，是想让罗宁进监狱吗？"

"对！就是得让他进监狱！是他害死了我们的女儿。"

"不对吧，王梅不是你的亲生女儿。你去年才和她妈结婚，我们是知道这一点的。你其实最想的是要几个钱，对不对？"

"钱当然要要，可杀人偿命，我们要他为女儿蹲班房。"

"罗宁是酒后开车，也就判个两三年，而且很快会假释出去，这你们就一分钱也拿不到了，而罗宁不会有什么事的，这你们没想到吧？"

"官官相护，咱农民就打不赢这场官司，惩罚不了凶手了？"

"不要再唱高调了，我看咱们商量一下，把这件事给摆平了。"

"商量什么？"

"私了，明说吧，你们想要多少钱赔偿？罗宁不是故意要害人，这车祸不由人，人死了也没办法再活。罗宁是个好人，成千上万的人都喜欢他，他对你们女儿的死很内疚，希望以经济赔偿来私了这件事。你们还是撤诉吧。"

"我，我和孩子她娘商量商量。这可是一件大事哩。你知道，人命关天哩。"

"好，明天我再来找你们。你们要好好商量啊！"

三 十

在接连的好多天里他感到他真的像是一个溺水者，即使是他已经从水中爬上了岸，但他仿佛仍然在水中挣扎。他没有想到，这一回，他在社会中溺水了。如果说，社会也是一条河，那么它一定远比潮黑河要混浊，要复杂，要激流暴跳，或者说，他从真正的水中爬出来，又再一次掉进了水里，那一次他在挣扎着的是肉体，那么这一次，在逃生的则是他的灵魂。这使他痛苦，使他接二连三地重新回到那个晚上，那个漆黑的夜晚，远处的河面上不断有河在闪着光。一切仿佛是在梦中一样，他的车子出了问题，他们一下子掉入了河里。

仿佛一架摄像机将整个过程在回放，通过慢镜头回放。是的，是有一条在黑夜中闪光的河流，是有一辆汽车，它行驶在河流边的公路上。然后，这辆汽车突然驶离了惯常的方向，它向河里冲去，在它掉进河里的一刹那，定格：这一回我们看到的是她，是一个女人在驾驶汽车！

三十一

是的，是她在驾驶汽车，他说，是她开的，我在一旁指导。而且，警方确实还从她的住处而不是她的手包中，找出一个汽车驾驶证。这是这个事件的关键所在，是她开的车，不是我，是她把车开到那条河里去了。为什么她会把这辆汽车开到河里去呢？因为她说她看见了那条河流上不断地有闪光，那可能是汽车车灯照耀河面的原因，也可能是某种不可知的天气原因，那河面上的闪光扰乱了她的视线，加上我们都喝了酒。于是，汽车掉进河里了。慌乱中我在车厢里摸到一把扳手，我砸开了车窗玻璃，我逃了出来，她则和车子一起沉了下去，来不及逃生了。我对她的死感到内疚，她是我在歌舞厅认识的一个朋友，我很寂寞，想找个人说说话，于是我想和她说说话，彻夜长谈，在我的住处。我是把她当作一个朋友，我从来不嫖娼，也没想过，我怎么会干那样的事？所以，对她的死我比任何人都难过，包括她的父母。

虽然她的继父她甚至还没见过，我在内心中，在实际情况下，也要向她道歉，向她母亲道歉。毕竟，是和我在一起她才出的事，我愿意做一些经济援助、经济支持、经济补偿，我想对失去了一个女儿而言，他们，她的父母需要的除了安慰，还有钱。

后来他们开了一个价，他把钱给他们了。当然是他的朋友帮助办的。他们撤了诉。一些新闻媒体又用与上次相反的口径报道了这件事，而且，还报道了要点：是她开的车，而不是他。他像一个溺水者那样，又一次死里逃生了。

三十二

"我们要让他立即上节目，社会上关于他的传言太多了，只有他出现在屏幕上，才是一个最好的辟谣办法。"

"台长，他这件事完了没有啊？"

"当地公安局不是已经结了案吗？是女人，那个女人开的车，不是他。而且，他不是已赔了一笔钱吗？有人在利用这件事，在攻击我们《真话真说》节目组呢。所以他不能倒，你明白了吗？"

"可毕竟，死了一条人命。"

"那也不是他杀的，这一点公安局的人已经证明了。他是这台节目的象征，三天内让他出现在屏幕上。"

"我听说他后来是翻供的，那个女的父母撤诉，是因为有人威胁了他们……"

"王副台长，他必须立即出现在电视屏幕上。公安机关说没事，就是没事儿。抓人关人判人不是我们的事。群众喜欢《真话真说》，群众喜欢他，就是这样，他是我们电视台的一面旗，这是绝对不能倒的。"

"好的，我立刻通知下去。但你是说他一点问题也没有了？比如嫖娼什么的，有人，××市的人还向我们写信，说他……"

"公安机关已经定了性，没事儿了。我考虑，王副台长，一年后，再让罗宁静悄悄地从这个《真话真说》节目中下来，到别的栏目去，这样，对我们的节目，进而对我们的工作成绩都没影响，现在你明白了？"

"明白了，老黄，还是你高。如果他倒了，《真话真说》节目也就倒了，节目倒了，咱们也就没什么工作成绩了……明白了，老黄……"

三十三

"祝贺你，陈副市长，祝贺你当选为市委常委，我听说过几天要宣布你为常务副市长了。祝贺你。"

"有人还想把我搞下来呢，你知道，是他们一伙，想通过罗宁这件事整倒我。"

"但现在他们垮了，你胜利了，而且，你还把他们给挤走了。"

"不不，是正常调动，一个新班子，总得由些较团结的人在一起才行吧。"

"罗宁他没事了吧？还是你给他出的主意高，叫他翻了口供。"

"你没在电视上看见他？上一个星期，正是他主持报道了那个农民自杀的事件。他只要出镜，就没事儿了。因为，当时不是他开的车。"

三十四

那天他终于回来了，他走进家门，这里有他熟悉的一切，熟悉的家具摆设、室内植物、电器，熟悉的各种气味。有一些是她的，在他出差这一段时间，这套房子里他的气味少多了，充斥着她的气味。对这种味道，他是熟悉的，他熟悉她身上自然或各种化妆品所散发出的气味儿。他还想闻出其他的气味，但是没有，他没有闻出来，没有什么可疑的迹象。他像一个溺水者爬上了岸那样走进自己的家，他扑向沙发，继而又扑向床，他的身体需要这样的归宿。上一次他是从水中爬出来。他爬上了岸，哭了，这一回，他又从另一次溺水，或者说这种接连不断的溺水中爬出来，爬向了岸，这一回他是真的上岸了，他哭了。

她进了门。她听见了他的声音，她向他走过来，这一刻他们似乎都非常需要对方。她走到了他的跟前，他从床上坐起来，把头倚靠在她的胸部，像个孩子那样哭了起来。而她，也激情澎湃，为这像是久别之后的重逢、新生活之后的出狱而溢出了一点儿泪。两个人的拥抱都是心照不宣的，一个需要另一个；而另一个，在进行了一番漂泊之后，又打算重新回来。实际上，他们的拥抱相当复杂，因为，他们两个人都历经了一次出走，但发现出走之途十分险恶，在经历了小小的冰雹之后，他们又都缩了回来。对于她也是这样，她发现自己不可能和情人过一辈子，她不想在生命中重复一些已经发生的事，重复是没有任何意义的，于是，她也回来了。两个虚伪的人因为彼此的需要，现在他们拥抱了，拥抱得比过去任何时候都紧，因为他们都险些真正失去对方。生活中到处都是泡沫，能真正抓住的东西可太少了，而他们，既然已经抓住了对方，他们松了一下手，就又紧紧地互相抓牢了。

　　这之后的动作，两个人的动作是无声但又充满了默契和激情。他们做爱了。他们已经很久没有做爱了，但这一回，他们干得很好。因为，他们在经历了一次溺水之后，又一次牢牢地抱在了一起。

三十五

"你还想和我离婚吗？"

"我不想，我需要你。我知道你也需要我的爱。我得知了你出车祸之后，我就一下子感觉到我们分不开，我离不开你。"

"为什么？"

"那是一瞬间的感觉，我一下子觉得只有我们两个人才是最亲近的，我实际上不可能再去爱别的人，我喜欢上了他，实际上是为了体验一种因爱你而不得不生出的背叛，我因为这种背叛而证明了我对你有更深的爱。"

"我……听不懂，这太像绕口令了，他还缠着你吗？"

"没有，我对他相当冷淡。我们不会再来往了。你不愿意我再回来？"

"当然愿意，因为，因为那次车祸，我才发现我也非常爱你，非常需要你。我是怕失去你才去……"

"才去嫖妓，对不对？你居然干出了这种事，我一开始听说后大为震惊，但是，我后来明白了这是我给你带来的压力才使你那样做的，我知道是我错了。"

"我也不好。我确实不好，我希望你谅解我。你会吗？"

"会，因为我们都需要宽恕对方，你也要宽恕我，因为，我的确曾想离开你。"

"我们好好生活吧，生活已经给了我们不少的教训了。而且，那件事，那个溺水事件造成的影响，那种坏影响，我还需要一些时间，才能把它从心理上和周围都扫除。毕竟，好多报纸报道了这件事。"

"大家看我就像看希拉里承受着克林顿的'拉链门'事件一样，而实际上，我也是一个克林顿，我真的很糟糕……"

"我们这样开诚布公交流非常好。因为，我们要互相信任，我们还要工作，还要干很多事情……"

"不会再有什么力量可以让我们分开了。人要是折腾累了，都会安静地休息，都不会再去折腾了。我们也一样。"

"那也说不定，也许过几年，我们又会有新的问题出现。"

"为什么要管那么多？只要我们现在挺好，我们的未来也不会出问题的。"

"你有这个信心？"

"我有，你也应该有，你要有信心。我们互相都给对方信心，好不好？"

"好，我们的船，险些真的全沉了。险些全完了。"

三十六

于是，他和她都进入了梦乡。对于她的梦，他是不知道的，因为在一个人做梦的时候，他不可能进入另一个人的梦，但他对他自己的梦，是知道的。他梦见他再一次沉到了水底，这一回他是来找那个和他一起沉入河底的女孩的，这一回他背着氧气瓶，像一个蛙人那样潜入了河底。他回来了，他没有践约，因为他记得当时他们俩一同沉在河水中，她推他向车外时的眼神是盼着他来救她，和他一起逃生的。但是他活了，她却死了，现在，他来找她了。

河底的世界是斑斓的世界，我们说过它还是一个幽暗的世界。在这个幽暗的世界中生活的除了水草就是鱼虾，不会有人的。但是他渴望发现她，发现一个女人，这个女人和他一起沉了下去，而他来不及救她，独自一个人获救了。也可以说她运气不好，也许这就是命中注定。但是他不想让她一直待在水底，他来了。

在梦中，他在这河流的底部潜得很深，他看见了那辆汽车，它像一只巨大的海龟一样待在河底一动不动。他扒住车窗，用灯向车里照，里面除了漂游着的一些受灯光惊吓的鱼之外，别无他物，但他还是发现了一些什么，那是一只鞋，一只白色高跟鞋，她的鞋子。他伸手抓住了它，生怕它像一条鱼一样滑走，他试图从这只鞋上感受到她的体温，但这是徒劳的，那鞋上没有任何温度，它冰冰凉。

在另一个梦中，他在水中似乎看见了她，她直立在水中，头发在水流中像海带一样向上长，并在水流中摆动，她的双臂也向上伸着，四肢是僵硬的，他非常高兴，因为他终于在水中发现了她。他靠近她，发现她只剩下了两个乌黑的眼眶，因为她的眼睛早已被小鱼给啄去了。

　　他吓了一跳，闭上了眼睛，但当他再睁开眼睛后，发现她又不见了，水中有的只是鱼，只是看见他就远远躲开的鱼。他在水下根本就找不着她。他曾经离弃了她，那么因此，即使是他再次来到水底，他也找不着她了。在这些梦的结尾，他无一例外地爬上岸，看着河面上荡漾的微光，号啕大哭了起来。有些东西是永远也找不回来了。

三十七

　　他从梦中醒来仍可以感到那梦残留的遗迹，这件事已过去很多天了，可仍使他感到惶惑。而她，另一个做梦人在醒来之后，两个互相需要的人彼此紧紧拥抱着，他们经历了背叛和沉溺，将拥抱得更紧，在一种虚饰、虚伪和暧昧的复杂感情中紧紧地拥抱着。

相　亲

一

舒楠今天要去相亲。她早早地起床，开始梳洗打扮，打扮的过程比往常要细致得多，还安上了假睫毛。然后，她看了一会儿镜子中比较满意的自己，就又开始收拾房间了。

这个家已经有一个星期没有好好地收拾了，就是因为自己太忙，也加上没有别人帮忙。借着收拾房间的空当，她还要考虑一下，下个星期里，自己所带的销售小组的工作计划和进展，以免在随后到来的季度末期，被公司在每个季度都要进行的销售比赛——"末位淘汰赛"里淘汰出局。所以，平时她的神经总是紧张的，今天还多少放松一些。

舒楠现在是北京一家著名的房地产公司的销售副总监。这家公司有名气，主要是老板庞诗言很有意思——他过去是一个诗人，早年在海南闯荡，挣了第一笔大钱。现在，在北京，他不仅是这个房地产公司的老板，平时还写书、拍电影、上电视，搞古怪时尚的巨型派对，连三环路边上的一个巨大的广告牌上，都是他穿着克里斯汀·迪奥牌子的西装，一副很卡通的笑脸。而他盖的房子，也是北京好看和好卖的，他会请来国际上很棒的建筑设计师设计，同时又赋予这个项目一种建筑文化和生活理念的新概念。于是，这些项目一经推出，就很快被新兴的富裕和中产阶层猛力追捧。

不过，一年多以前，舒楠还在一家时尚杂志当编辑呢。现在，她是这家房地产公司销售部的销售员，学历比较高的——中国古代历史学硕士。当初，从杂志社跳到公司里，这个决心要下起来，还是有些艰难的，因为当时摆在她面前的只有两条路：一条是继续读博士，然后换一所著名的大学去当老师，走大学教授之路；另外的一条路，就是从杂志社转行，在更富有挑战性的行当工作，在更加险恶的社会里闯荡。后来，只是因为一个偶然的机会，她就被这家房地产公司给录用了。

那天，她陪一个大学校友来买房子，这个女友拿下了律师资格证，现在是一家合伙人律师事务所的负责人。律师现在是一个很吃香的行当，女友风风火火，整天帮人打官司，给很多公司当法律顾问，所以，她的收入远远高于舒楠这个杂志的编辑。

女友也没有结婚，她看中的这个房地产项目，就在北京东三环一线的CBD商务中心区，就在国际贸易中心的对面，这里是北京最为国际化的一个区域。这个房地产项目已经基本建成了，是一个很漂亮的建筑群：银色的玻璃幕墙建筑，像是一些晶莹的结晶体，亲和力显著的街区；时尚的建筑设计，有着人气很旺的社区商业环境。各种各样的小商店，在这个商务社区里，比比皆是，而来来去去的人，都有着年轻气盛的表情，好像他们都是这个时代最为成功的人。所以，进入这个社区，人人都可以感觉到一种强烈的都市和时尚的生活氛围。

在售楼处，一个长得很机灵，同时也伶牙俐齿的销售员，用巧舌如簧的口才，没有过多久，就把她的律师女友给说动了，然后，做事谨慎的律师女友，当场就要支付定金，买下这个地产项目的房子。

律师女友去和专业人员签合同，舒楠和销售员聊天，舒楠很不经意地问了一下这个销售员，每卖掉一套房子，她大概可以得到多少佣金。这个女孩子毫不掩饰地说："你的朋友买下这套房子，我就可以拿到两万多元的佣金。"

"那，你每天都能够成交一两套吗？"

"当然了，因为这里的房子好卖，每天都有买房子的人啊，一般一个季度下来，我可以拿到几十万佣金的。"

舒楠有些动心了："你看我干售楼小姐怎么样？"

这个女孩子打量她："你可以，我看你很有亲和力，挺适合干我们这个行当的。现在，我们公司的销售部正在招人呢，你可以去试一试呀。"

"在哪里？"舒楠心头一热。

"就在我们的销售部，在这幢楼的第十八层。很好找。"

舒楠有些动心了。现在她在一家时尚类杂志当主笔，收入已经比较高了，可是再怎么高，也就是每个月大几千元。趁女友签合同的时候，她就一个人坐电梯来到了销售部，果然，那里正在招聘销售员，人头攒动。她填了一张表格，很快被引导到销售总监那里。销售总监温和干练，他们一起谈了十几分钟，这个事情就定下来了，总监说："你赶的机会很好，我们正在招人，你明天就可以来上班了。"

舒楠立即激动了起来，好像有某种燃烧的东西，点燃了她体内的固体燃料，她决定要换一种活法了。回去之后，她先是请了一个月的病假，然后就来这里工作了。就在第一个月里，她算了一下，通过她销售出去的房子，她就大约能够拿到十二万元的佣金。于是，她很快把杂志社的工作给辞掉了。没有人说她疯了。这个时代，是一个人人都在勇敢地选择的时代，你采取任何生活方式，干任何职业，其实都是合情合理的，没有人再惊诧了。她的父母亲也没有过多干涉，他们相信，她能够把握自己的命运。

当然，在这家房地产公司干销售员，其实也是充满了挑战。公司采取一种很严厉的"末位淘汰"机制，那就是，任何一个销售员，你所在的销售组，都由一个销售副总监带队，一个季度一评比。假如你的销售组在这十多个销售组里面销售额倒数第一，那么，你的销售组就被淘汰了，副总监立即降为普通销售员，销售员要解除合同，自动离开，或者没有一分钱拿。

这样干的结果，是刺激人们争强好胜，人人自危，也就人人努力了。开始有些人不适应，还闹出来一场被挖墙脚的闹剧：另外一家地产公司乘虚而入，挖走了几个因为末位淘汰机制而压力过大、牢骚满腹的销售副总监，在报纸上打了几天笔墨官司。

而舒楠却很适应这样的环境。在杂志社里，她觉得自己是被体制养在金鱼缸里的游鱼，不管怎么样，基本都旱涝保收。可是，在房地产做售楼员，是饿死的饿死，撑死的撑死。每个季度一结算，每个季度一发奖，奖金和佣金最小的单位，都是以万来计算的。于是，销售部的销售员们真的都疯了，人人要争当第一名，至少不愿意被末位淘汰。

　　不过，这个"末位淘汰"制度再险恶，里面还是有一个规则和底线。老板庞诗言说了，任何一个销售员，哪怕在接待客户的时候，你再怎么样巧舌如簧，说得天花乱坠，可你就是不能骗人，不能欺骗客户。这个项目，有什么优点缺点；每一套房子的格局，有什么优势劣势，人家要问到了，你都要给客户讲清楚，卖房子，不能只讲好的，不说不好的，毕竟，人家是要住几十年的。而签合同的时候，客户不和销售员签，要由专业的律师来签订合同。所以，这个招数，让客户比较放心。

　　舒楠觉得自己很适合干销售员，在公司里干到第二个季度结束的时候，她就升任销售副总监了，带领七个销售员，成为一个独立的销售组，参与和其他组的"末位淘汰"竞争，而且，几个季度下来，她的组还从来没有被淘汰过。到了第一年的年末，她算了一下，四个季度里，她自己拿到手的佣金，加起来已经有一百六十万元了，而她还不是公司销售里拿佣金最多的一个。

　　这么多自己挣来的钱，让她特别开心。过年之前的时候，公司销售部专门开了一个庆功会，销售部一共八十多个人，在老板庞诗言的带领下，专门去上海和香港玩了几天，大家都是去购物的。大家简直买疯了！回来的时候，连香港国泰公司的飞机上卖的商品也给扫荡一空！

舒楠当然也是疯狂购物的女人之一，她体验到了那种豪气干云的购物的快乐。她还记得，其中有一个男销售员，他很会给自己的女朋友买东西，尤其敢给自己的女友买鞋子。大家知道，给别人买鞋子一般是很难合适的，所以，一个男人给女友买鞋子都能够买合适了，那这个男人对待女友的细心，是很可观的。

回家之后，在屋子里把几箱子的衣服物品展开，舒楠才发现，尽管自己可以随心所欲地花钱买东西了，但是，任何衣服和东西，一旦买回来，她就觉得没有多少心思打理了，因为，这些漂亮衣服，你要穿给谁看呢？所以，二十七岁的舒楠根本就没有想到，也没有时间去想，自己已经是一个被父母亲发愁嫁不掉的姑娘了。

大半年前，她买下来这幢房子，把父母亲接来北京居住，主要是为了尽尽孝心。可是，和父母团聚的负面效应就是，你的生活立即被父母亲干预了。她感觉，自己的父母亲，就像是两个间谍老搭档那样，对她生活中任何一个细节，都仔细地琢磨，对她和任何异性的交往，包括一个电话，都要刨根问底，追问是什么人，干什么的，等等，而且，对她如今如此忙碌的单身生活但没有爱情和婚姻的着落，而着急上火。

她父亲的身体不好，去年刚刚查出来有胃癌，这次来北京协和医院，专门做了手术，手术很成功，但是，等到他能够出院回家休息了，父亲就和她专门谈了一次话，说，自己也许活不了几年，毕竟，得了癌症，这个病是好不了的，只能是维持，所以，她要早些把自己的家建立起来。"这样，即使我闭了眼睛，也心安了。"父亲殷切地看着她，"你很优秀，怎么能没有人喜欢呢？我们要给你张罗张罗了。"

父亲的话，使舒楠有些受不了了，但她答应了。北京的气候干燥，父母亲不太适应，而手术之后，父亲需要回家静养，她就叫父母亲回老家了，然后带点哄骗的口吻，许诺他们说，今年秋天，十月以前，一定会把确定下来的男朋友带回家给他们看。

父母亲半是高兴半是狐疑地离开了北京。不过，自从父母亲离开北京回到了老家之后，她自己反而真的有些着急了。仔细想想，自己的事业干得不错，现在，一年里，可以挣到别人半辈子挣到的钱，那种感觉是既十分自得，又有些惶惑，毕竟自己是个女人，女人总是要有个家的，而自己未来的感情归宿，在哪里呀？

二

舒楠在父母亲的规劝之下，准备走上相亲的道路，也就是最近的事情。虽然回了江苏老家，可是，父母亲照样在遥控她，只是现在，她多少有些顺从了。通过父母亲的同事介绍，他们打电话给她，说，已经帮她物色了一个人，人家是一个刚刚从美国留学回来没有多久的理学博士，在北京一家科研机构工作，三十六岁，单身，江苏人，是老乡，这点很好。这个星期，她就可以和他见面了，时间地点由他们自己约。

她同意见面了。是他先给她打了电话，地点就在三元桥附近，一家叫作"鹿港小镇"的餐厅。本来，在这个星期六，她决定给自己好好地放一个小假，让自己紧张的神经松弛一下，专心地去学习跆拳道，因此，父母亲确定的相亲这个事情，干扰了她给自己放假的心愿。所以，虽然早晨起来，她感觉这是一个假日，可以很松弛，但是，一想到要面对相亲这样一个特别严肃的事情，她就有些紧张。

她把稍许凌乱的屋子整理得干净整洁了后，她还是觉得心里有些乱，就打开后花园的房门，站在自己买下来大半年的townhouse复式的花园台阶上，可以看见，这个春天里，社区里很多住家的小花园里，都呈现出万紫千红的气象来。

她开着才买下来不久的香槟色广州本田车，沿着京承高速公路，一路向城里开去。从自己居住的社区，开车到上班的CBD地区，也就是三十分钟，十分快捷。最近一些年，有点钱的北京人家庭，大都买了两套房子，一套在城区，另外的一套在郊区，郊区的房子所处的社区，往往人口密度很低，绿化和空气很好，所以城区的人口在不断地疏散着，也许要不了十年，城区就成了穷人居住的地方了。

一路上，高速公路上车很少。从疏朗的郊区风光，到渐渐稠密的城区楼群，这样的风景，她已经看了很久了。车子上了四环，三环，从霄云路再往西开，到了"鹿港小镇"的门口。因为是中午，在餐馆门口停车要容易一些。她进了餐厅，这家餐厅是东部地区的"小资"们很喜欢来的地方，是那种台湾风格的中西合璧的餐厅。装修的风格简洁明快，总是有巨大的玻璃，和一些吊在半空的装饰用的铁锁链。服务员把她引导上了二楼。

那个先生的母亲和他自己，已经在那里等候了。据说，他的父母亲和自己的父母过去是同事，所以，两家知根知底，这样的相亲，自然就要正式一些。

舒楠很重视自己看人的第一眼，这个第一眼很重要，她相信男女之间的一切缘分，就在第一眼里面已经决定了。她微笑着坐下来，和他——理学博士见面。这个海归派的长相似乎有些模糊，二楼餐厅里的光线，在中午的时候，也是有些昏暗的，所以有些看不清楚。

"小楠，记不得我了吧？我看过你小时候的样子，现在，你可是一个大姑娘了。这是我儿子李庆，你们认识一下。"

舒楠很大方地和李庆握了手，彼此寒暄了一阵子。一看李庆，就知道他是学理工科出身的，穿着一丝不苟的西装，亚洲板型，三粒扣的，领带是蓝色底的，上面有暗色的大花，但是，舒楠看不清是什么花。李庆的长相还比较顺眼，可是没有什么特征，把他放在人群里，一般是很难分辨出来。这样没有特点的男人，应该是比较多见的吧，舒楠自己想着，一边和他随便聊。但是，李庆有一个小缺陷，就是他是一个结巴！而且结巴得不轻，舒楠发现因为他母亲在场，所以他的结巴还好些。

她要了一份冰品，对他点的几道菜，色香味都不错的菜肴，不知道为什么，没有什么大的胃口。

他们还聊了一些舒楠父母亲过去和他家来往的情况——这个母亲是很健谈的，时间过得很快，菜也上来了，颜色很好，就是分量太少。后来，看着儿子有些拘谨，或者觉得气氛有些凝滞，李庆的母亲站起来："你们慢慢聊吧，我成了灯泡了呢。楠楠，李庆，我先走了。"她走了，把时间和空间留给了他们两个。

舒楠这个时候才仔细地观察起李庆来。李庆现在在一家科研机构工作，有一套自己的房子，受过很好的教育，可以说，他的家庭也是很殷实的人家。可是，舒楠觉得，李庆在自己的母亲走了之后，反而显得更加紧张和局促不安，因此也更加结巴了，他的额头上都冒汗了。

两个人艰难地聊了半个小时，舒楠就已经下了判断，她觉得，眼前的这个李庆是一个比较乏味的男人，两个人的思想、爱好、脾气性格，还有对生活的理解，差距都很大。而且，由于李庆的结巴，两个人的交流比较费劲儿。看着下午的时光迅速地流走，她就不再想耽误时间，推托说："很高兴认识你，李庆先生，不过，我公司里今天还有事情，今天先到这里，以后咱们再约。"她就起身告别了。

出了餐厅，开着车子往家里走，她的心情才轻松了起来。她有些懊悔了——这样的相亲太没有意思了，她觉得假如她和他，那个李庆生活在一起，以后她会过一种很僵化乏味的生活的。她还会是他的妈妈的，因为，她一看就知道，李庆是一个按照自己母亲的样子来找老婆的男人，他一直生活在母亲的阴影下，父亲死得早，他因此会有某种恋母情结。而舒楠绝对和他妈妈是不一样的人。而且，相亲的时候，男女要是不来电，是怎么样都不会发展下去的。

晚上，母亲打电话来问她，对李庆的感觉怎么样。"不怎么样，没有感觉。不来电。而且，他是个结巴！"她很老实地回答说。可是什么是来电，她的电又在哪里，她也说不明白。

母亲有些不高兴："什么叫来电？过去你爸在部队当军官，我都是被组织上安排嫁给你爸的，什么来电不来电，日子过起来就来电了。再说了，结巴的人都实在，过日子就要实实在在。"

舒楠说："妈，人家就是不喜欢这个人嘛，难道，你要逼我跳河不成？"

"好好，死丫头，那你可要自己积极一些了，我们就不管了！但是别忘了，你自己说的，秋天的时候，就要带男朋友回家叫我们看的。别忘了你爸的病——他可是数着日子看你有个归宿的！"

"好好好，你放心，妈。我怎么会没有人要呢，我的朋友们都开始给我张罗介绍男朋友了，你就放心呢。"舒楠有些心虚地安慰妈妈说。

"那，我们就等着了！"

三

只要是一忙起来，舒楠就会忘了自己是单身的状态，可是，只要是她一个人回到家，很疲惫地躺在了床上，她就开始觉得孤独了。这个时候，她多么想自己能够有一个三口之家呀，一个男人，加上一个孩子，就是这样的结构，但是，这个梦想对于她来说，现在竟然显得遥远了。

你看，公司的销售员里，没有结婚的，大有人在，大多数销售员，都是二十出头的姑娘小伙子。可是，似乎在销售员里面，互相很难成为一对儿，而且在八十个销售员里，男销售员很少，只有十多个。

也许，可以从身边考虑考虑？她胡思乱想了起来。和她竞争的另外一组的销售副总监方阳，就是一个男销售员，他们平时还很能谈得来，方阳似乎还很喜欢她。这个小伙子是陕西人，十八岁之前，一直生活在黄土高坡上的一个十分偏僻的小山村里。几年前，他高中毕业，就来北京闯荡了，先是保安，后来又当快递员；然后，又当了一家调查公司的调查员，后来，还干过各种各样的工作；最后，到了这家房地产公司当销售员，结果干得很出色。他给她说，来公司第一年，他平生第一次坐了飞机；到了第二年，他就给自己还在山村里面的父母亲盖了新房子，买了一辆拖拉机；到了第三年，他在北京也有了自己的房子和汽车了。

方阳比她小两岁，但是，却有一种大哥哥的风范，平时很照顾她，舒楠对他有些好感，有时候，到了周末，他约一些销售员同行一起出去泡酒吧，也会约上她。也许，我和方阳可以发展发展？舒楠觉得脸有些烫了。可是，要是真把他当作男朋友，她就觉得，方阳毕竟是学历低了，而且她注意到，他有很多不良生活习惯。比如，他爱生吃大蒜，生吃辣椒，不爱洗澡，就是因为过去山沟沟里缺水，偶尔喜欢随地吐痰。他自己还亲口告诉她，他不习惯用抽水马桶，喜欢脚踩在马桶的边缘上大号。

　　舒楠只要一想到方阳不是坐在马桶上，而是踩在马桶的边缘上大便的情形，就觉得很可怕和很好笑，于是，她就觉得和方阳不成了。要是真和这样一个山里来的孩子生活在一起，还要面对农村来的公公和婆婆，以及无数个穷亲戚，大家都住在她买下来的带花园的房子里——想到这些，她就要晕过去了。

　　所以，当方阳在情人节这天给她送玫瑰表达爱慕的时候，她收下了玫瑰，但是却很理性地委婉地拒绝了他的邀请："啊，你的玫瑰送晚了，另外一位先生，已经给了我一束漂亮的'蓝色妖姬'。"就这样，她斩断了人家的念想。

四

　　她准备去参加一个由两百个单身男女参与的速配交友活动，还是公司副总裁许良的主意。

许良是公司管理层里负责工会工作的，他发现，公司里的大龄单身男女青年比较多，在春天来临之后，似乎个个都春心萌动、躁动不安了。于是，就和《首都青年报》联系，看看能不能搞个活动。刚好，这家报纸为了迎接五四青年节，从四月份开始，特地开辟了一个栏目，每一周都会在报纸上向社会推广介绍一个知名公司的单身青年。许良就把公司的单身男女青年，也推广了一次，据说效果还不错，基本上一个人可以有十个应征者挑选。

接下来，在五四这天，这家报社又准备组织一个"高端速配"活动，构成人员是男女各一百人，都是高学历、高收入阶层，通过一个见面会，来让大家速配成功。舒楠也被许良给报了名，因为公司里，学历高又单身的不多，只有五六个人，许良就给她做主了。她也同意了，反正，公司里还有其他五六个人一起参加这个相亲活动，自己参与参与，也不是什么坏事情。

五四这天，她开车来到北京郊区一个温泉山庄的活动现场。舒楠发现参加者有不少人，大家都戴上了面具。原来，活动的组织者根据过去的经验，担心参加者，尤其是男士们，喜欢以貌取人，特别让女士们都戴上了面具。而且，组织者专门叮嘱参加活动的女士们，说，只有你们和男士交流到一定的程度，愿意让对方看到你的面容的话，你才可以摘掉面具，最好不要一开始就摘掉你的面具。

这是游戏开始的规则，舒楠觉得很好玩。她也戴上了一个猫脸面具，还有长长的胡子，在洗手间里的镜子跟前，看到自己戴面具的模样，她觉得自己还是有一种很神秘的感觉。舒楠对自己的长相一直很自信，因为她长得很有味道，属于那种比较耐看的女人，一般情况下，别的男士见到她容易对她产生好感。

在现场，舒楠还发现，大多数男士也戴面具，只有少数男士不愿意戴面具，在众多的戴面具的人里面，显得鹤立鸡群，这样的感觉，还是很有意思的。假如戴上了面具，那么，你对对方的第一印象，就只剩下个头、衣着和声音了。通过这些元素来判断对方能不能够继续交往下去，实际上是不太容易的。这不，马上，一个外表很高大的男士向她走了过来，从袖子里面拿出来一枝玫瑰花送给她："我可以坐在你的旁边吗？"

舒楠接过来玫瑰花，回答他："当然可以。"

于是他们开始聊了起来。这个男士，是一个国家体育队的教练。他带出来的徒弟，还获得了奥运会的银牌。舒楠真是没有想到，一个体育教练能够和她认识，他们漫无边际地聊了起来，聊得可以说不错。

大约一个小时之后，这个高大的体育教练说："我想看看你，咱们能不能把面具给摘掉呢？"舒楠没有过多的犹豫，就摘掉了面具。两个人几乎是同时摘掉面具的，这个时候，两个人都有些紧张，舒楠觉得对方的脸长得很长，她还发现，他的脸上有很多的麻子。我是不是很在乎这一点呢？她问自己。一个脸上有麻子的男人，虽然他是孔武有力的，可是，总是一个相貌的缺陷吧。

这个教练看着她倒觉得很舒服："你长得很甜美。不过，你是不是不喜欢我脸上的麻子？这是小时候得病留下来的，我可以用美容的办法，把它们的颜色弄淡，或者干脆去掉的。"

舒楠笑了，她觉得，这个教练的幽默感还是有的，他们有一些很亲和的感觉，今后可以交往一下。可是，忽然，她的手机响了，她看了一下号码，就说："我给你留一个电话吧，有时间，你可以给我打电话，我们可以再聊聊，今天我有点急事先走了，至于麻子问题，倒不是一个大事情。哈哈，再见。"

然后，她起身走了。这个时候，她看见这个戴面具的集体约会，已经有一半的女士都去掉了面具，看来，大家还是很大方的，毕竟早晚都要让男人看见自己的脸的，有什么好长时间地遮遮掩掩？她低眼看了看手中的玫瑰花，觉得这朵玫瑰是那么娇羞。

五

她急匆匆地离开，的确是因为一个客户在找她。这个客户，是山西一家小煤矿的老板，前天从山西坐火车来到了北京，当时是舒楠去火车站接的人。

把这个客户接到的时候，舒楠发现，这个五十多岁的山西男人，穿着十分普通，黑蓝色的一套十分不合身的西装，袖子上的商标还在。而且，他一定是一个挖煤的，他的两只手，那十根指头的指缝里，都是黑色的！这个细节，只有舒楠这样细心的南方姑娘，才能够一眼看到。

当时，她甚至有些疑惑了，这样的人，难道会是她现在推销的这个在北京很时尚前卫的房地产项目的客户吗？他们的这个房地产项目，在东三环CBD地区屹立着，是一大片的宛如水晶丛林般的建筑，高低错落，一共有二十幢大楼，完全是时尚和具有现代生活观念的中产阶层，和受过良好的教育和事业有成的人投资的目标。而这个山西小煤矿的矿主，兴许就是靠盘剥那些可怜的矿工发财的家伙。你根本就无法想象，这样的土鳖，出入宛如水晶宫一样的建筑群，他和她正在推销的房子背后的文化理念，是多么不协调啊！

舒楠看见他，就觉得心里并不是很舒服。因为，她总是想起来，最近报纸上报道的那些黑心的煤矿主，是如何不管安全生产，草菅人命。即使矿难事故发生，一条矿工的人命，也就值个几万块钱。而这些家伙发大财了，现在，要来北京投资买房了。舒楠的心情很复杂，她觉得一方面，自己要好好地抓住这个客户；可是，另外一个方面，她内心又有些不愿意为他服务，觉得他的钱里面，有着某种隐约散发出来的血腥。

但是，人家毕竟是一个签约了底层商铺的朋友介绍来的，这个朋友在关键的时候，也就是在一个赛季快结束的时候，和舒楠签了一个一千七百万元的商铺大单，一下子叫她在这个赛季，成为亚军，光这一个项目，除了十多万的佣金，她还拿到了两万元的亚军奖。所以，这个朋友推荐的客户，无论如何都要认真接待，不能再想他的钱是如何沾满了矿工的鲜血。

于是，舒楠的这些内心活动结束之后，她已经把这个煤矿矿主从火车站接到了楼盘接待处，开始给他讲解沙盘了。但是，当时无论她怎么介绍，他就是不说话，也不提出来任何问题。面对这样一个客户，舒楠就觉得，他没有提问题，说明他对这个项目根本就没有兴趣。等到晚上的时候，她又和他一起吃饭，还是不厌其烦地介绍了"水晶宫"这个项目周边的房地产项目的升值对比情况，人家还是不怎么开口不说话，这下子舒楠就没有底了。

结果，第二天上午的时候，他的哥哥也从山西赶来了。原来，他们兄弟俩，是这个煤矿主的哥哥、一个更大的矿主说了算，他来了，和弟弟在一边说了一会儿话，就立即跟舒楠当场拍板，买下来四套公寓和一套底层的商铺。签单的额度，是两千多万元！一个大单！并且还交了一百万元的定金。

当时舒楠很兴奋，于是很兴奋和轻松地去参加那个戴面具的相亲活动了。可是，就在她和那个教练说话的当口，那个煤矿主兄弟中的决策者，老大，给她打电话，说她提供的资料，和他们要买的房子的实际情况有出入，要求停止签订合同，并且要求公司退还给他们昨天刚刚交的一百万元定金。

舒楠觉得有些颓丧，心急如焚，她立即赶到了售楼处，在那里，她看见自己销售组的一个得力助手，正在劝说兄弟俩，希望他们改变主意。舒楠也加入了解释的阵营。可是，不管你怎么说，人家兄弟俩就是一言不发，于是，舒楠就把兄弟俩又叫到了签约室，告诉他们，那个数字的错误，是她的一个电脑打字失误，不是公司的问题，明天一早，就退给他们一百万元的定金。而且，作为补偿，舒楠决定送给他们两张去韩国五日游的度假旅游卡。

这个时候，老大站起来了："好，小舒，我们明天一早来，你把退还我们的一百万定金准备好吧。"说完起身就走了。

舒楠看着兄弟俩深色外套的背影，有些失落。不过，她直觉觉得，事情可能还有转机。回到了家里，她有些紧张，毕竟是一条大鱼，眼看着都完全咬钩了，又放了，多可惜啊。凌晨的时候，她又打电话给那个沉默寡言的弟弟，再三强调了这个项目未来升值的前景，和"水晶宫"项目的人气旺盛，以及低层商铺的投资回报率。

在这天晚上，舒楠基本上没有怎么睡觉。一晚上，她的脑子里，都是那些戴着面具的男人们、田径教练、煤矿主兄弟、海归老乡李庆——她最近见过的男人们，好像都成了她的客户，这些脸都在她的周围乱转，无论她如何推销，他们都是摇头拒绝，就是不愿意坐下来在签约桌上签约。

早晨的时候，她起来了，觉得自己有些昏昏沉沉的。来到了公司销售部，那山西兄弟俩，已经等在那里了。不过，和舒楠打了招呼，他们不提退定金的事情了，而是想再要一个折扣。舒楠知道他们还是想要房子了，心头一喜。可是，现在这个项目房子很抢手，即使是老总庞诗言亲自过问，也不可能再给折扣的。于是，舒楠一咬牙，决定退还定金。"我确实不能再给您优惠了。"

老大说："那就对不起了，房子，我们不要了。"

舒楠就去财务部，把一百万的存折拿来，当面交给了那两兄弟，告诉他们："很遗憾，我们只能终止合作了，不过，说实话，我觉得有些可惜，为你们没有要这几套房子感到可惜，明年你们来北京，就知道我说的话的意思了。"

看到触及了底线，这个时候，矿主兄弟中间的老大没有接存单，反而又坐了下来，说："小舒，咱们再仔细地谈谈，好不好？房子我们还想要。"

十分钟之后，他决定签约买房了。舒楠很高兴，立即叫签约律师来签订合同。她紧张了几天的神经，这时候才松弛了下来。

签订完合同，在兄弟俩的提议下，他们一起去售楼处旁边的一个咖啡店喝咖啡和茶。坐下来，矿主老大很高兴，因为他是很精明的生意人，当然知道自己做了一次很好的投资。而且，他似乎对舒楠的个人情况很感兴趣，有些试探性地问了她一些情况，知道了她是一个硕士研究生。他说："小舒，咱们签约了，你是不是很高兴？"

舒楠笑了说："当然了，你的这个单子是我这个季度最大的了，可以保证我们的销售组进入前三名了，而且我还有不少佣金可以拿的。"

"我觉得你这个女孩，不错，很有修养，不急不躁，总是很有耐心，也让人放心。"

舒楠笑了："多谢夸奖。不过，要说耐心，我看是您的弟弟，他最有耐心，你看，前面两天，无论我怎么向他介绍房子，他可是一言不发啊。"

矿主老大又问了她："小舒，你还没有结婚吧？"

舒楠说："没有，还没有男朋友呢。"

知道了她还没有结婚，而且，也没有男朋友，老大似乎舒了口气，犹豫了一下，他说："我看小舒你人很实在，也很顺眼，我有一个儿子，比你大一点，他也在北京工作，我想撮合一下，让你们认识认识，你看，小舒，唐突不唐突？"

舒楠虽然觉得有些突兀，但是，还是很开心，毕竟，自己签下了大单，保证了不被该死的"末位淘汰"给淘汰了，这样，认识个客户的儿子，又怎么样呢？反正，我除了卖房子，就是相亲，那就再相一次吧。

她同意了："好啊，我正在找男朋友呢。说起来，真是有些巧了。谢谢你的信任。"

老大很高兴，说："好，事不宜迟，我看今天晚上，咱们就一起吃个饭，我把我儿子介绍给你，怎么样？哎呀，我要是有你这么个儿媳妇，我就很满意了。"

"好啊，既然你先看中了我，要我当你的儿媳妇，我很高兴的。"舒楠很大方地说。她知道，过去，也有销售员卖房子，把自己连带也给推销出去了的，这也是一段佳话。看来，经过了几天的磨合与较量，这两个山西煤矿主兄弟对她的印象很好，要不然，老大也不会准备把自己的儿子介绍给她。

舒楠发现，她平时觉得很苦的咖啡，现在味道也很好了。

六

他们晚上约定的地点，是位于"水晶宫"对面的五星级饭店、中国大饭店三层的一家西餐厅。在办公室里，舒楠稍微打扮了一下，就走路穿越傍晚喧嚣的街道前去赴约了。

那家餐厅很考究，无论是灯光还是桌椅，无论是内部设计还是菜单的印刷，处处都显示出来了某种匠心。舒楠看见他们已经在那里了。

来的人是矿主哥哥和他的儿子，矿主弟弟没有来，不过，反正他基本上不说话，来不来都无所谓。舒楠一看见他的儿子，就觉得似乎有些熟悉。煤矿矿主父亲的气质，和他儿子的气质，完全是两种人——他的儿子是一头的长发，一副休闲牛仔装打扮，不像父亲西装革履、正襟危坐，一看就是一个天生和老子对着干的人。舒楠微笑着坐下来，经过煤矿矿主父亲的介绍，舒楠知道了，矿主的儿子，过去是混在北京电影学院学摄影的，拍摄了很多广告片，他自己还在一个治疗痔疮的广告里出演，怪不得她觉得很面熟呢。他给她送了一束百合花。

百合花不说话，可是，两个人已经认识了，那么矿主父亲就觉得自己多余了，他站起来，冲舒楠使了个眼色："你们自己聊吧，我和你们年轻人，早就有代沟了。"就自己先走了，让他们两个留下来聊天。

看见矿主走了，舒楠的心态就放松了——她实际上把今天的约会，当成是客户的一个分外的要求，是和客户增进互信的一种形式，而不是真的相亲，所以她心里没有真正当回事儿。这是她刚才意识到的。

看到自己的父亲走了，儿子也兴奋和放松了起来："舒楠，怎么样，咱们，现在都可以放松了吧。我看你也怪不自在的，对不对？其实你和我一样，是不想来的，是不是？"

舒楠笑了一下："我确实没有在心里认真对待，不过你父亲是我的客户，我要尊重他。"

"我今天要不来，我就要不到一笔钱了，我现在正在拍摄一部独立电影，特别需要钱，所以，只好从他手里弄。他从来都不知道我想要什么，从来都是这样。我现在在北京，主要靠给别人拍广告片自食其力，我要他的钱，内心很矛盾，而且那些钱，有多少是沾了死亡矿工的鲜血？他的煤矿，年年死人。所以，我也不会去继承他的事业，就这么在北京待着。我天生对继承父亲的煤矿没有兴趣，就是想搞自己的电影艺术。"

舒楠说："实际上，你父亲买下来的商铺，还不是留给你的？今后，你不用这么和父亲较劲，他最终都是为了你。要是拍电影只是花钱，今后总要干些挣钱的买卖。"

长头发儿子说："我知道，他买房子，昨天晚上还征求我的意见了，我说你买吧，我也知道，他是为我着想，所以，相亲这件事情，我也这么听话地来了。不过，我就说实话吧，有个最主要的问题，就是我的性取向，他是不知道的，也是接受不了的。"

舒楠看着他，一时间似乎不太明白，可是他的目光很平静，很认真，也很无奈："我不喜欢女人——"

"我明白了，啊，我明白了，你是——"舒楠明白了。

"是的，我是不喜欢女人的，就是这样。但是，我根本就无法把这个事情告诉他，告诉他，他也不会理解，就是这样的。你看咱们现在是不是更加轻松了？"

是的，是更加轻松了，舒楠想，现在，他们开始漫无边际地聊天，他们很愉快，这个时候，舒楠才发现，没有目的性的交往，的确是最轻松的，比如现在，在这家气氛如此好的、背景音乐也很好的餐厅，她和这个不喜欢女性的男人在一起聊天，很愉快，很轻松，很新鲜。他和他的父亲差别太大了，真是有些奇怪。他也给她讲了很多自己的事情，自己专业里面的事情，有的听起来是很新鲜的。舒楠觉得认识他很好，临别的时候，她忽然说："我的爸爸身体不好，希望我早些带男朋友回家给他看，要是我今年十月份，还没有确定男朋友，那，假如你到时候帮我，也就是能够伪装成我的男友，跟我回一趟江苏，我是很高兴的。"

小伙子觉得很好笑："我可不能白去啊。"

舒楠说："当然，我会付一笔钱，支付你作为假男友的租金。按照天算，具体再商量。谢谢你的百合花。"

小伙子笑了："好啊，就这么说定了，不过，我还是希望你找到自己真正喜欢的男朋友，不用欺骗自己的老爸。"他们就散了。

七

眼看着到了这个赛季的末期了，而北京酷热的夏天似乎也来了。售楼处空调不好，穿裙子都嫌热。她带领的销售组销售情况很不错，这个季度被"末位淘汰"的可能性不大，就是因为季度一开始的时候，她已经签了几个大单，包括煤矿矿主那单。这个季度的竞争，看来没有太多的悬念了，舒楠觉得可以稍微放松了。

可是，虽然天气很热，销售情况也很热，但是，在舒楠的感情归宿方面，进展却很慢，很冷，这一点，和佣金落进她口袋的速度，简直不能成为正比。

上次在集体相亲会上认识的那个田径教练，他们在一起吃了几次饭，一开始她感觉对方很新鲜。可是渐渐地，她感觉他们可以谈的越来越少，后来就没有交往了——脸上有麻子真是一个很小的事儿，关键还是能够谈得来啊。

现在，舒楠觉得很着急，父亲的病在恶化，发现了很多癌症转移的迹象，妈妈几乎天天给她打电话，除了谈到父亲的病情，剩下就是追问与叮咛她，要赶紧把男朋友定下来。舒楠觉得自己的这个事情，看来很紧迫了，需要认真对待了。而且，她后来才知道，现在北京在她这样高学历、大年龄和高收入的青年人当中，很流行相亲，都是由朋友或者亲属互相介绍，这样毕竟知根知底，见面的时候，双方的介绍人或者亲戚也都在场，这样很正式，也很庄重，不再像过去那样的自由"乱爱"，相亲的成功率，据说还是很大的。

一天，和同事聊天的时候，说起来相亲的事情，舒楠很大方，告诉同事自己见了几个人都不太合适。男销售员肖峰就开玩笑说："舒楠，你现在找男朋友可困难了，确实困难了。"

舒楠问："为什么？男人不喜欢我？"

"不是，是因为你太优秀了。你看，老实说，公司内部的男士，都很为你们这些漂亮的销售员发愁，你们确实很难找到老公的。即使找到了，也很难维持长久。"

舒楠感觉很压抑："这么复杂吗？"

肖峰说："这个很好理解啊，你看，现在你一年的收入，少说在一百万元以上，现在的北京，有多少男士，年龄合适，人也好，收入又比你高的？没有多少人的。而社会上一个普遍通行的观点就是，男人在家庭里的收入要高于女性，这样家庭才稳定。现在，收入要高于你的，只有那些大老板了。"

舒楠说："我们又不会一辈子都干销售啊，也就是透支几年罢了。钱这个问题，对于我不成问题，关键是对方是不是心态好，对我好就行，而且，他多少有些自己的事业，就可以了。"

肖峰说："说起来容易，可是，做起来就难了。你看，别的不说，我们做销售员久了，太会计算了，而女人会把婚姻和爱情，都计算到小数点之后好几位，那，哪个男人还敢和你长期相处？从这一点上说也很难。"

舒楠觉得肖峰说得很有道理："那我们就只好单身了？"

肖峰很得意："是啊，我的舒副总监，再说了，社会上的男人，对你们是有偏见的。你看，你们在售楼处，整天接触的都是在商业上很成功的男士，人又长得很漂亮，那应酬和约会很多，要你做女友，是要承受很大的压力的，而且，这个压力是双重的，既有来自金钱的——你的收入太高，又有来自诱惑的——你们面临的诱惑太多，很少有男人可以长期愿意承受这样的双重压力，最终，你只好就单身了。"

舒楠着急了："那我怎么办？我老爸现在比我还着急，我怎么办？"

肖峰沉吟了一刻："没有别的办法，还是要相亲啊，让熟人介绍吧。"

没有等到让朋友介绍，有一个不露面的男人，就对舒楠发起了进攻。事情起因在和肖峰聊天那天的一周之后，一天，一个气质很潇洒的男士——舒楠觉得很像她记忆里的一个男人，她曾经喜欢过的一个大学老师——来到了"水晶宫"售楼处，结果舒楠刚要招呼他，他在上台阶的时候，不慎就摔了一跤，一个大马趴，趴在地上了。

等到保安把他扶起来，发现他都摔得流鼻血了。舒楠一看，完了，这个人刚来这里，还没有买房子就摔了一跤，要是他迷信，他一定不会在这里买房子了。但是，舒楠还是立即上前认真地接待他，叫公司的保健医生给他做了紧急处理，然后，请他进入签约室，这个地方要安静一些。舒楠又专门给他放了轻松的背景音乐，一边用话语安慰他，把他的情绪和感觉，从刚才摔跤的状态里迅速地拉出来。

这个先生很快就恢复了状态，在三个小时的接待中，舒楠给他讲解了这个项目方方面面的情况，他很认真地在听。不过当时没有签约。

第二天，这个男士又来了，这一次，他带来了一个很专业的律师，律师很挑剔地和舒楠谈了一大堆很专业的问题，他就在一边听着，不说话。

舒楠和律师对答如流，一点也不慌张。她记住了老板庞诗言再三的叮嘱，那就是，你作为售楼员，什么时候都要说实话，这个项目有什么，就说什么，没有什么千万不能胡乱承诺。舒楠记得，上一次，新项目开盘，销售部公开的推荐会上，一个销售员就给来的客户介绍说，这个项目有这个有那个，什么都有，甚至还有游泳池。在场的老板庞诗言都生气了，作为老板，他都不知道这个项目有游泳池，你向客户说有这个游泳池，那他住进来一看没有，怎么办？退房都是小事情，关键是官司上了报纸就影响大了，这不是欺骗吗？老板庞诗言当场批评了那个销售员。"我都不知道的事情，你是怎么知道的？"后来就把这个售楼员给辞退了。

所以，舒楠是有一说一，有礼有节。最后，这个在售楼处门口摔了一跤的人，在房地产专业顾问律师的协助下，立即签订了买一套两百多平方米的顶层复式房的合同。

"我觉得你的介绍很好，凭借感觉，你这个人很耐心，没有空话假话，所以，我很信赖你，虽然我摔跤了，但是，可能会有更好的运气呢，我就买了你们的房子。"这个人在合同签订之后说。

成交了，舒楠也很开心。可是，从此之后，出现了一个奇怪的事情：每天，舒楠早晨一上班，无论她多么早到，她都会在自己的办公桌上，看见一束还带着露水的玫瑰花。而且，每天玫瑰花的品种都不一样，各种颜色、各种品种都有，十分好看。

她不能断定，是不是这个在售楼处摔跤的男人给她送的花，可是，她直觉觉得，可能就是他。这些玫瑰花一个星期都不重样，有一天，还有那种叫"蓝色妖姬"的玫瑰花，有着奇怪蓝色的玫瑰花，这使得舒楠很开心。因此，这些玫瑰花也改变了她所在的售楼处那种闹闹哄哄的场面，给这个基本上唯利是图的环境增加了很多柔和的色彩，和一种鲜亮的感觉，这种感觉和窗明几净的环境是很相配的。可是，这个送花给她的人，从来不和她联系，甚至连电话也不给她打一个。这就很奇怪了。舒楠觉得他的眼睛很像自己过去喜欢的一个男人，要说她过去有过爱情的话，那么，她的初恋，就是给了他的。

这期间，舒楠得到了消息，爸爸的病情在加重，身体里面的很多地方都发现了癌症转移扩散的迹象。于是，爸爸在南京的医院里进行化疗，头发也掉了很多。这样的消息使得舒楠顿时感到了焦虑和紧迫，她觉得要尽快确定男朋友才行，一定要在父亲闭眼之前，让他看到一个可以托付的男人。

不过，她一向很独立，和母亲聊天，她就说，她根本就不需要托付给任何一个男人，她是那么自立，不需要男人的呵护，也是可以生活得很好的，但是这一点，每当她很自豪地说出来的时候，母亲就很不以为然。"独立独立！你就是太独立，结果，到现在都没有男朋友，"母亲的观点和她完全不同，"女人真正的成功在家庭，你挣再多钱，没有一个好的家庭，没有丈夫和孩子，就是失败，钱多了，有什么用？"

舒楠想想，觉得母亲的话也是很有道理的，尤其是女人的年龄大了之后，就更加需要一个家。前一段时间，发生了一件让舒楠很不开心的事情。舒楠过去的大学同学、密友、一家时尚类杂志的主编苏佩瑶，突然自杀了。苏佩瑶是一个很好强的女人，她很能干，但是，就是感情方面很不顺利，自己喜欢的男人，到了美国不回来了，最后她终于在春节前嫁给了一个长期追求她的男人，一个钻石商。按说嫁给一个钻石商人，天天有钻石首饰可以戴，也是很好的归宿，可是，苏佩瑶结婚没有几天就精神恍惚，一天晚上，在过马路的时候，迎面向一辆大卡车冲去，立即就被撞死了。

司机说她完全是自杀，最后警察也判定是自杀。可是，她为什么要自杀呢？她自己的事业干得很好，在北京的时尚杂志界很有名气，也不缺钱，可就是不能和自己爱的男人生活在一起，如此就不行吗？人家都说，谈恋爱要找个自己爱的，而结婚就要找个爱自己的，怎么苏佩瑶就不能适应呢？

舒楠想起来，苏佩瑶在嫁人之前，专门在自己主编的杂志上，做了一个专辑，叫作"哭泣的新娘"，就有些古怪的预兆。这期杂志的封面，是一个哭泣的新嫁娘。新嫁娘因为要告别单身和自己的父母，开始单独生活而哭泣，整个专辑讲的，都是新娘为什么要哭，哭泣的各种情况。专辑页码的颜色也是暗黑色为底色。所以，舒楠现在终于明白了，苏佩瑶实际上早就想好了，自己要做一个哭泣的新娘，即使一个钻石商天天用璀璨耀眼的钻石首饰来哄她也不行，还要惦记自己真正所爱之人，还要精神恍惚地、绝望地走向大灯晃眼的大卡车，这样的情景，舒楠想起来就觉得难过和后怕，就觉得这样的事情，怎么会发生呢。想到自己当年那么热恋自己的老师，后来也是没有结果，舒楠就有些同病相怜了。

于是，舒楠有些着急了，而送花的男人也不露面，刚好又有一次集体相亲的机会，她就又参加了。

这次的集体相亲，是一个专门搞婚姻介绍的网站组织的，据说，参加见面会的男女单身贵族，一共有三百多人，一半都是硕士和博士，都受过很好的教育，在自己的事业上也很有成就。可是，无一例外，他们都是单身，都找不到自己的另外一半。你说这个事情是不是有些奇怪？是你们要求高，还是没有缘分？是你们挑剔，还是天生一个人生活更好？总之，这么多人就是找不到自己的另外一半，只好单身了。

舒楠抵达了活动所在地"清净明湖度假村"，她是开车去的。她发现很多人都是开车去的，大家都是成功人士，有个车又算什么呢。交了几百块钱费用，她进去了。在"清净明湖度假村"，欧洲式样的别墅式建筑，倒映在宁静的喷水池里，哥特式建筑的尖顶，使房子显得有些像游乐场和幼儿园的感觉，那种感觉很童稚，很亲切甜蜜。

下午活动开始之后，根据网站的女主持人樊海燕的安排，大家三百多人，都围坐在一个很大的大厅里，男女基本上数目相等。舒楠突然觉得，这个场面很熟悉，像自己上幼儿园时，孩子们都围坐在一个圆圈里，然后阿姨站在中间，给大家讲解游戏规则，带领大家一起玩。今天相亲的游戏规则比较简单，舒楠发现，这次大家尤其是女的都不用戴面具了，就只是主持人宣布开始，活动是先由男士主动寻找心仪的女士聊天，以十分钟为一轮，然后，男士可以再寻找下一个聊天的目标。如此下来，就循环起来了。

舒楠坐在那里，看看谁会第一个走过来和她说话。眼前的男士们黑压压一片，刚开始还是有些忸怩和拘谨，骚动了一阵子，有的大胆一些的，还是站了起来，开始向女士这边走过来。她迅速用眼睛扫描了一下，看着有没有顺眼的能够走过来。喏，有一个，比较高大的、相貌堂堂的、威猛刚健的，正要走过来，远远地，舒楠觉得他看了自己一眼，心里觉得，这个人也许是冲着自己来的。结果，这个男士是心仪自己座位旁边的另外一个女士，他和她聊上了。

舒楠不免有些失望，当然，最终谁也不会剩下，就像母亲常说的那样，瘸子、斜眼、小儿麻痹，最后都能找着伴儿。一个很瘦的男士过来和她说话。她对他不太感兴趣，但是，还是要应付一下。那天她一共和六个男士说话了。可是，没有一个让她觉得称心和上心的。虽然，他们学历不低，形象不差，谈吐不凡，可是，就是哪个地方不太对劲，就是没有来电的感觉，时间长了，舒楠觉得不是很舒服就有些走神了，和每个男士聊几句，就有些不耐烦，觉得和对方不会有缘分，觉得不会有发展，就有些心不在焉。人家也立即看出来了，出于自尊就赶紧离开了。

所以，和这些条件看上去听上去很好的男士瞎聊，没有来电，就是不行。"来电"是男女间的第一要务，要是不来电，舒楠就觉得很没有意思。可是，什么是来电呢？舒楠说不清楚，也许，就是那种一看就觉得对方和自己有戏，有情况，有发展。那种感觉，往通俗说，就是与对方有一种心心相印的劲儿，如此你们之间才有干任何事情的可能。可是，这种来电的感觉，自己是不是已经丧失了呢？舒楠就有些没有把握了。来电，就是让自己骚动起来，让自己的肉体活动起来，让自己的激情迸发出来，让自己投入地毁灭一次，这样的状态，在哪里呀？

这个活动结束之后，舒楠觉得自己再也不会去参加这样的集体相亲了，这完全是大海里捞针，真是很难寻觅的，与其主动出击，不如退而结网，静观其变算了，舒楠很灰心丧气，觉得还是要熟人一对一介绍的好。

八

一个月过去了，那些花，玫瑰花和其他好看的鲜花，仍旧在送，可是这个送花的男人却从来都不露面，显得十分神秘。

最后，还是舒楠憋不住了，在第二个月里的一天，也就是夏天里几乎最热的一天，舒楠很烦躁，她给那天摔跤的男人打了电话，问他："你还有一个补充合同没有签呢，你怎么就神秘地失踪了？"

那个男人笑了，声音也很好听："你们那儿地很滑，我要是再过去，又要摔跤了。"

舒楠说："不会，因为一些鲜花，现在的气氛不一样了，怎么可以老是叫你摔跤呢——说，花是不是你送的？"

男人沉默了一会儿："是啊，喜欢那些花吗？"

舒楠说："所有的女人都喜欢花，我当然也喜欢，谢谢你，它们给我带来了很好的心情，每天都是。不过，这几天天气太热，我很烦躁，就给你打电话了。"

男人说："晚上凉快，今天晚上，你有没有时间？我想请你吃饭，看看，你想吃什么？"

舒楠觉得终于可以再见这个男人了："好啊，我想吃日本料理，怎么样？"

男人很爽快："就日本料理吧。晚上六点，松子料理店见。"

这天晚上，她走路到了餐厅，没有开车，他们就在东三环附近的松子日本料理店里碰面了。说实话，因为一个多月没有见面了，所以舒楠几乎把这个男人的相貌给忘记了，她只是模糊地记得，他是一个气质非常好的男人，相貌堂堂，机敏聪明。

见面之后，他的确是她印象中的那个男人，现在面对他，她还有一种说不出来的亲切感，觉得眼前这个人，笑得很好看，而且很成熟。眉眼之间，和当年自己热恋的老师很像。加上可能是那些连续一个多月的花的铺垫，她对他感觉很好。他们聊了起来。他毕业于北京大学，是经济管理专业的硕士，他业余时间里还会吹萨克斯。"我有时间了，一定吹给你听。"

"好啊。"舒楠觉得自己很放松，看着对方的眼睛、眉毛，都是很舒心的样子。他叫丁为国，算是一个事业有成的人，是北京一家很有名气的电器连锁店的老板，报纸上经常有这家电器店的整版的销售广告。

他们吃寿司，吃各种很好看的日本料理，那些精致的生鱼片，都被放在了更加精致的餐具里。这个店里的日本料理很不错，他们兴致很高，他们还喝了一种日本产的酒。舒楠过去很少喝酒，可是，这种酒喝下去，口感很好，像是某种雨水的滋味，一点都没有酒的辛辣和刺激，刚喝下去，身体就有些反应了，像是被碰到了敏感的部位那样，很古怪的舒服，慢慢地觉得真是飘起来了。店里也有一些日本人在旁边大声喧哗，似乎很高兴的样子。

"日本男人下班了，总是很喜欢泡在小酒馆里面，制造出某种不同于家庭的气氛。他们在酒桌上怎么胡闹都不会被指责的。"他说。

"我没有去过日本，今后有机会了，一定去看看。"

"日本文化里有很多东西你看着都很熟悉，可是又很陌生，非常吸引人。在三月樱花开的时候去，日本很多地方都非常美丽。"

"今后会有机会去的。为什么你要给我送玫瑰花而不露面？"她终于问他了，这是问题的关键。

他愣了一下，说："因为喜欢你呀，很简单。"

"可是，说实话，"她笑眯眯地看着他，说出了自己的判断，"凭借我的眼力，我知道，你应该结过婚了。"

他愣了一下，有些吃惊，有些突兀，有些为难，有些掩饰，有些迟疑，有些恼怒，有些坦然，最后，有些不经意地说："你的眼力很好，这就是我的难题所在，不过，我和妻子已经分居了，准备离婚。"

她突然觉得很失望，她和他有来电的感觉，因为，他的举手投足非常像自己当年热恋的老师。她和她的老师，有过一段从来没有给任何人说过的火热恋情，她曾经把自己的第一次奉献给了他，他是她的第一个男人。但是，就因为老师有家庭，所以最后爱恋熊熊的火苗熄灭了。怎么眼前的这个男人，又是在自己的婚姻里挣扎，他说："我不知道我们今后怎么——"

"难道这样，我们，我和你，就不能交往下去了吗？"他有些不解，"我喜欢你，我要追求你，就是这样——"

这下子，轮到舒楠有些迟疑了，她不知道如何答复他，虽然，她的眼力确实很好，毕竟这段时间，在售楼处见过了各种各样的男人，阅人无数，但是，一旦真的确认了眼前的这个很不错的、她以为十分来电的男人，真的是个有过家的男人，她在内心里已经凉了半截。但是，她不能输了面子上的功夫，她笑了："我们当然可以交往下去，那又有什么呢。"

她觉得自己不胜酒力，浑身有些软绵绵的，身边的灯光也暗了，是空气中弥漫着暧昧和抒情的因子，他也很高兴，和她说了很多话，她就不停地喝酒，喝日本清酒，一直到很晚了，她后来说："带我离开这里吧。"

他带她离开了日本料理店，他带她走了。

不知道为什么，坐进了他的车里，她的内心忽然有些苍凉，有些恍惚，好像这样的场景几年前发生过，她和老师，也是这样的夜晚，也是在餐厅吃饭之后就去幽会。这样的感觉，过去那种苍凉感，与其说是对他的失望，不如说是对生活、对自己的某种失望，对自己的某种轻视。这种感觉忽然使她变成了另外一个女人，这个女人，现在，被一张记忆的蛛网所捕获，心甘情愿地跟着一个实际上还很陌生的男人走了。

他带她来到了一座公寓楼，他的住处，两个人就那么进入了他的房间里。她在他的客厅里，见到了他和妻子过去的照片，两个人一副很般配的样子。怎么那么像当年的老师呢？她有些迷惑了。等到她进入卧室参观，接下来的事情似乎很简单了，他要了她，他把她放倒在了床上，她很顺从，也很冷漠，很慌乱，却又有一种几乎要发笑的滑稽感，仿佛这是一出戏，她还不太会演这场几乎要笑场了的戏，她看见两个她在一起陪着眼前这个欢欣鼓舞的男人演戏。

不，不是演戏，一切都是真的，他的身体是那样真实，他的舌头是那样软绵，有经验，像是一条巨大的蜗牛，暖和、柔顺地从上到下梳理了一遍她的身体。他是有经验的，知道如何调动女人冰凉的、僵硬的身体，懂得如何使女人的身体变得像音乐的音符那样，有起伏和跳动。然后，他把她给解决了。就是这样的，卸下了舒楠的武装，身体的、心理的、衣服的，以及幻觉中的。在内心中有另外的一个他和眼前的他那么相像，她不愿意承认她其实根本就不想和他来这里。但是，她就在这里，在寻找一种记忆里的激情，两个男人在这一刻是并置与重合的——眼前的男人根本就不知道她为什么会来这里。在这个屋顶上有一面镜子的房间里，他和她肢体缠绕在一起的样子，像是某种四足动物那样在进行着一种古怪的仪式。她觉得体内的热度一直在增加，在增高着体温，被另外一个传感器带动，向更高的体温出发。而且，一种噪声在响，淹没了所有其他的声音，直到一切都不能被听见了。

半夜的时候，她醒了，看见在身边的大床上，那个男人睡得很沉。但是，她醒了，她现在觉得自己有些孤单，有些羞愧，还有些轻飘飘的快乐，不知道这样的感觉，到底是怎样产生的。身边的这个男人，现在忽然变得非常陌生，已经完全不是记忆中的老师了，和自己其实根本就没有任何关系。当过去热恋的记忆消失，她发现自己和眼前的这个男人，真是一次奇怪的交往，很古怪的激情。她酒醒了，她后悔了，她要赶紧离开这里。

她轻手轻脚地穿好了衣服，男人依旧很沉地在睡眠中，她看了一下屋子里他的身影，有一丝怜悯，毕竟他的婚姻出了问题，希望她加入来解决。但是，我能够有这个勇气吗？她不知道。然后，她就出了房门。

来到了大街上，她走得很快，生怕被他发现追上来。凌晨的城市东边，城市高楼天际线那边，天色开始发白了，现在已经几点了？街上的出租车怎么这么少？她有些抱怨，但是，还是有出租车的，她搭乘了一辆，车子启动，开始快速地向她家的方向急速奔去。到了家里，她先洗了澡，把身上留有他房间里的味道，都给清除了，连同记忆中的那个永远的伤痛，都洗掉了，她不会再被它捕获了，永远都不会了，因为她又为此支付了一次利息，最后的一次支付。然后，她就倒在床上，睡了一觉。

她到达公司的时候，已经是中午了。这是她一年多以来第一次来公司这么晚。她走进了办公室，还是看见了一束花。又是他送的，但是，面对这样的花束，她已经没有任何的感觉了。她把那束花扔到了废纸桶里，然后打电话给保洁员："今后，要是再有人送花来，不要给我留下了，直接扔掉吧——不不，还是你直接拿走吧，不要叫我再看见了。"

然后，她觉得很轻松。

后来，那个男人多次给她打电话，希望约她吃饭，希望和她见面，她就是不答应，她一点也不喜欢他了，她现在对他很冷酷。可是，这个男人有些执拗，有些固执，有些发疯，甚至，他把自己与老婆的离婚进展如何都告诉了她，可是她觉得他把自己的生活弄得像是一出戏，她在一边看，再也不参与。

他说，他马上就离婚了。她告诉他："你离婚也和我没有关系。"他果然在一个月之后离婚了，但是，她告诉他："你的生活，和我没有任何关系，因为，我根本就不喜欢你。"

他才明白了她，才知道确实，就像是她说的那样，他和她再也不可能有任何的关系。他知道，他们不可能有什么来往了。

绝望的男人最后还是给她送了一次玫瑰花，这次是鲜红的玫瑰，不过，都是一些断头的玫瑰——玫瑰花被切断了头颅，装在了一个篮子里，表明了他的不解和伤心程度。舒楠也不会告诉他真正的原因，因为自从那天之后，她终于可以摆脱过去初恋的阴影了。

九

舒楠在今年六月份的第二赛季的"末位淘汰"比赛中，在三个销售大组、十二个小组中，位居第二名，所以得到了奖励。但是，往往在赛季末尾的时候，各个销售小组之间，会出现一些不正当竞争的情况。

在早些时候，刚开始进行"末位淘汰"竞争比赛的时候，为了营造一种公平竞争的环境，公司规定了每天三个销售大组各派八个人值班，每次客户来电话，要他们轮流接听，有前台秘书，平均分给八个人，第一组接第一到第八个客户的电话，第二组接第九到第十六个客户的电话，如此类推。

可是，上有政策，那么下有对策，有的组就想出馊主意，开始伪造客户电话，来进行不正当的竞争：让朋友和朋友的朋友，集中起来往售楼处打电话，很快把别的组的电话分配名额用完，这样，接下来就轮到自己享用真实的客户电话。当有人泄露了这个招数之后，各个小组之间就都开始了用假客户电话互相内耗。

这样的事情被发现之后，公司老板庞诗言很生气，他下令进行追查，停止内耗，发现一个开除一个，同时规定，每天只有一个大组接电话，不再是三个大组轮换了。于是，假电话事件就被制止了。为了防止假成交，公司还规定，客户的首付款到账，才能算业绩。

一般情况下，到了赛季末尾的时候，销售小组就开始互相盯着，互相揭短，从违规周报中，尽力找出来对方违规的记录，然后减掉对手的业绩。这样的互相监督是很有效果的，不过，当有的组在赛季一开始就签下了大单，几下子就有了上亿元的销售额，那就没有悬念了，剩下的时间就是后面几组开始竞争了。

舒楠这个组的销售员都很卖力，他们的运气一直不错，总是在赛季一开始就能签下几个大单，等到赛季结束的时候，基本上还是能够领先很多，轻松战胜了很多对手，舒楠很自得，情场不顺利可是职场得意，任你黑手频频，也奈何我不得，我仍旧是遥遥领先。

　　进入了盛夏季节，天气酷热。而在CBD中央商务区工作的高级白领们，每天要面对玻璃幕墙和城市热岛效应的干扰，十分燥热，加上本来就竞争力加剧，所以人人有些口干舌燥的。

　　在这样的季节，公司开了一个庆功会之后，有人欢喜有人愁，有人发财有人走，又开始了一个新的赛季。

　　舒楠觉得，自己的相亲也应该在这个赛季的末尾，有一个好的结果。不过，好像越是着急，就越没有进展似的。在北京，她有一个比较近的亲戚，是她的大姨妈，她很热心，可能是自己的父母多次给她打了电话，她就也帮着给她介绍了一个男朋友。"这个人呢，是个军人，军官，少校，军校毕业的硕士，在总参谋部工作，前途远大。三十岁了，还没有谈过恋爱，和你一样。要不要见一见？"

　　舒楠一向对军人很有好感，一听是一个军官，当然很高兴，说是要见一见。

　　"好吧，那我就来安排了。"姨妈雷厉风行，立即安排了他们见面。地点是在中国革命军事博物馆门前，在一个下午的时间里。

　　那天她到得比较早，她停好了车，在附近溜达了一阵子，才看见姨妈从停车场走了过来，她的身边还跟着一个年轻的军人。一见面，舒楠和这个军官握手的时候，感到很清新。眼前的这个军官，是一个很正直干练的男人，一看就知道，是军校出来的，走路和站姿都很周正，他很大方爽朗："我叫杨剑波，我来给你们当导游，今天，给你们讲讲军事博物馆的飞机和枪炮的历史吧。哈哈哈。"

舒楠觉得他笑起来特别爽朗健康，有这样笑声的人，是很单纯明亮的人。而且，舒楠暗自发笑，果然是军人，第一次相亲约会，就选择了军事题材，那么轮到她下次约他的话，一定要在自己公司的售楼处里，整个项目的大沙盘跟前见面了。或许她会拿着一根小棍子说："这个，少校，你看你看，喏，就是我们的项目，你看，一共二十幢大楼——"她就像是一个指挥官那样用小细棍子给他讲解沙盘，军官认真严肃地听着，这样的情景突然就出现在了舒楠的脑海里，她不禁笑了。她笑了，说明就有戏了。

他们在军事博物馆里流连了一个下午，姨妈都跟着，因为，难得有这么专业的导游给他们讲解战争和战争的工具，而且，她也是重要的相亲参谋，可以乘机观察这个军官小伙子。

小伙子比她大几岁，可是看上去很淳朴单纯，毕竟是在部队的环境成长，没有社会上那么复杂。在这个少校军官的眼睛里，军事博物馆里面的东西，那些冰冷的枪械，那些飞机大炮的模型，都是有生命的，都有着光辉的历史。舒楠觉得很开眼，因为她实在没有别的机会，可以像今天这样来接受一堂军事教育课。

"你看，这个枪，是早期我们的革命军人使用的单发枪，还是德国造的，虽然原始，可是百八十年过去了，现在还能打响。这个，喏，这一款枪械，是我军最早武装陆军的基本枪械……"

舒楠觉得他说话的声音很好听，站姿也很好看，这样的男人，外表威武，内心单纯，从职业的角度上讲，很稳定。自己假如做了随军家属，也是很好，很安稳，应该是不错的。舒楠盘算着，觉得有感觉了。

从军事博物馆里出来，已经是下午的光景了。姨妈陪他们到了附近一家餐厅，然后就告辞先走了。这是一家川菜馆，菜很辣，两个人吃得很开心。可能是职业反差很大的原因，两个人彼此都觉得新鲜。所以，第一次的见面很成功，两个人在对方的印象里都很好。

晚上她回家，姨妈给她打电话，问她感觉如何，舒楠如实地回答了："感觉不错，这个人很踏实，毕竟是军人，有军人的干练、实在和单纯，而且，他居然还容易脸红，我很久都没有见过会脸红的男人了。现在的男人，脸皮很厚的，所以，我觉得，可以交往下去。"

姨妈听了很高兴："人家对你印象也不错。不过，他要是问你的收入，你怎么回答呢？"

"上一次见面的时候，还没有问到这个问题，他要是问我，我会如实回答他。"

"哎呀，你现在的这个情况，经济问题是一个很大的问题，不管和谁结婚，还是婚前公证一下最好，因为像你这样，年纪轻轻就有几百万收入的女孩子，在北京是很少的，这个事情不要掉以轻心了。"

　　姨妈说得对。确实，一旦涉及了情感问题，金钱的影子就随后跟来了，这样的事情总是有些不对劲儿。可是，舒楠对这个军官的印象很好，觉得他人很踏实，值得信任，完全可以交往的。可是军官一个星期都没有给她电话，舒楠有些沉不住气，就主动给他打了电话，约他出来玩。这个军官有些好面子，每次付账，都要和舒楠抢一番，这样的情景舒楠觉得有些尴尬，就说："这样吧。我们轮流付账，这次你来，下次我来。"等到下次的时候，不管花了多少钱，他还是抢先付账。

　　他们在一起聊很多，舒楠对军营生活很好奇，于是这个叫杨剑波的军官，就给她讲军营的生活："总之，也有枯燥的地方，也有很严整的地方，部队是要保卫国家和平的武装力量，就是要严整——"

　　她和他的来往很正常，彼此都没有不愉快的感觉，这就使舒楠开始了某种幻想，她就想象自己做新娘，嫁给一个军人的那种感觉，想象和威武单纯雄壮的丈夫，一起出现在很多亲友的面前，还是觉得很愉快的。于是舒楠就很甜蜜。

　　不过，在交往了一个多月，问题就出来了，舒楠发现，他有些大男子主义，无论是观念上，还是行为上。而且，他知道了她的收入如此之高后，和她的来往，就忽然有些不自在了。这种感觉十分微妙，但是，舒楠还是体会出来了。终于，还是杨剑波自己先提出来："舒楠，说实话，我觉得，我们似乎不太合适——我的收入低，而你太高，我内心会感到很大的压力，再说，我可能需要一个自我意识不是那么强的女人，一个贤妻良母，而你，显然，我觉得你是一个事业型的，你的性格很坚强，我们——"

舒楠觉得他和她是一样的感觉，她不能和一个大男子主义的人一起生活的，她爽快地回答："好的，我觉得也是这样，我们只好分手了，不过，我们可以成为不错的朋友——"

他们友好地断了联系，今后也不会成为朋友了，因为很简单，他们是目的性很强地在一起交往的，当最终的目的丧失了之后，他们之间，就连起码的交往都谈不上了。当天晚上，舒楠回到了家里，还是大哭了一场，泪水像是雨水一样，把枕巾都给浇透了，她觉得似乎很伤感，毕竟，杨剑波是一个她还比较心仪的男人，可是，天下确实没有完美的男人，总是有这样那样的问题。男人有问题，那自己是不是也是这样？说到底，其实是高不成低不就，今后，变成了一个没有人要的黄脸女人该怎么办？想到了这些，她就很难过了，于是，在这个夏天越来越深的日子里，刚好公司的一个新楼盘又开盘销售了，她化伤感为力量，把主要的精力都投入到了销售新楼盘的比赛当中，一时间，把相亲的事情就给忘记了。

十

到了七月底，北京的夏天已经热得有些让人难以忍受了。

不知道是为什么，城市越来越热了，钢筋和水泥沥青覆盖了城市的土地，这些人造物正在升高每一寸地面的温度。

这个时候，平时和她关系最好的女同事、售楼员于悦，她是一个十分热心的姑娘，人是北京人，决定给她介绍一个人："舒楠，忙过了这一阵子，我给你介绍一个男朋友吧。"

舒楠忽然想起来自己很久都没有相亲了："好呀，他是个什么样的人？"

"这个人，条件很好，是我的一个大学的师兄，他先是在国家部委的机关里干了几年，后来下海自己办了一家网站。前些时候，把这个网站给卖了，卖给了一家美国的公司，一下子给公司和他自己挣了七千万美元，他自己，你可以想象到，从这七千万美元中间，自然也不少拿。这个成功的收购事件，他们IT界的人都知道，他过去有个女朋友，可是人在美国就分手了。他还叫我给他介绍女朋友呢。"

舒楠正被如此酷热的夏天弄得十分狼狈，她是一个不太喜欢穿裙子的姑娘，所以，这样的天气，即使在中央空调很好的屋子里，她也觉得难受，喜欢冒虚汗，每天下班的当务之急，都是要赶紧回家洗澡。但是，相亲的事情，也许，可以转移她对这个酷热的夏天的厌烦，于是，她答应了。

见面的地点，定在了一家位于新源里附近的西餐厅——亚德里亚餐厅，这是一家意大利风味的西餐厅。

舒楠和于悦先到了。于悦是一个快人快语的陕西姑娘，人长得很妩媚，她原来在一家航空公司下属的杂志《空中新生活》工作，前年来到了这个地产公司的售楼处，干得不错。她过去和舒楠就认识，不过不太熟，可毕竟都是干过杂志的，所以，她在公司里和舒楠很亲近，很谈得来，因此，可以说很多贴己话。几个月前，她和一个大学教授结婚了，婚后的状态特别好。所以嘛，她也有心情给舒楠介绍男朋友了。"你这么好的一个女人，就是应该有一个爱你的男人、疼你的丈夫。结婚，其实是一件非常好的事情，等到你和心爱的人结婚了，你就知道那种感觉了。"她的脸上有着一种别样的甜蜜。

舒楠当然有些羡慕她，内心也祝福她，虽然在这个变动不居的时代，什么样的感觉，都是稍纵即逝的。可是，若你获得了一种稳定的、甜蜜的感受，还是值得特别庆贺的。她们说着话的光景，那个她们要见的男士，由一位看上去很年轻的中年女士陪着，进来了。

"嗨，吕军，"于悦打招呼，"这边这边。"舒楠也站起来，她看见这个叫吕军的男士笑眯眯的，人很精干消瘦，身材颀长，表情很放松自然的样子，自己也跟着放松了。那个中年妇女，看上去很健康大方，她过来拉着舒楠的手，端详着舒楠，而吕军在和自己的师妹于悦打招呼，一时间，所有的信息都已经获得了。原来，这个中年妇女，是吕军的母亲，一个高音歌唱家，比较有名，但是后来不唱歌了，一直在美国生活。他们坐下来，舒楠忽然有些不自然了，她和吕军对视，看着他笑眯眯的样子，舒楠觉得很亲切，同时觉得，吕军的母亲很年轻。"阿姨，您好年轻，就像是他的姐姐一样。"她说。

吕军的母亲很高兴："你看这姑娘多会说话。"吕军还是笑眯眯的样子："啊，就是，我妈就像我的大姐姐，可是，你们看，相亲这样的事，她还是要跟过来看看。"

几个人笑了，于是，他们都点了自己喜欢吃的东西。这家餐厅的意大利风味的饭菜比较地道，有很好的意大利面，还有独特的开胃菜、主菜和海鲜饭，以及各种果汁和葡萄酒。没过多久，饭菜上来了，他们开始使用刀叉细嚼慢咽起来，加上柔和的灯光、有趣的话题，现场的气氛很好。旁边的座位上，都是一对对的情侣，似乎都在轻声细语地说话，没有太多太大的声音。

这样的气氛是舒楠喜欢的，他们一起东拉西扯，在闲谈中，都获得了彼此需要的各种信息，大家从各自的角度，掂量着两个人到底合适不合适。自然，于悦作为舒楠的密友，主要在观察吕军的反应和态度，而吕军的母亲，也在第一时间里，看着舒楠的表现，但吕军似乎并不拘谨，而是十分开心——他原本就是一个乐观的人、举重若轻的人，所以才显得潇洒自如。

舒楠当然把注意力都放在了吕军的身上，她觉得，他看上去根本就不太像是一个在IT驰骋的成功人士，倒是有些大顽童的架势。她觉得，他说话的声音像个大学生，有些磁性，他的脸稍微有些瘦削，但是也有柔和的线条。这样的男人，是很聪明能干的人。他当然也谈到了他的事业，本来，母亲希望他到美国发展，毕竟，卖了网站，现在手里已经有了一大笔钱，可以在那边弄一个公司。"可是，这些年，国内的发展环境当然更好，我不想去美国，我在国内又搞了一个游戏网站，网站发展很好，未来一定可以做大的。"

他们在柔媚的灯光中，吃完了这餐饭，然后，大家告辞了，临行前，吕军的母亲说："舒楠，我很喜欢你，我两天后就要回美国了，你和吕军，今后好好来往啊！"吕军的母亲态度很鲜明，舒楠也放心了许多。毕竟，假如她是未来的婆婆，那么，她是不是能够看顺眼她，是极其关键的。现在，这个顾虑就没有了。

分手之后，于悦问："怎么样怎么样？"

舒楠说："你的师哥呀，人是很有亲和力和感染力的，很好啊。"

于悦说："我刚才也偷偷地问他了，他说，舒楠很好的，我会请她吃饭的，就不用你管了。你看你看，成了！"

舒楠笑而不答。她知道，其实任何两个人交往，即使开头开得很好，不见得永远都很好，也许在未来，他们会不好。但是，现在是不能这么想的，现在，两个人都觉得对方好，那么，就很好，他们就可以交往下去。她回到了自己的家，就给母亲打了电话，告诉她，自己最新一次相亲的情况和结果。

母亲很高兴："很好，条件不错，你也来电了，这就好。好好相处，主要看看他的脾气怎么样。告诉你，过日子，除了不为经济问题烦恼，主要看性情，到时候别的都是次要的了，就是看性格与性情是不是相投了。"舒楠现在觉得，母亲也许永远都是正确的，她总是可以从生活中发现真理。

在这个夏天里，她和吕军的交往似乎很顺利，毕竟都是干事业的人，大家都很忙，可是，两个人之间，很快营造出来了一种磁石效应，两个人经常约会，他们一天不见，似乎就特别想念对方。吕军和舒楠都喜欢在餐馆吃饭，于是，他们就开始了两个人独特的美食之旅，一起找了不少北京的特色饭馆，一个个地接着吃了下去。有时候，是沿着一条街吃下去，比如有很多二十四小时开业的餐馆的篁街，有时候，则是沿着一条大马路，比如是东长安街，沿街一个个的餐馆，只要是觉得门面可以，他们就进去吃饭了。美食的征程把他们越拉越近了。

他们也有很多可以说的，吕军比她大三岁，可是，有时候他调皮和活泼的样子，似乎比她还要小，舒楠觉得，自己像是一个大姐姐。不知不觉，她觉得自己的性格开始变得柔和了，过去，在售楼处历练的一年多的时间里，她很是雷厉风行，很果断，也很机敏，反应非常快。可是，和吕军开始交往之后，她就觉得，自己的节奏变化了，和客户谈判的时候，也容易走神。由于她的心思变了，这直接导致她率领的售楼处小组的业绩有所下滑，要知道，这个小组的业绩，过去靠她一个人，就占了三分之一的销售额。但是，她已经不管别的了，她也意识不到那些了。

现在，舒楠觉得自己前所未有地开心，她越来越喜欢吕军了，觉得相亲的结果还是很好的，终于，她找到了一个比较满意的。吕军虽然有些孩子气，但刚好和他自己的事业结合起来了，搞游戏网站，游戏网站的前景也很好。他的很多爱好，和舒楠都很一致，比如旅游、逛街看新商品。在有一点上，吕军是男人中间比较少见的，就是他对商场里面卖的很多东西都很感兴趣，商场里的各种各样的东西，他都愿意仔细地看一看，这一定程度上也满足了舒楠的购物愿望。她一般喜欢在商店里逛很久，就像是非要淘到宝贝那样地，到处找自己真正心仪的衣服。

仔细想起来，舒楠的内心中有一种感恩的情绪，就是她终于能够和一个男人和谐地相处了。她本来是不敢想象这样的结果的。她和吕军，有很多般配的地方，像受教育程度、家庭背景以及兴趣爱好，要不然他们也不会走到了一起。

一个多月之后，吕军的母亲就邀请他们去美国玩一段时间。吕军的父亲，是美国一所大学的东亚文化系的教授，在美国有些名气，他有学生就在美国驻华大使馆工作。所以，舒楠的签证本来有些艰难，现在很容易就下来了。舒楠过去没有去过美国，所以，这一次能够去美国，而且和吕军一起去，她感到十分愉快，计划待一个月。

十 一

到了9月20号，他们乘坐中国国际航空公司的班机，跨越大洋，飞到了美国加利福尼亚州的洛杉矶市，见到了在加州大学任教的吕军的父亲，吕军的妈妈也在那里。吕军的父亲对舒楠的印象很好。

在阳光特别好的加州郊区，在吕军的父母亲家里，舒楠一开始挺兴奋，可是几天之后，他们就都有些郁闷了。美国的郊区是十分安静的，家家户户都是那种一幢幢的房子，平时很安静，几乎看不到人在走动，日子长了就十分地沉闷，和国内的大城市，尤其是北京、上海、广州的生活，那种世俗化的街景上的热闹，简直没有办法相比。于是，在吕军的父亲的建议下，他们两个人准备去看尼亚加拉瀑布了。

尼亚加拉瀑布在美国东北部和加拿大接壤的地方，离布法罗市特别近，可以从美国这边直接过去。吕军过去去过一次，那是和他的前女朋友一起去的，所以，他很想带自己现在的女朋友舒楠去看看。

他们先飞到了布法罗市，在那里，通过一家租车行，租了一辆别克轿车，一路向美加边境的尼亚加拉瀑布开了过去。美国很多地方都是人烟稀少，只要是出了城市，就是特别养眼的自然景观。舒楠觉得，那种北美洲植物的绿色，简直像是用颜料直接涂抹的，非常强烈，大自然似乎特别恩顾这片土地，给了这片土地最为自然的风光。

从布法罗开车去看尼亚加拉瀑布，路途并不远。这个大瀑布，是美国和加拿大接壤的五大湖区的伊利湖湖水，向安大略湖自然落差流动所形成的壮丽景观。到了尼亚加拉瀑布，在很远的地方，舒楠都可以听见，那尼亚加拉瀑布所发出来的沉闷的咆哮声。似乎水汽也在蒸腾，很快，水珠子都溅到了他们的车玻璃上了，玻璃被蒙上了一层水汽。

他们停好车，然后乘坐"雾中少女号"游轮，开始沿着湖水向瀑布的方向开去。等到他们真的到了尼亚加拉瀑布的跟前，舒楠完全惊呆了。果然是世界上有名的大瀑布，那白色的巨大水幕，已然把一片悬崖给覆盖了，咆哮的声音淹没了所有的声音，包括他们两个人的声音，和激动的情绪。

两个人在不远处瀑布的注视下，深情地接吻了，旁边有游客为他们鼓掌。然后，在这里，他们默默地许了心愿，要两个人永远都在一起。

从游轮上上岸，舒楠还沉浸在那种震撼和感动中。女人会永远记住和自己的恋人一起欣赏美景的情形。

忽然，舒楠的全球通手机响了，是主管她的销售组的总监徐列打来的："舒楠，你还在度假吧？我只好扫兴地告诉你一个不幸的消息，这个季度，你的销售小组排在了最后一名，全组被淘汰了。你的销售副总监的职位也已经被免去了。你要在这个公司继续干的话，就要从销售员做起。明白吗？"

"我在美国和加拿大边境呢。我会很快回去的。"听到了这个消息，舒楠一瞬间觉得，眼前的尼亚加拉瀑布周围的景色，突然之间变得有些索然寡味了。

吕军问："怎么了？"

她告诉了他真实的情况："我的销售组，被公司淘汰了！我要尽快回去了。"

吕军安慰她："没事的，再从头干起！"

可是，她确实有些打不起精神了。这是她根本就没有想到的现实。回去的路上，吕军开车，舒楠的心情有很大的波动。窗外的景色是那样迷人，是那样好看，道路都是高速公路，一马平川。但是，这些美丽的景色，这个美丽的国家，似乎突然都和她没有什么关系了。

吕军察言观色，给她很多的安慰，一路上给她讲笑话，舒楠的情绪渐渐地好些了。回去的路上，都是吕军驾驶，他因为惦记舒楠的情绪，开车开得渐渐有些疲惫了。路很好，可是，就是这样的公路，就是在两个人的心情波动的情况下，出事了。吕军租的这辆车的轮胎爆了。在高速公路上爆胎，是一件非常可怕的事情，他们的汽车立即翻车了，历经了高速的连续撞击，车子最后才在隔离带中间倒翻着停了下来。

十　二

两天之后，舒楠在布法罗市一家很好的医院里醒过来，她被抢救过来了，她的一条腿严重骨折，可能将留下永久性的残疾，而吕军则没有被抢救过来，他死了。她悲痛欲绝，她是多么怀念吕军，同时也感到了内疚，可是，谁都知道，人死了就永远不会复活了。

又过了半个月，经过了这家医院的全程治疗，她的状况好多了。她很快回到了北京，继续在一家医院复查。重新回到了有些灰蒙蒙的北京，她忽然觉得十分陌生了。房地产公司听说了她的情况，总裁庞诗言专门叫人给她送了两万元慰问金，不过，她知道，自己短时间内再做售楼员，是不可能的了。于是，她向公司递交了辞职报告。

而且，更加不好的消息是，她的父亲也去世了，父亲是听到了她出车祸的消息之后，更加着急，结果病情迅速恶化，在她还在布法罗昏迷期间就去世了。她母亲的出国手续还没有办下来，舒楠就回来了。

她回了一趟老家，专门在给火葬后，骨灰又埋到了地里的父亲的墓地上了坟，感觉自己还是没有完成父亲的遗愿。她在父亲的墓前烧了一张吕军的照片，希望父亲能够看见吕军。她忽然觉得自己饱经沧桑。短短的半年多，她经历了这么多的事情，她觉得很迷茫。她真是不相信自己的生活，居然会有这样的变故，生活给了她这么多的内容，到底是为了叫她明白一些什么样的道理呢？

她和母亲拥抱了，那一刻，她觉得真是心情酸楚。母亲决定和她一起到北京，照顾她的生活，她们一起回到了北京。在舒楠的郊区住宅里，舒楠开始了休养。她要给自己放半年假期，要好好地休息休息，也好好地想想，自己今后应该选择一种什么样的生活。

可是，从她回来一周之后，在她的门前，每天早晨，都有人给她送来一束花，什么样的花都有，每天都不重样。可是，即使她碰到了花店送花的小伙子，问人家是谁送的，小伙子也说，不知道是谁给她送的，只是知道送花的，是一个男士。

舒楠很喜欢这些花，现在每天能够看到这些鲜花，是她最大的慰藉。可是，这些花，到底是谁送的呢？不应该是那个过去天天给她送花的人了，那么，送花人是谁？又会在什么时间才显现呢？

大鱼、小鱼和虾米

擂 台

1

我流浪到徐州的时候，正好赶上那里的一个摆擂的黑拳比赛。

在徐州郊区一个很不起眼的地方，说不上是一个村镇，还是一个集市，总之，是一个有些闹哄哄的地方。一对从山东来的师徒俩，跟着一个表演杂技的草台班子，前来摆擂台，可以接受任何人的挑战。

当然，他们除了卖门票，还有当地有势力、摆得平的人做庄家投注。这个时候我想起来，我曾经学过多年的那些格斗和拳击招数。

那个时候，我还有些懵懂，没有想好自己到底应该到哪里去，应该干什么。我特别想念我的女朋友，可是，我不能再回去找她。我在徐州给她打了一个电话，告诉她，一旦我安顿下来，我就让她过来，只是现在我还没有着落呢。

我过去在部队当了几年特种兵，转业的时候，因为和领导关系不好，找不到好的工作，只好到北京郊区的一个别墅社区当了保安。

我在那里干得很卖力，而且，我就是在那个社区里，认识了我的女朋友。她叫吴双玫瑰，这个名字有点奇怪，是不是？她十九岁，比我小几岁，是从内蒙古额济纳旗来北京的，在社区的美容院当美容师，经常进出社区，路过我的岗位。一来二去，我们就认识了。我站岗的时候，就盼望她来社区美容院上班，后来，我们就好上了。

我问她为什么有这么一个古怪的名字，她说，这个名字是她妈妈给她起的，她是蒙古族，所以名字就比汉族人多一两个字，再说，叫玫瑰总是很好听的吧。

吴双玫瑰长着一张满月般的脸，她走路似乎稍微有些慢，人很丰满，可是，我看着她哪里都很好。

她租住在社区外面的一个村庄里的民房中，是那种红砖盖的平房。北京的郊区有种很奇怪的现象，别墅区的旁边，往往就是农民的村落。

我们经常在一起了。我叫韩柱，她就叫我憨柱子。

在一起的时候，除了给我做饭吃，除了亲嘴，吴双玫瑰总是喜欢给我讲她家乡，额济纳旗下属的一个小地方。

她说，那个小地方风景特别美丽，有美丽的千年胡杨树，沙漠，也有很多传说和古怪的事情。比如，在城外的草原上有一条河，河水里出现过龙的影子，有人亲眼看见过的，还有，就是在晚上的时候，在郊区的坟场里，有很多鬼火在飘荡。

"那一定是萤火虫，或者，是磷火罢了。"我告诉她。

但是，在她讲述她美丽家乡的时候，我实在不忍心把她想念家乡的那种情绪，给破坏了——在这种情绪下，家乡什么样的风景，一定都是好的，是无可挑剔的。

另外吴双玫瑰喜欢跳舞，她过去一直是中学艺术团的团长，到哪里都表演漂亮的舞蹈。她也给我跳过，看她单独给我表演，我很沉醉。

不过，后来发生了一件事情，使得我不得不离开了那里，没有来得及给吴双玫瑰说一句话，我就逃跑了。

那段在社区当保安的日子，让我深受刺激，因为住在那个地方的人，都是有钱人，他们出来进去都坐在车里，你很少有机会看见他们的脸。

但是，只有一点，我总是不习惯的就是这些家伙出来进去，我总要给他们敬礼。我为什么要给他们敬礼？仅仅是因为他们有钱吗？他们的钱，有多少是脏钱？所以，我就是不喜欢给他们敬礼。过去，在部队的时候，给首长敬礼，我愿意，毕竟将来打仗的时候，要这些人带兵出生入死。可是，给这些大多为富不仁的家伙敬礼，凭什么？

一天，我值下午班的时候，有一个很胖的家伙，头很大，特别像是一个胖头鱼，据说他原来是一个肉食批发商，现在做大了，是一个地产商。他从外面回来，我递给他一张出入卡的时候，他发现我没有向他敬礼，就摇开车窗对我说："给我敬礼，小伙子！"

我抱歉地一笑，没有理会他，回到了我的位置目视前方。

"给我敬礼！"他低声地咆哮着。

我依然笔直地站在那里，目视前方。

"你他妈的，你他妈的——"他摇上奔驰车的车窗玻璃，走了。

我立即被物业管理公司警告了。物业管理公司的经理冲我大发雷霆，他认为我是故意和业主为难。"告诉你，你们的薪水，都是要靠他们交纳物业管理费，才能发下来的！你这样不遵守门卫的规定，还对业主无礼，若再发生一次，就开除你！"

两天之后，又发生了一件蹊跷的事情。

我们是二十四小时值班的社区，保安都要轮流值夜班的。我和那个胖头鱼地产商发生冲突之后的两天后，那天晚上是我值夜班。值夜班需要我在社区里按照值守的范围，连续不断地巡逻。

我一向很敬业，但是，那天晚上，也许因为我太敬业，也许这里面压根就是一个圈套，我因此惹了麻烦。

凌晨两点钟的时候，我巡逻到了一幢别墅的门口。可是，我发现别墅的门虚掩着，里面的大门也虚掩着，而房间是没有一盏灯是亮着的。

我觉得有情况。因为社区里任何一幢别墅，从来都没有发生过大门和房门虚掩的情况，现在，我判断这套房子最大的可能就是失窃了。

要是失窃了，或者里面正有一个贼在偷东西，那我的责任就大了。可是，按照规定，我们保安绝对不允许没有明确打招呼，就走进业主的院子和房子。

我有些矛盾，也非常紧张。这个时候，一定是我最为难的时刻。我犹豫着，忽然听到了房间里，似乎有很轻微的走动声。

我说过我当过特种兵，受过几乎是非人的魔鬼训练，我的听觉是所有的感官感觉中最好的。我听到了房间里有人活动的声音。可是，假如是房主在自己的房间里活动，是应该开灯的，那么，现在正在活动的人，就一定是窃贼！

我立即冲了进去，小心快步跃上了台阶，先蹲在虚掩的门口，等着里面的动静，又听到了里面有动静。

我想，窃贼正在行窃，这是毫无疑问的了。我蹑手蹑脚地走进了房间，正要打开手电，可是，房间里的灯光忽然亮了，然后一个穿着轻纱睡衣的女人，大声地尖叫了起来，她发现了我，以为我是入侵的凶犯！

后来，怎么解释都不行，我立即被解雇了。按照规定，我们门卫，也就是我们这些看门狗，是一定不许进入业主的院子和房间的。

而且，后来，让我觉得奇怪的是，那个尖叫的女人，恰恰就是那个让我敬礼不成投诉我的胖头鱼地产商的老婆。可是，事发的时间，胖头鱼并不在家，他是第二天才回来的。

但是我越想，越觉得这里面有问题。我想，就是因为我不给一个开奔驰的家伙敬礼，这个家伙就设了一个圈套来收拾我，我也因此被物业管理公司解雇了。

我的饭碗被砸了。是一个人不给我活路，不是我自己不仁义。我认定这一点了。于是，我决定在离开这个社区的时候杀了他。

起了这个可怕的念想之后，我就开始详细地谋划。我买了一把很好的刀，我看好了他家住的房子，我观察好了他的作息时间。

这个家伙总是在很晚的时候才回来，而且时间很不定。就在我要离开这里的那天晚上，我找到机会下手了。

翻进他家一楼的花园很容易，从开满了玫瑰花的小花园，再打开他家的后门，也很容易，因为有一棵很茂密的开着好看的粉红色花朵的合欢树，遮蔽着整个花园。我得手了。我说过我当过兵，虽从来没有机会上战场，可是，我过去学过的各种招数，这次都用上了。用不着仔细地讲述我是怎么进了他的房间。可是，当他跪在我面前的时候，我突然有些心软，下手就留了一些分寸，没有要他的命，我只是挑断了他的脚筋，让他残废了。

我确定给了他一个终生难忘的教训之后，就离开了那里。来不及带走我的吴双玫瑰，也来不及给她说什么，我就走了。

我连夜赶到河北承德，又乘坐长途汽车离开了那里，一路往南走。因为现在我多少已经有案在身了。

不过，好在不是命案，一旦出了这里到了外省，就没有人再来注意我了。

我就这样来到了徐州，碰上了摆擂台的师徒两人。

2

这师徒二人是从山东来的，跟着一个表演各种杂技的草台班子一起走江湖。师傅已经五十开外了，名字叫梁壮，身形瘦长，操着十分浓重的胶东口音。过去我在部队的时候，有个同班的战士是胶东人，和梁师傅说话的腔调是一样的。所以，我先和梁师傅聊起来，和他们相识了。

徒弟叫黄连，好像是山西人，年龄接近三十岁，比我大一些。他人高马大，但长着一副很苦的脸相，怪不得叫黄连。

我和他们套近乎，很快我们就熟悉了。

黄连告诉我，他十八岁从嵩山少林寺旁边的一个武术学校毕业后，就跟着梁师傅走江湖，到处打黑拳，已经有快十年了。

"我打了三百多场比赛了很少输。我的功夫是当年跟梁师傅的师傅学的，在江湖上，我的外号叫'苦瓜脸'，很多人都知道我。"

"你打死过人吗？"我问。

"打死过一次，是打成了重伤，后来对手才死了。"

"警察会来吗？"

"这种时候，为了不叫警察介入进来，我先避开，藏起来，躲几天，等到死者的家属和我们的师傅一起商量个结果。因为打黑拳有一个规矩，就是打死了不能报警。这种时候，我赢的奖金就不能要了，要全部给死者的家属。"

我问："那，要是你被——"

黄连看着我，坦然地说："要是我被打死了，师傅就把我安葬了，再找一个徒弟，继续走江湖呗。"

我不说话了。

3

他们在那里摆擂台的时候，我买了门票进去看，门票最便宜的是十块钱一张，靠近前面的座位是一百块钱一张。

有二百多个观众，我挤在最后面，观看他们演练。这样的擂台，无论拳击、武术、散打，或者摔跤，都是可以用上的。你只要是把对手打倒了，打死了，或者对手认输了，这场比赛就结束了。

梁师傅身穿长袍，先练了一套很飘逸的杨式太极拳，一看就知道很有功力。我在部队当了几年特种兵，谁在我面前练几手，一般一看就知道，你是有多大的本事，练了多少年的。

这个梁师傅的功夫，应该在三十年以上了。

黄连表演的都是硬功夫，表演单掌劈砖、喉咙顶枪、飞脚碎石等等，还是有些功夫的。很快，这对师徒，就开始接受挑战了。

"打死不偿命！打死不偿命！"梁师傅大声地喊着。我知道，这个擂台属于那种打黑拳的，就是挑战者和摆擂台的人谁被打死了，都可以不偿命的，都是可以私下了结，不需要警察介入的。这是规矩。

这就叫作黑拳。也就是，不是公开组织的地下黑拳比赛。很多道上的朋友，就是靠这个吃饭的。

一个当地的壮汉上来挑战了。黄连和对手一交手，我就可以看出来，黄连还是技高一筹。

上场的这个家伙，练的是南派的功夫，骑马蹲裆步，扫堂腿，主要攻击黄连的下三路。黄连躲闪了几下子，摸准了这个家伙的动作与速度，然后，猛然出了几个刺拳，都打在了壮汉的头上。

如果你用慢镜头来看，黄连是胜在身体的灵巧和速度上。我看见对手摇晃了几下，本来还要挣扎几下，结果倒在地上了。人群中发出了呼喊和尖叫，大家被如此刺激的场面给撩拨起来了。

黄连继续接受挑战。我看见他的师傅，梁师傅，正蹲在台子上的一边，抽着一杆旱烟。他没有吱声，显然对眼前的场面是司空见惯。后来又有几个人上来挑战，但是都被黄连给打败了。

这个时候，我忽然听到了血液里面的召唤，我知道我该出头了。

我跳上台子。黄连看到我，有些吃惊，因为昨天我们还聊了很多，已经算是朋友了，可是，现在轮到我来和他决战了。

"黄连大哥，我来挑战你！"我说。

"你这是真的来和我打？"他有些不相信。

"当然是真的，还能有假？"我笑了一下，他就相信了。

他不太清楚我的底细，也不知道我的功夫到底如何。

黄连向我拱手相让，我点了一下头，摆出拳击的架势。我左右跳动，寻找着出拳的最好时机。

多年以来，在特种部队里面，我都在练习散手和技击，全部都是实战训练，从来都是摸爬滚打。我最大的本事，是扛过前面对手凶狠的攻击而不倒，这样我一旦喘过气来立即还击，我就可以制胜。

黄连用重拳，左勾拳、右勾拳和快速的刺拳，对我展开了进攻。他的下部很稳当，看不出来什么破绽。

我连连被他打到，身体上到处都中了他的拳脚。可是，我是很能挨的。一般你要是不能挨，是肯定扛不住黄连这个久经沙场的老练家的拳头的。我感觉我的脸肿了起来，我的一只眼睛看不见东西了。

轮到我反击了。这个时候，我已经被打趴下了，有些要完蛋了。

黄连看着我的目光有些怜惜，他不忍心痛下狠手杀我，但是场子外面的观众已经疯掉了，在大喊大叫："杀了他！杀了他！"

他犹豫了一阵子，突然出手直接打向了我的肋骨。与此同时，我使出了最为拿手的一个招数：撞拳，这是我自己练习的，要在短兵相接和对手近身互搏的时候使用，短促地猛力出击，震撼对手的心脏——我正是这样一拳就打在了黄连的左胸部，他的左胸部是有心脏跳动的地方，他闷声惨叫了一下，就立即倒在了地上，不动了。

当医生前来诊治的时候，黄连已经气若游丝了，血流了不少，而医生也来得太晚。

我重伤了他，我知道我几乎震碎了他的心脏。可是，奇怪的是，黄连并没有立即就死去，他的命够大的，但是，也不过多延长了几个小时。

我直觉觉得我应该跑掉，应该离开这个地方。在北京的时候，我已经陷身于一个麻烦里了，可是，我却惹来了更大的麻烦，这到底是怎么一回事？

但是，我没有跑，我也没有地方跑，开办擂台的草台班子班主说，我跑到哪里，他们会追到哪里。我必须等着他们商量一个结果。现在，我得罪了一个人——当地一个有势力的人押赌注失败了十分生气，因为我让他输了很多钱。

那天，我握着躺在那里垂死的黄连的手，有些遗憾，有些愧疚，也有些难过，但是说实话，还有些自得。我看得出来，他的目光在逐渐黯淡，但是，这好像是他准备已久的一个结局、一个命运，他认了，满意地叹了口气，很奇怪的是仿佛有些欣慰他自己终于被打死了似的。

然后，他就昏迷不醒了。一天之后，黄连死了。

我决定把我赢得的三万块钱奖金都给黄连的家属，他们也从河北一个乡下赶来了。他们默默地拿到了那笔钱。

这个事情，从始至终，警察都不知道，也没有介入。

事情了了，我准备告辞，梁师傅沉默了好久，对我说：

"你打死了我的徒弟，我要再去找一个徒弟了。"

"对不起梁师傅了。"

"那，你想当我的徒弟吗？再说，我听说北京方面有警察找你。"

我知道他知道我的身份了。我不清楚为什么他们什么都可以打听到。"我……我可以。"

"好，那你就当我的徒弟吧，跟我一起去打黑拳。不过，从今之后，就是你养我了。徒弟是要养师傅的，怎么样？"

我点了点头，成了他的新徒弟。

在被黄连打倒在地的时候，我的好胜心起来了，我觉得，也许我可以打遍天下无敌手的，我要吃黑拳这碗饭了。

黄连死了，押宝在黄连身上的当地人中间的头儿，十分不高兴。为了给当地那个有势力的人捞回来他的损失，我在徐州那个村镇又待了一个星期，接受别人的挑战。

黄连换成了我，我的外号叫"一招鲜"。

我打败了不少挑战者，拿到了不少钱，当地有势力的人要我们留下来一直打拳，而且放风说，假如我们不留下来，就不放我走，要把我交给警察。他已经得知，我是北京警察通缉的一个刑事案件的犯罪嫌疑人。

我知道麻烦来了。

他们果然不会放过我。也许当初把那个家伙杀了，更干脆一些，否则我总要被报复。何况，毕竟，打死了黄连，我身上还有一条人命的。

梁师傅说："别着急，我等一个朋友来，他来解决这个问题。"然后，我们等了三天，当地那些家伙看守着我们。

一个神秘的人从南方来了。他先找当地的家伙谈了，然后他来找梁师傅，两个人谈了一个下午。当地的团伙就不见了。

梁师傅说："你跟我往南走吧，人家在找你呢。"

我说："好，再说，我也没有其他选择了。"

晚上的时候，梁师傅带着我离开了徐州，坐火车向南走了。假如人是可以选择的动物，而我又没有别的选择，那么我就不是人了。我已经是一个只有肉体的鬼魂了。我觉得自己已经走上了一条不归路。

不知道为什么，我觉得黄连最后拉着我的手的感觉，现在还在我的手上，而他的灵魂和勇气也注入了我的身体里，现在，我和黄连的灵魂在一起了。

渡　海

1

梁师傅带着我，来到了广州，待了几天。这里并不是我们最终的目的地，我们从这里渡海到澳门去。

去澳门，梁师傅说，我要在那边的一个赌场里打拳。

于是，我们就渡海了。渡海的时候是在晚上，天色黑暗，根本就看不见大海的颜色。我从来没有见过大海，可是这一次，我可以闻到大海的潮湿咸腥的气味，但是我却无法看到大海的脸。

我要在澳门做一个职业黑拳手了。

来到澳门，我发现这里的赌场很多，有的是黑社会性质组织控制的。但是，很多赌场，似乎都和澳门一个赫赫有名的老大有关，多年来，他就靠经营赌场，成了这里的富豪。梁师傅告诉我，前些年，他把赌场的经营权出让给了不少的帮派，结果帮派之间经常发生火并。街头也经常发生枪战。这个老板在泰国、越南和其他一些东南亚国家的地下拳击馆也都有股份，势力很大。

现在，澳门收回来了，这个混乱的局面似乎好多了。但是，仍旧是那些赌场的后台老板控制着一切。他们是大鱼，而赌客们大都是小鱼，我，不过是一只虾米罢了。

来到了澳门，我就决定不要做一只小虾米。假如我是一个小虾米，无论是大鱼还是小鱼，都是可以吃掉我的。

为此，我只有靠拳头来打天下了。

"当最好的黑拳手，是很难的，"梁师傅对我说，"你的基础特别好，可是仍旧需要对你进行严格的训练。有没有信心？"

"有信心。"我说。

"现在，有另外的师傅专门训练你打黑拳的技术，我们一起，还要教你一些中国功夫，你就好好练习吧。"

我开始了非常严格的训练。请来的师傅是一个香港师傅，姓白，所以我叫他白师傅。白师傅是专门训练黑拳手的，他人很瘦，但是身形却特别灵巧。

他端详了我很久，最后满意地点了点头，说："你是可造之才。俗话说，天有三宝，日、月、星；地有三宝，水、火、风；人有三宝，精、气、神。跟我学，你要外练身手眼，内练精气神。"

"明白。"

"你今后打拳，唯一的目的，就是快速地杀伤对方，让对手立即失去任何反击的能力，这是最重要的。"

"明白。"

"黑拳手强调一击必成，一击必杀，强调拳脚的力度和速度。"

"明白。"

我开始了训练。每天，我要像举重运动员一样，进行深蹲训练，深蹲的重量在三四百公斤才合格。每天，我还要进行各种有氧训练，各种短跑、快速和慢速变速跑、长跑，以及蛙跳、爬楼梯等等，训练出强度很高的体能。因为一旦你上场打黑拳，必须达到高强度对抗对手至少在二十分钟的水平。

我知道，虽然黑拳手比赛的时候，一般时间很短，但是，需要进行的训练，却远远大于国内的很多竞技项目。再说，黑拳手上场的频率很高，有时候一个晚上，要连续进行两三场比赛，没有很过硬的体能，是一定会被淘汰，甚至立即丧命于对手的拳下。

　　我每天早晨训练四个小时，晚上训练四个小时。白师傅教我，最好在任何时间里通过任何方式，随时进行训练。

　　梁师傅负责教我习静功和禅修。他给了我一本讲各种技击大师的书，里面收录的，全部都是高手们的故事。

　　比如，有一个韩国跆拳道高手，每天要踢各种硬物，在任何时候、任何地方都进行训练，把自己的腿练成了铁腿。在一次比赛中，对手扫向他的腿，那个人的腿立即断了。

　　而泰拳是技击中最为凶狠的功夫，泰拳手们从小就进行训练，完全达到了人体所能承受的极限，和人的潜能发挥出来的极限。

　　有一个很有名的泰国拳手，从小就踢石头、表皮很硬的棕榈树，后来，他的腿部硬到了任何木头和他的腿相撞击，木头立即断裂的程度。

　　还有日本空手道中的一个有名的流派"极真会"的创始人大山倍达，他一个人隐居在大山里苦苦训练，每天所干的事情，就是用拳头拳击岩石。而且，在雪地里裸体进行负重训练几个小时，使自己的身体达到了某种无法超越的状态。后来，他巡回表演的时候，可以让观众用铁锤击打他的手掌，手掌却不受伤。他可以一掌砍断一个玻璃瓶子，使这个瓶子成为整齐的两个部分。

　　"你的下盘功夫不行，所以要从扎马步开始，开始是三分钟，最后一扎就要在十分钟以上。"白师傅教导我，"马步桩是中国武术中的基本功，可以通上下气脉，提升丹田阳气。下盘功夫练好了，就是半条腿金鸡独立站在悬崖上，有人推你都推不下去的。"

　　经过两个月的训练，我的下盘功夫练好了，梁师傅和白师傅一起，开始对我进行中国功夫中最为高超的特殊训练。

　　梅花桩功。就是在梅花桩上来回跳跃、行走与格斗。这个项目训练的是人身体的轻灵与反应能力。

　　沙包功。当你同时打八个沙包的时候，你就知道敌人是四面八方的了。这是练习躲闪的。

　　排打功。这是练习身体各个部位的抗击打能力的，要用木头和铁条，拍打身体的各个部位，并且用专用的药水浸泡。

　　翻腾功。这是专门练习身体的柔韧程度的，就是在绳索上来回翻跟头。

　　拈花功。这是练习指头的捻力，我要用手指随时捻碎一些黄豆，后来，就要捻碎一些小石头块儿了。

　　打水功。练习这个功法，需要每天用手掌空击一盆水。刚开始我觉得这个功夫没有什么用，可是，据白师傅说，两年之后，我可以在水面击打出涟漪，而五年之后，就可以击人于十步之外了。

　　轻功。这个功法是最难学的。刚开始的时候，我要在七个装满了水的大缸缸沿上行走，这叫作跑缸边，背上背着装满了铁砂的布袋，然后逐渐把大缸中的水去掉，身上的铁砂布袋却要不断增加重量。一个月之后，就要在七个装满了沙子的大簸箕边缘上行走了，然后逐渐减少簸箕中的沙子，一直到簸箕里的沙子空了。

白师傅讲："你要是仍旧能够在它的边缘上行走，就接着练习下一步：用一尺厚的沙子铺成一条道路，在这条道路上铺上几层宣纸，刚开始从上面走过去的时候，还可以看见脚印，经过长时间的训练，脚印就渐渐地没有了。"

龙爪功，是练习擒拿所需要的指头上的力量。

最后，我还要训练空手入白刃的功夫。这个空手入白刃，是专门用来练习眼法和身法的。练习眼法的时候，需要凝视各种东西，以最快的速度，数出固定物体的数量，然后再练习数各种活物。

而且在大街上和商店里，要以最快的速度数出来你一眼看到的人群中的数量。眼法练习完毕，还要练习身法，要在密集的竹竿搭成的竹林里快速地穿行，且不许身体和竹竿有任何的碰触。

练习这些功夫的时候，梁师傅专门给我配置了中药，每天浸泡和清洗练功的部位，使我的肢体恢复到好的状态。

渐渐地，我感到了我的身体痛感在消失，我正在由一个血肉之躯变成了一个钢铁或者是橡皮的躯体。

然后，我就正式出师，可以参加比赛了。

2

我开始在这家赌场里专门打黑拳，我需要一场场地打，我的"一招鲜"的外号，已经改成了"小旋风"。

这是我的艺名，即使是虾米，也应该有自己的一个好听的名字。

是我亲手打死了黄连，因此，从那以后，我就随时准备好了去死，在擂台上被打死。这种状态使我打起拳来，特别冷漠和凶狠。每一次上台打拳，我都抱着必死的决心，这样我就所向披靡。

我每打一场，一般可以得到几万港币的酬金。这是一个小虾米的血汗钱啊。

说实话，我不知道我是怎么走上这条路的，似乎有一种无形的力量逼迫我走上了这样一条不归路。你看，我仅仅因为不向一个家伙敬礼，结果，我就有了这样一个后果。

有时候，我非常想念我的吴双玫瑰，我给她的手机发短信，可是，我却得不到她的任何消息。

她现在还在那个社区美容院里吗？她现在怎么看我？她还喜欢我吗？是不是她又喜欢上了别的人？

或者，她一时糊涂，当了小姐，开始胡混了？确实，在正规的美容院里挣钱少的女孩，是很容易下水的。她要是下水了，我怎么办？我要杀掉所有和她上过床的男人吗？我杀得过来吗？我需要去干这种事情吗？

一旦真的是这样，我不会去干这样的事情。这样一想，我忽然觉得，我不用那么想念吴双玫瑰了。

昨天白天，我没有事情，在赌场里转悠，看见了一个"北姑"——澳门称呼内地来的小姐，赢了一大笔钱。

那个钱的数目，是一个天文数字。中午的时候，她拿到了所有的现金，然后，按照她的要求，被直升机直接护送到香港了。

我看到了她因为被这么大的好运当头照所激动得脸色煞白的样子。换谁，换我，换吴双玫瑰，一定都是这个样子。那些钱多么多啊，多得几乎可以干任何事情了。而且，她甚至可以按照双倍的钱，把过去所有嫖过她的男人们反过来嫖一次，也才花掉一个很小的零头吧。

有时候，我也很想赌一赌，这里很多内地来的各种赌客都在赌，我的心有时候有些痒痒了。

但是，梁师傅特地给我下了一个死命令，就是一旦我赌一次，就立即让我回去，回内地，再也不管我了。

那我就不赌博了，看别人赌钱赌我，赌我的输赢，而我专门赌生死吧。

和我在一起的一共有好几个拳手，都是这家赌场从内地招来打黑拳的。大家都是刚刚入道的，其中一个叫小榔头，他在广东沿海一带打了三年黑拳，参加了八十场比赛，我们很快就发现特别谈得来。

"小旋风，你才入道，不知道这个行当的究竟。"

"有什么究竟啊？"我问他。

"什么究竟？告诉你，三年前我认识的二十个打拳的，十个死了，四个残废了，还有六个永远退出比赛了，你想想，这死亡率有多高吧。"

"我看你的样子，好像受过伤。"

"对呀，你看，我的脾脏都被打碎了，做过手术，肋骨也断了五六次呢。"

"那你还要打拳？"

"没有办法，挣钱呗，告诉你，过两天，咱们赌场来了一个厉害的角色，名字叫夏侯杰，我要挑战他。"

"你挑战他干什么？"

"傻瓜，要是总待在咱们这个最低的级别里比赛，不挑战更高水平的拳手，就不能发财啊，我打拳，一场最多也就挣一两万，很快就花完了。这次，我要挑战夏侯杰，赢了，我就挣五十万，可以回家休息了。"

果然，两天后，那个叫夏侯杰的中级黑拳手来了。

我没有任何他的资料，只是小榔头挑战他的时候，我也在场。那场比赛速度快得惊人，一共只进行了四分钟，夏侯杰就已经把小榔头给打倒了，小榔头因此瘫痪了。小榔头五十万没有挣到，却被打瘫痪了，被送到了医院，要在那里待一辈子了。

这么快一个活生生的小伙子，就成了大鱼嘴里的小鱼，被吃掉了，真是叫我浑身出冷汗。

我知道，假如小榔头不想去挣那五十万奖金的话，那他还可以再打几年，因为，在初级黑拳手这个级别里待着，你有两条路可以走：第一，假如你不主动挑战更高级别的拳手，那么你基本很安全，能够保证自己生存，可是，也挣不来大钱；第二，假如你想去挑战更高更强大的对手，那就会得到更多的钱，可是却因此会赔上性命。关键看你自己的抉择了。

那天晚上，我自己决定，要向夏侯杰挑战了。

3

梁师傅和白师傅支持我的这个想法。他们看到了我的那种可怕的火焰，在我的眼睛里燃烧的模样。假如不让我上场，那么我眼睛中的火焰会把我自己烧死的。

再说，那天，当我看到，仅仅是上场几分钟之后，我的伙伴小榔头就被抬出了比赛场地，再也不会回来了，我是很难过的，也是很想复仇的。我觉得，我的两个朋友，黄连和小榔头，他们一死一伤，现在，他们的勇气和魂魄，都聚集在我的身体里了，我确信自己能够赢。

但是，没有人包括我的师傅，觉得我一定能赢。

我很快就迎来了一场艰难的比赛。对手夏侯杰的资料出来了，他是一个参赛五十八场，打死对手六个，而自己从来没有被打败过的拳手。

夏侯杰是福建泉州人。他四岁的时候，就跟着祖父学习南派的拳法，像咏春拳、梅花拳、地龙拳、南少林五祖拳、鹤拳、虎形拳等各路南派武术拳法，十来岁，就开始在泉州的一些民间械斗中脱颖而出。而福建地下赌场中，也经常举办各种黑拳比赛，夏侯杰就是在这样的比赛中，积累了很多声名。后来，他还专门在武警部队当过几年的教练，非常厉害。

前些年，一个被武警部队保护的政府重要官员，一天晚上，因为发现了警卫在偷窃自己的东西，在阻止这个警卫偷窃的期间，竟然被自己的警卫所杀，所以，很多担任护卫的武警人员都被整肃了，他也连带被从部队里清理了。再后来，不知道怎么样，他就专门在沿海一带打黑拳了，现在，他来澳门，和我相遇了。

我和夏侯杰的比赛，被梁师傅看成是我最关键的一场比赛。我到底是虾米，还是一条小鱼，很快要见出分晓了。

而我也知道，今后，我能不能真正获得大赌注，就看这场比赛了。

我知道赌客们都不看好我，他们给我下的赌注很低，都押夏侯杰胜利。也难怪，在中级拳手里面，夏侯杰的名气太大了，我"小旋风"又算什么呀。

可是，我准备垂死一战、背水一战了。我知道他已经打死六个对手了。我不想成为第七个。我才不想死呢，但是我要垂死挣扎。

在晚上，我和他在擂台上见面了。夏侯杰也是比较壮实的，不过就是稍微有些矮。但是，从他的目光中，我可以看出来，他是志在必得的。他似乎有些谨慎，因为他根本就不知道我的来历，而且，我看上去也有些瘦，并不是那种特别需要从庞大的体形上重视的对手。

我们互相观察，周围的赌徒们在喊叫，场面开始激昂了起来。这种时候，一定需要冷静再冷静，我对自己说，现在，你要注意他的眼睛。

我看着他的眼睛，就知道他出手的动作和方向。我知道，他的底盘功夫一定很好，因为从小就练南派拳法，像练咏春拳的人，底盘功夫简直好得没有办法说了。他的破绽，或者那些胡说八道的武侠小说里经常说的命门，都在他的上半身。可是，这个命门，具体在什么位置呢？我没有找到。

而且，对付夏侯杰，必须以最快的动作制服他。这对于我是十分困难的，我必须一招制胜。

忽然，我看见他脖子上的青筋动了几下，我知道他来情绪了，血流加快了，要不然，他脖子上的血管不会鼓起来。

他先来了一个骑马蹲裆步，然后做了一个请拳的动作。我围绕他小心地转圈，我们的目光在互相纠缠着、较量着。

我忽然看出来了，他要袭击我的腿部。谁都知道，他的地龙拳是非常厉害的，只要叫他扫到，我就腿断筋折。我刚刚想到这里，他就已经出腿了，当扫向我的腿时，一股冷风使我的小腿立即感到了寒冷。

但是，一瞬间，我侧身飞起来，然后以迅雷不及掩耳之势，横扫他的颈部，他扫向我腿部的腿轮空，我踢向他颈部的横扫正中。

这个瞬间是极其快速的，他已经飞了出去，我也因为无法控制平衡而倒在了地上。但是，我迅速地翻身起来，却看见他，夏侯杰，已经再也起不来了。

就在他的颈部的青筋大暴露的时候，我就知道，我必须攻击他的颈部，那里正是他的命门。我得手了。

我们开始交手的时间，一共不超过四十秒，出腿的时候，只有一秒钟。夏侯杰昏迷了两天之后，死了。

我赢了。

赌　命

1

赌命赌来了一笔巨款，五十万，我心里很踏实。不过，我还要养我的师傅——梁师傅，是他带我出来的。

我把赢来的钱给了梁师傅一半，梁师傅又给了白师傅一半，这样，大家都有些钱了。我现在也成了梁师傅的摇钱树。

不过，我也才刚刚迈了中级拳手的大门，在我的前面，有更多的机会和金钱，当然也是更可怕的命运在等着我。我似乎不能停下来了。

这个时候，我加倍地想念我的吴双玫瑰，也不知道她到底怎么样了，我试着给她写了一封信。

没有过多久，我收到了吴双玫瑰过去的一个朋友，现在还在那个社区美容院工作的小荔写来的一封信。

信上说，自从我挑断了那个地产商的脚筋一走了之之后，警察上门来调查了吴双玫瑰好一阵子，结果发现她根本就不知情，就没有找她的麻烦。可是，美发店老板阿汤觉得她惹了麻烦，把她给辞退了。没有过多久，吴双玫瑰就离开了社区，听说到南方的城市深圳去了。

我立即觉得十分愧疚，我没有想到，最终，我的事情，还会连累到我心爱的女人。而她离开北京到达南方的消息，让我心乱如麻，我可以想象到她到了深圳，在那里举目无亲，会是一个什么样的状态，很难不走上卖身的道路。

所以，虽然我赢得了这场比赛，拿到了巨额的奖金，但是，一想到吴双玫瑰在离我不远的城市里，以可能是最坏的方式在生活着，我心情就很坏。

我给小荔回信了，告诉她我的联系方法，包括地址和电话，说假如吴双玫瑰一和她联系，就立即告诉她我的联系方法，我好去和她碰面，或者去接她来澳门。发出去这封信，我的心情仍旧十分忐忑不安。

我打败了夏侯杰，在这家赌场算是扬名立万了，我知道，从此，我将不会再过安宁的生活，那些我不知名的挑战者，正在从四面八方，赶来向我挑战，我隐约看到的，就是这样的场景。

其实，我并不是害怕挑战者，但是，当我被挑战者盯上的命运被确定之后，我就很难受了。

俗话说，"山外有山，天外有天"，谁也不知道你最终会鹿死谁手。就像黄连和夏侯杰，他们怎么知道，最后会死在我的手里?

因为现在我是没有选择权了，只要我的对手的庄家要支付和我决斗的出场费，我就必须迎战了。

我忽然有了过去所没有的那种胆怯感。

这种宿命的感觉笼罩了我之后，我到手的钱就忽然变成了冥币，这使我感到了一种前所未有的恐惧。

我害怕得到这些钱，于是，我要疯狂地把它花出去。很简单也很便利，我就在赌场准备花掉或者说赌掉这些钱。我先玩角子机，发现输得太慢。好吧，那我玩二十一点。可是，他妈的，我总是押对了点，我又赢了很多钱。那天，我茫然地在赌场中来回转，尝试各种办法，可是奇迹诞生了，我总是赢，总是赢，有时候虽然一开始输了，可是马上又开始赢钱了。

最后，我还是赢钱了。

我不知道这是怎么一回事，事情变得复杂了，变得令我惶惑和害怕了。

我难道真的遇到了特别好的运气? 或者，我是大祸临头了? 怎么我要去输钱都输不掉呢? 总是我赢。但是我完全知道，总有一天，我会输得一塌糊涂。

梁师傅发现我在赌场乱赌，就非常生气，把我叫去臭骂了一顿。可是，我仍旧无法排遣内心的苦闷。

2

赌场是一个巨大的销金窟，赌场是人生喜剧和悲剧每天都上演的场所，白天，不训练的时候，我就在赌场里面转，看到了太多的欢喜和空欢喜。

可是，当我打败了夏侯杰，我自己现在也成了很多赌客眼中的筹码。我也是我师傅的筹码的时候，就是这样的，当我用手仔细地玩弄那圆圆的、不带任何感情色彩的筹码，我觉得我就是这样一个东西。

现在，我已经属于这个赌场专门的黑拳手了。我要离开这里，必须付给赌场一笔钱才行。

这家赌场附带经营一家武馆，所有的黑拳比赛，都是通过赌博来实现的。

我理解打黑拳的时候，所有赌客的心理，他们花钱就是为了看一个刺激的。比赛越是激动人心，说明赌客们下注的钱越多。而短兵相接、直取性命的黑拳比赛，很难有人不在现场下注的，而且，下的都是大注，输赢就特别可怕了。

在黑拳比赛的时候，观众赌博一般分互相赌和庄家赌两种。观众互相赌，都是在特别熟悉的人之间，而数额不高，真正赌得高的，是庄家的赌博。

一般在黑拳比赛之前，比赛双方的庄家就推出来一个大庄家，这个庄家叫作定庄，由定庄来支付黑拳手的出场费。

现在，我的名气大了，我总是在出场之前，就拿到了一半的出场费，等到比赛结束了，我就从定庄那里，拿到另外的一半。

我必须在这个赌场里等候着挑战者。

我现在成了这个赌场中坐镇的黑拳手了。不过，还有另外四个拳手和我在一起，我们五个都是这个赌场的黑拳手。

我有时候也去捞些外快，就是按照师傅和赌场老板的安排，去别的赌场、健身房和娱乐城打拳。只要是有人找上门来，和师傅谈好了一个出场费的标准，我就偷偷地出了赌场去打这场黑拳。而组织这样拳赛的人，他们往往是这个俱乐部或者健身房的老板，尽管组织了很多人投注，也是为了赚一个吃喝，所以，我们比赛的时候，要尽量地渲染气氛，而不是像真正的比赛那样，一上来就要置人于死地，因此，这样的比赛是十分轻松的，钱自然也赚得少些。

自从打完了夏侯杰那场比赛，我就由一个名不见经传的拳手，变成了一个很有前途的中级拳手了，我现在每场黑拳比赛的出场费，一般都不少于十万港币的。就这样，半年过去了。

在中级黑拳手这个层次里，我觉得自己变成了一条更大的鱼。但是，我还不是那种特别大的鱼，最大的鱼是不打拳的，他们只是坐收金钱。

我从来看不见他们的脸。

3

我遇到了一个挑战者，这个挑战者过去我没有听说过，只是知道他在缅甸和越南的赌场里面打过拳。

自从我打败夏侯杰之后，找我挑战的拳手就开始出现了，他们指名道姓，就是为了和我决战。他们大都是初级黑拳手，而一旦把我打败，他们就将获得和我从夏侯杰失败中获得的一样多的奖金。

但是，我可不是好惹的。我轻而易举地就击败了不少的挑战者，因为我一直在加紧练功，从来都不敢懈怠。

一般当我面对对手的时候，我从对方的眼睛里是可以看出来他想要什么呢。是想要赢得比赛，还是想获得挑战的刺激？是想拼命，还是想打一场两方面商量好的假拳？当然，打假拳在黑拳比赛里也在所难免，这一切都由老板和师傅安排好了的。

而这个对手，外号叫"霹雳腿"，我和他互相对视了很长时间。从他的目光中，我可以看出来，他是想要我的命的。

我们对视了一阵子，他先发制人，上来就是当空一个"劈山救母"，从我的头顶竖着向下一劈，虎虎生风，吓了我一跳。

来这样的动作，很不礼貌。我觉得他有些不把我放在眼里。不过，这个"霹雳腿"看来确实还有两下子。

我想说，打黑拳是没有任何规则限制的，只要你打败了对手就行，这是一个只需要简单结果的行当，所以，既然简单，一切都好办。

我的腿和他的腿在半空中相遇了，我感觉我像是碰到了一块木头。我的拳头打在了他的身上，但是，拳头仿佛是陷到了海绵里。我觉得他的身体，似乎在肚子部位还有某种吸力，竟然使我的拳头发挥不出来威力。

我有些慌乱，难道我刚刚上升到了中级拳手的位置，就要栽到这个家伙的手里？而且，这个家伙的腿法确实非常厉害，上下左右，我的眼前都是他的腿的影子，忽然，我的胸口正中，就中了他一腿，我一下子觉得肺都要炸了。

这个时候，我向后倒了下去。

观看的人群，那些下注的人群，立即开始沸腾了，"杀死他！杀死他！"他们吼叫着。他们要见血！这些该死的看客，我咳嗽了一下，喷出来一些鲜血，我的肺部受伤了。而我的眼前，都是"霹雳腿"的腿影在摇动。

一瞬间我都有些绝望了，因为，我看到了黄连、小榔头和夏侯杰的命运，那些看客和赌客们，都在狂乱地呼喊，他们是这样疯狂地要占上风的人取弱者的性命，大鱼一定要吃掉小鱼，这是一个永恒的规律。我是一条小鱼，但是我不想被吃掉。

而这个时候，我忽然看见梁师傅示意我要镇定，我在很短的时间里，躲闪了他几次致命的狠腿，但是，我的拈花功和龙爪功没有白练，我以迅雷不及掩耳的动作，在眼前捕捉到了他的腿的影子，在他的小腿迎面骨上奋力一捻——

我听到了"咔嚓"一声响，对手忽然惨叫了一声，倒在了我的面前。要知道，人的小腿迎面骨是非常脆弱的，我就是在这样的时刻，攻击他最为薄弱的地方，我获得了最终的胜利，赢得了性命。

他的两条小腿的迎面骨都被我弄坏了，需要休养很长时间。而我的肺部受了震荡，也在医院养了半个月。

我赢了。

来　信

1

我休养了半个月之后，肺部所受到的震动伤害，基本上痊愈了。又过了一个月，赢了不少场次的比赛之后，我收到了吴双玫瑰的一封信，这封信使我又得了心病。

就像我所想象的那样，吴双玫瑰在深圳果然做了小姐，她被一个卖淫团伙所控制了。我怎么可能不心急如焚呢？

憨柱子：

从小荔那里得到了你在澳门的消息，我知道了咱们相隔并不遥远，心里总算是有些安慰。

你打伤了社区里的那个胖子，跑了之后，警察讯问了我好几天，发现我并不知道你的事情和行踪，才放了我。可是社区美容店的老板阿汤，就把我给解雇了。

我没有更好的办法，就听一个在歌厅混的女老乡的劝告，和她一起来到了深圳，在一家美容美发城里面干。在美容美发城干很辛苦，每天要给无数人洗头洗脚，我的手都皱了，很难看了。

你知道我喜欢跳舞，后来，我看到有个俱乐部招聘舞蹈演员，我就去应聘了。我被招录了。结果，这个俱乐部的老板是个坏人，他招来的女服务员都是要跳脱衣舞的，而且，客人要做什么就必须做什么。我不愿意，要离开，他就强行叫人给我"开了苞"，然后逼着我接客。

现在我在这里已经半年了。在这个俱乐部，我们分为坐台和出台，又叫平台或者高台。所谓坐台或者平台，就是陪客人喝酒、聊天、唱歌，一般是一小时小费一百元左右。碰到大方的客人，给的小费在每小时两百到五百元之间，"妈咪"抽头百分之三十。高台或者出台，就是陪客人睡觉了。这个价钱，在这个俱乐部比较高，价钱是从八百到两千元不等，要是处女，第一次给得还要多，一般是五千块。有时"妈咪"还要在中间抽三分之一。

柱子，我现在有些放任自流了，也不知道能不能再见到你。现在，我的身上伤痕累累。我告诉你，我的左胳膊上有个刀伤，还有其他的伤口。当客人用刀片在我胳膊上划过，用烟头在我身上留下永远的烙印，你会怎么想？你会不会帮我报仇？不过，人家给我钱了，一条伤痕两百元钱，我认了。他们心里很平衡，我却永远觉得很屈辱。

你一定很吃惊吧？像这样的事情，在我接客的过程中，经常会发生。我经常碰到一些心理变态的人，或者有虐待心理的客人，对我拳打脚踢，或者又掐又拧，直到看见我遍体鳞伤才心满意足。我们一些姐妹都受过这样的折磨。唯一能够心理平衡的是，他们给钱，这就是让我觉得能够忍受的原因。

比如昨天晚上，我接了一个汕头的暴发户，他就提出来，在我的胸口和乳房上烫烟头，一个烟头五百元，我表面上装作不在乎的样子，就让他烫了。他后来很满足。看着那暗红的两个烟头，到现在，连我自己也很难过，有时候控制不住，就用刀片在自己的胳膊上割，来惩罚堕落消沉的我自己。

这个时候，我多么想你，想你能够帮我逃离这里。这是我画的俱乐部的地图，在哪条大街你是可以找到的。我等你来救我。

又及：我被看得很严。昨天，我接了一个看上去像是个官员的客人，人很和善，我央求他，帮助我发这封信给你，我不知道你能不能收到这封信。

吴双玫瑰

看完了这封信，我还有什么话可以说的。我首先把这个事情告诉给了梁师傅。而梁师傅正在和从河内来的一个黑拳手的经纪人，商量一场很重要的比赛。

梁师傅听我说完了，就点了点头："这个事情，咱们尽力想办法。不过，柱子，现在，她已经是一个小姐了，你还会喜欢她吗？这个，你要想明白。"

我沉吟了一下：说："我还喜欢她。"

梁师傅说："那好，我让白师傅先想办法，你现在需要去河内打一场拳赛。你的对手是出场费两百万港币的高手，这场比赛很艰难，你一定要赢，赢了这场比赛，你就有可能回深圳，去找你的这个女朋友。"

我说："好，我打。"

我不得不迎战，因为我还有什么选择？过去，我读过一本书，书上解释了什么是人。人就是可以选择的动物，可是，我现在一步步地走着，根本就没有办法选择，都是别人在选择我。我是无法选择的小鱼，即使我打败了无数个对手，可是，在那些我看不见的地方，总是有更大的鱼，在等着吃我。

2

我们到达了河内，也是在一家赌场。河内乱糟糟的，像很多国内南方的小城市。这个城市还有一种燥热的气息，让我特别难受。而且，空气中总是有一种水果腐烂的气味，让我倒胃口。

我的对手是一个华人，他的绰号是"追魂手"，据说，他出手特别快，你打出去一拳，他已经打过来五拳了。一些美国职业拳击赛的拳击手和他比过出拳的速度，据说都赶不上他。

梁师傅告诉我，我的对手二十九岁，身高一米八二，体重八十八公斤，比我魁梧。他的资料上显示，他深蹲四百六十公斤，握推一百九十五公斤，他的战绩是一三三胜零负，六十六次击毙对手。

所有的数据，都显示我处于下风。至少，我没有打死过几个对手，而这个家伙，已经打死六十六个对手了。看见了这样的纪录，不知道你会不会胆寒。

"你要是赢了他，你就成了最高级别的拳手了，你的出场费，就和他一样多了。你现在感觉怎么样？"

我说："我？我感觉不好，你闻闻这个城市的味道，真臭。"

梁师傅笑了："你还好，还能闻见臭味，我就根本闻不见呢。好好打吧。明天晚上，看你的了。"

我点点头。现在，我也已经是一个体重八十五公斤的壮汉了。在迎战的前一天晚上，我拿着一张吴双玫瑰的照片，亲了好长时间。

然后，我写好了遗书。

在和高手进行挑战比赛，或者高手之间比赛，按照规矩，比赛双方的拳手，都是要先写好遗书的，因为观看比赛的人都是有钱人，那些真正的大鱼，他们可不是光来看看热闹，也不光是来看我们流点血的，他们是要看人死在眼前的。只有这样，他们才获得了真正的刺激和利益。在这样的比赛当中，一般有百分之五十的人会当场丧命。

我一边写，一边想念我的吴双玫瑰，我想，那些在她身上拿烟头烫的人的心理，和这些花钱看别人丧命的大鱼的心理，是没有多少区别的。

我站在台子上，觉得心里很紧张，越南人的尺寸什么都小，连拳击台也这么小，小了整整一号。而我的对手，"追魂手"高大林，比我高半个头，他正在冷静地盯着我看。在他的手下，已经被击毙了六十六个对手。六十六条人命啊。不过，看不出来这些人是怎么成了他的拳下之鬼。

我和他开始小心翼翼地接近，我们的步伐都非常灵活快速。

有时候，我们像是为了一种默契，也是为了给下注的观众一点娱乐化的刺激，半真半假地在空中对脚。

这个对脚，主要是给别人看的，就是为了发出噼啪的声音。观众果然情绪高涨了。我不知道今天我的赔率是多少，但是，我知道，他们一定都是赌"追魂手"赢。往往这个时候，我就特别能够沉住气。

刚才还在轰响的音乐忽然停下来了，这个时候非常安静，安静得有些不真实，因为有那么多双眼睛在看着我们。

我出手了，而他的手确实快，他看见我出手就已经出手了，然后，我的肩膀和胸部被他打着了。

不过，即使练过多年的铁布衫和排打功，他的重手落在了我的身上，我也感到了一丝刺痛。

我的拳头打在他的身上，发出的声音，像是铁锤击打在铁树树干上发出的那样，声音又脆又响。这样的声音是很奇怪的，很可能，他的身上涂了一种防止受伤的油膏，这样的油膏，能够保护他。

我们交手的速度很快，五分钟后，完全没有分出来高下。我发现自己中拳多一些，这个家伙，确实是个"追魂手"，简直是在追着我跑。有时候，在几十秒的时间里，我的眼前全部都是他的手的影子，我屏住呼吸认真应对，才没有出意外。

但是，我发现他的体力肯定比我差一些，只要是能够消耗他十分钟以上，他就有破绽给我了。

"追魂手"高大林有些着急了，看来他没有想到我那么能挨，那么灵巧，即使很多次已经中了他的"追魂手"，我也安然无恙。实际上，若我不能发现他的破绽，我就只有死路一条了。也许，我真的很快成为毙命于他的手下的第六十七个鬼魂了。但是，我想，悲痛就是力量，当我感到了悲哀的时候，机会就自己走向我了。

果然，十分钟之后，"追魂手"的速度就慢下来了。而且，他防护自己的上半身的能力大为衰弱，这个时候，我发现，他明白我在想什么，我在想他的上盘防护不够，于是，他立即开始用密不透风的腿法攻击我。

这是少林连环腿，加上韩国跆拳道的混合腿法，非常具有杀伤力。我几次中腿，情况忽然向坏的方向发展了。

难道我真的要命丧河内了吗？在这个充满了女人潮湿的胳肢窝气息，以及腐烂的热带水果气息的城市，我就要像一条老狗那样，被大家和师傅遗弃吗？这样的命运，是我根本就无法想象的。

"以其人之道，还其人之身！"忽然，我听到了梁师傅的喊声。他看出来我在下风了，他这是要告诉我，我也必须出腿了。

那么好吧，我也出腿，我突然精神抖擞了，我在他出腿的同时出腿，我们都是同样的高侧踢。

这个时候，别人看我们就像是两个不规矩的弹簧一样，同时出腿侧踢，第一下、第二下，第三下，对了，就是这一下，我这一腿的高侧踢，角度极其刁钻，在他踢向我的同时，我的腿擦着他的腿，踢向了他的脖子。

然后，"追魂手"像一条麻袋那样飞了出去。

我赢了，他死了。

事情有时候就这样简单。

3

我威名大振了，回到了澳门，我所在的赌场老板专门给我接风了。可是，我的心情总是不好。

我现在击毙了在河内和缅甸打拳五年都没有对手的"追魂手"高大林，成为黑拳拳手中高级拳手之一了，也是目前东南亚最被看好的黑拳手之一了。

可是，我却觉得，这没有什么高兴的。再说，我的吴双玫瑰，还在深圳那个俱乐部里面困着、天天接客呢。

在我去河内打拳期间，白师傅专门去了一趟深圳，找到了吴双玫瑰所在的俱乐部的老板。对方不放人。最后，白师傅不得不亮出来底牌，人家也亮出来了底牌。双方都是有势力的人物和大的帮派，事情有些骑虎难下了。

梁师傅明白我的处境，他又问了我一次："你真的对那个女孩这么上心？你真的对她当了小姐，毫不在乎，还是愿意和她在一起？"

我说："是的，师傅，我就是这样想的。"

"你的想法有时候很怪。"

"难道就不能通知警察，把她解救出来？"我焦急地说。

梁师傅说："可不能那样。开办俱乐部的那些家伙，都是心黑手狠的人，你要是想通过警察来找他们，你找到的，很可能就是吴双玫瑰的尸体了。"

我非常着急："那，那怎么办？"

梁师傅沉吟了一会儿，说："那好，我亲自跑一趟，看看他们有什么话说。"

我很感激地看着我的师傅。

回　家

1

梁师傅去深圳了，三天后，他回来了，告诉我："柱子，他们同意交人，不过，他们要我组织一场比赛，而且，要你必须赢，这样，他们就放了吴双玫瑰。"

我站了起来："好啊，没有问题。"

梁师傅还说："到时候，他们会让吴双玫瑰在场看着你打拳，你赢了，他们立即放人，你就和她会合了。"

我立刻欢天喜地了："那我一定要赢这场比赛。"

梁师傅还说："而且，你赢了，这个赌场也可以放你走了，因为大家都押你赢。咱们就可以回国打拳去了。"

我高兴了："那当然好了，我要回家！"

梁师傅看着我："可是，你知道，你要和谁交手吗？"

我有些不在乎："和谁？和谁我都不怕。"

梁师傅有些阴郁地向下看："一个泰国职业泰拳手，绰号叫'灰象'。"

我问："怎么了，师傅，难道我赢不了他？"

梁师傅说："这个'灰象'还从来没有输过呢。而且，根据我们过去的经验，和职业泰拳手对阵，非死即伤，你要做好准备啊。"

我说："没事，只要他们放了吴双玫瑰，在现场，只要让我看见吴双玫瑰，我就一定赢了这场比赛。"

梁师傅还是有些不放心："我再给你配一些药，你要坚持喝，等到了那天比赛，会给你增加元气。"

师傅对我的担心是很有道理的，因为泰拳手从小练功，只有几岁大的时候，就开始用腿脚踢撞各种硬物，像椰子树干等，头、膝盖和腿脚都是非常坚硬的，几乎可以和最硬的木头媲美。长期的练习，使泰拳手已经丧失了基本的痛感，所以他们比赛起来凶狠异常，而且，泰拳手的寿命一般都不长，很多人能够活到三四十岁，就已经很不错了。

"所以，你要加紧练习铁砂掌。泰拳手可是铜头铁膝钢腿石头脚，浑身上下就是一个'硬'字，只有肚子相比来说，是最柔软的，是最可能攻击的地方。你要是以掌化刀，可以在互相靠近的时候迅速攻击他的腹部，就有可能占上风。"白师傅也对我说。

"明白，师傅，我要以掌化刀。"我说。

白师傅叫我继续练习铁砂掌，我就开始天天用双手掌猛力插那滚烫的铁砂，必须把手掌练成能够像刀锋一样迅猛和锐利。

当你凝神定气的时候，把全身的元气都凝聚到手掌上，就有可能把手掌真正变成一把砍刀。

几天之后，梁师傅带着我，从海上坐船，来到了深圳市郊区的一个地方。就是在这个地方，我要进行一场营救我的女人的关键比赛。

深夜，我和师傅坐船从深圳上了岸。这是很久以来，我第一次上岸，重新回到了大陆上的城市，我的心情很好。

这是一种回家的感觉，这种感觉非常地奇妙。而且，想到了要和吴双玫瑰会面，那种兴奋，就更加令我骚动。

我们在一家旅店里先美美地睡了一觉。

第二天，也不需要我打拳。泰拳手"灰象"还没有到来，我可以喘息一下。但是这一觉，我睡得特别不安稳，总是做噩梦，梦见各种各样的野兽在围着我转。

醒来之后，天已经亮了，我到街上转了转。

深圳是一座令人乏味的城市，无非到处是那些细长的高楼和追求金钱的麻木的人群。这样的高楼景色，现在在全世界任何一个城市都有。我置身于很多人中间，发现街上的人大约只有两种人：一种是职业白领和小老板；另外的一种，就是农村打工仔。这个城市永远都是这两种人。

我厌恶这个城市的另外一个原因，自然是我的吴双玫瑰在这里被毁坏了。我觉得城市有巨大的腐蚀人的酸性液体，当你来到这里的时候，就会不知不觉地被侵蚀，变成了另外一种自私自利的动物。

那些逼迫吴双玫瑰变成小姐的人，原来一定都是善良的人，可是，他们来到了城市，就被城市的酸性液体给从血液里腐蚀了，他们就转过来压迫其他人。

在街上漫步，不知道怎么的，忽然间，我觉得仿佛在海底行走，我身边的所有人，都变成了大大小小的鱼，大鱼和小鱼，还有各种各样的小虾米，在盲目地来回游动，出于本能在呼吸，在追求基本的生存。可是，大鱼最后总要吃掉小鱼的，小鱼也是要吃虾米的。鱼的影子，在幕墙玻璃上倒映出各种各样的图案，变形的夸张的，甚至是死亡的图案。

但是不管怎样，我来到了这里，我要见到我的女人了，这都使我感到了欣慰。

2

等待泰拳手到来是一件十分痛苦的事情。这样的感觉，使我的睡眠非常不好。只要是有时间，我就和梁师傅一起，观看这个泰拳手"灰象"的录像带资料，观看他的技术动作。

从录像上看，"灰象"十分不起眼，是一个精瘦的家伙，但是，这个家伙天生长着一双长腿大脚，他的腿法十分精湛，可以在空中连续不断地攻击对手达二十腿以上。

我观看的一个片段，就是"灰象"击败东北一个著名黑拳手"风火轮"的录像。一开始，泰拳手"灰象"就显现了很强的实力，他就像是螳螂一样单腿独立，跳着用另外一条腿，挑衅般不断地向"风火轮"发出攻击。刚开始三十秒的时间里，"风火轮"还可以用风火轮般的防御，抵挡住对手的弹踢，但是后来速度已经不如对方快了，然后忽然，就像是触及了高压电一样，"风火轮"中腿了，弹出去三米多远，倒在地上不动了。整个比赛只持续了四十秒的时间。

所以，我想，击败这个对手，就是靠近他，然后攻击他的腹部。

"但是，这可是致命的一搏，靠近他，成了你就赢了；不成，你就完了。"梁师傅很明确地告诉我。

我淡然地一笑："我死了，你就再找个徒弟带吧。"

梁师傅忽然大发雷霆："胡说，我已经死了四个徒弟了，我不想再死一个徒弟了！"他摔门走了。

我忽然哭了，我知道了梁师傅和我的感情已经很深了。

这天晚上，按照那封信上吴双玫瑰给我的图示，我悄悄地来到了那家俱乐部的门口。表面上看，这个俱乐部，像这个城市里所有其他灯红酒绿的俱乐部一样，没有更为特别的地方。但是我进去之后，就发现在里面到处都是监视我的人，和摄像镜头。

我在舞厅和一些包间里寻找我的吴双玫瑰，那里到处都是实际上已经在腐烂的男女们的扭动的躯体，在声光电色中变形。我感到了恐惧和恶心。我没有发现我的吴双玫瑰，我抓住了一个"妈咪"模样的女人，大声问她，知道吴双玫瑰在哪里？她说不知道我在说什么，这里从来没有这个人。

而且，这个俱乐部最为隐秘的区域，完全是会员制的，我不能再往更里面走了，他们拦住了我，希望我出示贵宾会员卡。

而在那样的区域，可以想象，来的是一些什么样的人，进行的是一些什么样的、可以满足人的各种卑鄙无耻下流欲望的活动。

我一个人是打不开这个俱乐部的铁幕的。我只好离开了那里。

那么，我确实没有其他的选择，我只有按照规则来，打败泰拳手"灰象"，然后，用我赢来的钱，把我们两个都赎出来，从这个俱乐部和那个赌场出来，找一个世外桃源——假如真的有这么个地方的话，我们就在那里安静地过一辈子。

3

决战的时候到了。"灰象"现在就站在我的面前，他甚至比录像上还显得瘦弱，而且眼睛里也没有神采。

这已经是我来到深圳第四天之后的那个晚上。我们两个谁赢，谁就得到一百五十万元人民币，而且，我的附带条件是还可以带走我的女人吴双玫瑰。

那些我看不见也永远不会认识的大鱼，都在等着观看一场嗜血的比赛，他们就像是鲨鱼，必须见到血腥，才能够获得满足，才能够舒服。

我们久久地没有出手，只是在观望对方。

奇怪的是，"灰象"看上去多少有些厌倦，他似乎厌倦了这样的争斗。

我在比赛之前听说"灰象"是这个俱乐部养的拳手，现在查出来得了一种快要死的病，他们要抛弃他了，所以，庄家们就想了这个办法，除掉他，同时又赢一大笔钱。这是大鱼的法则啊！怪不得，我觉得"灰象"很没有神采呢。

假如我们两个都是困兽，都是古代罗马竞技场上的奴隶，那么，我们再努力，都是没有用的，都是摆脱不了我们的命运的。

我们最终的命运，仍旧是一样的，就是死在拳台上。

我要求必须在比赛之前让我看到我的吴双玫瑰。我刚才看到了，她就坐在观众中间，身边有两个穿黑色衣服的壮汉围着。一束光打了过去，然后我看见了她。

她已经不是过去朴素无华的她，她浓妆艳抹，已经成了一个欢场女人。她的表情有些木然，她也知道了我的企图，刚才，她托人带话给我，叫我不要进行这场比赛，叫我远走高飞，不要管她了。

可是，这怎么可能？

现在，我出手了，我的手和他的腿相遇，彼此都很吃惊。

几招过后，我们知道了，我们是棋逢对手，将遇良才，我们是旗鼓相当，我们是你来我往不分高下，我们是哀兵必胜困兽犹斗，我们是两条一样大小的鱼，一时间，很难吃掉对方。

四分钟之后，我们再次弹开，继续进入对峙。我们都在喘气。刚才的较量，无法分出胜负。

观众已经疯掉了，他们在疯狂地下注，在吼叫，在喧嚣，在准备嗜血。而这里面肯定只有一个人，在一动不动地看着我，她就是我的吴双玫瑰。

"灰象"很疲惫，但是他突然继续攻击了，他一个侧踢，然后紧接着，闪电般地靠近了我，膝盖像铁饼一样，砸在了我的右太阳穴上，我听到了太阳穴粉碎的声音。

但是，别慌，我的手掌热了，因为我以掌化刀，手掌像一把菜刀一样，切入了他的腹部。

假如瞬间就是永恒，那么，可以看见我们这两个绝望的困兽胶合在了一起，在拳台上，这一瞬间几乎长过一年。

忽然，我看见我倒了下去，我看见我和他都倒了下去，但是，我脱离了我自己的身体，在比赛场里面飞了起来。

我飘到了吴双玫瑰的跟前，我很轻，因此她根本就无从察觉，我大声地喊她的名字，她也听不见，张大了嘴巴，瞪大了眼睛，继续看着拳台上的另外一个我，可是，现在，我在你的身边的呀。

我不在那里，我在这里，我的话你怎么听不见？吴双玫瑰，吴双玫瑰，我在这里，我要吻你，我要吻你。

我吻了一下她的额头。

她仍旧发现不了身边的我。可能我的确太轻了，就是一股烟。我转身，也看见有几个人上了拳台，把"灰象"和我抬下去了。人群在叹息，在吼叫，那么，今天到底谁赢了呢？大鱼们满意吗？我已经不知道了。

这个时候，我觉得自己很轻，越来越轻，像是空气和烟雾一样，要散开了，要飞升了，我离开了吴双玫瑰，我飞起来了，再也看不见任何东西了。

只有我嘴上残存着吴双玫瑰额头上一点点的味道，宛如冰糖一样美好的味道，还在轻轻地缭绕，慢慢地消散。

塑料男和简单方便女

锦　鲤

　　最近，我感觉我的身体有些不适。有一天，朋友请我和妻子在一家供应各种野生菌类的餐厅吃饭，这家环境幽雅的餐厅叫"俏云南"。饭菜很好，我、妻子和几个朋友都很开心。就在我上厕所的时候，我刚要小便，忽然看到，在小便池里竟然游动着几条非常漂亮的鲤鱼，就是学名叫作"锦鲤"的红色带些微白花的鲤鱼。鲤鱼竟然可以在人的小便里生存得那么悠然自得，却让我产生了一种很不好的感觉，因此，我无法在那个小便池里小便，跑到了里面的马桶边，在那里匆匆行事之后，突然产生了呕吐的感觉，就对着马桶吐了半天。

　　我神色灰白地回到了座位上，好久都没有说话。妻子觉得我有些不对劲儿，就问我："你怎么了？是不是哪里不舒服？"我就告诉她我看见锦鲤游走在小便池里的情景。我说："我看见鲤鱼之后，不知道为什么，就呕吐了。"妻子就说："我看见了也会呕吐的，要是你感觉不舒服，我们可以早点离开，回家休息去。"

这个时候，坐在我旁边、关切地听到了我和妻子的上述对话的画家阎力插话了："这有什么稀奇的呢？我告诉你我的故事吧。我在日本留学的时候非常穷，主要精力都在琢磨艺术上，没有怎么去打工，有时候连吃饱饭都困难，除了上街给行人画像外，我还想了很多歪门邪道来生存下去。比如，用细绳吊着一枚硬币，在电话亭里的投币机上往国内打电话，等电话打完了，再把绳子一拽，那枚硬币就重新回到了我的手里。等于说我在日本经常白打电话不花钱。谁让那个时候咱穷呢。"

诗人兼出版家龙冬说："你说的是20世纪80年代中国出去的留学生的情况吧，现在可不一样了。我告诉你，上个月，我去德国参加法兰克福书展回来，发现在飞机的头等舱里坐着的，都是一身名牌的中国毛孩子留学生。他们是中国的新贵和'富二代'，那个牛×啊，一副满不在乎、态度傲慢的样子，坐姿也是斜仰八叉的，一点不在乎西方人睥睨的神情。倒是那些面目含蓄、谨慎的欧洲人，一个个谦和地、老老实实地把自己那庞大肥胖的身体，塞到了经济舱的小座位里而沉默着。我看着，觉得世道真变了，真解气啊。现在，该轮到我们中国人爽一爽了。"

阎力说："你不要为那些没有教养的骄横之徒唱赞歌。欧洲人骨子里还是看不起我们的暴发户。"

龙冬说："随他怎么看，反正现在我们至少占领头等舱了。"

阎力说："我的故事还没有讲完。在日本，我有时候没有钱吃饭会断顿儿。我饿得不行的时候，偶然发现，在东京城区的一些人工河里，游走着一些很漂亮的金色大鲤鱼，就是刚才你说的那种锦鲤。我就动了偷鱼吃的心思。为了能吃到那肥大的鲤鱼，我细心准备了好久，还买了钓鱼的用具。第一天里，我早早地起来，假装去跑步锻炼，到了河边，看看周围的人很少，就往河里甩了鱼钩。那鲤鱼个个都很傻，有一条立即上钩了。可是，正当我往上拽的时候，一个老头儿跑步经过我的身边，我一紧张，加上钓鱼线很滑，我就松手了，那大鱼就带着鱼钩鱼线跑掉了。我不甘心，第二天一大早又去了。这一天很适合作案，因为起雾了，五十米开外，什么都看不见。我十分顺利地钓上来一条大鲤鱼，并用事先准备好的一件旧衣服，把钓上来的鱼包起来，为了不让人瞧见之后生疑。我兴高采烈地把鱼拿回家，准备按照日本人吃生鱼的方法，大吃一顿生鱼片。我很兴奋，因为，那条鱼太大了，要是在餐馆吃，至少要花四万日元。我一激动，还打电话叫来了另外一个留学生画家刘波。他来了，也很兴奋。我准备好了芥末、酱油、清酒、饭团、酱汤，把鱼仔细地切成了细片，啊，鱼肉很多，肉质看着也不坏，我和刘波都很高兴，早就开始流口水了。等到我们坐定，拿起筷子夹住一块新鲜的鱼肉往芥末上一蘸，往嘴巴里一送，登时就傻眼了。你们知道我嘴里那鱼肉是什么滋味吗？"

我们都看着阎力，摇了摇头。

阎力说："我告诉你们，和橡皮的滋味差不多，完全不能咀嚼和下咽。我硬嚼了半天，根本吃不下去，真把我恶心坏了！

我们都立即把鱼肉吐了出来，也不知道到底是怎么回事——那么好看的金色大鲤鱼，肉质怎么这么糟糕呢？味同嚼蜡！我想不通。后来，我碰到一个日本好朋友，他是一个万事通，我告诉他我的尴尬和疑惑——我不明白为什么人工河里的鲤鱼肥大漂亮，怎么就不能吃呢？他哈哈大笑，他说，你们中国人是聪明反被聪明误啊，这一次，栽了吧？那人工河里的鲤鱼，就是为了清理水中的化合物和垃圾专门放养的，因为，城区的人工河水里，有大量的洗涤剂、人的排泄物和其他化学制剂。鲤鱼在这样恶劣的水里生存，时间长了，就慢慢习惯了那些有毒化学品，反而变得更加肥大和漂亮。可是，肉是完全不能吃的。因为，那鱼已经不是鱼了，它已经变成化学鱼了。我说到这里的意思是，我们现在的食品也很有问题，这些年，什么毒奶粉、毒平鱼、毒蘑菇，诸位，你们看看你们眼前的盘子里的东西，追究起来，哪一样不可疑啊？不过，也许我们人类适应性很强，可以适应那些有毒的食品，也许，人类也会像东京的人工河里的鲤鱼，或者和你刚才在厕所小便池里看到的锦鲤一样，会通过变质和异化，而改变体内的肌理，继续顽强地生存下去。所以，我们不会被毒死，但是我们会变成非人。"

阎力说完，我们都对眼前的食物感到了担忧。看着眼前的一桌子菜，大家忽然就没有了食欲。停了一会儿，我妻子拉着我的手说："走吧，我们走吧，我什么都吃不下去了，我觉得恶心。我觉得特别恶心。"

于是，我们就很快离开了餐厅。在回家的路上，我的眼前总是游动着在小便池里的那些漂亮的锦鲤的影子。

焚琴煮鹤

我的妻子因为怀孕，最近经常呕吐，不过，是正常的孕期呕吐。因此，我格外关心食物、环境和电磁辐射的安全，必须对她施行保护措施，要把胎安好。因为她是大龄产妇，三十八岁了，这还是我们的头胎，因此，我们就格外注意。为此，我专门给她买了防辐射的背心，这种背心是由很细的金属丝与棉花织在一起的，据说，可以防止任何电磁辐射。但是，我又听说这类背心假的也很多，我就把我买的拿到了防辐射检测中心，专门做了一次测试，效果很好。比如，要是把我的手机放到背心里，电话都打不进去。

但是，对于我们吃的食物，怎么应对，我就没有什么办法了。我曾经听到一个人说："城里人气死农村人，农村人毒死城里人。"这说的就是一种现实。我妹夫来自四川农村，在他老家里，他父母亲自己吃的猪，和往外面卖的猪，喂的饲料完全不一样——往外卖的猪吃的饲料里掺有瘦肉精、洗衣粉等，这样猪长得又快又出膘，瘦肉还比较多。我妹夫大学毕业后，在一所中学当数学老师。但是，他有时候喜欢站在农民的角度说话："你们城里人不是高人一等、喜欢排场、什么都吃吗？好，我给鳝鱼喂避孕药，让鳝鱼变得又肥又大；我用硫黄熏白木耳，让它更白更好看；我给牛打抗生素，让你们城里人吃了，连感冒都连着一起治了。其他的招数，还有很多，比如：往油条里掺洗衣粉，少用面粉，还能把油条炸得又肥又大，颜色还好看；往猪、驴、西瓜里注水，让水也能卖出肉价、水果价来；给羊注射阿托品，羊会觉得口渴，大量喝水，结果分量大增，而且，羊的肉质显得更鲜亮；在劣质米粉中掺入甲醛次硫酸钠，米粉就变成洁白晶亮的‘上等’货了；在面粉里掺上滑石粉或大白粉，面粉就雪白好看；用工业酒精直接兑上水当白酒卖，给陈大米抛光、涂工业油，给陈小米和玉米面染色，用墨汁把黑木耳染得更黑，给猕猴桃注射‘膨大剂’，用牛血兑洗衣粉和味精做成鲜嫩的‘鸭血’，用化学添加剂把劣等茶叶炒出顶级绿茶，给鸡大腿涂上丰乳膏，让鸡大腿肥大、鲜嫩，从阴沟里提炼食用地沟油，这些都是成本低、赚头大的好买卖；最后，往牛奶里掺三聚氰胺，往奶粉里掺东西，制造大头娃——既然你们城里人什么都吃，那就有你们好吃的。谁让城里人欺负农村人的？你看，城管欺负的，不都是小商小贩吗？警察欺负的，不都是民工和小姐吗？工商欺负的，不都是收破烂、卖劣酒和卖假药的吗？医院欺负的，不都是卖血的、得艾滋病的吗？后者都是农村人，他们到城市里来，不都受欺负，连孩子上学都很艰难吗？所以，这就是互相报复。”

我听得目瞪口呆。我的妹夫有时候显得很激烈，但我知道他说的都是实情。另外，我还知道，造假文物的用大粪、经血沤瓷器、铜器、玉石器，可以卖出文物价；劣质棉被床单最后成了呼吸道杀手，报废汽车鼓捣鼓捣就可以重新上路，成为"马路杀人机器"；据说，在秤杆子上做文章缺斤短两，有两百多种花样。我感到，眼下，我被道德低劣的人包围了，他们每时每刻都在企图欺骗我，伤害我。那些人没有底线，都在追逐金钱，却忘记了自己也是人。于是，想到这些，我汗如雨下，很担心我的妻子和她肚子里的孩子。为此，我必须保护好我的妻子，保护好她肚子里的胎儿，不能让她乱吃东西。每一次，我从外面买菜回来，都要用醋仔细地清洗，对各种肉类，更是要产地明确、渠道清楚的我才买。我妻子在一家国有企业工作，平时非常忙碌，而我也很忙碌，自从她怀孕之后，我就承担了厨房里的事，经常做饭。可是，在厨房里，我的精神会高度紧张，不时地会割破手指，或者忘了给菜放盐。可少吃盐一定是好的，在北方，人们吃盐太多，容易得高血压和心脏病。在厨房，我格外地敏感，会为越来越多的食品不安全问题而突然情绪失控，哭泣起来，那个时候我会拿着菜刀在屋子里狂奔片刻，直到闻到了阳台上绿萝的清新气息，情绪才会慢慢稳定下来。而这个时候幸亏屋子里就只有我一个人。

我和妻子的食物越来越简单，因为我们都害怕乱吃东西。可是，在这个社会里，食物的安全问题是你防不胜防的事情。我忽然想起，上周我去南方出差，当地的《东南城市报》副刊主笔张美女士请我吃饭的情景来。洗了从化温泉之后，我们一行人来到了一个风景秀丽的地方吃饭。在那家餐厅里，我们吃的全是野味，比如蜂蛹、野鸡、蛇、野猪等。我在主人的盛情邀请下，都尝了尝，觉得味道还可以，但是心理上依旧经受了巨大的考验。

其中，还有一道汤，是拿鹤、人参、当归等一起煮出来的，颜色是淡褐色的，味道很怪异。我一开始不知道是什么汤，等喝到嘴里之后，才看见那大汤盆里，赫然有一只尖利的鹤嘴伸了出来，搭在汤盆的边沿。

这是焚琴煮鹤啊，我有一种很惊讶的、尖锐的痛苦感。这样的汤，我是无论如何喝不下去了。看到我面有难色，张美说："吃吧，这没有什么的，我告诉你吧，我们把两广和西南地区的蛇都快吃完了。现在，我们又开始吃越南和泰国的蛇了。现在，海关每天都会查禁不少走私进来的野生动物，那都是要被送到这样的餐馆里来，让人们吃的。"

我看着鹤嘴的喙尖利地对准了我。我忽然感到恶心，抑制不住要呕吐的感觉，就跑到厕所里呕吐了半天。

从那天开始，我感觉我的身体开始有些怪异，就是脑子使唤躯体的时候，躯体经常不听话。我的肌肉出现了局部的僵硬，用手摁的时候，感觉像塑料一样硬。我跑到医院里去检查，医生也看不出我有什么毛病。大夫说，可能是你工作过于紧张，疲劳导致的肌肉紧张，休息休息，可能就会好的。

可我感觉我的肌肉在发生一些微妙的变化。我妻子和我做爱的时候，虽然我倍加小心，但是她却觉得我的身体十分僵硬："你的身体怎么越来越凉，越来越僵硬呢？你的那个东西也是，不再热乎乎的像个电棍了。"

我不知道是为什么。

声　音

　　上班的时候，我经常从大落地窗户望出去。对面就是电视台那幢形状怪异的大楼。四周都是中央商务区的玻璃幕墙大厦，每一幢都高耸云端。我在一家网站工作，这家网站是一家综合性门户网站。十二年前，我在一家纸介媒体工作，后来，报纸越来越不景气，2000年，我就到一家获得了风险投资资金的网站工作了。可等到风险投资花完了，网站就倒闭了。我当初是辞职的，没有办法再回到体制内，几乎流落街头了。

　　其实，说到我流落街头，不过是一个夸张的比喻。我后来在民营图书出版公司、地铁广告报和商业地产直投杂志都干过，可是却越来越不开心。因为，上述媒体，没有一家不是为了赚钱而存在的。而为了赚钱，媒体就要去讨好他们认为存在着的那么一种消费者和目标读者，而这么一群人，实际上是品位低俗、目光短浅的人。书籍、报纸和杂志，都为了赚钱而存在，其负载的内容就越来越娱乐，越来越没有文化价值，我就越来越感到不舒服。我想，我的皮肤和肌肉变得紧张和僵硬，和那段时间里我的工作状态是有关系的。

　　而且，我还可以听到一种音频固定的噪声，一种让我感觉接近崩溃的嗡嗡声。那可能是一种广泛的噪声，是从结构越来越复杂的城市的内部发出来的。我仔细听了，那种声音，不是汽车喇叭、地铁的呼啸、自行车的铃声、人的走路声和树枝的摇曳声，不是楼厦之间的峡谷风、下雨声或者零星的鸟叫声，都不是，上述这些声音，都是有突然增高和变化的分贝曲线的。我听到的声音，类似宇宙中的背景音，是一种广泛的、无处不在的声音。我坐在我的小格子座位上，在网站工作没有多久，那声音就开始在我的耳朵边回响了。起初，我以为是附近发出来的，我就开始寻找声源。比如，某个巨大的变压器；再比如，附近工厂的某个巨大的冲压车床，或者纺织厂的那些几十米长的编织机器，在工作的时候，都会发出固定频率的声音。但是，这些东西在我们这幢大厦附近都不存在。

也许，是我内心的一种声音？我开始疑惑了，我觉得，这种像噪声一样的声音，如果不是发自外部，那么，就一定发自我的内部，我的心或者大脑。想到了这一点，我的脑袋就开始明显地疼痛了起来。

我们的网站占据了这幢四十层大厦的五层。每一层都是由大开间组成，大开间又被隔离成很多一米多高的小格子，蚂蚁一样的员工就在每个人的隔断后面，露出了脑袋和工作电脑的上半部分，以便让主管透过他的落地窗，随时可以看见员工是不是在偷懒，在那里干着什么。有时候，下班后走过大厦旁边的环路，我在汽车里还可以看见灯火通明的大厦里，那些忙碌的人们在四下走动。这是一种蔚为大观的景象了——人们都像生活在橱窗里一样，别人的注视下，在玻璃大厦里上上下下，忙忙碌碌，既表演给自己看，也是表演给管理方看，更是表演给这座物化的城市看的。

脑中话语

我们网站的总裁程诚先生是一个表面看上去文质彬彬的人，也许，他还像他的名字显示的那样，是一个诚实的人。可能他对上级是诚实的，但是，他骂起员工来，则十分凌厉，什么脏话都可以出口，一旦你不认真工作，加班不努力，或者公司在美国纳斯达克的股票价格下跌，这些都是引起他雷霆震怒的契机，都是他可以大发淫威的时候。比如，就在今天，他脸色阴沉地出现在我们的楼层，忽然，就开始骂了起来。他从美国参议员联名要奥巴马逼迫中国人民币汇率升值开始，从人家的总统骂到了我们的管经济和金融的行长、部长，然后，就开始骂我们这些员工了。他还会揪住一个人的生理缺陷来骂我们，什么扁耳朵、尖脑袋、平原下巴和狐狸眼，什么酒糟鼻、水蛇腰、溜肩膀和兔唇嘴，他都骂到了，于是我的脑袋就更疼了。

这个时候，那些对话声，就又出现在我的脑海里。说起来话长了，多年前，我在一家报社工作的时候，专门跑社会新闻。那个时候，我比现在有正义感，年轻气盛。在×省曾经发生了这么一件事：一个地级市的领导，为了迎接国家领导人的视察，专门搞了一个假喷渗灌项目。胆大妄为的书记市长说，这个喷渗灌项目是学习以色列而专门引进的技术，花了好几亿民脂民膏。可是，领导人看到的喷渗灌区，实际上完全是假的，是一个面子工程，没有里子——你要是往农田里走几十米，管子就没有了，没有管子，那水根本就喷不出来，也渗不下去。当地报社记者童大林就写了一篇报道——《×省×市搞假喷渗灌浪费巨额资金》，随后，很多国内媒体一路跟进，做了大量报道。我也是跟进者之一。那个时候，我二十多岁，血气方刚，觉得这样的事情是不可忍受的，也去做了很多采访。可是，后来，事情的发展出人意料，不仅×省×市的领导们没有被追究，相反，一年后，记者童大林以"诈骗、受贿和介绍卖淫罪"的罪名，被×市的地方法院判了十二年有期徒刑。

这样的结果，是我们所有人都没有想到的。我知道童大林是一个很倔强的人，从来都不通融，疾恶如仇，得罪了当地的官员和政法系统的人，他就这样被收拾。童大林被宣判后，一些人为此奔走，甚至上书到最高人民法院和全国人大的领导人那里，最终，都没有回音。后来，各种小道消息传过来，说是×省的书记准备到北京当更大的官的，他上面还有人，是一条链条上的人。童大林这么一报道，不仅省委书记无法升迁，而且市委书记和市长也无法提拔了，省委书记的压力也很大，他被中央领导点名批评了。为此，市委书记和市长恼羞成怒，一定要收拾一下这个"败坏"了×省名声、破坏了他们官路的童大林，这个不知道天高地厚的记者。于是，他们巧妙地设立了圈套，将童大林圆满地送进了监狱，而且证据确凿，无法抵赖——童大林帮弟弟的朋友办事，弟弟收受了酬金，最终成为受贿事实。

如今，九年过去了，童大林已经出狱了。我一直惦记他，我很想去×省×市看看他，可是太忙了，我一直没有成行。但是，我的脑子里可以听到一些说话的声音：

"你来吧，我很好，经过多次减刑，我待了九年就出来了。你来看我，我会很高兴的。"

"他要出狱了你知道吗？不能让这小子好受。你派两个人去收拾他一下，就在监狱的门口，让他们都看看，咬别人的人的下场。"

"童大林，你小子这么快就出来了啊，给我打！看他还老实不！"

"狱警！救救我！三个人拿棍子打我！"

"他妈的，你坐了九年牢，记性不好了，忘记了？可有人忘不了，因为，你坏了别人的财路和官路，给我打！"

"住手！再打我开枪了！住手！"

"行了，他们跑了，哎呀，打得不轻，送你去医院吧。你说说，刚刚出来就挨打了。这些人也太嚣张了。他们一定是有来头的。"

"大夫，这个人被打了，一定要好好治疗。"

"要赶紧拍片子，看看颅骨、胸骨、肋骨损坏没有。皮下出血倒没有什么大不了的。"

"老童，你好好养伤，我们会继续报道你的情况。我们是《南方新闻报》的人。你是权大于法的受害者。我们一定会支持你。"

"你们支持我，我很感激。可你们又能怎么样呢？那么多政协委员、人大代表为我呼吁，我照样坐牢。他们官官相护。"

"再怎么样，大家的心跟明镜一样，都知道是怎么回事。那些整你的人在历史上会发臭，可是你，你留取丹心照汗青。"

"你还年轻，记者同道，你把话说大了，什么留取丹心照汗青啊。现在，我只想安静地生活，我要好好休息。但是，对于我做的事情，我是无怨无悔。"

"是的，这就是你令人尊敬的地方。你是有骨头的。"

"要是能给我平反就好了，这样，我就可以重操旧业了。我还想当记者。新闻媒体可以揭露社会不好的一面，你们看，现在×省很多地方因为乱挖煤，都成了沉陷区，煤老板赚了大钱走了，他们在北京、上海、青岛、大连、海南买房子，却把一个千疮百孔的土地留给了我们，大多数老百姓要承受环境恶劣导致的后果，我还要调查，还要写文章！"

"老童！别那么激动，你蹲了九年监狱了，怎么还没有记性啊？还想着捅娄子啊？再这么傻，我不跟你过了！你在监狱里九年时间，知道我这个老婆的日子是怎么过的吗？"

"老童，嫂子说得对，少管闲事吧。再说，现在情况变了，书记省长都换了，煤也不让私人老板挖了，都要收归国有了，这下就好多了。"

"对呀，老童，你的情绪不要那么激动，这样会伤身体，你的血压、心脏都不太好，再说，现在和过去不一样了，情况还是好多了。"

"好什么好，陷害我的那些人，一个个都还好好的，省委书记后来到北京去了，现在还是人大代表。市委书记和市长都退休了，可他们的儿子继续在当官和经商。好什么好！"

"风物长宜放眼量，向前看吧，老童，你看你，孙子都老大了，你应该享受生活了。"

"享受生活？我要好的环境、不受污染的空气和大地，我要好的心情，可是，你们看看，这是我画的地图，×省的地图，到处都是沉陷区和危险尾矿库，占了全省七分之一的面积！环境恶化到如此的地步，不赶紧治理，我们就完了！"

"老童！你再别管闲事了！你再管，我就和你离婚！"

"老童，你看，你老伴都生气了，你就先想点别的，好不好？咱们说点别的。"

"好吧，说点别的，就说点别的。可是，别的，又有什么好说的呢？"

又有什么好说的呢？我脑海里听到的千里之外的说话声，就这样结束了。我想，有时间，我一定要去看看童大林。

小人国

为了准备孩子的降生，我和妻子在路过社区幼儿园的时候，突发奇想，决定进去看看。生孩子、养孩子是一项巨大的工程，必须早做准备，未雨绸缪。

社区幼儿园建筑一看就像一个游乐园，尖顶的屋子，带有北欧风格和童话色彩。在院子里，滑梯、防滑毯、玩沙池等等，设施很多。我们看到很多孩子在幼儿园老师的带领下，在院子里玩游戏。白天，这里是不能参观的，我们进去的时候，门卫看到我妻子是一个孕妇，同意了，笑着打开了门。

我看到，幼儿园建筑内部是三层楼的格局，中间是一个大天井，每一层按照不同的功能分区：第一层是教室、餐厅和游戏室，第二层是孩子们的宿舍，第三层也是教室、游戏室，还有一条通向一座瞭望高塔的天桥。

我们在第一层来回转，看了餐厅、菜谱、游戏室，我感觉所有的东西都是小的，有程序设计的。比如，孩子们的饭菜从星期一到星期五，每天不一样，每天都变花样，但到下一个星期，就继续重新来一遍。也就是说，整个星期一的菜谱都是一样的，你只要看一下今天是星期几，就知道今天会吃什么。不过，整个菜谱每个季节一轮换，春天、夏天、秋天和冬天的菜谱还是不一样的，会根据季节的轮替而变化。

我对妻子说："对孩子的教育，肯定是有严格模式的，不管是孩子们的课程设置、食宿安排，还是课外游戏的设定，都应该有一定的严密设计。"

我和妻子看到孩子们所用的东西全部都比成人小几号，桌子、板凳、玩具和活动场所都是如此，感觉到我们来到了一个小人国。这是一个小人国啊，我妻子也这么说，一边幸福地抚摩着自己的肚子。

我们为要这个孩子花了很多心思，在要孩子之前，我们购买了排卵温度计、叶酸、强肾护精丸、早孕试纸等，后来，妻子怀孕了，我又买了胎教音乐、防辐射背心、母婴感应器（据说母亲可以用那个玩意儿和孩子对话）等等。为了更好地迎接小孩，我们已经开始购置相关的书籍，预先去商场看各种孩子用的商品。平时，我们的谈话已经被尿布、母乳喂养、奶粉喂养、进口奶粉品牌、摇篮、手推车、玩具等主题所环绕。看着眼前这个小人国的世界，我们对孩子的降生充满了期待。

在一间很大的屋子里，有着一项微缩的景观游戏：一列电动火车，将穿越平原、沙漠、草原和城市，来到一座城市。在城市里，有高楼大厦，也有游乐场、立交桥、环行高速路，有商场、机场、出租汽车站、公交车，还有超市、垃圾站、弹子房、幼儿园、学校和医院，有体育场、地铁、广场和古代的宫殿群，有各种小人儿在这些场所出入。火车呼啸着，在这个微缩的世界里穿行。我把两个塑料做的小人——一个男人，他戴着一顶蓝色的帽子，一个女人，她穿着漂亮的裙子，象征着我和我妻子——放到了小火车的驾驶室里，我摁动电钮，火车就出发了，带着我和妻子的化身，还带着蒸汽机车的那种有力度、有节奏的声音开动了。火车穿越广袤的大地，穿越了平原、沙漠、草原，进入到城市之后，速度减缓，在一些站点还停靠了。

我们两个大人在一边饶有兴味地观看。我想，孩子们在这么一个不大的空间里，玩这种微缩景观的游戏，会让自己的视野和感觉放大。火车前行，男人和女人奔走，孩子们欢呼雀跃，老人们休憩，少男少女们恋爱。微缩的这个世界，就是人的世界。但是，这个微缩的世界却充满了一种假想的完美，这是成人的世界里没有的。在成人的世界里，酒吧、饭店、洗浴中心、性商店、火葬场、政府机关，这些东西，孩子们的世界里没有。孩子们的世界里都是有趣的、被童稚化的东西。

我们在小人国里心满意足地待了两个小时，参观了小人国里所有的设施和用具。后来，我们作为大人，还饶有兴味地和孩子们玩了老鹰捉小鸡的游戏。小人国带给我们一种返回了某种记忆的感觉。

在小人国里，我感到我的骨骼似乎恢复了一些弹性。但是，我的肌肉的钙化，或者莫名其妙僵硬化的程度，继续在增加。

影子蛛网

我很想去看看童大林。自从他出狱之后，他的说话声，总是在我的耳朵边回响。我不能不去看他，正如我在多年以前，在北京奔走，希望能够洗刷他的罪名，营救他出来那样。但是，当时，包括我在内的很多人，比如一些人大代表和政协委员，最终都没能营救他，他被设计的圈套套住了。地方势力太强大，那些县长、书记和商人之间，形成了一条复杂的利益和权力的链条，而且还和更高层的人有着千丝万缕的联系，有着你根本不能说却可以感觉到的联系。如果你伤害了这样的利益链条，那么，你就会被报复性地打击。

比如童大林，很显然，他揭露假喷渗灌工程是个政绩工程、虚假工程，不仅使当地官员背负造假的巨大压力，还威胁到人家的升官路，大家都是一条绳子上的蚂蚱，一个牵一个，一个拽一个，倒一个就牵连一大片。童大林触动的，就是这么一个蜘蛛网一样的东西，有弹性的人际网络。所以，他就被关进监狱了。再说，他这个人实在是一个很倔的人，一个绝对不低头的人。坐了这么多年牢，童大林的骨头还是很硬。他的说话声，隔着上千公里，还会传到我的耳朵里：

"我不会善罢甘休的。他们欺负人，陷害我，我不会善罢甘休的。"

"我在和影子蜘蛛网作战，我一定要和他们斗到底。"

"你来看看我吧，朋友，谢谢你当年支持我，正是有你们这些人的支持，我才没有在监狱里倒下去。"

有一天，在梦境中，我踏上了去×省的快车。现在，高速铁路通车了，从北京到×省的省会只需要三个多小时，一千公里的距离被拉得这么短。梦中，我下了车，又转乘汽车，走了两个小时，就到达了童大林所在的×市。那是一座比省会城市要逊色很多的城市，就像县城没有办法和地级市相比一样。从北京到西南地区最偏僻的山村，你感到你是由一个富丽堂皇的宫殿，来到了原始社会；从后现代社会，来到了刀耕火种的时代。这就是我看的景象。在梦中，一切都很清晰，只是我不会飞。童大林的声音在不断地传来：

"你下了车，你就会看到，在这座城市的郊区，又矗立起很多高大的烟囱。那是一些高污染的水泥厂、焦化厂、磷肥厂的烟囱，正在往外面排烟。"

我看见了，焦化厂排出来的烟是硫黄的颜色，还带着刺鼻的味道，扑面而来。

"你还能看见猩红色的河流。那是磷肥厂排出的工业废水，污染了整条自尧舜以来就存在的大凉河。大凉河现在成了一条猩红色的河流。那还是河流吗？"

我也看见了那条猩红色的河流。

"我所在的×市，刚好在盆地里，污染空气不容易被风吹散，市民就长期生活在呛人的有毒空气里。"

是的，我刚才就闻到了。可是，我注意到当地的居民，久闻其气，已经不觉得有什么了。他们安之若素了。我不知道这是不是很可怕。难道，人也将变成在小便池里安之若素的锦鲤？他们表面健康，实际上，肺已经成了黑灰色的铁肺？这里的人的皮肤，有一天会不会变成和那条猩红色的河流一样的颜色——猩红色？

梦境中，我终于见到童大林了。尽管我感觉有人似乎在跟踪我，监视我，但是我找到他了。他现在还在床上躺着呢，因为刚出狱，就有人守在监狱的门口，殴打了他一顿。不过，现在好多了，他似乎可以下地活动了。

听说我来了，童大林很高兴，他竟然站立在房门口等待我。然后，我们握手了，我很长时间都没有说话。他的妻子扶着他。

梦境中，我感到有些哽咽和难过。一个说真话的人，我眼前的这么一个人，家徒四壁，十分寒碜。我来了也不知道能给他带来什么。

"你来得正好，现在，我正在搜集新的污染源的情况。我调查了×省的土地、大气、山林，以及河流的污染情况，我生活的这座城市，在我坐牢期间，成了世界上污染最严重的十大城市之一。他们告诉我，这是为了发展经济。可是，要命，还是要钱？现在，已经是要好好回答这个问题的时候了。"

童大林五十多岁了，可是他的眼睛里还闪烁着理想的光芒。他是不会轻易认输的。

梦中，我说："我很想和你一起进行调查。我就是这个目的。当地的朋友，将为我们准备好越野车，我们需要几天的时间。"

他兴奋起来了："好，我们明天就出发。先给你看看我自己画的地图。"他抖抖索索地取出来一份地图让我看。这是他绘制的×省污染情况地图。我首先看见了标着沉陷区的地方，像一块块牛皮癣一样，布满了×省的很多地方。这些沉陷区，显然都是因为采挖煤炭所造成的，分布在不同的地方，像疮疤一样醒目。一些造成污染的化工厂，则以红色的圆点来表示，类似一个健康的男人得了梅毒，×省的全身都被这样的红点所覆盖，就像处于全身溃烂的梅毒三期的病人。还有一些黑色的圆圈，标明了受到污染的地下水所造成的一些癌症村的分布，像黑痣一样显眼。

"现在，我注意到，媒体能报道污染的真实情况了，因为领导人强调科学发展观，这是对的。"他说。

"是啊，高层意识到发展付出的代价太高了。很多媒体都开辟了这样的栏目。你画的这些地方，我都想去看看。"我说，"我们网站要做一个绿色网页。有的刊物还专门创办了绿色周刊。再不关注这个问题，我们都要被毒死了。"

梦中，此时他握住我的手："是啊，我们都要被毒死了。我们明天就出发。"

我们还有明天吗？他的话让我陷入了深思。后来，他忽然从我的眼前消失了，我醒了过来，发现还躺在北京的床上。我妻子已经去上班了，家里只有我一个人。而网站给我的新任务，是要我去调查一家垃圾焚烧厂的环保问题。

熵的世界

从"封山育林"的戒烟戒酒、锻炼身体，到检测排卵期、给老婆吃叶酸和维生素，到她怀孕之后选购防辐射背心，注意食品安全，以及进行胎教（音乐、美术和文学），我们为孩子的降生做了详细的准备。我们满怀期待，希望孩子能够顺利地、健康地降生。当然，等到孩子降生，要到秋天了。

在苏家屯镇，有一家垃圾焚烧厂，每天，那里的居民都可以闻到一股很刺鼻的垃圾焚烧的气味。我去看了看。垃圾处理已经成了城市人一个不可回避的问题。苏家屯的居民想让政府把那个垃圾焚烧场迁走，采取了上访、小区游行、堵路和静坐等行动，引起了政府的高度重视。但是，如果垃圾焚烧厂是有害的，那么把垃圾焚烧厂迁移到任何地方，都是有害的，即使不有害于人，也有害于某地的环境，会影响到当地的鸟类和兽类。所以迁移也不是说迁移就迁移的。

热力学第二定律告诉我们，物质与能量只能沿着一个方向转换，从可利用到不可利用，从有效到无效，从有秩序到无秩序。它描摹了一种景象，那就是，宇宙万物在不可挽回地朝着混乱与荒芜化而发展。这是因为，在地球上，人类如今的活动越来越多，人类的活动日益地影响到了环境，地球变暖，南极和北极、喜马拉雅山脉等的冰川都在缩减，人类借助现代化的交通工具，可以深入到很多过去人类无法抵达的地方，并开始影响那里的环境。人类还把大江大河拦截起来，建造电站，为了人类的生存而发电，可是，发电产生的功是无法逆转的，最终，改变了江河的自然流向，同时，也影响了一个地区的小气候。现在，人类的任何一个行为，都到了牵一发而动全身的时候。人类做任何一件事情，对自己有利的同时，也对自己有害。而往往有利是短期的、眼前的，有害则是长期的、未来的，是当下人们可以不去直接面对的。

在我看来，热力学第二定律，即熵的定律，按照一种说法，"最终控制着政治制度的兴盛与衰亡，国家的自由与奴役，商务与实业的命脉，贫困与富裕的起源，以及人类总的物质福利"。

就比如垃圾焚烧厂，每天都在施放有毒的气体，可是，如果垃圾不焚烧，也很难利用。从有用到无用，就是各类垃圾的总命运，这就是我们平时活动的结果。我到达苏家屯，一些人正在小区门口静坐。在那里，一个抗议活动的组织者，给我一张地图，在地图上，是环绕城市郊区的垃圾填埋场的分布图。我可以清楚地看到，那些巨大的垃圾填埋场，密密麻麻地分布在郊区，像一个个正在吞噬健康人体的癌细胞的病变部位那样，围拢了、渗透了我们居住的城市这个巨大的肌体。我感到了恐惧。

"你们知道城市的地下水汞超标、铅超标的问题吗？"一个人问我。

我说，我不知道。

"那你要调查的可就多了。"

我还想到了我在广东东莞看到的电子垃圾处理的盛况。整个镇上的人，都是从事电子垃圾处理和回收的，他们面对着山一样高的电视机、手机、收音机、电冰箱、洗衣机、电脑等各类电子和电器，进行拆解，并把其中有用的金属，再重新回收。焚烧是非常重要的，把橡胶、塑料和金属分开的一种手段，于是，一下车，我的鼻子里闻到的，就是那种橡胶、塑料被焚烧后的强烈气味。

最让我触目惊心的一个景象，是我有一年在后沙峪镇边上的一个练车场学习驾驶汽车的时候见到的。那里有很多驾校。摸完车，我在附近的农田顺便走走，刚好走到了一片空地上。我发现，在这片闲置的、被卖给地产商人的土地上，被风一吹，就会飘动一些长条状的白色物体。我仔细地一看，竟然发现它们全部都是使用过的一次性卫生巾。我明白了，这块土地曾经施肥了，而肥料就是来自公共厕所的人粪肥，里面裹挟着大量一次性的女用卫生巾。当人粪肥被土地吸收之后，残存在地面上、不可能被吸收也很难降解的，就是那些卫生巾了。眼前浩浩荡荡的卫生巾，覆盖了整个农田，使我看到了末日的某种景象。

从那个时候起，我很少再用一次性的东西，比如一次性的筷子、一次性的写字笔、一次性的牙刷、一次性的拖鞋等。我觉得这些一次性的东西，日益地对我、对我们的未来环境造成了伤害。而那种伤害是不知不觉的，就像温水煮蛤蟆一样把我们最终伤害。

家庭生活

什么是家庭生活？家庭生活，就是一个男人和女人，组建了一个家庭，就是这两个人的衣食住行。然后，这两个人有父母和其他亲戚，就形成了一个社会关系网络。有的家庭复杂一些，有的则关系简单。有的夫妇喜欢和亲戚们在一起，有的夫妇不喜欢和除了父母亲之外的更多的亲戚来往。家庭生活总是琐碎的，如果有了孩子，那事情就比较多一些。家庭生活中，处理好双方父母、亲戚的关系，是很重要的。现代家庭在逐步缩小，比如421家庭的出现。4，就是双方父母一共4个；2，就是夫妻双方是独生子女结婚的；1，就是这对独生子女又生了一个孩子。

我和妻子的关系简单，我们各自的父母喜欢独立生活，不喜欢和儿女在一起掺和。我有一个妹妹在广州工作，她有一个弟弟在英国，我们的社会关系不复杂。结婚之后，我们过上了幸福的平稳生活。我们在衣食住行方面，都没有什么好说，各类家庭矛盾都不存在，因此，一切都很好。

　　我的爱好是收集一些壶，各个年代的壶，军用水壶、紫砂壶、钢瓷壶，收集了二百来个，这些东西摆满了我家的博古架。我还喜欢搜集邮票，喜欢收集蝴蝶标本，周末的时候，我们就到山上去，一起追捕蝴蝶追捕昆虫。此外，我就没有别的喜好了，就是打扫卫生，收拾房间。因为，我的时间多一些，她的工作比我忙，周六周日，主要是她给我们做饭。

　　她则喜欢运动，打羽毛球、网球，练习瑜伽把自己的腰肢练习得非常柔软。我的体力不如她，因此，有些运动，我是没有兴趣的。我们每个星期做两到三次爱，一般根据情绪、身体和感觉的情况。她怀孕之后，我就比较注意这一点，以免导致流产。我们的生活按部就班，一切都很正常。

　　我们平时住在离上班近的一套公寓里，周末的时候，开车到郊区的一套低密度的住宅里休息，在郊区的房子里，有一个花园，花园里有我们种的花草，和石榴树、山楂树、枣树等等。我们想养一只狗或者一只猫，可她觉得等孩子降生了之后，长到上小学的时候再养小动物比较好。因为，孩子接触动物，会培养孩子的情商，但是孩子太小就接触动物并不很好。

　　在我们城内的公寓里，房子的装修和设计是比较现代和简洁的，而郊区的大房子，则装修得比较复杂，家具也有不少是我们从旧货市场上买回来的东西，书比较多，这是一套复式的房子，二楼是一个很好的书房，是我很喜欢待的地方。

除了居家和外出采集蝴蝶昆虫标本，我们其他的生活，诸如逛商场，去游乐场坐海盗船、过山车、玩蹦极这类事情，都是我们所不喜欢的。她是比较少见的，并不是很喜欢逛商场的女人，她总是目的明确，喜欢什么东西、缺什么，就直奔目标去购买。我的胆子比较小，并不喜欢玩比如过山车之类危险的游戏，她看我这样，就比较顺从我。顺从我很好，这样我们就不会有争执。

没有孩子的夫妇是不健全的，我们想。因此，我们盼望有一个孩子，而家庭生活的巨大变化，将来自孩子，我们正在耐心地等待孩子的降生。眼看着妻子的肚子一点点地大起来，我们精心地做了准备。如果孩子降生了，那么，家庭生活就会有些波澜，有些变化起伏，有些热闹起来了。

彩色的美丽世界

我又进入到梦境中。在梦中，我和童大林出发了。我们驱车前往那些环境被损害的地区。但是，出乎我们意料的，我们来到了一个彩色的美丽世界。在这个世界里，一切原先的东西都改变了颜色，变得比过去漂亮了。

比如，在这座世界十大污染城市的街头，还有不少柿子树，柿子树上挂着的柿子，很多不是黄红色，而是黑紫色。黑紫色的柿子，你们谁见过？我在×省×市的街头就见到了。那些柿子没有人去摘，在灰绿色的叶子的衬托下，显得十分醒目。

"蔬菜呢？绿色的蔬菜都变成什么颜色了？"我问童大林。

"绿色的比如青菜，变成了黄色；红色的比如西红柿，变成了白色；蓝色的变成紫色；黑色的变成灰色；青色的变成橘黄色。什么都变颜色了，也不知道是为什么。"

"绿色的河流变成红色的河流了？"我问。

"对，变成了猩红色的河流，变成了棕黑色的河流。"

"蓝色的天空呢？"

"变成了灰黑色和橘黄色天空。"

"那看上去也不错。"我说。

此外，那些化工厂的巨大的烟囱往外面排放的烟，也是有着各种美丽的颜色。童大林对我说："那些烟囱，可不可以算作是美丽的火炬呢？可不可以算作人类向天空举起来的森林般的手呢？我很浪漫地想过。烟囱在过去是工业化和城市的象征，如今，却如同人之将死而向天空伸出的枯干的手臂。"

我说："你的比喻很奇妙，枯干的手臂。×省真的很奇妙，什么都变颜色了。那黑色的煤炭呢？"

"黑色的煤炭，变成红色的了。是人的血染红的，过去，每年，×省的煤矿里要死几千人，把黑色的煤都染红了。"

"那人的肺呢？人的心呢？"

"原先是粉嫩的红色，被染黑了。黑肺和黑心，据说，一些因为肺心病死掉的人的肺和心脏，都变黑了。"

"颠倒了一个自然界给我们赋予的颜色的世界啊。"我感叹。

他说："是啊。你看，烟囱在冒白色的烟，在冒黑色的烟，在冒灰色的烟，在冒棕色的烟，在冒橘黄色的烟。要是浪漫主义诗人来了，肯定会赞美这样的烟囱的。可是，这是带来慢性病和死亡的烟囱啊，他们知道不知道？"

他说："你看到的那些排放黄色烟尘的工厂。那是焦化厂在往外面排放烟尘。"

他说："橘黄色的烟，看上去又狰狞又美丽。要是现在一些摄影家来拍照片，或许会把它们拍得非常美丽呢。你说，这些摄影艺术家，算不算破坏环境的帮凶呢？我有时候会有这个疑问。"

"当然是，现在的艺术，绘画、摄影和文学，还有音乐，在环境恶化的情况下，很多人的作品都是不道德的，不符合新的环境道德。"

我们来到了那条猩红色的河流边上，察看里面有没有鱼的存在。刺鼻的气味熏得我们没有办法站立。可猩红色的河流十分美丽，也很吓人。还有绿色的河流和粉红色的土地，以及棕黑色的河流，布满了我们的周围。

"你说，在这样的河里面，还有没有可能有鱼呢？"童大林问我。

"除非我们自己变成鱼。"我说。

"那我们就变成鱼吧。"他兴奋地说。

我感觉，忽然之间，我和童大林变成了两条鱼，跳到了那猩红色的河流里开始游动了。我们在河流里游泳，感到河水的气味像硫黄，又像绘画用的黏稠的颜料，把我们浑身裹紧了。我们呼吸急促，感到了窒息。在这猩红色的水中，在这棕黑色的水中，没有什么视觉经验可以描述了，我们的眼前实际上是一片黑暗，什么都看不见。

我们又上岸了。

童大林说："在这里做一条鱼，只有一条路——死亡。"

"我们去别的地方看看。"

我们继续驱车前进，但是，我感觉有人在跟踪我们。在我们的车子后面，有一辆白色的丰田越野车跟着我们在走。我们快，它也快；我们慢，它也慢。

"要小心一些，这里不是北京，这里的一切事都很难说。"童大林警告我。

"极多主义"展览

我的妻子是一个简单方便女，令我省心而快乐。有的女人是天生要给男人增加负担和麻烦的，可是，简单方便女就不会。

怀孕之后，我妻子对自己的照顾和对我的照顾从来都不顾此失彼。现在，除了担心腹内的胎儿的安全问题，我们不关心别的。因为，我只要看新闻，就会看到什么癌症村、铊中毒、血铅超标之类的字眼。而她关心的就是胎教了。为此，我要每天晚上在睡觉之前给她念童话，可我念童话不是给她听的，而是给她肚子里的孩子听的。我们还要一起听音乐，主要听西方的古典音乐，后现代音乐之前的那些音乐，有秩序的、有结构的、旋律优美、结构对称的音乐，这样孩子生下来之后，耳聪目明，不会变成像后现代派音乐家约翰·凯奇那样的捣蛋鬼。

我们还一起去听音乐会，看话剧，看画展。我妻子认为看画展，会让她肚子里的孩子天生对颜色敏感，情商会比较高。比如，最近，有一个叫作"极多主义"的绘画展，我们就去看了。

画展是在中华世纪坛画廊举办的，来了很多时尚达人。"极多主义"展览上的画家作品所呈现的世界，正是我最关心的景象，那就是，现在，什么都多，什么都是供应充足的，只要是人的欲望需要的，都非常多。在我们国家，到了一个什么都在增熵的时代。我们的工厂每天都在生产大量的产品，外销不了就会内销，因此，我们进入到一个物质财富空前多样和丰富的时期。每天，包围我们的都是推销各类产品的广告。东西太多了，而不是太少了。只要你有钱，你就什么东西都可以买到。

那么，参加"极多主义"画展的几个画家，都画了什么呢？

我跟着我妻子的脚步和兴趣走。她喜欢什么，我就喜欢什么。她走到一个画家的作品跟前了，她看到，这个画家的画布就像是各类做衣服用的花布，只是图案更加复杂，隐形的十字架和圆圈连接起来，传达出宇宙的信息，那就是，什么都是多的、复杂的，一个事物和另外一个事物之间，是有联系的。这些花布一样的画布，如同某种电脑做出来的效果，以褐色、棕色、绿色、紫红色等颜色作为基调，让你感觉很崩溃。

她还喜欢另外一个艺术家的作品，这个画家的作品叫作《我的东西》，他把自己所有的东西都压到玻璃板上，然后从下面拍摄了照片。他的东西多到了你一定会感叹"真多！极其多！"的地步，比如护照、人民币、卷筒纸、橘子、胶条、鼠标、棉球、钥匙、避孕套、硬币、易拉罐、遥控器、湿纸巾、维生素、手套、冷冻食品、烟、起子、名片、电池、手机、苹果核、存折、照片、牙膏盒等等，以紧密的方式聚集在、挤压在玻璃板上，被拍摄成照片，形成了一个现代人蔚为大观的生活物品和内容。这组图片一共八幅，有用长条形物品集合在一起拍摄出来的，也有用圆形加方形物品集合在一起拍摄的，十分壮观。

"这个人的东西真多。和你差不多。"我的简单方便女妻子如此简单评价。

其他的画家，还有在纸上写满了字的，这些字我们一个也不认识。还有的画家的作品先表达了"多"，然后才表达了"少"的意思。这是一件视像作品，首先，出现在镜头里的是一堆米，这堆米呈圆形，数量不少。接着，两只黄色母鸡出现了，它们开始欢快地低头啄食那些大米粒，整个作品展现的，就是两只母鸡把大米逐渐吃光的过程。

"你看，这不是极多，而是极少了，现在，没有大米了，母鸡吃完了。"我的妻子笑着评价，她感到开心了。

还有一个艺术家，他把很多人的脸部照片放到一起，一排排的，让你看。另外一个画家在画布上不断地用毛笔涂抹，那些黑色的条块渐渐地弥漫了整个画布。这也是"极多"，我看明白了。

"多比少更可怕！"我感叹，"现在的东西太多了，可是，味道都变了。"

"是的，你看现在的苹果那么多，可还有苹果味吗？没有了。"她说。

"什么都多，有时候，不是好事情。"

"还是少些好。"

以上是我的简单方便女妻子的感叹。

飞机与汽车墓地

我写了一篇关于垃圾焚烧厂的长篇报道，在这篇文章里，我采用了两条线索：一条是梦境中和童大林在×省调查污染源的经历；另外一条线索，则是我实地调查城市的垃圾焚烧厂和垃圾填埋场的情况，写得虚实结合、文采飞扬。

我兴冲冲地拿给网站的总裁看。十分钟之后，他把我叫过去冲我大吼："这是什么狗屁文章！我要你如实报道，你却在里面虚写一个什么梦境！在梦境里，你竟然和一个劳改释放犯一起，去调查所谓的污染源！你的才气到哪里去了？这就是你所谓的想象力？你在给我写小说呢，你是记者不是作家，笨蛋！把梦中的那条线索全给我删掉，这样长的文章，这样的报道，我们的网站不需要！"他大喊大叫起来。

总裁的脾气非常大，他发起火来是要天崩地裂的。好在我的心态好，大不了，此处不留爷，自有留爷处，我本来就喜欢当一个自由职业者，我怕什么？我耐心地、笑眯眯地看着眼前的这头叫驴继续在叫。他所在的办公室是本大厦最大的一间，透过全景式落地窗，可以看见周围的中央商务区那种钢材、水泥、金钱、玻璃和欲望结合的气息。

我知道，其实总裁的压力也很大，他需要盈利，但是现在风险投资快用完了，网站每天都需要依赖更多的流量，比如微博、游戏、动漫、UC等东西来支撑。我还记得，2000年北京就经历了一场网络的生死大潮，当时，很多网站就死掉了。网络是和资本密切结合的新媒体，离开传统的纸媒，我来到了网站，我才发现这里更不是人待的地方。这里的一切规则都是资本在背后作祟。任何一个频道，任何一种网络的评奖，都和资本有关。比如说，有网络，有文学，但是，从来就没有什么"网络文学"，全是垃圾，甚至是垃圾中的垃圾。网站经常搞大赛，可那些获奖作品的作者、得奖的人，都是网站的客户或者和资本有关的人。没有公平可言，没有艺术可言，只有权力、金钱的规则在决定一切。

骂完我了，看我无动于衷，总裁忽然消气了，他笑了："我蹂躏完你了，你的脾气不错。你把文章中虚写的那条线索去掉，就很好了。然后，我再给你交代一项任务，你看看这张报纸。"他递给我一张报纸。

我看到，报纸上有一个通栏文章，文章的标题是《飞机墓地惊现美国沙漠》，有一幅巨幅照片，是俯瞰着拍摄的。画面上，有大大小小四千多架退役飞机，全部都是1945年第二次世界大战之后不再使用的美国飞机，按照型号和大小，整齐排列在一片荒地上。据说，这片飞机墓地位于美国亚利桑那州的沙漠里。

我仔细辨认这些机型，我军事机械的知识很丰富，这些机型，我辨认出有B-52轰炸机、F-14战斗机、A-10攻击机和B-1轰炸机，此外，还有大量小型飞机的型号无法辨认。这片飞机墓地，占地面积有十多平方公里，也就是说，有一千五百个足球场连起来那么大。

"飞机墓地，飞机也会死啊，我以为飞机不会死呢，我想，干吗不拆卸掉废物回收呢？"我说。

"笨蛋，我不是让你发出这样的感慨的，我想——"总裁的话没有说完，我打断了他："让我去实地采访这个飞机墓地，对不对？"

总裁的笑容凝固了："真是笨蛋。是要你去采访，但是，不是去美国，而是去河北北部的一个地方，那里有一个'汽车墓地'。我再给你看一张照片。"

他又递给我一张照片，果然，这是一张蔚为壮观的汽车墓地的照片，大量报废的汽车，如同连绵的山峦一样，一堆堆地拥挤在一起，像古代大面积死亡的巨大的甲壳类动物。

"刚才你问得很好，干吗不拆解掉它们呢？带着这样的疑问，你去这个汽车墓地看看，写一篇有分量的报道。"总裁摸着他那光滑的下巴，对我下令。

我回到了我的座位上。我要尽快出发，去离北京不远的这个汽车墓地。为什么他们不把这些汽车全部都拆解掉呢？为什么要搞这么大一个汽车墓地呢？

我忽然看到，在我眼前的晚报上，报道说最近在北京出现了一个住在纸盒子里的男人。他是一个公司白领，因为公司裁员，失去了工作，本来每个月的收入还够用来支付房屋的银行贷款，但是，失去工作之后，他就无法再继续支付贷款了。银行最后拍卖了他的房产，他无家可归了，于是，他就决定住在纸盒子里了。照片上，可以看到，他所居住的纸盒子有半人长、半人高，可以移动，里面是简单的铺盖。也许，这是一个噱头，是为了引起人们注意的举动，目的在于引起人们对房奴的关注。

"我也想住在纸盒子里！"我大声说，这引来了周围同事的诧异关注。他们不明白我为什么像发神经一样这么说。

我去了那个汽车墓地，果然蔚为大观，我是带着问题去的，那就是："为什么你们不把这些汽车拆解开呢？"

答案是：这里就是拆解场，因为报废的汽车太多了，拆解的速度赶不上报废的速度，被拉到这里来的汽车，数量要大于被拆解开来的汽车，所以汽车越来越多。

我参观了他们的拆解流水线。我曾经参观过一家机械化的屠宰场，在那里，我看见了一头头活猪、活牛，是如何进入到流水线，被清洗，被电击，被放血，被扒皮，被摘取内脏，被卸骨，被分段切割，一个个部位被零碎地包装成排酸肉，然后进入冷藏环节，最后，通过快速运输通道，被运到各个商场、超市去，供人们挑选和购买。同样，这家汽车拆解场规模大，机械化水平高，一辆汽车上了流水线，就跟当年它们上了生产线那样，怎么被装配起来的，就怎么被拆解开来。如同一个人怎么穿上了衣服，就怎么脱下来，不仅脱光了，而且被拆解成一大堆零件了。在屠宰场，我看到过这边一头活牛进去，那边就出来一盒盒、一包包的牛的各个部位的鲜肉，在这里，我同样看到了一辆整个的汽车进去，出来的，则是一大堆各式各样的零件、电线、铆钉和螺丝帽。

理解了汽车的生死，我也就明白了这个疯狂的世界的生死。

煤　井

我继续在梦境中和童大林相会。我们一起坐在我开着的一辆白色的越野车上，在×省的大路上奔跑。说实话，我看不出那些沉陷区的沉陷，但是童大林比较专业，他会告诉我哪个地方沉陷了，如何沉陷的，以及是如何影响到了附近居民的生活。

"你看，那幢楼房的墙体开裂了，就是因为这里沉陷了。"他指给我看。

我看到了一道闪电一样的裂纹，像树根的形状，分布在一幢楼的墙体上。"那这栋楼就是危楼。"

"就在去年，这里的一个尾矿库突然崩溃了，结果，里面涌出来的泥浆，把附近正在赶集的几百人，都给淹没在里面了。"

"啊，那人就成了泥浆里面的琥珀了。多少年之后，你说，这几百人会不会变成石油？我们现在用的石油，就是当年的海生物遗体变成的啊。"

"不会，地面上、泥浆里的尸体，已经被清理出来了。"他说。

沉陷区比较大，从地面上看你是看不出来的，这需要专门的人来看才可以。沉陷区是一块块地沉下去的，面积广大。这都是因为挖煤造成的。×省因为对资本开放了煤炭开采权，因此，有很多老板来投资煤矿，也造就了一个依靠煤矿开采而暴富起来的"煤老板"阶层。

"都是煤老板干的啊。"我指着一片沉陷区说。

"其实，这个煤老板阶层被一些媒体给妖魔化了，说他们为富不仁、纸醉金迷。我认识的大部分煤老板，都是头脑精明的企业家，有一部分人的生活还非常简朴，并不像外界传说的那样，什么一下买二十辆悍马车、一下买一个亿的金银首饰等等。关键是一些煤老板大都抱着捞一把就走的想法，在安全生产方面的投入就严重不足，因此，才会死那么多人，才会有带血的煤炭出来。"

"在×省当官也很难啊，利益和矛盾很难协调。都换了几个省长了，你的意思是，现在的政策，煤矿开采收归国有是对的？"

"当然是对的，国有煤矿最起码在安全投入上就会有长效机制。"他说。

"我想到煤矿里去看看，我想下井，你有没有办法？"

童大林说："有，我有个亲戚在一家矿上当经理，我给他打电话。"

他打电话联系，我听了几句，他再三保证我不是记者来采访的，就想到井下看看的，是一个当年帮助过他的北京的朋友。

我们向一处煤矿进发。我们到了，他的亲戚带我们下井。我们是坐小火车下的井。这是一口深达几百米的井，小火车咣里咣当地斜刺里往地底下冲，速度很快。在不同的作业面，都可以看到有煤矿工人在劳作。有浪漫主义诗人说地底下像地狱，其实地底下很平常，无非是蕴藏了很多危险，比如瓦斯爆炸、塌方、冒顶等等。在地底下的黑暗中，到处都是煤，这些远古留存给当世的人们的馈赠，如今成了人类赖以生存的资源。我想起来很多关于煤矿的故事。比如，有人竟然在井下杀骗进来的人，来勒索矿主的金钱。这个社会里每个阶层的人，都有着自己的活法。如同食物链一样，你最好处于上端，就没有人可以奈何你了。要是你处于食物链的下端，你连基本的生存都困难，生命也谈不上会有保障，也没有多大的价值。关键是社会要给那些下层的、下端的人一个流动到社会上层的通道和渠道，教育尤其是大学教育很关键，可是，教育的腐败和沦陷甚至比×省的煤矿沉陷区还要严重。

我闻着煤炭那黝黑的气味，觉得有一种亲切感。我们还在一些作业面停留了，那里，戴着安全帽但上身赤裸的煤矿工人正在用钻煤机在突突地工作着，煤块会被运到传送带上，然后传送带上的煤会通过小火车或者更大的传送带运送到地面。这些场景被我想象了很多次，但是亲眼看到，还是觉得很震动。

我们继续在沉陷区溜达，但是，我老是感觉到有人在跟踪我们。通过后视镜，我总是感觉有车子在跟踪我们，但是跟踪我们的车子很狡猾，是在不断换车型。我告诉童大林有人跟踪我们，他观察了半天，说："可能是你的错觉，没有人跟着我们。"

可我还是觉得有人在跟踪我们。在×省，你要是陷入一些当地的利益纠葛之中，你就会倒霉。我当然不怕，可是，我是一个要做父亲的人，我要是在这里被害了，谁来管我的孩子呢？我紧张地观察，觉得有人在接力一样地跟着我的车。再说了，我的车子上还拉着童大林，这个当年被当地的官员和政法系统的一些人当作眼中钉、肉中刺的人，虽然他们把他搞进监狱待了几年，可是他现在又出来了，因此，他的一举一动，都是威胁，何况童大林很硬气，一直扬言不会善罢甘休。

于是，我不断地转弯，试图甩掉那些可能的追踪者。可是，就在一个急转弯处，迎面来了一辆大货车，我的后面还跟着一辆黑色的轿车，我转弯转急了，结果我的车子一下子滚落到了路基的下面，一时间，天旋地转，我失去了知觉。

我惊醒了，我发现幸亏我是在梦中翻车，我现在还躺在家里的床上，我是安全的。我出了一口长气。

在我的耳畔，我忽然听到童大林在遥远的×省对我说："你不要来看我了，你来看我，我可能也不是过去的那个我了。因为，我现在只想过安稳的日子。"

"我不怕他们，可是，我忽然明白了，那些一个个的坏人，我和他们单打独斗，这个事情是永远都没个完的。关键是从制度上，能不能想一些法子。"

"我很好，我现在开始养花、种草、打太极拳了，我还练习书法。"

"我还准备到山东威海买房子。我想离开污染严重的×省×市，既然煤老板能赚了钱走人，在北京、上海、广州、海口、青岛买房子，那么，我也要走，我要到山东威海买房子，那里有我需要的新鲜空气，我还能看见大海。"

"谢谢你当年为我的事情奔走，现在，我自由了，我也想休息了。每天看看大海，是我后半生的理想。再见了，朋友，听说，你要当爸爸了，提前祝贺你。"

然后，他不再在我的耳朵边说话了。我也听不到了。

盒子里的男人

我决定跟踪那个在盒子里生活的男人。我对他感到好奇，因为，从某种程度上说，我也是想住在盒子里的男人。我很快就找到了他。白天，他在中央商务区的一家公司上班，晚上，他就住到盒子里。盒子可以移动，可以折叠。他是一个比较瘦削的男人，戴着一副深度近视眼镜。

我一开始和他保持一段距离来观察他，但是他很警觉，他发现了我，反而向我走了过来。他盯着我说："你为什么要跟踪我、监视我？"

我有些紧张："没——没有啊，我就是好奇，我——"

"滚开，你们都不是好东西，滚开。"他推搡我，他恼怒了。我猜测他自从住在盒子里之后，可能遭遇了不少不愉快的经历。

然后我们扭打起来，可是，他打到我身上，我一点都不疼，而我还击的时候，他就像被钢铁工具击打了一样。

他感到了惊恐，我也有些疑惑。他说："你的拳头怎么那么硬？你的身体也是，你是一个怪人！"

我笑了："你才是一个怪人呢。"

"可是你不疼。"

"我的确不疼，因为，我的肌肉发生变化了，塑料化了。"我承认。

现在，轮到他好奇了，他上前来，研究我的肌肉和躯体，摸，用手指头弹、戳，捶打，我都没有痛感。"你他妈的异化了，你的确是一个塑料人。"他兴奋地尖叫。

我感到很沮丧，我的妻子没有发现的事实，被他发现了。我捏自己的肌肉，感到自己的确是一个塑料人，我是塑料人！我疯狂了，我难道还不如一个住在盒子里的人吗？

我说："我对你的生活感到好奇。你住在盒子里，是想表达什么不满吗？"

"我当然有不满，可是，我被银行拍卖了房产，没有地方住了，我只能住在盒子里了。"

我感觉他很有意思，就和他一起待了几天。在公司里，他的工作比较自由，只要他完成一个定额就可以了，薪金够他有饭吃。"但是，这点钱肯定没有办法让我买得起房子，因此，我只能住在盒子里。再说了，我为什么要买房子？房子那么贵，房子是政府和开发商合谋起来，榨取市民生命和血汗的东西，我就不买，不上他们的当。"

"那住在盒子里，你感觉如何？会不会没有安全感？"

"安全感？住在有防盗门的公寓里，我看才没有安全感，住在那样的房子里，来人了我都要用门上的猫眼来看看外面的人到底是谁。即使是收水电费的、送纯净水的、送报纸和快递以及快餐的，我都觉得我可能会遭到侵犯。所以，你说的安全感，在没有墙、只有一个隔板的盒子里，我觉得反而增加了。而且，我晚上睡在盒子里，从来没有遭到流氓地痞和抢劫犯的骚扰，他们觉得我比他们还可怜，干吗来骚扰我呢？"

"你是不是感觉和过去不一样了？"

　　"是啊，的确是这样，我感觉我的世界观发生了变化，你看，现在，我可以自由地移动在城市里，我不需要交物业管理费、水电费和垃圾处理费，我只要这么一个盒子就可以了。在白天的时候，盒子还可以折叠，连空间都不占。我体验到了一种全新的感觉，我不需要交买房子的各种费用，我成了一个城市游牧民，我自由了。我觉得，我虽然被银行从我的房子里赶了出来，但是，我现在才呼吸到了一种自由的、新鲜的空气。我一个人，多么随意而自在，多么自由而舒展。有时候，我感觉我是一棵植物，比如一棵会移动的树；有时候，我会觉得我是一片云，在自由地飘浮。或者，我就是一个背着房子走的蜗牛，或者是一个赶着羊群的牧羊人。你体会过城市游牧民的感觉了吗？"

　　我羡慕地说："没有，我只在草原上，看到过牧民放马。"

　　"在城市里，现在，我也可以当一个自由的牧民。一人吃饱，全家不饿！我不用管什么别的规则，城市的规则在我这里变了，我像一个自由人。"

　　"可是到了冬天，你的这个盒子不保温，没有暖气，会很冷的。"

　　"冬天？没有问题！冬天我会住到城市的肚子里去，老兄！你可能不知道，在城市的地下，有很多可以利用的空间，城市的地底下有很多涵洞、管道、排水系统、秘密地铁和隧道井，有过去的人防工事和地下仓库，有停车场和地下贮备库，有很多空间的，冬天来了，我就进入到地下了，这样就暖和了。"

"那城管的人有没有干扰你？"

"有，城管的人曾经骚扰我，所以，你说的安全感的问题，对于我，恰恰是来自这些执法部门的人，才是最大的坏蛋。他们曾经摧毁了我的盒子，使我不得不重新去找新的盒子，我一开始要躲避他们，有时候，我和他们理论，他们对我很好奇，觉得我和那些他们认为是老鼠一样讨厌的无照商贩不一样，觉得我是一个知识分子，对我尊敬里带着不解，好奇里带着轻蔑——既然你知书达理，你怎么就没有混到社会的上层去？你怎么就没有去住到公寓里？我就给他们讲道理，我从现在的房子的商品化和市场化的失调，到城市人成为房奴，最终导致幸福感的下降，再到物业费这么一个莫名其妙的费用的收取，来告诉这些年轻人：人，完全可以采取另外一种生活方式，来实验，来取得新的生存经验。当所有的人在做加法的时候，也许，做做减法也很好。他们后来被我说服了，加上媒体后来也报道我的事情了，他们就不大管我了。"

我很羡慕他的智慧。我说："那么，地下是冬暖夏凉了。可是，这是长久之计吗？你要病了怎么办？"

"我买了大病保险，反正，很奇怪，自从住到盒子里之后，我得病的次数都减少，甚至是没有了；相反，我抵御病菌的侵入，我的抵抗力和免疫力，都变好了。环境恶劣，反而会提高人的适应性。我觉得很好。"

"媒体报道你之后，是不是很多人觉得你很奇怪？是一个现代病人？"

"我看城市里的很多人都是灵魂和肉体得病的人，他们才是病人。"

我就和这个盒子里居住的人一起生活了几天，当然，我不是全天都和他在一起的。我只是有时候和他在一起，每天几个小时，有时候是白天，有时候是夜晚。我觉得这是奇妙的经历。他可能是我看到的新时代的犬儒主义者，而且，他还觉得这样很好。

甚至还有女孩子慕名来看他，而且，他还收获了爱情。

有一天，我发现，在他的盒子边上，又多了一个盒子，我很好奇，就过去看。原来，是北京的唐家岭那边的一个女大学生，一个"蚁族"，看了报道，来找他了，两个人一见钟情了。这是一个喜欢穿红色衣服的女孩子，很年轻，只有二十三岁，大学毕业一年，在北京工作，一个月两千多元，在唐家岭租房子，看到关于盒子人的报道，就来找他，一下子喜欢上了他。

现在，他们两个盒子并列在一起，就像是鸳鸯一样，看着就那么靠谱，就那么合适，就那么动人。盒子男和盒子女，两个人有了伴，共同生活在这个城市，彼此有了依靠，这是很有趣的结果，也就是说，虽然盒子男失去了房产，但是，他又获得了新的爱情和房子。看着他们幸福的样子，我也很感动。

不久，他们就结婚了。婚礼很热闹，就在大运河的尽头的一处水闸上举行的，附近很多流浪汉、商贩、卖盗版光盘的妇女、流氓地痞、片警、城管、公司同事等等，都来祝贺他们。我也去了。而就在附近，我看到，中央商务区的高楼大厦，富丽堂皇，直入云霄，玻璃幕墙反射着强烈的、刺目的物质之光。

我最后问他们："有一天，你们忽然觉得不想住在盒子里了，怎么办呢？"

盒子男回答我："那我们也许还会选择到偏僻的地方定居的方式。也许，我们就一直住在盒子里，再弄一个更小的盒子，里面住着我们的孩子。盒子会随着我们家庭成员的增加而增加。无论如何，我们现在还不想改变生活方式。请那些对我们有异议的人，尊重我们的生活方式吧。"

我的变化

我感觉我在不自主地发生变化。我并不抽烟，可是，上次体检的时候，我的肺呈现出金属的反应，把机器都吓了一跳。医生仔细地检查了我的肺，说我的肺里布满了阴影，需要进行彻底检查，结果并没有发现异常。但是，我明白，我的肺一定是有问题的，很可能就是有金属化的倾向了。

对我的肌肉的检查，也显示是有些问题的。我的肌肉的弹性很差。我走路开始变得僵硬，就如同一个机械木偶那样，有些不对劲儿。可是，我尽量隐瞒这一点，无论在公司里，还是在家里，我都尽量掩饰这一点。我清楚地知道，我的身体机能在发生变化，就像那小便池子里的锦鲤一样，我处在整个社会的小便池里，或者说是大便池里也不过分。这可能和我每天吃的食物，每天呼吸的空气、穿的衣服和活动的环境有关。现在，食品的生产、加工、储存、再加工、包装、运输、销售等环节，都有着被污染的可能性，有很多机会食品被添加一些别的东西。虽然我很注意新闻，比如，牛奶里检测出三聚氰胺之后，我就不再喝牛奶了，可是过一段时间，新闻说牛奶安全了，大家好了伤疤忘了疼，就又开始喝了，可是里面有没有三聚氰胺或者别的东西，谁都不好说。因为新闻不再报道，我就不再了解了。

我自己的身体似乎非常敏感，可以吸收和接受到各种我周围加给我的毒素，这些毒素，在我体内不断积累，我的心肝肾的排毒能力不断下降，因此，我的头发脱落，我悄悄地买了假发，不断地使用生发剂，头发又顽强地长了起来。而且，再长出来的头发十分刚硬，感觉就像钢丝一样。也许我体内的一些无法消化和降解的东西，变成了构成头发的元素了？有时候，我的身上、脸上出现了一些色素沉积和色斑，这也是身体机能发生变化的征兆。于是，我就到美甲中心去给指甲做美容，到美体中心去给身上的皮肤和脸做美容。去掉了那些斑点，我变得浑身雪白和滑溜，但是肌肉依旧很僵硬。

慢慢地，我吃的食物开始了新变化，这是静悄悄地发生的。比如，我吃纸，趁着别人不注意，开始吃复印纸和报纸，办公室里属我用纸最费了。因为，我把那些纸都吃到我的肚子里去了，没有人发现这个秘密。我吃了纸张之后，还喜欢舔油墨，把打印机里的油墨都悄悄地吸干了。我还准备了湿纸巾，去把一些墨水和油墨吸出来，然后悄悄地吮吸掉。我还喜欢用吸管直接吸墨水瓶，就像别人用吸管吃牛羊腔骨的骨髓一样，味道好得很。

接着，我的胃口大开，我开始吃别的东西了。除了纸，我能吃玻璃，能吃铁钉。我最喜欢吃的东西，是订书机用的那种成排的订书钉。我不喜欢吃各种布匹，软的东西我都不爱吃。因为软的东西，我的胃口没有兴趣。而硬的东西就可以，就很好。软的东西里有棉花和其他纤维，我都不喜欢。

我还喜欢吃木头，木质的铅笔是我的最爱。我吃起铅笔来，就像吃香肠一样香。没有人注意到我吃这些东西，我的妻子也不知道。我不能告诉她，如果告诉她，我会被她认为有病，可是，我知道我没有病，我的身体不过是在发生变化罢了。

我偷偷地吃这些东西，我的身体可以消化这些东西。过去，我看到新闻说，有人吃玻璃、吃铁钉、吃异物，觉得很不可思议，现在，我自己也这么干的时候，我就明白，这是可能的了。当我逐渐变成了可以消化任何过去我不可能吃的东西的人时，我起先想象的我会感到难以接受自己、我会很不平静，可是，我发现，我安之若素。我并不觉得这有什么，我甚至觉得别人一定也出现了我这种状况，可是，他们就是不说罢了。

我的身体变硬，自然和我吃进去的东西有关。而且，这种影响开始在我生活中的一些细节上体现出来。比如，我和妻子做爱，会做很长时间，原因是我的生殖器很硬，就像是一根发热的铁棍子一样，很难射精。我的老婆一开始感觉很享受，但是后来感到这是一个折磨。即使拔出来，我躺在了一边，我的生殖器还挺立在那里，像一个卫兵一样守卫着我的身体，把被子顶起来老高。

另外，我比过去更加容易饥饿了。我的消化能力惊人，因此，我的办公室耗材很大，部门经理、总裁都很生气，但是他们不知道是怎么回事，因为，那些东西都进了我的肚子。在家里，我也尽量控制住自己不要吃掉老婆带回家的一些东西，这些东西的消失会让她疑心自己的记忆力有问题。比如，她的公司的一些文件，连同文件夹都进了我的肚子，而这不过是我在晚上起夜的时候的加餐，到早晨的时候，她一脸疑惑地到处翻找，但是，她哪里知道，文件夹在我的肚子里呢？

我感到我的承受能力在增强。我不再接听来自远方的童大林的说话声了。后来我才知道，他搜集整理当地的污染状况的材料，上告国务院，再次被一些官吏罗织了罪名，以精神不健全的名义，给关到精神病院里了。可是，现在，我感到我的同情心和正义感，都变得麻木，我的心灵也在塑料化，我再也听不到童大林的声音了，他从我的生活中消失了。

在工作中，我也感觉到，我不再对很多事情敏感了。我适应了周围的空气、尾气、钢筋、玻璃、水泥、复印机、传真机、电脑、光辐射、噪声和白噪声，适应了人的脸色的变化和凝固，适应了信号灯、地铁的节奏、点钞机的速度，适应了街头小广告、城管和商贩、井盖的丢失和垃圾分类法，适应了很多东西，然后，我变成了一个塑料男人。

梦

到后来，我感觉我不再会做梦了。很奇怪，我的梦就此消失了。一个不会做梦的人，他的生活会多么无趣？好在我的妻子还会做梦，白天的时候，早晨醒过来给我做早餐的时候，我们一起吃早餐的时候，她会给我讲述她的梦境。

"我梦见了整个城市都在焚烧，我和你在奔跑，我看到城市里，那些楼厦就像巧克力融化了一样，在坍塌下来，我们到处躲避，可是，你一点都不惊慌。"

"亲爱的，那不过是梦。"

"我梦见我们在黑暗的街上走，可是，街上没有一个人。可是，忽然之间，不知道从哪里出现了大量的老鼠，吱吱叫着向我们扑过来，我们跑啊跑啊，老鼠就在我们后面追。"

"亲爱的，那不过是梦。"

"我梦见我们的邮轮失事了，大邮轮沉没了，我和你坐在救生筏上，周围都是死人，只有我们还活着，可是，鲨鱼的背鳍在我们身边浮动。"

"亲爱的，那不过是梦。"

"我梦见我和你在雪山上攀爬，忽然，前面发生雪崩了，出现了一个大冰缝，我的绳索连着你，我们一起掉进去了，四周又冷又黑暗，可是我们继续往下掉，往下掉。"

"亲爱的，那不过是梦。"

"我梦见我们在一个地下停车场里迷路了，可是，有一辆黑色的轿车一直在尾随我们，我们到处找出口，可就是出不去，而那辆跟踪我们的轿车使劲撞我们，要谋杀我们。"

　　"亲爱的，那不过是梦。"

　　"我梦见我们在一片森林里的一间黑屋子里被抓住了，有人用麻药迷翻了我们两个，然后把我们捆在两个皮椅子上，周围全都是人的残肢和断臂。"

　　"那是你美国恐怖片看多了。"

　　"我梦见你变成了一个杀人的魔鬼，在一个别墅里面突然发狂了，开始追我，要杀我，我尖叫、奔跑，你一把把我抓住了。"

　　"我怎么可能杀你呢，亲爱的？"

　　"我梦见我生了一对双胞胎，可是，你知道吗，这双胞胎，竟然都是死胎，我生了死胎！"她哭了起来。

　　我赶紧安慰她，并抚摸她的肚皮。在她的肚子里，我们的孩子正在茁壮地成长，并且经常胎动，使劲地踢腿，没有迹象表明孩子有问题。而就在这个时候，胎动又开始了，她感觉到了，我的手也感觉到了，她破涕而笑了。

塑料婴儿

　　有一天，我的妻子在家里，忽然给我打电话，说她的肚子很疼，可能要生产了。我纳闷，怎么预产期还没有到，就要生产了？

"是不是惯常的阵痛呢？"

"不是，是子宫收缩的阵痛。"

"那真的要生了。"我赶紧回到了家中，这个时候，我的妻子已经跌倒在地毯上，救护车也到了，医生检查了一下，说："宫缩了，要生产了，还要防止大出血！快到医院！"立即把她拉到了医院。

我也跟着来到了医院。据说，女人生孩子是一件很恐怖的事情，如果一个男人在女人的两腿之间注视了孩子的降生过程，那么，今后他就很难再和这个女人做爱了。我想这是一种很娇气的说法。男人待在产房里，和女人一起体验她分娩的过程，是很重要的。因为，这是男人的阴茎插入女人的阴道导致的一个结果，是男人和女人共同营造的一个过程，因此，男人在现场体验、鼓励、经受女人分娩的过程，应该说是责无旁贷。因此，我选择了在产房里和妻子一起，迎接我们的孩子降生。

我在妻子的耳朵边鼓励她一切都不要紧，因为，她是勇敢的，马上要做母亲了，是高兴的，是令我极其兴奋的。她生孩子的过程比较顺利，但是，等到孩子生出来，所有的人，医生、护士，连麻醉师都跑过来看，都觉得异常奇怪。

我的妻子生出来了一个不哭不闹的塑料婴儿！

的确是一个塑料婴儿，还是一个男孩儿，睁着我那样的一双眯眯眼，脸蛋很圆，还有一个酒窝，眼睛很黑，很亮，显得很漂亮，可是，他就是一动不动，他浑身硬邦邦，但是，他却是塑料做的，没有生命，因为，他不呼吸，心不跳，不眨眼，不哭闹。

我的妻子生出来一个塑料婴儿，这到底是怎么回事呢？

"怎么会是一个塑料婴儿？是你们夫妇在和我们开玩笑吗？是你把这么一个东西塞到产妇的肚子里的吗？"大夫吃惊到癫狂地这么想，这么问我。

我不知道如何回答他，因为，我的吃惊和震惊、沮丧和崩溃是同时到来的。难道是我的问题？我感到我的大脑就是从那时起，开始了塑料化。我呆呆地看了半天我的塑料儿子，在大家的一片惊愕中，大喊一声，狂奔出了医院。

我跑，虽然跑不解决问题，但是，我必须跑。因为，我生了一个没有呼吸、没有心跳的塑料婴儿。我使劲跑，跑着跑着，我跑到我的骨节都发出了塑料的声音，我自己的确就是一个塑料男人。

那个不哭不闹的我们的塑料儿子，他被我们带回家了。我想，尽管是塑料儿子，也是我妻子生的，我们就不能遗弃他。我就把他摆放到早就准备好的摇篮里，尽管他非常安静，一点声音都没有，令人恐怖和疑惑。我妻子因此而变得不再简单方便了，她变得多疑、歇斯底里、情绪反常，忽而抱着塑料儿子哭泣，忽而又狂笑不已，忽而要给孩子喂奶，忽然又用剪刀猛戳塑料儿子的身体。但是，不管她怎么癫狂，我们的塑料儿子就是一声不吭。

一个月之后，我的妻子和我离婚了，因为，我告诉她，我现在是一个塑料男，我们生了一个塑料儿子，可能和我有关。她惊讶地抚摸我的全身。从她的表情看，她的确感觉到我，她的丈夫，已经塑料化了。而她的皮肤、肌肉、阴道都还是有弹性的，还是一个肉身女人，一个活的、美好的女人。她后来提出离婚了。为了她今后的幸福生活，我同意和她离婚。

离婚之后，我离开了家，住在了一个半人高的纸盒子里，在城市里流浪。但是，我没有再看到我曾经造访过的那个盒子里的男人，据说，他已经离开了这座城市。我逐渐地可以不吃不喝了。我逐渐地习惯作为一个塑料人和盒子里的人生活了。

我曾经被流氓袭击过一次，他们用棍子打我，用刀刺我，我竟然都没有反应，流氓和歹徒非常吃惊，逃之夭夭。

我继续在城市里流浪，在大地上流浪，却没有什么可以毒死我，因为，我自己就是不坏金身，我自己就是这个环境的产物。

后来，我感到厌烦了，就在一个垃圾填埋场附近，挖了一个坑，然后，我自己躺进去，并用土覆盖我，我自己把自己埋葬了。我不知道，我在大自然里降解为颗粒物或者最终不存在，是不是需要至少一百年。

午夜狂欢

午夜的游戏

他们这是去干什么？四个人走在漆黑的夜里，这种夜晚空中连一只鸟儿都没有，黑夜如同最浓郁的咖啡一样黑，没有狗叫，只有汽车在大街上咬人的声音，那声音像是鲍勃·迪伦的歌。

这时已是凌晨两点，他们刚才把一辆福特"天霸"停在了立交桥边，那辆黑色的美国原装轿车如今左前灯已被撞坏了，像个瞎了一只眼的海盗头子。他们四个人走路时都没有谈话，他们向立交桥上走去。

忽然有一个人被什么东西绊了一下，他跌了一跤："Fuck！这是什么东西？这是什么？你们看……"他带着哭丧腔从地上爬起来，把一只手伸出来叫其余几个人看。

此时他们已经爬上了一片高高的路基，一条铁道穿越了城市的肚腹，像一条松弛的皮带一样延伸了过来。他们摇晃着身体在路基边站定，片刻之后，一辆火车亮着灯，像个警察一样呼啸着冲了过来。几个人聚到了刚才跌倒的那个人跟前，火车那剧烈颤抖的明亮灯光泻到了他们的身上，跌倒的人摊开手叫大家看，他们看见他手上有一摊黏稠的东西，搞不清那是城市在黑夜里分泌的什么液体，其中一个说："你闻一闻？"

他就闻了一闻："狗屎！这真的是狗屎！"他叫了起来，大家一阵哄笑："左岩抓了一把狗屎，今天你要倒霉了……"

他们又重新散开，那个跌倒的叫左岩的人更加沮丧了："可这鬼地方连一只狗都看不见，哪儿来的狗屎呢？"他想不明白。

在他们身边，火车正带着一种坚强有力的节奏从他们身边飞驰而过，他们继续鱼贯着向前走，左岩掏出了手绢把狗屎擦干净，然后扔掉了它。走了一会儿，那列火车也过去了，他们在相对空旷的一个区域停了下来，喷着酒气一起转身眺望远处城市的中心地带。

那里，如同一座灯光的岛屿一样在黑暗之中浮了起来，积木般的楼厦林立，到处都是霓虹灯广告在闪烁。那是欢乐的物质世界，美女加汽车加洋酒洋房加名牌电器是那些广告的内容，那是另一种生活，城市生活的象征。

"Fuck！"左岩又嘟囔了一句，"秦杰，你要把我们带到哪儿去？我喝多了，我连站都站不稳。""就在这儿，我们到了，"秦杰用懒洋洋的虚无腔调说，"在这儿玩儿。"

"在这儿？这里空空荡荡，在这儿干吗？"左岩有点儿吃惊地问他们。

"杀人，杀个人。"于磊冲他明笑着。

"杀……人？杀谁？"左岩觉得气氛有点儿不正常，午夜行刑的队伍在进行，他看出他们没有开玩笑，一阵冷风像乔治·迈克尔的音乐一样从他的屁股槽直往脊背上蹿。

"杀你，"何晓说，"谁叫你抓了一手的狗屎？你真的要倒霉了。"三个人都阴笑了起来。这简直是猫头鹰在夜晚的号鸣："抓住狗屎的人会给我们带来坏运气。"

"杀我干吗？咱们可是多年的朋友啊……"左岩突然有点儿紧张，他想起了不久前他读过的一篇美国作家巴塞尔姆的小说《我们的朋友考尔比》，考尔比的朋友仅仅因为考尔比"走得太远"而处死了他，用了绞架，还请了乐队伴奏。莫非我也走得太远？他想，你们几个人谁都走得比我远，却要处死我？他有点儿想不通，他看了一眼秦杰。

秦杰笑了笑，他的笑容里总有一种杀气和冷酷的嘲讽。"玩儿个游戏，这个游戏正是最近在城市中流行的。不过，一般在这个游戏中都要死一个人的，但不一定是你，也可能是我，他或他。"

"什么游戏？"左岩没弄明白。

"这个游戏叫'你死还是我死'，咱们或者躺着，或者趴在铁轨的中间，让三列火车经过，然后再爬出来，看谁没被火车带走。一个简单的游戏，玩儿不玩儿？"

"玩儿！玩儿！"于磊和何晓欢呼着，左岩想了一下："好吧……我也玩儿。"

这时还没有列车过去，如同摇滚乐最后的嘶吼还没有开始，四周的空气变得潮湿了。他们走向铁轨，或趴或躺，都待在铁轨中间的枕木上了。

这是一个叫人心惊肉跳的行动，但能叫人麻木的神经悚惧。左岩在想：在城市的夜晚，还有什么游戏我们没有玩过呢？他想了想，全玩过了，也玩腻了。但这个"你死还是我死"的游戏还没有玩。他躺在枕木上，忽然就听到了远方传来的一阵阵颤音，一下又一下节奏在加快，如同大门乐队的一首曲子的间奏一样。然后他的身体就颤抖了起来。一列火车冲了过来，带着一种摧枯拉朽的力量，从头顶飞驰而过。

这是最为漫长的短暂时刻，但它终于过去了。左岩被火车经过时所带起的风迷住了眼睛，他担心自己会被吓得屁滚尿流，但一阵风过去了，他睁开了眼睛，又看见了让他迷醉的城市上空那变幻的星空，那是突然叫他感到亲切的小东西，每一颗现在都冒着热气与香气，他尖叫了起来："你们都还活着吗？"

没有人说话，可能他们全都死了，被这列火车给拖走了，风驰电掣一样被带向远方，正在变成血肉的碎块被带向黑夜的深渊里。

但是，左岩又听到了一阵震颤，仿佛有人在摇晃着他的双腿，轨木也在颤抖，又有一列火车开了过来。然后，又是一列，两列火车前后只隔了几分钟。火车从躯体上方经过。左岩睁大了眼睛，他可以看见火车的腹部像一条多节履虫一样拖着身体爬过去，这使他心惊肉跳。他用双手拢住了前胸，因为他早就听说在这个时髦的城市青年的游戏中，有人的衣服被风吹起来，被火车挂住以后就被拖走了，连脑袋都给拖没了。可为什么还有不少人热衷这个游戏？他想不明白，他越想越害怕，就尽力用手捂住上衣，不叫风把衣服吹起来。

这可真叫他恐惧，他想象自己处在了火山爆发的一刹那，或者他是行走在剃刀的边缘，一不留神就会被切掉身体。他听见自己体内的钟表走得忽快忽慢，火车像条长长的多节草履虫那样爬着，从他的头顶向前爬着，像是噩梦的永恒延伸。然后，火车过去了。

左岩心头一阵狂喜。"我没死……我没死……"他尖叫了一起爬了起来，"我没死！"他冲着夜空嚎叫了一声，他认为今天有人想叫他死的阴谋失败了，但他又有了一丝恐惧，因为他们三个人还趴在那儿一动不动。"莫非他们死了？"他紧张起来。

"死了没有呢？"他等了一会儿不见他们起来，就又向铁轨走去，又有一列火车奔跑了过来，他这才看见他们三人像鬼影子一样从铁轨的中间飘了起来，他们拍了拍衣服，有点儿不满意。"谁都没死，这可奇怪了。"于磊说。

"你只要在当时把头抬起来，你就沾上光了。"左岩说。

"你一定是沾了那一手狗屎的光。"何晓说。

"那我宁可叫你摸着一手的狗屎。"左岩有点儿生气了，"我要骂人了！"

但他们都不再说话了，又向不远处的那一片黑暗之中浮起来的城市中心区域望去。

从这里看去，那里一片华美多彩的灯光已将其笼罩得不太真实了。一些楼厦的黑色身影挤满了被灯光照亮的半个天空。因此它们看上去完全就是一堆巨型积木，不知是被谁刻意地堆在那里，冷漠、华丽、高大而又令人惊羡。他们站在那里望了一会儿，心情都十分复杂。因为他们就在其中生活着，是城市肠胃中的蛔虫，分享着城市肚腹中的油脂，因此他们都既爱它又恨它。

过了一会儿，他们才沿着路基向回走。这是穿越城市市区的一条铁路，两边是黑压压的居民楼，城市睡着了。

而他们还醒着，像是午夜的孩子，午夜狂欢的一种动物，生机勃勃而又略带厌倦地在城市黑夜的肌体上寻死觅活。或者他们是一种充电玩具，经城市充电之后再放电。

他们被一种颓丧情绪所笼罩着，酒气仍没有从他们的身上散去，在来这里之前，他们从一家酒吧喝到另一家，一共喝了七家酒吧。他们从路基上又走了下来，钻入了福特"天霸"车里，几个人沉默了一会儿，秦杰说："虚无啊。我们去哪儿呢？"

空气中飞满了龙虾和地雷

"有个好工作，有个好情人，有个大电视，有辆小轿车，有一套房子，还要……可是有了这一切之后我再干什么呢？我为什么非要这么生活，把自己的生活变成了屠宰场机器传送带上的一块肉，按照某种标准程序，直到被切成碎块变成了罐头？"

这是秦杰、于磊和何晓三个人要想的问题。当然左岩还没有这个问题，因为他还是一个大光棍，也没有车也没房子。

我们去哪儿呢？我们无处可去了吗？这都是左岩要想的问题。一到夜晚，他的大脑就一片混乱，他就会想到一阵莫名的紧张。

他所看见的就是天空之中飞满了张牙舞爪的大龙虾，而且还飘满了地雷，谁一碰就会把一切炸得一片辉煌。

所以有人说左岩和秦杰他们混在一起注定没有好下场，要变成龙虾的一块肉从天而降。

可这么大的一座城市，难道就已经没有什么可去的地方了吗？左岩的大脑在飞速转动。他的意识中出现了大龙虾在半空之中飞舞的情景。龙虾飞舞，龙虾碰到了半空中的地雷，于是轰然一声巨响，龙虾那带着盔甲的血肉便在整座城市的楼厦顶部像雨点儿一样落了下来，落到了保龄球场、壁球馆、网球馆、台球馆上面，落到了赛马场、桑拿按摩中心、旱冰场、滚轴溜冰场、酒吧、迪厅上面，落到了音乐厅、美术馆、博物馆、卡拉OK舞厅、游泳池上面，落到了俱乐部、高尔夫球场、体育场上空。但他对这些都已经有些腻了。他现在最恨的生活就是坐在三里屯附近的某个装饰既矫揉造作又简朴得像个农舍一样的酒吧里，听那帮同性恋歌手唱蓝调和布鲁斯。他就烦这一点，真的没有什么地方可以去了。于是他的心情就很糟，他就说："Fuck！Fuck！"

他忽然痛恨起这两三年才在城市中兴起的酒吧文化了，因为每当他听着那些靡靡之音后再回到宿舍时，他会感到更加孤独。他觉得自己对很多东西都已失去了兴趣，尤其对爱情，他更是嗤之以鼻。他最后一次轰轰烈烈的爱情发生在半年以前。他大学时代的女朋友在嫁人前忽然又见到了他。于是他就开始在北京和哈尔滨之间来回飞了好多趟，但最终那个女孩还是嫁给了别人，他与她睡了几觉，感觉很好，只是他却有了一个射精缓慢的毛病。后来他冷静下来，发现自己除了花去了不少钱之外什么也没有捞着。那个女人仍旧是别人的女人，他不过只是一个情人罢了。

当他的爱情之火熄灭了之后，他就开始讨厌起女人来。他发觉除了母亲，从来没有其他女人给予他的要比他付出得多。"Fuck！"他说，他在这座城市也交了几个女朋友，但从来没有让他的灵魂发抖过。一开始他还是个害羞的男孩，后来他技巧娴熟了。最近他与一个新女友分手了，这个女孩是本市土生土长的女孩，按一般的说法是这座城市的女孩又懒又笨。而左岩是一个什么都会干的男人，每次她来看他都是他做饭，她在一边站着看。左岩苦口婆心地说："你来学切菜，你最好学学做饭……"

"我学做饭干吗？"这个胖乎乎的女孩笑嘻嘻地说。

于是左岩就很生气。他就把她给赶走了。过去他有一句名言，就是"没有女朋友的生活，就是猪狗不如的生活"，可如今他发现自己有了女朋友之后他自己倒变成猪狗了，为了不再做猪狗，他把这个女孩给休了。休了她还忧心忡忡苦口婆心地说："你要学做饭……"

"我学做饭干吗？"那个女孩仍旧是一副笑嘻嘻的样子。

当他发现女朋友一点儿也没有要帮助他料理他的生活的意思，他就把她给赶走了。他就讨厌起女人来。他想了一遍自己交过的女朋友，认为她们没几个好的，就更加沮丧了。加上在北京实在没什么地方可以去了，他就有点儿幽闭。

"人不爱我我自爱！"他大声嚷嚷。然后他就找了个机会去了美国一趟。在此之前，他的打扮非常像美国华裔青年，但他却从来没去美国一趟。于是他就去了一趟，在美国待了一个月。回来后更加沮丧了，他发现美国也就那么回事，不怎么样。但他在纽约和旧金山各有一次嫖妓的经历。在纽约嫖妓时那个金发妓女全部用嘴跟他干，从脚指头跟他一路吻上去，而且还用嘴给他戴上避孕套，但她吻到他的大腿根时停住了，那里有一块癣，妓女犹豫了半天才小心翼翼地绕了开去。

另一次是在旧金山，同样是一个金发妓女，却用牙齿把他的那儿咬得伤痕累累，以至于一动起来就疼得要命。此外，他还看了一场脱衣舞表演，他是掏了二十美元看的。"那个舞女跳到我跟前，叫我多掏十美元，然后她就把大腿张开来叫我看。"他对秦杰他们说。

"有多远的距离？"

"很近。都快碰上我的鼻子尖了。"

"你都看见什么了？"

"我……我看见了一片毛茸茸的虚无。"

他觉得自己的确是看见了一片虚无。此外还在美国纽约的大街上，穿行在那些摩天大楼的下面他感觉更压抑。但在纽约市有不少人在向他问路，这使他很开心。"往左，再往右。"他用手胡乱一指，然后很快活。他认得美国诗人金斯伯格曾经说过："美国是一个长满了狗鸡巴的地方。"他认为美国充满了鸡巴勃起般的活力，"不过那真的是白种人的地盘"。于是他就回来了。

他回来之后，除了和一个女友有一次纯属解决性压抑的性活动之外，除了去出版社上班，他一直没和秦杰他们联系。回来后他买了一台奔腾新型电脑，天天闷在屋子里看VCD、玩电子游戏，谁呼他他也不理，秦杰他们往他的手机上打电话，他也不开机。于是他们就传言说他得了幽闭症。

左岩忽然变得谁也不想理了，他只想和他的电脑搞在一起。我果真得了幽闭症了吗？他问自己，但他的确不爱与人交往了。最近一段时间，他把自己的电脑接上了互联网络，从上面下载下来不少东西看。他看了几遍就觉得那没什么劲儿。他还带回来不少色情成人杂志，可看过后他只记得女人那大腿之间是一片毛茸茸的虚无。这种与电脑和色情杂志搞在一起的状况持续了两个月，直到秦杰他们开着车，堵上门找到了他，拉着他去玩那个"你死还是我死"的游戏时，他才从那种幽闭状况中走出来。

后来他越想越觉得这种"你死还是我死"的游戏有意思，他有几次又一个人偷偷跑到那条穿越都市心脏的铁轨中间躺着，一边哼着歌一边听着枕木的震颤，觉得麻木的心灵忽然变得鲜活了。于是他就喜欢上了这个游戏。

但他又在揣测，秦杰他们带他去玩儿这个游戏时是不是想惩罚他？因为巴塞尔姆的那篇被朋友们处死了的考尔比的小说就是这样的命运，原因是考尔比走得太远。走得太远！我与电脑和成人杂志搞在一起幽闭了几个月算不算走得太远？他又打了个冷战。他想起了他到底是如何沦落到这种可怕境地的。

毫无疑问，每一个人一开始时就是简单的，从来也不是复杂斑驳的，他在想自己是从哪一天开始陷入这种没有意义的状态中去的呢？

那还是他第一次去歌舞厅，在那天以前他从来都没有去过歌舞厅，下午的时候秦杰突然呼了他一下，他立即赶到了秦杰所在的酒店，那是一家三星级的酒店，他进了十层的房间，发现秦杰、于磊、何晓全部都在，还有一个看上去并不大的女孩，那个女孩叼着一根又细又长的加长型女士烟。他不认识她，但他看见除了这个人之外，床上那凌乱的未叠的被子说明这个女孩晚上是睡在这里的，她是谁的女朋友？

"胡铃铃，这是左岩，出版社编辑。他最会讨女人喜欢了，对他要防着点儿。"

胡铃铃看上去也就只有二十岁。她的肤色有点儿黑。眼睛很亮，但她那稚嫩的外表却非要装出一副十分老到的架势，好像她真的见过世面似的。"我什么都见过，流氓我见多了，我才不怕你呢。"她冲左岩吐了一口烟圈儿。

左岩立即明白这一定又是秦杰勾上的一个女孩。秦杰是一个汽车经销公司的经理，专卖各种进口汽车，因此他可以从公司中偷偷开出任何一种车型的汽车。这天晚上他开出来一辆排气量2.6的"别克"车。他们在酒店里待了一会儿，秦杰就要求去"金苹果"歌舞厅。这家歌舞厅里的女孩全部是从东北来的朝鲜族姑娘，一进大厅，在大厅里坐着的十几个打扮得像野鸡一样的女孩都冲他们挤眉弄眼，左岩悄悄地观察着胡铃铃，发现她故意装出一副满不在乎的样子，她肯定和我一样第一次来到这种鬼地方，这四个男人中只有她一个女孩，这么说他们至少还要叫三个陪舞小姐。他们没有去包间，而是在大厅里找了个大沙发坐了下来。小姐们散了开去，女经理上来与秦杰神秘地耳语了几句。于是走上来三个女孩，秦杰斜着眼看了一眼："真难看，你们就不能长得漂亮一点儿？"秦杰骂骂咧咧地叫她们坐在了左岩、于磊和何晓的边上。于磊和何晓看来已是熟门熟路，左岩身边坐下来一个面皮白净的高个女孩，看上去恨不得比他还高半个头。

左岩有点儿紧张，他不知道该拿她怎么办："我该怎么办？"他有点儿流汗了。他看见秦杰已经点了一大堆的啤酒和葡萄酒，夜色早已铺了下来，歌舞厅里更为幽暗，那个高个女孩的眼睛在暗处闪烁，看上去像是一种猛兽，但这时她却亲热地说："咱们点几首歌吧。"他点了点头，点了几首他十分讨厌的歌，他想如果他把这几首他十分讨厌的歌唱上一遍那他就会更加讨厌一些东西了，而秦杰已经在那里吼叫起来了，他在唱《你的柔情我永远不懂》，左岩觉得自己真想吐，这些全是令人作呕的歌声！一个没有柔情的人当然不懂柔情。

空气中飘浮着龙虾和地雷！就是在那一天夜里，左岩感受到了这样一种威胁。龙虾是他一向最害怕和最讨厌的一种东西了，每一次吃龙虾时他看着被剔去骨肉的龙虾趴在小木船上他就害怕，可为什么空中也飘着地雷呢？那是一种黑色的圆溜溜的可爱的可以随时爆响的玩意儿，它可以把一个人炸得连腿毛都不剩。就在音乐响起来的一刹那，那个高个女孩请他一起跳个舞。他有些面红耳赤，但他站了起来，他被她拉着手走向了舞池，那是一首很慢的曲子。于是他们两个人开始跳了起来，他发现这个女孩的确比他要高半个头，这样她的下巴就可以抵住他的额头了。这使他看上去完全像是一个小弟弟，或者是一个吃奶的小孩子。他和她跳了一曲，他感到自己好像被裹挟着。他完全是被动的，这是他第一次上舞厅，那个女孩把她那像两座小山丘一样的看上去完全没有束缚好的乳房朝他送了过来，他怕被这两个东西压死，就拼命抑制住呼吸。他突然明白这完全是一个陷阱、一次骗局，因为最终，她的一切企图都是要以他付出一两百元的小费为代价的。"你们挣钱可真容易。"他想，"只被摸几下就可以挣到钱。"他下意识地托住了她的屁股，把她拉向了自己，他的胆子变大了。这使得他和她的舞蹈变成了在切磨胯骨，这是他初尝到了甜头。

他们又坐回来的时候，左岩发现胡铃铃坐在那里一个人大口大口地喝着葡萄酒。而这时秦杰正搭着另一个女孩在跳舞，她的这种醋心大发完全没有必要。"你吃醋了，"他对胡铃铃说，"他是个花花太岁，你要自己去找一点儿乐趣才行。"

"可我才二十岁，我还不明白什么叫不忠贞。我觉得他不应该跟那个臭女人跳舞，你说呢？我是他的女朋友啊，昨天我还是处女，今天他就又跟别的女人跳上舞了，这我受不了。"胡铃铃哭了起来，她这一会儿完全是一个小可怜儿，左岩直心疼她，但他也毫无办法；可另一方面，他又从心灵的深处鄙视她，因为他认为她是一个自轻自贱的女人。"你还在上学吧？"左岩问她。

她说是，她是一所经贸大学三年级的学生。一听到这个，左岩发现问题就变得严重了。她肯定是爱上秦杰了，因为秦杰风流倜傥谈笑风生，而且还能开各种欧美名车出来，活该！你将注定逃脱不了被抛弃的命运，左岩一方面幸灾乐祸，另一方面却又被一种深深的悲哀给抓住了。

爱情在这样一个物欲的时代里已变得有代价、有条件了，或者爱情其实是一直有条件的，不过在今天，金钱成了一个重要的条件。这个女孩因为秦杰有钱有车而与他搅在一起，而秦杰却恰恰会因为她这一点而毫不犹豫地抛弃掉她。这是肯定的结果，他不禁感到悲哀起来了。

但就是在这一天，他感到了龙虾和地雷在空气之中翻浮，他第一次来到了歌舞厅，第一次和三陪小姐跳舞、唱歌、喝酒，还不失时机地把手伸进了她的衣服。就这样，他由一个一谈到性就不自在的手淫者变成了一个信奉交换原则的人，他还看到他们离开舞厅时，胡铃铃与秦杰进行了厮打，而秦杰推开了她，她倒在沙发上睡着了，他肯定不会再理她了。左岩了解这一点。

"午夜狂欢！"他们四个人又重新走到了大街上，凌晨两点，大街上空荡荡的没有人，四周一片凄清，只有一些沉默的高楼，这些高楼使大街变成了一道峡谷，他们在峡谷之中感到自己变成了新的人类，城市印第安人。秦杰伸长了脖子，"呕噜噜噜噜——"地叫了起来，他这一声类似于印第安人战斗时的嘶叫十分尖厉悠长，它划破了夜空，直冲云天，于是左岩、于磊和何晓也都叫了起来。这是四条人狼，在午夜发出了城市印第安人的叫声，但他们惊不醒城市的睡梦，城市早已死在自己的睡梦里了。他们踩着自己的影子走远了。

在剃刀边缘

一到周六下午，他们三个人就都要聚到秦杰那里。他们先是吃饭，然后就开始打麻将。由于打的钱数太大，这时左岩总要躲到一边去。秦杰会再呼一个生意上的朋友打一会儿麻将。往往一直打到晚上十点钟之后，秦杰会开着车带着几个人上大街。他们肯定会先找一个熟悉的歌舞厅，进去要一个包间，开始唱歌、跳舞。这几乎是一成不变的生活。凌晨两点，所有的人都从黑夜之中退却，他们也从歌厅中出来，他们在各个舞厅中都有小相好，因此他们并不总是带她们走。最近秦杰与一个从东北来的朝鲜族的女孩关系不错。秦杰喜欢她是因为她并不是一上来就说："我是第一次来歌厅，我才做了一个月，我有一个上大学但没钱的弟弟，我妈死了，我爸还瘫痪在床，我需要钱供弟弟上学，还给爸爸治病……"在歌厅里总是这一类货色，所以一旦秦杰在某个十分熟悉的歌厅中见到一张不熟悉的女孩的面孔，他就会问她："你是干什么的？"还没等那个女孩说什么，他就会说"我才在这里做了一个月，我有一个……"

总是这一类把戏。"你就没有一点职业荣誉感？"秦杰气呼呼地问那个女孩。他憎恨虚伪，尽管实际上他自己最虚伪，但那个朝鲜族女孩，她长得胖乎乎的，她从一开始就不说自己是被逼无奈。"我喜欢陪你跳舞。"她说，"我喜欢陪男孩跳舞。"

"不给你小费行不行？"

"行啊。那有什么，你不给就算了呗。"她说。她的目光之中闪烁着一种迷幻的光芒。于是最后秦杰就多给了她二百元，一共四百元。

但老在歌厅里待着也没什么意思。一到夜晚，左岩发现他们四个人就都变成了另外一种人，他们不再是正派的汽车经销部门经理、电视制片人、出版社编辑和一家信托公司的部门经理，他们变成了浮游在城市黑暗河流上的一种生物，变成了失意的人、说谎大师、超级骗子、神经质、恐惧者和狂欢的人。他们在白天和晚上绝对是两种状态的。

在歌厅里玩了一会儿，他们就要走到大街上，他们都很烦，秦杰决定再去按摩一会儿，他们一起去了丽人桑拿按摩。这是一家门口有着两尊裸体大卫雕塑的装修豪华的桑拿按摩院。一进门，就有小姐笑眯眯地迎接他们进去，更衣、换鞋，然后是去药物浴与温水激流浴中浸泡，过一会儿再钻入蒸汽室或桑拿室把自己蒸一下。蒸汽室中雾气弥漫，而桑拿室中则灼热似火炉，左岩最受不了的就是坐在木条凳上被烘烤了，每到这当口他就要想起古代的一种酷刑，把人放在一个瓮中，四周用火烧烤，他就会赶紧尖叫一声逃出去，泡在水中。而秦杰、于磊与何晓则稳稳地坐在那里一动不动，任凭身上的汗流得如同自己变成了一只烤乳猪。而他们还要再蒸一会儿之后才立即跳到冷水池中，把自己猛地"冰镇"一下，据说这样浑身的毒素就全部出来。然后是搓背，这个程序往往由一个男人来完成，直搓得你浑身红通通，等再换上衣服，就可以到楼上的小间按摩了。

你可以从那一排按摩小姐中挑中一个你喜欢的，和她一起进小包间。这完全类似于一间手术室，中间有一张像床又像手术台的东西，你躺上去，或者先趴上去，裸着上身，穿一件较长的运动短裤，小姐就会给你按摩。左岩一进这种灯光朦胧的地方就神情紧张。按摩分中式、泰式，有全身骨节按摩和经络穴位按摩。什么是按摩？按摩就是把你大卸八块然后再把你组装起来。左岩在被按摩的时候，让自己彻底地漂浮在一种感受里，他仔细地感受着小姐的手在他的肌肉上行走，那是一种被一大群蚂蚁围攻的感受，非常甜蜜、酥痒和令人战栗。此外小姐有时候还要给你踩背，把你踩成一块肉饼，让你欲哭无泪。

而在这种灯光朦胧的地方，色情交易往往就要达成了。一种交易叫作"打飞机"，即按摩小姐会连同你的生殖器一同按摩了，她会先在你的阳具上涂上发亮的润滑油，然后就用手一下一下地抚摩你。左岩有一回就叫一个小姐吃尽了苦头，因为他是一个射精缓慢的家伙，结果一个钟（45分钟）过去了，他仍旧还没有射，还没有把飞机打下来，害得小姐满头大汗。如果你想干一把，你向小姐直说就可以了，左岩记得十分清楚，他和一个消瘦的姑娘干了一把，那个姑娘从头到脚吻了下来，在他的大腿根处停住了，因为她发现他那里长了一块癣，她迟疑着，担心他有什么病，实际上那只不过是一块癣而已。他说："我没病，我没病……"那个女孩才给他套上了避孕套，然后像一只母山羊一样骑到了他身上……被她压着的感受十分奇特，她如同是一条轻巧的鱼，但她浑身仍旧长满了刺。到后来他在下面终于被她切磨得叫了起来，达到了高潮。

但问题是，这种白天和黑夜完全分裂的情况，他是从什么时候开始的？他觉得自己的确越来越平面，越来越可怜，但他又不知向谁说，当他看到秦杰、于磊、何晓那沉溺于物欲之中的样子，他就想尽快地逃离他们，但他却又像一块废铁一样，加倍地被吸向了他们。他们如同一个磁极，叫他不能自拔，无地自容。

凌晨一点，他们从桑拿按摩院中钻出来，来到了已十分冷清的大街上。这个时候，大街上只有灯光和黑暗的蝙蝠在一同翻飞，他们的肢体被蒸、被按摩与放松之后，变得轻松多了。何晓说："我真想飞起来，飞到这夜空之中。你看这座城市的夜景多美丽啊，我要飞到天空之中，和蝙蝠在一起飞翔。"

但秦杰提议他们都钻入汽车，于是他们就都钻入了汽车。在歌舞厅里喝的酒已被挥发了不少，他们感到头已不再发晕，左岩也看不见半空之中飞舞的龙虾和地雷了。他们在汽车里，汽车被发动着，像一只在黑夜之中闯入都市的猎物。这一刻的城市是死寂的城市，到处都是被灯光照亮的局部地区，城市被麻醉了，它躺在一张巨大的手术台上，但肌体仍旧在颤抖着，汽车安静地在街道之上滑行，在城市之中飘动。这一刻他们几个人都不说话了，汽车里弥漫着一种沉默的气氛，汽车如同一只敏捷的猎豹，在空荡荡的大街上飞奔。没有什么人，只有一辆辆稀疏的汽车，浮在如同干瘪的血管的城市大道上。"速度！"秦杰嚷嚷了一声。他立即加大马力，把汽车开快了。不久，他把汽车拐到了通往首都机场的高速公路上，然后他把车开到了每小时两百公里的速度，汽车在轻微地浮动，如同一块静止的海绵，而四周则向后涌动着海水，这是左岩奇特的感受，如此快的速度使他感到了死亡的威胁。这一刻！完全是在剃刀的边缘飞奔，一不留神你就会被切成两半，被死神收入囊中。左岩有一点儿紧张，他不知道于磊和何晓的想法，他看到在车里他们的表情沉静，仿佛什么事也没有发生，是什么事也没有发生吗？而汽车则在向死亡的怀抱飞去！左岩感到自己紧张极了，他可以听到自己的心脏撞击前胸的声响。秦杰一定是疯了，或者他是一个镇定的疯子，如果他当上了一国总统，掌握了核按钮，那么他一定会威胁全人类！他就是这么一个疯狂的家伙。左岩觉得秦杰是一个疯狂的船长，而于磊、何晓和他一起，正在被这个疯子一起带向一个疯狂地带。这当然是行走在剃刀的边缘，锋利的生活会随时切掉我们的肢体。这样说不免有一些空泛，但的确如此，当秦杰以每小时两百公里的速度开着车在首都机场高速公路上狂奔的时候，左岩感到死亡与自己只隔一张纸。他感到了恐惧，那种恐惧使他想突然从车上跳下去，远远地离开他们，他觉得他们全都麻木了，在赌博、色情交易、迪厅、贴面舞和按摩之下麻木了，他们如同几棵麻木的树，等待着被砍伐一光。当然这高速行驶的过程大约持续了半小时，然后，他们驶离了高速公路。

他们的车停在了一片空寂的楼群下面，四周静得如同海底世界。这里是何晓的家，秦杰他们都下了车，打算去何晓家再玩一会儿。"我们可以呼几个小姐来再跳上一夜贴面。"何晓说，但这时秦杰发现不远处地下通道的井盖上躺着一个人。"那是一个哑巴，天天在这里伸手向路人要钱。"何晓说。

秦杰一听，他走到了那个人身边，弯下腰闻了闻，然后他用脚踢了踢那个家伙。"你是一个哑巴吗？嗨，你是一个哑巴吗？"那团黑物蠕动了一下。秦杰尖笑了一声，立即用脚狠狠地踢了那个乞丐一下。何晓和于磊也走了过去，一起用脚踢那个人。几分钟后，那个家伙发出了嚎叫："别打我了，别打我，我是个骗子，我不是一个哑巴！"

秦杰他们住了手，笑了起来。他们用暴力揭穿了一个谎言，而那个人用谎言去向城市要求施舍和怜悯，秦杰他们不想给他，左岩感到秦杰他们真的疯了，他想他们和我都一起生活在剃刀的边缘，总有一天都得一同走向毁灭。这是剃刀边缘的走动。他们向何晓家那幢大楼走去，他们在午夜结束了狂欢，像一群蝙蝠打算休息。

如何杀死一棵树

　　如何杀死一棵树？如何杀死以城市为背景愤怒生长的那棵树？这是我现在想的问题。现在已是午夜，而我像个醉汉一样在被飓风扫荡过似的北三环路边打车，我像午夜的影子一样沉入了城市黑夜的河流，成为午夜狂欢一族的成员。我日复一日地喜欢沉湎于各种狂欢场所去做一个城市人。每天倘若我不喝上几杯或者到一家歌舞厅里去坐上一会儿，我就没法与黑夜共眠，我和黑夜像甜蜜的情人一样在厮杀。事实就是这样的，而且，我一般和秦杰、左岩、于磊混在一起，也许我们四个人全是复杂的空心人。于磊已经在歌舞厅小姐的胸脯上丢了三个大哥大了，可他昨天又买了一个，因为这家伙是个赚钱的好手但对摸女人的胸脯却毛手毛脚。秦杰总喜欢酒后驾驶他的那辆福特"天霸"并喜欢与别的车屁股亲吻，他的那辆福特"天霸"像个色情狂一样每个月都要与别的车搞上几下。我坐在空荡荡的屋子里为散场的贴面舞会收拾残局，我老婆自从三个月前不辞而别后我的屋子就成了我们跳黑灯舞的好地方，贴面舞和有口无心的卡拉OK游戏一样，是一种空心人拥抱并厮杀的最好办法，我站在三环路边上大脑混乱，就想到了这些。

　　但我又一眼就看见了那棵树，那是一片金碧辉煌的大厦和高级写字楼之间唯一的大树，也许它就长在某一幢楼的顶部，因为它是那样高大，几乎要擦着月亮的脸了。有一天夜里我们四个人坐在车里沿着高速公路搜寻"午夜小姐",睡眼惺忪的于磊突然在京城大厦旁边的一个地方看见了一样东西。"看,你们看那是什么?"我们发现了一棵银光闪闪、虬枝举天的大树。那是一棵真正的大树,在空寂的天空下辐射着银光。那难道是一棵真正的树吗?为什么会比那么多的大饭店、写字楼、巨型商厦还要高?在黑夜里看上去它好像是一株城市的邪恶的金属植物,是从金属城市的躯体上生长出来的。这叫我们感到了压抑与恐惧,但到了白天我们再经过那里时,它却无影无踪,莫非它在逗我们玩?我愤怒地透过车窗望出去,我又发现了它,它那么枝叶繁密,傲然而又冷漠地向天空伸展,它高过楼区的头顶,它几乎是蔑视般地与我对视,在黑夜之中银光闪闪。

　　第二天一觉醒来我就决定要杀死这一棵树,我立即给秦杰、左岩、于磊打了电话。他们在这座庞大的城市的各个角落都传来了相同的想法,因为不杀死它,我们每一个人都感到紧张,这座城市本来已经够叫我们紧张的了,可如今又有一棵树在和我们作对,我们在电话中狞笑了起来,约好在晚上在"金芙蓉"夜总会见面商量此事。这是令人激动的想法!你想想看,如果杀死了那一棵树,我们就会从焦虑的状态中脱身而出,重新变得宁静自然,否则会有一种可怕的力量使我们在城市的躯体上毁灭。这天晚上我们碰面了,因为我们在"金芙蓉"每人都有一个相好。每一次去那里我都要找崔美花,这是一个丰满的喜欢穿白色衣服的小姐,我喜欢她那瓷瓶一样的体型。我们都到齐了,秦杰又一次修好了他的色情狂汽车,我们一转眼就钻进了包房,变成了成双成对的八个人。"可为什么，为什么要杀死那棵树呢？"崔美花一点儿也弄不明白，仍在不厌其烦地问我这个问题，可能她已经爱上我了，可我却没打算去爱一个三陪小姐。"我们必须杀死那棵树，但我们如何才能杀死那棵树呢？"

秦杰说："最简单的办法是把它炸掉。可我们去哪儿搞炸药呢？因为购买炸药需要出具各种证明，于磊的人事关系最多，由他去打通关节，但如果用炸药炸，会发出巨响与红色火光，这会令市政府大为恼火，也会令周围的居民感到恐慌，而且还要向市管委、市综合治理委员会、市建委、市绿化办、市公安局、市计委、市经委、市房管局等部门请示，而且还要交罚款三万元人民币。但我觉得这是一个一劳永逸的办法，大家想想看，几乎在一瞬间，绑在这棵大树的各个部位的炸药会把它炸成一堆碎片，我们就再也看不到这棵树了。"

于磊说："但是抛开巨大的声响与冲天的火光造成的不良影响不说，我们必须向市环卫局申请二十辆清洁卡车，在爆炸之后立即将这棵树的残骸运走，如果天亮后市民和外宾看见垃圾山会大吃一惊的，这个工作方案太复杂，涉及的面过于宽了，我看不如去定做一把巨大的电锯，用电锯将这些树锯倒，这就好办了，或者我们可以采取轮流作业，每人干一小时。"

我说："但这棵树会朝任何一个方面倒下来，由于其躯干过于庞大，肯定会砸坏城市设施与居民住宅，这是很麻烦的，我建议我们定做四把小型电锯，从树冠开始，先锯掉树的一些枝杈，然后再一节节地锯掉躯干，使锯断的枝条的长度和重量都没有到能砸坏周围建筑与行人的程度。"

左岩先叫着说："我反对。第一，这势必会无限期地拖延下去，或者使杀死这棵树的计划在很长时间内才得以完成，而我们既缺乏耐心，也没有那么大的体力；第二，我们采用小型电锯，会发出较为难听的声音，你们想想看，谁能忍受长达一个月的噪声？"

于磊说："我觉得最好的弥补的办法是请一个乐队，由这个乐队在我们干活儿时演奏大小施特劳斯的作品，使整个工地现场看上去像是在举行露天音乐会。"

秦杰说："但请乐队的费用是否过于庞大？据我所知，这座城市的很多星级饭店已经越来越请不起要价越来越高的大型室内乐队和中型交响乐团了。而且，如果乐队在演奏的话，肯定会招来很多人观看，这时如果我们锯断的树枝从半空坠下，砸伤了一些人，将会由我们来支付医药费和各种护理费，在医院已完全变成了唯钱是图的地方的情况下，这办法太不可取了。"

于磊说："我看可以再采取一个新办法。由于这座城市处于内蒙古高原上大风的吹拂之下，因此我们可以考虑凭借风的力量，设计一种装置，把它安在京城大厦的顶部。我已实地勘察过了，我发现这棵树东侧有一个小型广场，适合它倒下去。"

"但谁会做这样的装置呢？"有人问。于磊立即用他的手机与鼓风机厂联系，但没有人接电话，这家伙忘了这是午夜，所有的人都已经睡了，而且，问题的关键在于，就算这种巨大的风力装置可以购到，那用什么才能把它吊装到京城大厦的顶部呢？如此用直升机进行空降，那势必会扰动军方，这也是棘手之所在。

但如何才能杀死那一棵树呢？这棵黑夜之树、城市躯体上的邪恶植物，它令我们恶心、恐怖、空虚、紧张，令我们窒息、焦躁、忧郁。"可真的有这样一棵树吗？"崔美花又问我，"你们疯了吗，我觉得这完全是幻觉。"她在我耳边柔声说："我们还是跳舞吧。"我站了起来，和她搂在了一起，这一刻我倍感孤独。尽管我比过去的任何时候都把她搂得更紧。秦杰、左岩、于磊都在跳舞，我们都变得忧郁了，我们甚至可以听见那棵树的枝叶繁茂的生长声，树冠像乌云一样压过来的姿势，但我们决定行动了。

但是，就在左岩去购买炸药的当口，他被警方抓获了，他是通过关系以开采煤矿的名义去弄到了一千公斤的炸药，但警方立即拘捕了他。他后来在看守所里过得很快活，他在看守所里把那些犯人打得屁滚尿流，这下子居然成了一个牢头。由于他过于开心，我们顿时怀疑起他来，莫非他正是因为可以住在看守所里从而可以免去杀死那棵树的艰巨任务？这使我们剩下的三个人变得忧心忡忡。

紧接着在去定做巨型电锯的路上，秦杰的福特"天霸"又一次亲吻了另一辆汽车的屁股，那是一辆红色雪佛兰跑车，一辆漂亮的小母车，因此秦杰的汽车情欲奔放是完全可以理解的，这一下秦杰的汽车完全毁了，尽管他系了安全带，他仍被撞成了植物人。现在他躺在床上一动不动，脸上还带着一种诡秘的笑，他好像在说：剩下的你们两个去杀死那棵该死的树吧！

这让我和于磊一天比一天感到了恐慌和紧张。杀死那棵树的重任落到了我们身上，正在这个节骨眼儿上，于磊的老婆回来了，她还带回来另一个男人，她决定和于磊离婚，这叫于磊气坏了，于是他和老婆打了一架，但打不过老婆，他被她用平底锅敲昏了头，盛怒之下她把他塞进了一个巨大的"冰熊"牌冰柜。后来我把他从冰柜中取出来时他真的冻成一头小型冰熊，一动不动了。

于是只剩下我一个人去执行杀死那棵树的任务了。我必须实现同伴的遗志和愿望，我于是拉着崔美花的手出发了。我只拿了一把小型钢锯，但我们到了那儿，却再也发现不了那棵树了，而且突然之间，崔美花也不见了。她去哪儿了？这一刻我无比紧张。这是月光下的城市，这时整座城市如同德尔沃画中的月光城堡，空寂无人，如同死一样的寂静，我突然看见了东亚饭店门口停车场边有一棵小树在发出声音。

我走了过来，这是一棵小巧的松树。这整个地区只有这一株树，我疑心它是崔美花变的，因为她最喜欢和我捉迷藏了，每当我想要吻她时就找不到她的嘴唇。于是我立即下手干了起来，我不一会儿就锯倒了这棵树，但我听到了一声痛苦的呻吟，我低下头看去，我发现小树的根部正在淌血，而且它扭动的样子与崔美花躯体的波动一模一样！难道我把崔美花从大地上锯了下来？我摸了一把那血，我尝了一下，发现那是真的血，有一种甜腥味儿叫我恶心，我环顾四周，仍旧空寂无人，我更加紧张，我想我也许可以拿这棵树当圣诞树，于是我就拿着这棵还在滴血的树在午夜中狂奔了起来，我向遥不可及的圣诞节方向奔去。

他们的状态……

　　以上这篇《如何杀死一棵树》是何晓写的一篇小说，这家伙在比现在更年轻的时候做过作家梦，因此他总会通过虚构来重构生活，比如在这篇叫作《如何杀死一棵树》的小说中，何晓传达出了一种十分焦虑的情形。他分明感到了都市给他的压力，在这篇小说中，他的几个朋友都是以真人真姓的面目出现的，可为什么要杀死一棵树？在小说中他为什么要虚构出一棵使他自己都感到恐怖的树，这是他没有想到的，但他想出了一个问题，我们的历史是什么？我们是有历史的人吗？

　　当然！每一个人都有自己的历史，而他们的历史是什么？往事是浮在不断地流动的水面上的花瓣，而历史呢？历史是杂草丛生的小路吗？

　　秦杰生于"文革"爆发那一年——1966年，他关于童年和少年的记忆早已成了无法拼接的残片。他对一切有记忆的恰恰就是九十年代，他奇怪为什么自己却记不住更早以前的事？他当然没有兴趣去记住童年的经历，没有兴趣去记住自己荒唐的大学时代，在八十年代中后期他的大学生涯中，他还是一个诗人。当时有一个叫作"第三代"的诗派中他是其中耀眼的一个，除了写诗，他还在大学时代交了数目可观的女朋友，这成了他日后喜欢女孩的后遗症。1988年他大学毕业被分到了一个地区的行政机关，铺开了他的床铺的宿舍很小，到处都是一片潮湿的气息，蟑螂满地爬着，这种沉闷无趣的封闭的生活使他倒吸了一口凉气，这种生活与他在大学时代狂飙突进的风格一点儿也不一样。于是连续几年他都在全国范围内游历，拜访各地的诗人和名山大川，他发现各地的诗人不是成了精神病、自恋狂、山大王、杀人犯、书商和骗子，就是成了被女人养着的人。被女人养着的人倒是写出了好诗，但这如同被骗过的太监种出了好看的花而养不出好儿子一样叫他觉得不对劲。很快地，当更多的诗人都成了过江之鲫般的大小书商之后，他在1992年也变成了汽车经销商。

这完全是一个偶然的选择，这与他从小就喜欢汽车不无关系。他一开始是成功地倒卖了几辆走私汽车，这几辆走私汽车的提货地点分别是山东烟台、广东深圳和海南海口，因此认识了一大批做汽车生意的白道和黑道上的家伙。一年后，他来到了这座北方大城，在一家大公司当了销售部经理，当他认识了于磊、何晓和左岩后，他就当然成了四个人中的老大哥。

但是他发现自己的性格之中有一种强烈的破坏的冲动，他是一个破坏欲极强的人，这包括破坏人制定的规则、破坏女孩的处女膜、破坏夜晚的秩序。因此，在他们引领下，他们四个人生活在剃刀的边缘，女人、酒、赌博、狂喝滥饮和高速驾驶成了他的生活内容。这与汽车销售关系不大，但他内心之中总有一种要破坏掉什么的愿望，这也是促成何晓写出《如何杀死一棵树》的原因之一。

　　"我是没有历史的人！"秦杰宣称，但这句话毫无疑问是谎言，不过这句谎言也包括了一部分真理，就是说他从来没有历史的负重。突然有一天，他发现五千年的中国历史在他的身上找不到一点儿踪迹，这种悠久文明的种子早在他的鞋跟里发霉，并被他连同沙子一起倒掉了。他是一个断代的人，以新的角色、新的姿势进入了当下。"克罗齐说，一切历史又都是当代史。"他又嘟囔说。从这种意义上讲，他已是一个生活在历史中的人。

　　而于磊则比秦杰小一岁，他生平最憎恶的除了白痴，就是诗人了，原因是有一个四川人，冒充诗人秦杰跑到他这里骗了三百块钱走了。当然这还是几年前的事，几年后由于一个偶然的机会他认识了真正的但已不再写诗的秦杰，才把对一部分坏诗人的仇恨发泄了出来。作为汽车经销商的秦杰告诉了他有容乃大的原理，这时候，何晓已经成了一个股市中的操作高手。

　　"股市中有人生！"何晓说，他现在是一家信托投资公司的一个部门副经理，去年由于他干了一手漂亮的活儿，他得到了头儿奖给他的一辆绿色的五速捷达轿车。他和秦杰毕业于一所大学，不同的是他学的是经济，并比秦杰要晚三年。但他早就听说过秦杰的大名，因为秦杰在大学时代"绊"过的女朋友中，既有后来在中央电视台成了著名节目主持人的，也有跑到美国去开上了加长型林肯的女生意人，最不济的一个也跑到香港嫁给了香港十大富豪之一的三公子，成了有靠山的"贤妻良母"。"股市中有人生！"何晓说。他如今已炒了三四年的股票了，手中积累了一千多万块钱。"但炒股的感觉完全像是在做游戏，一下子五万就没了，一下子五万十万的钱又回来了，就是这种感觉，钱已不是钱，有时候它就只是一些单纯的数字，一些概念。"他说。他认为自己也没有什么历史，至少百年中国史在他的身上看不出任何痕迹，他西装革履，走到哪里都要打领带，他只是从学校到学校，毕业后他就一边为信托公司做基金，一边替自己炒股票。不过，他发现自己有一段隐秘的历史，那就是对过去的女友、现在的妻子不忠的历史。

他的妻子是他大学时代的女朋友，一个非常清秀但人很老实的女性。他家在农村，所以他上大学那几年是女朋友给他掏了不少钱，毕业后他已对女朋友没有什么激情了，但仍然无法与她分开。对于他来讲，她是他的一个平衡，他可以悄悄地去交女朋友，有时候在股市的疯狂跳动中为了消解压力去嫖过妓，但他在妻子面前从来都是正派和正常，甚至是忠诚的。近来他开始操作的是期货业，干了几年后还赚了一点钱，但他对自己做期货还是没有什么底，因为期货投入大、风险也大，他的不少朋友都做期货，他目睹了他们的状况。由于期货交易时间早，一般他们大都睡不着觉，在晚上，这些期货交易者有的疯狂抽烟，有的则去嫖妓。压力太大，但作为没有历史的人，只拥有着对自己妻子的不断的小背叛的历史的人，何晓觉得自己渐渐被抽空了。他觉得自己非常焦虑，是一种焦虑使他和于磊、秦杰走到了一起，成了午夜狂欢的人。

从某种程度上讲，午夜的狂欢与白昼中的狂欢不一样，它是隐秘的狂欢，它是角色的置换，是对夜晚的顺序的反叛与迷醉。午夜狂欢的人是另一类树枝，从白昼伸入夜晚，并开放着邪恶与自由的花叶。

秦杰的妻子就是由何晓介绍的，她是何晓的同学，秦杰在何晓的介绍下认识了她，认识第一天就把她给解决了。然后秦杰就被告知她要嫁给他，突然之间，他的生活不再抽象了，一下子变得非常具体，他有了老婆，不久之后又有了一个孩子。秦杰看着一天天长得越来越像自己的儿子内心之中却莫名其妙地涌上了不少欢乐。但他在家庭之外寻找快乐这一点上则与何晓达成了共识。两个人相视一笑，坏水就流出来了，而他们的老婆则毫不知情。

于磊的情况与他们稍有不同。于磊从小就觉得自己应该做一个艺术家、一个画家或是小说家。对于他来说，艺术家是那种把对完美的期待经过重组并进行再现的人，是对现实世界进行提升的人，他还想过要做导演，但他的性格弱点使他没有成为上述中任何一种人，而是成了一家电视台的制片人。

正像秦杰的焦虑是来自他破坏欲的生命深层，秦杰就像一头没有完全驯服好的野兽那样，或者说他是一个来到了都市中的印第安人，总要在孤独的月夜向月亮发出野性的尖嚎，秦杰的焦虑是来自男人本性中的，而何晓的焦虑感则来自压力，来自需要不停地释放的工作压力和股市投机的压力，而他的焦虑感，则是面对都市的一种茫然的感觉。

在他们的印象中，城市变成了一个人与人邂逅的场所，人与人总是迅速相识又迅速地彼此忘记，充满了诱惑，充满了变化，充满了各种关系重组的可能。离婚率大幅度上升，从而使他对婚姻充满了疑惧。

不少人对他说婚姻是一个陷阱，但他总是想跳进去，他又对每一个靠近他的女人都十分怀疑，他每年能挣二三十万块钱，比秦杰和何晓少一点儿，但已近三十，他很希望自己能有一个老婆，刚巧电视台要分房子，但他又一时找不到合适的人，可只要有老婆就会有一套价值三四十万块钱的房子，于是经过何晓和秦杰的策划，他们给他找了一个叫沈萍的女孩，她同意可以搞一个假结婚，只要于磊给她两万块钱就可以了。

于磊同意了，与她去办了一个结婚证。他给了她两万块，房子很快分下来了，可当他装修完了之后，沈萍不仅不与他再去办离婚手续，反而是进驻了他的新房。两个人打了一架，于磊发现自己竟然打不过她，这是一个面庞清丽的东北女孩，瘦高挑的躯体中蕴含着可怕的抵抗男人的力量，于磊落荒而逃了。现在的状况是，他又不敢把事情闹大，这样如果叫单位知道了房子也许还会重新被收回。沈萍倒是经常消失，一消失就是几个月，等她又出现在于磊的面前时就是伸手向他再要钱的时候。"再给五千，不然我就找你们领导去闹！"她说。

于磊感到自己的生活过得糟透了。因此，他从内心深处泛上来了一种恶心与焦虑，他恶心自己，焦虑自己的生活状态，而这恰恰是他选择的结果，他憎恶这种结果，所以他变得焦虑了。

当生活一天天在人们成长中丧失了想象和诗意，生活中残酷、琐碎、庸常的复杂的一面在他们面前展开的时候，他们被迷惑了，被生活那纷乱的星空弄花了眼睛，于是他们沉湎于狂欢，借此来消解与排遣。有人说这是一个转型的时代，在转型的时代中变化是最根本的，必须有一种战术的态度，而放弃战略的态度，即用随机应变的态度来对付生活中随机的变化，这样才不容易被伤害。

因此，实际上，当他们检视自己时，发现实际上是十分脆弱的，没有历史的人像荒草一样生活在都市中，具有被野火烧尽的性质。

左岩的焦虑主要是来自性：性的压抑与释放、性的释放方式，是缓释还是暴风骤雨？他总是处在一种疑惧之中。他与秦杰、于磊和何晓不同，他们三个人已品尝了生活的灰烬，看到了生活和人性之中更复杂的一面，左岩对很多东西仍抱着一种期待。哪怕一个女人的两腿之间是虚无，他也仍想从他相爱的女人那里发现实在的东西。

这当然是在一个贫乏的时代里，信息垃圾、互联网络、克隆人和电信技术、核技术将人推向了一个新的境地。当人像上帝一样能够制造自己的时候，人就已经更可疑与更可敬了。从马克思到盖茨，这期间的变化与发展、设计与实现，已使人类有了新的转型。因此，从这种意义上这几个午夜狂欢的人，他们的焦虑具有了最当下、最人类的特性！

飞 行

　　"总是在地上活动，总是在城市中的路上走，什么时候我们才能飞起来？"何晓想，他对在城市楼厦的峡谷间的奔走烦透了，但是想飞起来是不容易的。

　　于是他弄了一些大麻，秦杰、于磊、左岩和他都尝了尝，秦杰是一个干什么都容易上瘾的家伙，他立即说："我飞起来啦！我飞起来啦！"他真的飞起来了吗？后来秦杰说他看见自己长出了一双银色的翅膀，飞翔在天空之中，与一些鸟相撞。"我以为我是一架飞机什么的，要不我为什么会和飞鸟相撞？听说飞机与飞鸟相撞，往往要让飞机完蛋的，我为什么没有完蛋？"

　　何晓则在哭，他哭得很伤心，好像他的股票一夜之间全都变成了卫生纸似的。他说不出话，他只是在哭。可哭有什么屁用？左岩想，左岩一点儿反应都没有，他觉得大麻的刺激还没有他从网络上弄下来的一些色情文学看着来劲儿呢，他一点儿感觉都没有。

　　而于磊感到自己的身体很重，有一种下坠的感觉。当秦杰说他飞起来的时候他很嫉妒，因为他的身体完全像灌了铅一样，他像是一块巨大的石头。

　　"可是什么时候，什么时候才能飞起来呢？"他琢磨着，"我就想飞起来。"

　　忽然他从报纸上读到了这座城市郊区已出现了几家飞行俱乐部，在俱乐部中可以提供超轻型飞机和轻型直升机、动力伞、山坡伞、热气球的飞行培训。于是他就去了。他是瞒着秦杰他们偷偷去的，在半个月中，用了几十个小时的空中飞行时间，他取得了一份驾驶执照和飞行证书。

当他把这个消息告诉大家的时候，有一阵子秦杰、何晓和左岩都蒙了。他们没想到何晓会这么野，一下子都把他们给超越了。秦杰、于磊都会开车，而左岩则十分颓丧："我连汽车驾驶执照都没有拿下来呢。"

"我们都去学飞行！"秦杰说，他不打算再去玩"你死还是我死"的游戏了，他决定去学习飞行。他们于是在何晓的陪同下一起去学了飞行，左岩吓得要死，他只要求学了热气球的飞行技术。"这玩意儿平稳，这玩意儿在空中飞行像一条大船，我不学别的。"他说。实际上他是怕死。

秦杰又一次显露出了他的赌徒心态，他直接学习了超轻型飞机的驾驶。从外观上看，这种飞机完全像是用几块纸板和一些铁丝拴起来的，它是白色的，简单得你在家里也能造出来。"如果把你那辆'天霸'车的发动机卸下来，装到用木板做的飞机模型上，你也能飞起来。"于磊开玩笑说。

实际上这种轻型飞机像鸽子一样灵巧，尤其是低冲的时候，沿着一个弧度十分优美的斜线飞下来，那种奇妙的感受非常刺激。

何晓则学习了驾驶轻型直升机的技术，他看来一向喜欢直上直下，直入青云。这家伙一直有一种暴发户心理，这从他选择飞行的方式上也可以看得出来。

而于磊一直学习的是动力伞和山坡伞，这两种伞使他在半空之中可以自由地调整飞行方向，做一些十分灵巧的旋转，某种程度上类似于鸽子的飞行，这种自由的飞行使他感到非常快乐，他这时候才发现自己已变成了一个飞行艺术家，在大地上空飞出一些图案来。后来他听说纽约有一个华人艺术家用遥控飞机在纽约自由女神像高高举起的火炬上撒布了一道螺旋上升的白烟，看上去自由女神像像是举了一个巨大的冰激凌。于是，有一次他偷偷驾驶动力伞在这座城市的上空飞出了一个五角星，当然这个五角星也是由白烟构成的，几分钟以后就消散了，但很多人在那天下午看见了他们这个作品。他由此变成了天空艺术家，不停地驾驶动力伞，偷偷飞越禁飞的城区，在空中布下一些好看的图案。有一段时间他专门去用白烟在半空中画各种花朵，画玫瑰花，画大理花，画桃花，他把他想当画家的才能充分地用在了用白烟在空中画画上。

　　实际上城市管理部门对他在空中用转瞬即逝的白烟作画已有争论，一部分人认为城市上空完全是禁飞区，任何飞行器都不许飞越空中；可另一部分认为他所使用的动力伞没有用工业燃料作为动力，仍旧靠风力与机械力量，与风筝没有什么区别，无非是一个土风筝罢了，如果禁止他飞行，那么违反了宪法关于保障公民自由的若干条目。就在管理部门进行辩论的时间中，何晓已经飞越了城区的各个部分，在空中做了不少作品，比如画一颗心，画一只白鸽，画出一座纪念碑。他的作品一会儿就消散了，但很多城市人都仰头观看，他们为此十分惊奇。但最终，决定禁止他飞行的提案得到了大多数人的赞成，因为有人担心一旦不加以阻止，那么如果有人借机飞在空中，刺探地面情报怎么办？这是危害国家安全的。当他被通知禁飞了的时候，于磊笑了笑："我实际上已经飞腻了，我自己也不想飞了呢。"

当然，他成了一段时间的天空艺术家还是在何晓死了之前。何晓的老婆在那些日子里生了一个孩子，结果是一个兔唇，于是就偷偷地把孩子给送到福利院门口了，但那小孩没有被福利院的人发现，不知被谁给拾走了。当他老婆得知了这个消息，赶到了福利院没有发现孩子，一下子快疯了。对于她来讲，哪怕生了个怪物，也是她的亲骨肉，她不能失去这个亲骨肉，于是她就问何晓要孩子。

何晓的股票突然之间，被刊发的《人民日报》的社论造成的下跌给套住了，损失惨重，他的心情正坏呢，他冷冷地对她说："咱们再生一个。"

"不，我就要那一个。"

"咱们再生一个，生个正常的。"

"我就要那一个，他比你还正常。"

"……你疯了？"

"你这个杀人犯！"老婆尖叫着过来咬他。他打不过她，他心里一直就发虚，如同他有一段时间股票上涨的曲线，后来老婆被打了几针镇静剂，她清醒了，但她要和他离婚。

"你是一个没有人性的家伙，我没法和你生活在一起了。"

何晓沉默了。因此，当生活的灰烬从平庸的地面上扬起来的时候，他迫切地想要飞到空中。由于航空飞行俱乐部在距离市区几十公里以外的地方，总是在山谷与丛林上空飞翔，他觉得有必要向城区进行一次飞行。"何况也许我还可以在空中发现我那丢失的兔唇儿子。"他下意识地想。可航空飞行俱乐部的所有飞行器都是被管制的，因此只有把飞行器偷出来。这事只有秦杰下命令才行。

"咱们试着飞一次。"秦杰的表情露出了军事政变首领的微笑。为此，他们买了四部通话器，以便互相联系。这是一个下午，当他们各自驾驶着超轻型螺旋桨飞机、轻型直升机、动力伞和热气球飞在半空中进行例行飞行时，秦杰用步话机命令道："我是007，所有的兄弟注意，向南飞行，甩开教练机。"

于是于磊、何晓、左岩突然转变飞行航向，开始向南飞行，向那一片他们天天生活并沉醉于其中的城区飞行。

他们飞行的速度很快。当然，左岩的热气球最慢，左岩在最后头，他们一直向南而去，掠过了田野和农庄，掠过了牧场上的牛羊，掠过了成片成片的别墅开发区和生活小区，掠过了大地上发亮的水洼、人工河和游泳池，掠过了高速公路，掠过了污水处理厂和屠宰场，掠过了汽车制造厂和开关厂，他们打算飞临市区。

这完全是违反法律的越轨行为！航空俱乐部立即向有关部门进行汇报，警察出动了四架直升机进行拦截。

"报告007，前方出现四架直升机，像是要拦截我们。"何晓报告说。

秦杰在空中来了一个鹞子翻身，他已经可以看见东三环一带鳞次栉比的大厦了，他十分兴奋，这是他热爱的积木城市，每一幢高楼如今都那么不起眼，像是火柴棒那样竖在大地上，但有几架直升机企图阻止他们飞行了。

"我看我们还是飞回去吧，我们越轨了，再飞下去就是犯罪了！"左岩在他的热气球中惊恐地说。

"我们可不可以与他们谈一谈，叫他们不要击落我们？"于磊也有一些紧张。

"冲过去，冲破阻拦！"何晓说，"007，可否冲过去？"

"你们不能再向前飞了，前面是飞行管制区，你们必须停下，并向回飞，否则后果自负。重复一遍，你们必须向回飞！"他们的步话机中传出了警察的声音。

"好吧。"秦杰沮丧地说，"我是007，你们请向回飞，飞行1号计划宣布中止。"

"太好了。"左岩说，"差一点儿我们就成罪犯了。"左岩赶紧调整方向，向回飞，但于磊的动力伞则像白纸片一样在三环外飞翔，而秦杰已开始向右迂回飞行。

但是何晓不，他驾驶直升机继续飞行。"我要到城区里去找我失踪了的儿子。我对他的丢失负有直接责任，我请求允许我在空中找他。"

"不行，我们帮你找。"警察说。

但何晓没有听，他径直向那几架直升机飞去。警察的直升机避开了他，他飞了过去，飞入了三环地区。

"他疯了。"秦杰说，"他真的疯了。"

但何晓很镇定，他飞行技术不错，可他发现油已经不多了。他已毫无办法，他在一幢反射着强烈的刺目阳光的大厦玻璃幕墙的刺激下花了眼，他闭上了眼睛，向大厦撞了过去。

从远处看，何晓的直升机残骸像一根树枝一样从那幢七十层高的楼面上伸出来。何晓死了，他这个人就是太固执，否则他会好过得多。

警察拘捕了秦杰、于磊和左岩，吊销了他们的飞行执照。"你们连风筝也不能放了。"一个警察开玩笑说。由于他们的行为只是为了飞行，而没有直接的破坏目的，所以他们被关了几个月的监禁。

飞行也是需要付出代价的，而没有历史的何晓死了。他就像于磊的天空中那白烟似的作品一样，飘逝在蔚蓝的天空之中了。

生活在剃刀边缘的人们，在死了一个之后，是否会回到原来出发的地方？

城堡与蜘蛛女

于磊从拘留所出来，直奔他的家。这是一套位于三环路边上的一幢塔楼中的二居室。他把自己的这套房子命名为城堡，而且他装修的时候也考虑了城堡的造型、城堡的外在表征，以及城堡的颜色，一进他的房间，就会发现这是一座幽暗的城堡，连灯光也是幽暗的，如同三个世纪以前的地下宫殿。

但于磊一进门就绊了一跤，他分明有些不认识自己的居室了，一切东西都被挪动了位置，所有的家具都已经不在原来的位置上了。

一定是那个坏女人干的！于磊想，一定是她，那个他出了两万块钱和她办了假结婚的女人干的，于磊最痛恨这一点了，因为他是一个记不住事情的人，当一切按照他的设计与构想被建造起来之后，他就要生活在这样的一个秩序中，不容其他的人有任何的改动，一切东西他都伸手可及。烟、酒、电话、茶杯、书、拖鞋、镜子、毛巾、遥控器、冰箱、空调、衣服、电子表、电脑笔记本、枕头、避孕套、药和雨伞，这些东西他都按照他所设计的方式把它们都摆放到了它们应该在的地方，他一伸手就可以拿到它们。

但现在他找不着它们了，他在地上发现了烟灰缸，在墙上发现了一些照片，在枕头下面发现了一把匕首！还在马桶水箱盖上发现了他的电脑，一切都转移了位置，仿佛这已经不是他的家，已是别人的一个家，是一座年久失修的古堡。于磊着急了，这当然是那个女人干的！她把这一切都改变了，于磊气坏了。

"我才被关了几个月，回来后就发现这里已经变成这样了，这怎么能行？这怎么能行？"他顿足捶胸。他恨起自己来，为什么要为了眼前的利益，搞一次假结婚呢？而搞个假结婚，原本是没有错的，但为什么会找错了对象？如果当初知道这个女人如此霸道，那就好了，可他记得经朋友介绍时，她柔顺得像一只猫，一点儿也看不出来她现在的这个样子。

"我该怎么办？"于磊想，他立即给秦杰打了一个电话。

"凉拌。"秦杰说，然后他笑了起来，继而又说，"活该！"但他说完旋即又说自己也陷入了家庭琐事的矛盾之中，因为他老婆要与他离婚了。

"为什么她要与你离婚？你们俩不是挺好的吗？保险柜的钥匙是不是她拿着？所有的钱是不是都在她手上？你会身无分文的！"于磊说。

"所以我也很烦，我想我会处理好的。最近咱们就不要见面了，咱们把各自的家事先处理好吧，午夜狂欢不狂欢了。"秦杰颓丧地挂了电话。

于磊刚放下电话，就听见有人去开门。那是钥匙在门锁中转动的声音，然后门开了，进来了两个人。一个是他的法律意义上的而不是事实意义上的"老婆"，另一个则像是一头壮牛似的男人，他们都戴着墨镜，哼着小曲进来了。

"沈萍！你把我的房子弄成什么样子了？我什么都找不到，我什么都找不到了。他是谁？他是干什么的？"于磊指着那个戴墨镜的家伙问她。

"他是我男朋友。我和你是假结婚，我怎么就不能有我自己的男朋友？我动了你的什么？我什么也没动，只是这房子有我的一半，我当然要改造我的居住环境了。"

"非法入室！你们是非法……他是非法入室！"于磊指着

那个戴墨镜的家伙说。

"什么？你说什么？"那个胸前抱着各种购物袋的家伙一把揪住了于磊的衣领，"你说什么？"他像个发怒的大猩猩一样冲着他吼叫，然后他把于磊一推，于磊就栽倒在沙发上了。

于磊坐在了沙发上，看着这两个闯入者心安理得地干着他们在这套房间想干的任何事情，他们有说有笑，倒像是一对真正的夫妻。于磊一下子弄糊涂了，他没有料到人性会这么复杂，本来说好了是两万块钱的交易，可钱给了而她却还赖上他了。他一个人坐在那里，有一种孤立无援的感觉，但这时候何晓已经死了，秦杰家里也出事了，而左岩，在前一段时间幽闭到互联网上之后，最近突然消失了，据说他去了上海和深圳。我可真的是孤立无援，他想，我怎么这么倒霉！莫非是我性格之中那一部分软弱的东西导致的？

但那两个闯入者快活地干着他们的事，于磊决定和她再谈一次，如果实在不行，再给她一点钱，叫她搬出去，一劳永逸地解决这个问题。但她却主动走了过来，一脸严肃地对他说："我也要找你谈谈呢。"

"找我谈什么？"他说。

"谈划清界限。我要一直在这套房中生活，因为这套房子也有我的功劳。我们对半分。"

"什么对半分？"

"对半分享这套房的所有空间。"

"……这怎么分？你总不能在这客厅里都砌上墙，留出过道吧。"何晓问。

"不，"沈萍诡秘地说，"我全布下蜘蛛网。我是一个蜘蛛女。"

"什么？你是一个蜘蛛女？"何晓听不明白，在他的眼睛中，现在的沈萍是一个精瘦但不失漂亮的女孩，可她却说她是一个蜘蛛女，这是什么意思？

她笑了起来，她从师范大学毕业后曾分配到外地一家中学教语文，但她不喜欢那座城市，就辞去了工作，来到了这座城市。她躲在一间小屋子里写了一部长篇小说，叫作《意不乱情不迷》，表达了她对爱情的渴望与忠贞，后来于磊电视台的一个同事在一次书市上见到她为读者签名售书，就认识了她，并把她介绍给了于磊，可于磊对她没有感觉，只是决定搞一次假结婚。

"什么蜘蛛女？"于磊问她。

她的眼睛里掠过一道幽深的光，她阴阴地笑了起来。然后她从一袋炒菜用的淀粉中抓出一把，放在嘴里咀嚼。然后，她真的像一只蜘蛛那样，吐出了丝线。

她一边吐一边走动、旋转，她吐出的丝线就像蛛网一样，一圈套一圈，她吐出的蛛网像是水波一样在扩大，并且真的将客厅分成了两个部分，而于磊呆呆地看着她，在他和她之间，正在渐渐地出现着一面新的蛛网。这把于磊看得目瞪口呆，他转身去看沈萍的男朋友，他双手抱在胸前，戴着一副窄边墨镜，那种样子就像是一种南美才有的黑色长毛大蜘蛛，而沈萍一边吐着丝线，一边唱着歌，像是一只色彩斑斓的毒蜘蛛。我的房间里出现了两只大蜘蛛！而我却毫无办法！于磊想。他看着沈萍一点点地吐着丝线，那丝线在他和她之间形成了一道柔韧的墙，一面柔韧的网。

他伸出手去触碰了一下，发现那丝线非常坚韧。他愤怒了，说："这是我的房间，你停下来！"他吼叫着，他向那蛛网冲撞而去，但奇怪的是他立即被弹了回来。他的身体都冲不破这蛛网！他有些害怕了。"你……真的是一个蜘蛛女，蜘蛛女怪。"

"不是女怪，而是一个蜘蛛人，用蜘蛛网去网住生活，保护自己的一片空间。"她幽幽地笑了笑，"好啦，今天我就干到这儿，明天我要接着干，我要分割我们之间的空间。"

她和她的男友跑到另一个房间里去了。现在，客厅里已被蛛网隔成了两半。实际上变成了两个通道，每一条通道通向了一间卧室，于磊和她各占一间，但如果要将这屋子的所有空间都一分两半，那么阳台也要一分两半，卫生间和厨房也要一分两半，这该怎么办？

于磊心乱如麻，他听见沈萍他们在房间放着震耳欲聋的摇滚音乐。他憎恶他们，他突然想起了一个办法，那就是用火烧这蛛网，如果它是淀粉弄成的，甚至它是尼龙弄成的，那一烧它不就没有了吗？他去厨房取了打火机，开始烧那蛛网，火苗触及了蛛网，但却对这蛛网没有任何损害，他毫无办法，他仍旧坐在那里，他在想着自己是如何一天又一天地陷入了这样一个蛛网，生活的蛛网里，而不是冲跃而出。使自己陷入了这种状态的是一种什么样的力量？

何晓在想，生活有时候真的是一头猛兽，它就在我的体内奔窜，找到了机会它就使我变成了困兽。我该怎么办？我连这蛛网都烧不断，我还有什么用？他真的像是被蛛网捕获的一种小昆虫那样蜷缩在自己的卧室里，为着把沈萍赶走而绞尽脑汁。

第二天，沈萍又用由她嘴里吐出的绵长丝线，把卫生间、厨房全部分成了两半。这样，沈萍就完全占有了这套房子的一半。

紧接着，她的男友把于磊的一部分东西搬到了于磊的那一部分空间，开始装上了另一套东西。也就是说，现在的卫生间里有两套如厕工具，比如已有了两座抽水马桶，连马桶水箱都是两个，大厨房中有两套不锈钢餐具、两个抽油烟机，阳台上有两个储物柜。总之看来沈萍的新男友是一个生活高手，至少他已对这套房间中数不清的各种管线了如指掌，因此一切都变成了两套，于磊一争辩，那个粗壮的家伙把他一推，他就倒在沙发上了。从体力上讲，他根本不是他的对手。

于是于磊的空间变小了。过去的客厅都变成了过道，搁一张桌子都显得十分困难。于磊处在了一种十分为难的境地，因为他不知道自己是不是应该向公安局报案，他害怕他搞假结婚的事暴露出来，从实际上讲，在这座城市中生活的每一个人都是面具人，但谁也不愿意揭穿这个事实，白昼下的真实与夜晚的真实是两种概念。所以，一旦他进行了自我揭露，那么是否会让很多人露出了原形？比如和谐的家庭突然传出了妻子和丈夫都是不忠诚的，比如一个廉洁奉公的干部实际上是一个营私舞弊者，比如一个拐卖人口的罪犯实际上也是一个见义勇为者，总之一切都是有可能发生的。于磊坐在屋子里，大脑激烈地进行着思想斗争，后来他终于下定决心去公安局了。他出门时对沈萍说："我要去报案了！"虽然他刚从那里出来，但他对人民专政机关的信任却是有增无减，他下定了决心依靠他们了。

"我的房间里突然闯进了两个人。"他说。

"是抢劫犯？"两个记录的警员猛地抬头看他。

"……不是，是闯入者。"

"闯入者？闯入者是什么概念？你认识他们？"

"……其中一个我认识，而另一个，我不认识。"

"他们都在你的房间里干了什么？偷、抢东西了？你受到了什么样的伤害？"

"……我的空间，被他们侵占了。我的城堡……"

"什么'城堡'？"警员又抬起头看他。

"我把我的房间命名为'城堡'，但有两个人闯了进来，具体说他们又有我房门的钥匙。再具体说其中一个我认识的是我过去的女朋友，另一个是她新男朋友。"

"他们都干什么了？"

"他们把我的房间弄得一塌糊涂，主要是我过去的女朋友突然变成了一个蜘蛛女，她会吐一种发亮的丝线，把我的房间，全部用一种蛛网隔成了两半。"

"一种蛛网？"警员的眼睛亮了。

"对，一种蛛网，而且这丝线还是从她，从我女朋友的嘴里吐出来的。她就像是一只大蜘蛛，吐织成了蜘蛛网，把我的房间一分为二，就是这样，比如我的房间里，现在有两套抽水马桶、两套不锈钢餐具、两个客厅过道，两个……"

"你是说你女朋友会用嘴吐丝线，并织成蜘蛛网？"警员皱着眉头。

"的确是这样，"于磊十分肯定地说，"我吓坏了。但实际上，她不是我女朋友。"

"那她是你什么人？"警员有点儿疑惑。

"她……是我法律意义上的妻子。我……为了从单位分到房子，搞了一个假结婚，给了这个叫沈萍的女孩两万块钱，但与她假结婚之后，她又不与我离婚了，借着这个关系拼命敲诈我，先是一没钱就来找我要，后来，发展到了领新男友进驻，把我的房间都给一分为二……"于磊觉得十分委屈，哭了起来。

"别哭，你别哭嘛。我明白了，的确，这座城市太拥挤，要分上一套房子都实属不易。我听明白了，问题是，真的像你所说，她是一个会用嘴吐丝线织网的女人？"那个警员很感兴趣地说。

"是的，我也吓了一跳，而且那蛛网特别结实，就像一种坚韧的渔网一样，我试着用身体去冲撞它、用火烧它，都不顶用。我感到我就像是被这蛛网捕获的一种昆虫。我完了。"于磊颓丧地说。

"我们都是被生活的蛛网捕获的昆虫。"这个警员站起来，合上报案记录说，"我们立即到你的住处看一看，这应该算是非法入侵，至少我们可以拘捕你女朋友，不，你法律意义上的老婆的新男朋友。"

于磊高兴了。他后来带领几个警察来到了他的住处，坐在警车里他感到很不一样，过去他怕警车，但现在他是坐在警车中去抓别人，去抓他恨的闯入者，他高兴极了。他带着警员摸了上去，他发现自己是走在最前头。他打开了自己的房门，可这时他又发现自己的屋子里一切照旧，没有任何变化，没有闯入者，没有蜘蛛女，没有蛛网，没有一点变化。仍是他的房间，他呆住了。

"你再谎报军情我们要把你拘起来！"那个警员生气了，"你大脑是不是有毛病啊？我看你必须到精神病院去检查一下。"警察们很生气地走了。

于磊傻了，他一个人在屋子里走来走去，他发现一切照旧，所有的东西都在他原来的地方。他想取什么，他就可以随手取到。这里是他最安全的居所，根本就没有蜘蛛女和蜘蛛网，以及蜘蛛女的粗壮男朋友的任何痕迹，难道这只是一个噩梦吗？于磊想不明白，他猛地想来自己去找警察时喊了一句"我去找警察了！"于是沈萍和她的男友就逃走了？但这无论如何是曾经发生过的，于磊坐在他空荡荡的屋子里，他想也许这又是一个幻觉。可这种幻觉也太漫长、太可怕了。他走到卧室，看见了唯一一张他和沈萍的合影，在相框中，他们俩都虚情假意地笑着。现在，这种笑已使他恶心透顶，他拿着那个相框看了半天，然后他把它砸了个稀巴烂。

缓　慢

　　"是否因为生活节奏太快，而使我们一天比一天感到了焦虑，感到了异化？"秦杰想。秦杰是一个行动主义者，这使他天天生活在剃刀的锋刃上，同时他又是一个思想者，当何晓死后，左岩又出去到南方漫游了，于磊闭门思过，他也开始思考问题了。首先他戒掉了大麻，过去他抽这东西有点儿上瘾，但他是一个意志十分坚定的人，说戒他就戒掉了。然后他再也不去歌舞厅了。过去，只要有一两天不去歌舞厅，他就浑身难受，只有坐在歌厅里，和一个他喜欢的坐台小姐矫揉造作地唱上一曲，他才觉得生活是美好的。

　　"虚无啊。"这是他现在常说的一句话。究竟是一种什么样的速度，使他进入了这样一种虚无的状态中的呢？他在思考，他认为是一种快速的生活。这种生活中的加速度，使他生活在惊涛骇浪之中。

　　或者他是被这样一种速度所催逼，从而进入了一条快速运行的轨道，如同上了一辆战车。他舞动着长矛，下不来了，从而冲入了生活之中最纷乱、最具诱惑和危险性的一部分区域，从而使他沉湎于感官的快乐。

　　从某种程度上讲，使器官变得舒服是这个时代的风尚之一，人们每天的忙碌，就是为了使人的每一个器官感到舒服。眼睛像一个窥视孔一样，要看到所有它想看到的东西；而耳朵，这风中最灵敏的东西，当然是为了听到信息。肠胃则是一个系列的通道，必须有食物填满它们。此外还有心，要为一些事更激烈地跳动，肝火却要下降，而生殖器一定要达到充血和满溢状态，经喷射然后再归复于一片平静，皮肤要被按摩，它下面密布的细小神经网络会放出舒适的电波，让你感到格外舒服。

可大脑呢？在满足了一切器官的狂迷之后，大脑在进入一种蠕虫状态，并缓缓地进入死寂。为了摆脱这种死寂，秦杰又在抗争，生活在他自己营造的反叛和隐秘的激情生活之中。因而，这种生活的速度太快了。

需要缓慢！需要缓慢的力量来制衡这个已被捆绑在战车上的社会，甚至整个人类，而今天，的确已有一种更为疯狂的力量在使人类走向难以预测的未来。

比如上帝实际上早已死去，人已经可以用克隆技术造出人来了，也许人已经造出了人，只是还没有向世界宣布罢了，那个被造出的克隆人像白鼠一样被关在一个笼子里，肤色苍白，等待着阳光与食物。

而那像他的另一个，则在观察他的生长。

还有更为危险的国家和一些狂热的人，在加紧制造核武器，掌握核技术，从而达到要挟一个国家，甚至整个人类的目的。

这个世界在一种加速度中，已变得疯狂了。秦杰还想到了左岩，如何迷上了网络，从而产生了想在网络中消失的念头，而几天前有一个美国的邪教就是在电脑网络上联络，并宣告了几十个人集体自杀的消息。

秦杰感到生活中的一种速度使他加倍在走向一种不可知的状态。他感到了害怕。

在这时候，他读到了米兰·昆德拉的英译本《缓慢》。

"为什么缓慢的乐趣消失了呢？从前那些闲逛的人们到哪里去了？那些民族小曲中所歌咏的漂泊的英雄，那些游荡在磨坊和风车之间，酣睡在星空之下的流浪者，他们到哪里去了？他们随着乡间小路、随着草原和林中空地，随着大自然消失了吗？"

这是米兰·昆德拉的一种诘问，这也变成了秦杰的一种诘问。

从根本上讲，秦杰认为自己应该是一个古典的人，古典的人意味着要有古典的情怀。秦杰发现自己没有了。

当他合上了《缓慢》的时候，他的老婆与他吵了起来。

事情是这样的，大约在三个月以前，他勾引了一个女孩。那是一个某国驻中国大使馆雇用的中文秘书，她当然非常漂亮，她租住在一幢塔楼的中间部位，那一段时间秦杰开着一辆全新的奔驰320，穿行在这座城市之中，一切都发生在于磊的两居室房间里，在一场贴面舞会之后，他把她给成功地"解决"了。他当然打着未婚男人的招牌。

在今天，一个未婚的男人，开着一辆全新的奔驰，人又英俊潇洒、风度翩翩，从表面上看温柔至极、有礼有节，当然是十分迷人的。在物质的炫人的光彩硬度打击和秦杰的性格魅力的感性围攻之下，这个叫杨梅的女孩被俘虏了。

她想嫁给他，他秘密地在她那里和她同居了几个月。其间她堕了一次胎。在她堕完胎之后，他才告诉她他是一个有妇之夫。她茫然了，因为她分明已经听到了爱情的小天使落在了她身上的声音，她以为自己这一次十拿九稳，但她错了。

他给了她四千块钱，叫她多买一些补品之后，他就与她断了联系，他关闭了手机，她呼他他也不回，他打算从她的生活中消失了。

但实际上，当一个人在另一个人的生活中布下一片影子之后，这片影子很难消除。她渐渐由伤心、绝望而达到了仇恨，她确信自己被玩弄了。

但这种被玩弄感与她自己被他那炫目的物质与性格魅力的光彩所征服有没有关系呢？她不想这个问题，她要把账算到他头上。

她花了那四千块钱，并没有去买补品（她身体恢复得很好，药物流产甚至使她没有产生痛感，就流出了那个一片红色血污中的白色小胞衣），而是雇了三个年轻力壮的民工。她在他的汉显呼机上约了他出来，谎称她要离开中国了，只是为了再见他一面。

他想了想，动了心。实际上他还犹豫了一下，约会地点是在一家专营上海菜的餐厅包间里，她和他在那里见面了，她还点了几个菜，有宁波泥螺。

然后突然间进来几个人，她关掉了灯，说："把他打得不能动为止！"然后，秦杰发现自己掉入了陷阱，他被饱饱地揍了一顿。

如同暴风骤雨过后，十几分钟后，他醒过来，发现自己已经不能动了。他用手机与老婆联系上了，她开车来接他。"我们去报案！"她说。

"不，"他坚定地说，"不去，是过去的生意上的敌人派人打我的，我知道是谁。"

第二天他去医院接受了全面的检查，发现自己的内脏有些地方出血了。

这完全是报应，他想，但这个女人也太狠了，他以为能瞒住老婆，但他老婆恰好在他的一个皮包里发现了一本日记和他与那个女孩的合影，这些都是那个女孩放进去的。

"你再也别来见我了！我要和你离婚！"即使秦杰躺在了病床上，他老婆还是愤怒至极地和他吵了一架，把一张离婚协议书扔给了他，她伤透了心。

"虚无啊。"在晚上，他躺在病床上一个人自言自语，"可如何才能缓慢下来呢？当人们发明了电话、电脑、磁悬浮列车、汽车、飞机、卫星、高速公路、地铁和电视，我们的生活速度如何才能慢下来呢？"他想，有一天他甚至抓住了一个护士的手，冲动地对她说："如何才能缓慢下来？"

"什么缓慢下来？"那个护士听不懂他在说什么，"你动都没动，说什么疯话？"

"速度，"他颓丧地说，"生活的速度，我要使生活的速度慢下来。"

"为什么？快节奏的生活多好啊。"护士说，"我还嫌我的生活太慢了呢。"

他不说话了，他明白她听不懂他在谈些什么。这一刻他觉得自己孤立无援，众叛亲离，没有一个朋友，或者他们都不了解他的状态，他知道老婆去意已定，她已不能忍受他了。他在离婚协议上签了字。然后，他哭了。

秦杰打算让自己缓慢下来的想法是坚定的，可速度，这个世界本身所具有的速度能够慢下来吗？

米兰·昆德拉说："跑步者始终待在自己的身体中，必须不断地想到自己的脚步和喘息；他跑步时感觉到自己的体重与年轻，比任何时候都深切地意识到自我和生命的时间。当人被机器赋予了速度的快感之后，一切便改变了，自此之后，他的身体处在游戏之外，他投身于一种无关肉体的、非物质的速度之中，纯粹的速度、速度本身，以及令人兴奋的对速度的感受中。"秦杰决定找到一种新的速度，他要去发现生活中那清新的一面，让自己的生命改变一个节奏，寻找到除了使自己的感官抚慰之外的另一种快乐，如同米兰·昆德拉在他的《缓慢》的结尾中说："没有来日，没有听众，拜托，朋友，高兴点儿，我有一种模糊的感觉，就是你寻得快乐的能力是我们唯一的希望，马车消失在雾中，我发动了车子。"

秦杰躺在病床上，他也想发动另一辆车子，一种不同于他现在的速率的车子，一阵内脏的疼痛使他又沉入了睡眠。

他在梦中飞翔在这座城市的上空，像是掠过这座城市上空的气球，他在飞动中回到了自己过去的生活，他一点一点地，由一个单纯的人变成了现在的这个样子。可否重回原点，从胚胎再生长起来？那些他认识的很多男人和女人碎片似的脸在他的面前浮动，他已经学会了从他们中间脱颖而出，没有一只鸟飞越天空，与他相撞，他飞在黑暗的城市上空，这时候是在夜晚，在大地上，城市之中浮动着灯光的车流，那是在城市之中浮起的一片广大的海域。多年以来，他就在这城市街道的血管中和楼厦组成的骨骼肌肉中生长，他如今想变得缓慢。这可能吗？

他在医院住了有一个月的时间，这期间，他妻子与他办完了离婚的手续。然后，她就走了，生活中的变化总是使他更加坚定，他一点儿犹豫都没有，当一个女人决定离开他，他从来都是非常干脆地让她走开。因为人，从某种程度上讲，永远都是孤独的个体，没有另外一个生命可以真正帮你承担生命的压力，比如老婆，她会明白我想在生活的速度中变得缓慢下来吗？而他的加速度，也是她的一部分原因导致的结果。

当然，在这场为期不长的婚姻当中，他肯定伤害过她。婚姻分三个层次：从法律上看，有一个婚姻的法定层次，即法律约定；从自然属性上讲，性也有一个约束与合法关系；而从美学层次上讲，情感的诉求也是婚姻中的重要内容。她是一个安静的女人，但她发起火来，也像豹子一样天翻地覆。是的，他会挣很多钱，他一年的收入不低于五十万，可以满足他们较为奢侈的日常花销，但是有了这种生活，他想的恰恰是逃离，是反叛，当他刚刚迈入了中国早熟的中产阶级，还没等这个阶层形成固定的道德标准与观念时，他就已经打定主意要反叛出来了。

但他又不想垮下去，像垮掉的一代那样做一个弑父者，他只是想逃出去，逃离一种生活，但现在，缓慢的想法已经笼罩了他的大脑。

他想起来他不久前认识的一个经贸学院的女孩子胡铃铃，他像唐璜一样差点儿甩了人家，但现在，他又想起她了。

胡铃铃在认识他的时候还单纯得像是一滴水，但被他"做"了之后，她开始变得对一切都不在乎起来，看到又一个女人表面的美丽、坚贞像一张脆弱的纸一样在他眼前撕裂，他就有一种无形的快感，这使他可以轻蔑女人，他是一个轻蔑人的一部分美好的东西的破坏者！但如果让一切变得缓慢，那么，对美的期待又上升了。他呼了胡铃铃，胡铃铃来医院看他，她已是大学四年级的女生了，只是她打扮得比过去要漂亮，那种单纯还有一些。他叹了口气："我们一起做一点事吧。我离婚了，我要和你一起办起某一所希望小学，让失学的孩子能够重新上学，你愿意不愿意？我还有一百多万我不知道这够不够，但我要把这些钱散出去，我求你帮我。"

"好啊，"她欢呼雀跃，"我过去一直认为你是个坏人，但现在，我可能要改变想法了。"

他叹了口气："我要缓慢。我要让速度慢下来。"他接过了胡铃铃拿给他的一束花。那是一束火红的玫瑰，他闻了闻："缓慢。"

"什么缓慢？"她问他，"我听不懂。"

电脑乐园

左岩回到家后，他对飞行感到厌倦极了："我再也不飞行了。我讨厌热气球。"通过飞行，他发现他是一个胆小的家伙，他总是比不上于磊、秦杰与何晓胆子大。他发现自己与他们的状态不一样，至少，他们都是已婚男人，都有和女人生活在一起的经验。而我和谁在一起生活呢？

他看着眼前的电脑，感到了信心，我完全可以和电脑生活在一起，过上幽闭的网上生活！从此他开始钻研起电脑，琢磨各种软件，他越钻越深，玩通了各种程序，而且后来还会自己设计软件了。他接通了互联网络，每天都沉湎于其中从上面调下来大量的资料。他甚至还调下来几张好莱坞三级片明星的裸女图片，他在网上与不知名的家伙交谈，他无所不谈，他在房间里一个人不出声，但他已与对方交谈了很多内容。而且，他还设计出了他和电视台一个著名女播音员同台播出的软件，那个漂亮的女播音员当然是正襟危坐，而他则裸着上身，带着一种滑稽的表情，讲述着自己的童年与成长。有一回，他还当了一回电脑黑客，把另外一个人的资料解密后全部弄了出来。那当然是一个女孩子，她的私人资料如此之丰，原来她用扫描仪把她十几年的日记都扫到电脑里了。他就那么偷走了人家的日记。日记是一个人的心灵资料，他窃取了一个女孩的心灵资料，于是他就不停地读了下去。渐渐地他发现他爱上了这个女孩，但他又不能让她知道他窃出了她的资料，当他把日记资料重新输入她的资料库时，发现她已重新加密，换了密码，并至少加了三层障碍密码，他又输不回去了。

他开始进行叩门，并与她进行了交谈："对不起，我不请而入了你的个人资料库，我原打算取出一所大学的资料，没料到却……"

"……你是一个无耻的电脑黑客！一个罪犯！"

"……不，"左岩迟疑了一下，"我真的完全没有想到我会进入你的资料库，我要把资料奉还给你了。你还要不要？"

"你都全看了？"

"……我看了一部分。"他说，"我……"

"罪犯！偷看日记的人，我要把你送上法庭。"

"且慢！"左岩有点儿急了，"我我我已经爱上你了，我看了一部分……"

"罪犯！偷看日记的人，我怎么可能原谅你？"

"日记是一个人心灵的记录，是一个人真正的内心表露。我了解了你的成长，我就爱上了你。在此之前，我非常地孤单，可我现在发现，我找到了知音，因为你就是我理想中的恋人，你温柔、细腻、大方、热爱生活，对一切都抱有热情，怕受伤害刚好和我相反，我急躁、粗率、胆小、焦虑，我很需要你做我的女朋友。"

"我怎么可能认敌为友呢？你是一个什么人我还不知道呢，你别再花言巧语了，总之你是一个罪犯，我不会原谅和轻饶你。"

左岩继续与她交谈："……我们会成为好朋友的，我会为此而不懈努力的，我从来没有过这样的震动，被一个女孩的成长所打动，要不，请你看看我为自己设计的资料库吧。"

"资讯交换？也许你送进来的是信息垃圾呢？这可说不准。"

"不会的，你看看就知道了。这叫以心换心，我也是一个非常真诚的人。"

那边迟疑了一下："好吧，你把电子邮件发回来吧。"

左岩于是把他的邮件发了过去，同时也把她的那些资料发送给她。她接收到了。这是左岩将自己的全部资料输入进去的一份资讯文件，里面甚至还有自己正面和侧面的全身、半身照片，身体各个器官的指标。第二天，她在电脑网络上与他交谈了起来：

"我全看完了。我觉得你这个人没有什么魅力。你仍是一个罪犯，你为什么要偷看我的日记？"

"我只是因为好奇。没有别的，我看了你的日记，因为它好看，因为我爱看，因为这是你的心灵。而我，找不到我的心了。"

"一个空心人？"

"对，也许我该算作是一个空心人。不过，我想变成一个实心人，我要在心里装上一个人，这个人就是你。"

"甜言蜜语！我才不相信你呢，我不想理你了。"

"千万别这样！"左岩急了，他向她道了歉，并继续在网络上与她交谈。他有点儿激动，因此他讲了很多，他甚至从小时候讲起，讲了他痛苦而又贫穷的童年，无羁的少年时代以及孤独的青春期，和迷惘而又焦虑的现在。"没有爱情的生活猪狗不如，真的是猪狗不如。"他感叹道，他发现她笑了起来，在屏幕上出现了哈哈几个大字，"你笑了。"

"……我没笑。"

"你笑了。我们应该算是朋友了吧？"

"……不算，我忘不了你是一个电脑黑客，如同我忘不了我的初夜。"

"我真的不在乎你是不是处女，我爱上你了，这一切对我来说就都已经不重要了！"

"真的？"

"真的。"

"那我们能不能见见面？我很想见到你，小姐，我想我爱上了你，我就要见到你，具体地感受你的目光、你的声音、你的气味。"

"我可是一个丑姑娘哟！"

"这我不怕。"

"真不怕？"

"我更爱你的心灵。它使我忘记了其他的所有缺失。"左岩这么说的时候其实心里有点儿发虚，他在想，如果我真的见到她，发现她是一个丑八怪那我还不得尖叫一声逃走了事？他暗暗地打定了主意，如果她的确长得很糟糕，那么他还是逃走为好，不管她的心灵再美，一个姑娘没有好的外貌，这也是不行的呀！

"但我还是不想见你，你这个偷看日记的罪犯！"她在屏幕上说。

他约见了她，这是在这座城市东区的一片酒吧密布的地区，有一家专门有电脑的酒吧。他进去，发现这座小酒吧一共有七八台电脑，有几个年轻人正在电脑边操作。他要了一杯咖啡，打开了一台电脑，开了机。忽然，他就收到了一份电子邮件，他一看，吓了一跳：

> 在你的屁股底下有一枚炸弹，你这个可耻的电脑黑客，我要炸死你！
>
> 黄莉莉

他把头探到椅子下面，真的发现那里有一个邮包，他的头上立即沁出了几滴汗水，他吓坏了。他想莫非这真的是一个圈套？在网络时代里，一个人的行为将更为疯狂，她真的要炸死我？仅仅因为我看了她的日记？他有点儿慌了神。他把那件邮包从椅子底下取了出来，大脑之中不断地掠过了邮包爆炸的一瞬间的可怕情景，他叫了一声狂奔了出去，当他来到大街上时，一时间怔住了，他发现大街上车水马龙、人声鼎沸，一片纷乱繁忙的景象，但是我把这个炸弹扔到哪里呢？他有一些焦急，他想找到一个垃圾桶，但他一时还没找到附近有垃圾桶，他想到手里握着的这个方形铁盒子就要爆炸了，就要发出轰的一声巨响，然后他会像一片破布一样在一阵飓风般的吸力下腾入半空，他会在半空中飞呀，飞呀，像一只破碎的乌鸦一样再也落不下来了。他这一着急使他的大脑之中充满了幻觉，他手中仍旧握着那个盒子，他茫然地站在那里，他不知道它在哪一秒会爆炸。然后，他看见了一个女孩，笑吟吟地站在街对面，在望着他。

他好像一下子松弛了下来，那个女孩子亭亭玉立，就像一株小柳树那样青翠宜人。他有点儿不知所措，于是他忽然想到这也许并不是一颗炸弹，它也许还是一份礼物呢？他打开了那不祥的黑色包装纸，打开了里面的黑色的包装盒，他又打开了一层黑色防潮纸，展现在他眼前的是一盒美丽的贝壳形的巧克力！象征爱情与信任的巧克力！

这些巧克力千姿百态，像一颗沉睡的贝壳，躺在盒子里。它们当然不是炸弹，或者说它们是爱情的炸弹，它们在这一瞬间要把他炸得粉身碎骨，重新再塑出一个他来。他想了一下，从那盒子中取出了一枚，放在嘴里吃了起来。巧克力很甜，他觉得它很好吃，他一边吃一边看着她，他们一起笑了。

之后那个女孩子一跳一跳地大步从街那边跑了过来。她像一阵十分清爽的风一样扑向了他，她的出现使四周的嘈杂与喧嚣都沉了下去，世界静得像是一幅画，她就是突然从画中跑出来的人，只是她是以一种慢动作，在向他跑来。

"……它们炸不死我……"左岩看着她喃喃地说，他望着与他相距一米远的她，有些恍惚，因为他突然有一种相遇的感觉，男人和女人擦出电火花的那种电光石火的一瞬间。

"你就是那个电脑黑客左岩？你像个大学生，怎么那么狡猾？"

"……它们炸不死我……"

"咱们找个地方聊聊吧。"她说，她有点儿瘦，清秀得像一阵风，她当然不丑，但她倒也不是一个性感的时髦女人。

"好吧。我们再找一家酒吧，你也来一颗吗？"左岩有点儿傻乎乎地把巧克力递给了她，她也拿了一枚，放进了嘴里。

他们在另一家酒吧里坐下，和她在一起他觉得有点儿紧张，他想这是因为他已经爱上了她的原因，他发觉自己的生活就要发生变化了。

"我没想到，我没想到我会认识你，我很高兴。"

"你这个罪犯，"她看着他，仍旧半开玩笑似的并不客气地看着他，"我觉得我要抓住你。你怎么会进入我的电脑的？你很聪明。"

"当然，"左岩高兴地说，"不过，认识你之后，我的生活就要真正地改变了。"

"为什么要改变？你过去是处在一种什么样的生活状态？"

"过去？"左岩的神色暗了一些，"过去，过去，或者说就在昨天以前，我都算是午夜狂欢的人。"

"什么午夜狂欢的人？"

"就是晚上与白天不一样的人。我们有好几个伙伴，他们都是午夜狂欢的人。"

"白天与晚上不一样？人格分裂者吗？"她饶有兴趣地问。

"不一定，确切地说，午夜狂欢的人是一群都市中的老鼠，或者说是都市河流之上漂浮着的一截截木头。"

"那你们都干了些什么？"

"什么都干。有一天，具体地说是秦杰、何晓、于磊他们，忽然觉得已经有了房子，有了车子，有了老婆，还有一个大电视，生活正在按照惯常的样子在向前走。有一种看不见的绳索企图无声地绑住我们，我们就有了一种想抛开惯常力量的牵引，成了午夜狂欢的人。"

"午夜狂欢——你们都干了些什么？"她温柔地说。

"……我说了，你不会对我另眼相看吧？我是见到了你，才有了一种倾诉欲的。"左岩有些担心地说。

"不会的，说吧。"她用清亮的眼睛鼓励他。

"我们什么都干了。好像有一种离心力，或者是我们自己寻找到的一种离心力，一下子把我们甩出了日常的生活轨道。我们一开始沉湎于满足感官与器官的活动，沉湎于吃喝玩乐，周旋于舞厅、迪厅、桑拿按摩、台球网球桌球高尔夫球场，还有跳黑灯舞、赌博。后来这一切都玩腻了，我们又玩其他游戏，玩一种叫作'你死还是我死'的游戏。"

"这是一种什么样的游戏？"

"躺在火车车轨中间看火车过去。"

"这是找死嘛。你们几个人谁也没死？"

"对呀，谁也没死。于是后来我们又喜欢上了飞行。"

"飞行？"

"对，飞行，在郊区有一所飞行培训学校，可以教开轻型飞机、直升机、动力伞、山坡伞和热气球，我们几个人都去学飞行了，并且都取得了飞行资格。"

"飞行资格证书？"

"对，像汽车驾照一样，飞行也有资格证书，可后来我们又被取消了飞行资格证书。"

"为什么？"

"因为我们企图打破航空管制，飞到城市市区上空去。结果我们这么干了，何晓驾驶的直升机撞到一幢摩天大厦里面去了。他死了，我们三个人，秦杰、于磊和我，被关了几个月的监禁，取消了飞行资格。然后，然后我感到很烦，于是我就开始迷上了电脑，我变得更加幽闭，后来……我就这样认识了你。"左岩哭了，他发现这一刻他已变成了一个有历史的人，在此之前他一直以为自己没有什么历史，但他刚才讲述的就是自己的历史。他真的哭了，这使她显得更加温柔。

"我愿意做倾听你的人。我愿意做这样的人，听你讲下去。"她用清亮的目光注视着他，"你太需要爱了，你没有得到过真正的爱。你在都市的丛林里渐渐地得上了一种病，这使你焦虑、狂乱、忧郁、孤独。我希望我可以使你重归安宁。"

"……你可以吗？"他吃惊地问。

"我有这个信心。"她说，她看上去好像十分坚定，"我理解你。"

返源之旅

当秦杰觉得生活的速度需要缓慢，自己也需要从过去的生活中返归的时候，他感到了体内有了某种变化。

当身体在一种速度中向前狂奔，身体当然也会发生微妙的变化，比如肉体的弹性将逐渐丧失，身体在板结、在变或像硬塑料一类的东西，或者说他自己是一个橡皮人。不久以前，他与别人打了两次架，一次是在一家三星级酒店办的歌厅中，因为他怀疑收费不公（吃了一些鲍鱼、甲鱼等），收费一万多元，于是他和该餐厅经理打了一架，这当然是两败俱伤的事。还有一次是在三环高速路上，有一辆黑色丰田没有打灯就超到他前面去了，差一点儿和他的车相撞，他气坏了，又超到了那辆汽车的前面，在汽车里示意那个家伙停下来。然后，他们在路边上打了一架。

这两次架打得都很凶，他挨了不少拳头，但是叫他感到奇怪的是，那拳头落在他身上，他获得了一种仿佛击打在了橡皮和木头上的感觉，奇怪的是他竟然一点儿也不疼。他停下了手，瞪着眼睛对对方说："你再打我几下，快！"他那种诧异和期待的表情叫对手吓了一跳。后来他去了医院，叫医生检查了一下，大夫用针扎了几下，他仍然感觉不到疼痛。"神经麻木，你得了神经麻木症。"那个看上去十分年轻的大夫茫然地说，"可现在我没有听说还有神经麻木病的。你完全没有痛感啊。"

秦杰走出了医院，站在白花花的阳光之下，他想哭。当然从午夜狂欢中回到白昼里，身处于安宁而又躁乱的白昼下的人群中时，他觉得一切都需要慢下来了。他不想再酗酒、超速行驶、跳贴面舞、勾引女孩、搞异性按摩、吸食大麻、殴打乞丐、飞行、玩贴近死亡的游戏。"要慢下来，可我可以慢下来吗？"老婆已经离开了他，他孤身一人，他又从医院出来。当他找到了胡铃铃时，他觉得自己可以慢下来了。

一个人，到了一定的时候总是想返璞归真。比如他，现在，他见到只被他一个人伤害和污染过的女孩胡铃铃，他又有了一种轻松感。"我要把我所有的钱用在别人身上。"他说，"我要捐助失学的孩子们。"

"好啊！"胡铃铃欢快地说，她的眼睛里闪耀着一种光芒。可实际上，当秦杰打算进行返源之旅的时候，胡铃铃的方向和他相反，却打算迎接整个成人的世界了。从内心深处讲，她仍然恨着秦杰，当一个处女的忠贞被放浪所污染的时候，少女的仇恨将使她自己铭记一生。现在，秦杰从午夜的通道中走出来，走到了白昼之下，她也看清了他。

秦杰有一天做了一个梦，他梦见了一群天使，一群洁白的小天使在围着他飞翔，天使那洁白的光辉辉耀着他。醒来后他又哭了。从婚姻中走出来，他感到了一种尖锐的疼痛。现在，他希望他能从生活中重新发现光亮和神性。

他对胡铃铃说："我缺乏神的关怀，我需要神，需要天使。"

胡铃铃说："可以呀，我们可以干任何我们想干的事啊。"

于是秦杰开始了另一种生活。他捐助失学少年，见到乞丐就给钱。他只想做一个内心平静、缓慢的人。当他听说左岩已经有了一个他真心爱着的女孩时，他感到了一丝茫然。他只是想慢下来，更多地沉湎于内心，或者去教学听牧师言说，他甚至想修行，他不想开车了，他想重新回到人群中去，他尽量平和地出现在人群当中，他出现在广场上的人群中，看这些从全国各地奔来的人在广场上漫步，他也在广场上走一走，体验那种在大地中心漫步的感觉，他乘坐地铁、公共汽车，出入商场，尽量地与更多的人在一起，尤其是在公共汽车上，人挤得如同汛期的鱼，大家肩靠肩背靠背，秦杰突然有了一种强烈的安全感，他挤在人群之中流下了幸福的眼泪。

这使胡铃铃大惑不解，她弄不明白秦杰为什么要变成另一种人，另一个人，非要从午夜中走出来，汇入到白昼中的庸常的人群之中，她需要有更加激情的生活、开阔的生活，而这些，秦杰却恰恰不能给她了。而且，秦杰已开始从内心之中发现与呼唤宗教感。她觉得他得了一种病。而且，他似乎对她的身体也没有什么兴趣了，他对她再没有了过去那种暴风骤雨似的激情了。这就是他所要的缓慢吗？她大惑不解。

"你到底要做什么？你到底怎么啦？"有一天她和他大吵大闹起来，因为他，居然用大铁锤，开始敲砸自己买的那辆二手740型宝马。

　　"我讨厌速度，我要砸掉它。你滚开。"他冷冷地对她说。

　　"滚就滚，你可别后悔。"胡铃铃冷冷地说。她走了。秦杰愣了一下，他后来又举起了大铁锤，一下一下地砸着那辆白色宝马。宝马在他的铁锤奋击之下，慢慢地干瘪下去了。一些人在停车场外看他，觉得这家伙很有意思。秦杰砸掉了宝马，他终于松了口气，发现自己这下子可以真的缓慢下来了，因为速度就是建立在车轮上的，现在他真的完全可缓慢下来了。他把那辆宝马车全都砸掉了。他笑了起来，笑得很开心。

　　但当他回到了宾馆，发现胡铃铃给他留了一张字条：

　　　　你已经疯了，我不能和一个疯子在一起，我走了，我要去上海，我要去南方……

　　秦杰的头一下子就大了，他没有想到胡铃铃也会离开他，这可真是众叛亲离的时刻，妻子与他离婚，带走了整个小型的保险柜，胡铃铃带走了他剩下的另外一部分钱。"难道我真的疯了？我只是想缓慢下来，世界建立在四个轮子之上，世界才疯了呢。"他镇定了下来，他坐在房间里，看着墙上有一个斑点。那是什么？一滴墨水的痕迹吗？谁会把它甩到墙上去？或者是一只甲虫？可我过去从来没有见过这样的一只甲虫，那么它是什么？

它是一颗心吗？秦杰看着墙上的斑点，他想起了弗吉尼亚·伍尔夫的小说《墙上的斑点》。在那篇小说中，那颗墙上的斑点变成了一颗鲜红的心，然后一支利箭从远处飞来，一下子就刺中了这颗心，他把这颗心看作是胡铃铃的心，他想起来他第一次见到她时她还清纯似水，他勾引了她，他又想甩掉她，像过去对待每一个姑娘那样，但有一次她怀孕了，她要求他陪她一块去做手术，他想了想，还是一块儿去了。在医院里，那种病态和消毒水气息叫他难受极了，他问她是做药流还是做吸宫术，她想了想，果断地说，做吸宫术，这样会快一些。可药物流产不疼，他说，而且要安全一些，万一吸宫术没做好，大出血了怎么办？大出血，大出血就死了呗，她向他做了一个鬼脸，这样你就会更加轻松了。

这怎么可能？他说，他坐在外面。她在里面化验、检查，然后排队做手术。后来他拿着一个小瓶子出来了。"它在里面，你要看看吗？"她问他。那是一个透明的玻璃瓶，但这使他感到恶心，他摇了摇头，他想吐。但他没有吐出来，这是他干的，他必须为此承担一部分责任。他后来给了她几千块钱，叫她买些东西补补身子，他决定不再提她，他认为该是甩掉她的时候了。

他成功地甩掉了她。但是在前一段时间，他总是莫名其妙地听见有一种锐利的金属物伸入了他体内，在把他的内脏向外吸，使他的内部一阵阵地疼痛。他想起了胡铃铃躺在病床上的样子，那种冰冷的器械伸入了她的两腿之间，然后医生搅动手中的一个转轮，把她的子宫胚胎着床的内膜一点点地向外吸，她一定和他一样疼，他现在小腹就是这种疼感，这叫他难受。因此，他才又与她联系上了，可这时候她已开始变化了，他就像是一台变压器，把她改变以后，她就开始沿着另一条轨迹自动而去了，她离开了他，而他的小腹现在仍旧经常抽搐。

她要到南方去？她为什么要离开我，离开这座城市？难道她想更快一些？她一点儿也不懂缓慢的道理，他想，我一定要找到她，我非要找到她不可。他有一些茫然，看不见她，他总觉得有一点儿不踏实。当一个人学会了去爱的时候，爱已变得太复杂了。

他决定去找她，他搜寻了她在南方的同学、朋友的电话号码，他启程去寻找她了。

他来了上海，上海是这几年中国变化最大和最快的城市，一种疯狂地生长着的力量正在使这座城市越长越高。他造访了这座城市的各处，找了各种各样的人，他们都告诉不了她的去处，但他们都告诉他，他们不久以前见到过她。她就像是一只水鸟那样起飞了。他在浦东，看着已建至接近八十层的环球金融大厦，看着这个直入云霄的家伙，心里想这个世界的速度可真的是太快了，一不留神，中国最高的大厦在这里就要矗立起来了，这完全是钢筋水泥的丛林，但是她，我的胡铃铃，她会跑到这些高楼大厦的哪一个缝隙里去呢？

他又去了南方，在广州，他没有找到她，在深圳，他又听说了她的足迹，她来过这里，她似乎就在这座年轻的城市中奔走，但他找不到她。

他变得很沮丧，这里的生活节奏快于北方，它更慢不下来了。他在一家三星级的酒店大堂坐着，过了一会儿，忽然一个保安走了过来说："那边有一个小姐想要叫你。"

他抬了抬头，看见酒吧柜台边，在那边的高脚椅上，坐着一个女人，她不是胡铃铃，但她是一个性感的女人。他想，也许她可能会见过胡铃铃？他向她走去。

"要喝一杯吗？"她问他，她在观察他，像打量一个拳击手。

"可以，来一杯吧。"有女人请酒，他感到高兴。

酒端上来了，他们开始聊天，他们聊了很多，他确信她没有见过胡铃铃，他就没问她。到后来，她买了单，说："我们走吧，找个地方去吧。"

"什么？"他没弄明白。

"你没弄明白？"她打了个响指，立即叫来了几个保安，"这家伙怎么不跟我走！我好不容易看上一个，他还……"

秦杰明白她把他当成"鸭"了，后来他才听说这家酒店是深圳一家有名的"鸭店"，"鸭"就是男妓的绰号，他明白她误会了。他向她解释了半天，说自己不是一只"鸭"，他是来找人的。他付了酒钱，那个女人才罢休。"我好不容易看上一个，可他还不跟我走……"那女人走了。

他找不到胡铃铃，游历了一些生长型的中国城市，他感到有一种速度在这个时代已不可能慢下来了。缓慢只是一种呼唤，一种理想，如同胡铃铃在遇到他之前的那个模样，是一个坚贞的处女，一种停滞在梦想与憧憬状态下的少女，她当然是缓慢的，甚至还是静止的。但她遇到了他，她立即被改变了速率，是他使她加快了速度，并进入到这个已越发疯狂和纷乱的世界中去的，而他自己却想慢下来，这多少都有些太滑稽了，太滑稽了，他想明白了，她已被他改变，并沿着新的速度去生活了。世界也是一个永动器，一旦动了一下，就不可能再停下来了，可问题是经历了午夜狂欢和狂迷，我要回到缓慢中去，我怎么样才能回到缓慢去？他站在那冲天而起的深南大道的高楼大厦中间，看着来来往往的人流光涌，脸上一片茫然，流出了眼泪。

当一回野人

秦杰到底还是没有找到胡铃铃，他又回到了北方大城，找到了于磊，于磊仍旧处于一种困惑当中。"她居然变成了一个蜘蛛女，到处吐那种蛛丝，把我的房间一分为二，她居然想侵占我的地方，可后来当我领着警察到家的时候，她就又无影无踪了，连同她的壮汉男朋友，这可太奇怪了，这可太奇怪了！"于磊还没有从蜘蛛女对他入侵的震惊中回过神来，他看到秦杰一腔的沮丧，他听秦杰说了他的事，妻子离开他跑了，胡铃铃也离开他走了。他听了他的缓慢理论："可我们无法逃离，我们逃不开这些东西。"于磊指着四周的高楼大厦，说："我们逃不出去，我们是午夜狂欢的人，都市中的老鼠，我们逃不出去。"

"也不知左岩在干什么。这家伙好久没有消息了，自从我们结束飞行之后。"秦杰说，"我们得去找找他。"

他们两个人找到了左岩，发现左岩正处在一种欣喜与狂迷之中。"你老是不停地笑，你吃了什么毒品？摇头丸？"

左岩说："我要结婚啦！我觉得我找到了归宿，我要结婚啦！"

秦杰和于磊互相看了一眼，因为他们对结婚都心有余悸，刚刚从婚姻的牢笼中逃出来，现在，又有一个兄弟要进入这座牢笼了，而且是满怀着欣喜与信心。

"你要倒霉了。"秦杰幽深地看着他说。

"这会弄得你灰头土脸的。"于磊说。

"为什么？我爱上她了，我就要和她结婚，这太简单了。她的出现一下子改变了我的生活，我当然要和她在一起，哪怕婚姻生活是糟糕的，我们也是最好的一对儿。"左岩说。

"你这么确信？一般结婚前感觉好的，结婚以后恰恰要感觉糟糕，这几乎是个定律，你当心点儿。"秦杰说。

"是个什么样的女孩儿？你从哪儿认识的？"何晓问。

左岩讲述了他和她认识的经过，告诉他们是通过电脑认识的。左岩说完，立即从电脑上调下来几张彩色照片给他们看。他们看了一下，觉得那个女孩子还不错。"你真的打算结婚？你可要考虑清楚啊。"他们两个人仍旧心有余悸地说。

"我发现她的出现缓释了我的焦虑，我不再焦虑和痛楚了，我也不用再午夜狂欢了，我发现了生活清新和美好的一面，哪怕是陷阱，我也要投入进去，我们下个星期天结婚，在和平大酒店，你们一定要来的。"左岩说。

左岩的婚礼如期在和平大酒店举行了，这是一家三星级的酒店，酒店中专有为举办婚礼而设的司仪。整个过程秦杰是熟悉的，因为他也如此娶过一个女人，那个女人现在离开了他，而于磊的假结婚，至少也请了一些朋友吃过喜宴。现在，则是左岩在进行他人生中最重要和最富于戏剧性的一幕了。

这当然由白色婚纱、伴娘和伴郎、宾客所赠送的礼品、欢笑和碰杯声、婚礼的具体仪式构成，整个过程洋溢着一种欢庆气息，大家都被笼罩在一种莫名的欢乐之中。于磊和秦杰也坐在宾客当中，脸上有一种奇怪的表情，酒过三巡，他们找了个机会一起去上了一趟厕所。

"咱们俩怎么办？"于磊问秦杰。

秦杰的表情十分复杂："缓慢，缓慢，我不知道我们该怎么办，不过，看来我们要真正离开午夜狂欢的生活了。"他沉默着。他下了决心缓慢下来，后来婚宴散了，他们走出了宾馆，在这座城市中走着，他们又被这座城市所固有的节奏给俘获了。

"我们离开都市，去当一回真正的野人吧。"秦杰说。

"什么？当一回野人？"

"对，在这座城市的北面，是一片大山，我们什么也不带，只带上打火机、绳子、瑞士军刀和防寒服，进入山地去生活一段时间吧，像个真正的野人那样去生活，我一定要找到那种缓慢的感觉，"他说，"你去不去？"

"我去！我当然去！"

他们俩说干就干，第二天，他们准备了一点干粮，带好了野营所需要的一切东西，刀、绳子、保暖服、打火机，拦了一辆出租车，开始向北进发。

"你朝有山的地方一直开过去。"秦杰对那个司机讲。

"望山跑死马，我的车也许会散架的。"司机说。

"我们要进山当野人，当心我把你给宰了。"秦杰冲他露出了凶相。那个司机不再说话，拉着他们一直向山里去。在山脚下，车停了下来，秦杰与于磊下了车，开始向山里步行。

一开始他们还可以看见人烟，但后来他们看不见人了，他们像野人那样在山里搭窝生火，追杀野兔，摘野枣，而且从不看表。他们像个自然人那样在山里待了一个星期，秦杰渐渐地感到了高兴："我终于找到了一种缓慢的感觉了。时间过得可真慢。"他发现自己沉湎于酒色的身体正在恢复得强健，他追赶野兔时的动作敏捷如同猿人。

"可我想女人了，"何晓说，"过去我不想女人，但在山里待久了，我又想女人了。"他这么说，而且拿目光盯住在山里碰见的乡村女孩。

"你这样子，见了母猪都是双眼皮的，"秦杰说，"在山里待着，做个野人可真好啊，我们终于离开了城市，因为在城市当中，到处都是说谎者、失意者、偷盗者、精神病患者、平面人和生意人，还有政客，这些家伙叫我讨厌，而且，我们通过午夜狂欢，变得更为冷漠、无政府、非主流，走在剃刀和危险的边缘，如同一列火车在疯狂地向前开，但方向却早已不确定了。现在，我找到了缓慢的感觉，这很好，这很好。你感觉怎么样？"

于磊一边吃着野山葱和野柿子，一边说："可冬天来了怎么办？我们不会被冻死吧？"

"不会。"秦杰说。他们继续向山里走，在里面，发现了一座军事基地。那是一座直升机军事基地，他们见到了基地的长官，告诉他他们要做野人。

"要做野人？哈哈，太好了，我一直这样训练着我的士兵们，你们这不能叫作什么野人，我可以把你们空投到东北的长白山上去，那里就要大雪封山了，你们敢不敢在山上待上一个冬天？"

"敢！当然敢！"两个人都说。

"好，那你们明天上我们的直升机吧。"军官说，"我们把你们带到那里去。那里有一片真正的原始森林，你们要能在那种地方过上一冬，你们才可称得上是真正的野人。"

在飞机上，他们看见了下面的大地，到处是森林，茂密的森林覆盖着地表，河流在其中像发亮的白色带子。他们被放在了长白山的一处山峰底下。这回，他们真的要做野人。

当直升机再一次升入空中，地面上只剩下了他们两个人的时候，于磊突然感到有点儿寒冷与惧怕。"他们明年开春才来接我们吗？"

"对，"秦杰说，"咱们向山里头进发吧。"他拉了一下于磊。

在他们的周围，是真正的群山和大自然。冬天快到了，一切因此而显得更加苍翠和富有生命力。他们的头发已经长长的了，披头散发，像个野人，手中握着砍刀。他们一边向前走，一边听到了远处的狼嚎和熊吼，那种激动人心的野兽之声回荡在森林上空。然后，他们扯开喉咙，也发出了一声嚎叫……

几个月以后，在一幢位于高速路边的塔楼中的一间房子里，幸福的左岩和他那个在网络上结识的小娇妻甜蜜地做完了爱，他滚落一边，躺在大床上沉沉地睡去了。在他周围，城市也在大地之上沉沉地睡去，没有星星，只有黑暗笼罩了城市，也只有灯火又咬破了黑暗。他做了一个梦，梦见了一片白雪皑皑的大雪原中，一个野人正在生火烤肉，在旁边，则躺着另一具尸体，他已经变成了骨架，也许他身上的肌肉已变成了那个野人的热量替代物。那个野人是钻木取火的，长发披肩，他一边烤着肉，一边盯着四周的群山与白雪皑皑的世界。这个野人已经被困了几个月了，他没有同伴，只有一个人，或者他是靠吃同伴的肉才活下来的。太阳从大森林中喷薄而起。他看见了太阳，顿时兴奋了起来，手中举着一把刀，冲着太阳长啸了起来，声音久久地在四周回荡，声音孤独而又辉煌，左岩翻了一个身，这个梦中的景象又消失了。现在他梦见他驾驶着一辆汽车在城市中间奔逃，有另外一辆黑色尼桑轿车在紧紧地盯着他，毫不放松，他在城市间的道路中狂奔。

平面人

星星对着原野上的树微笑

　　这当然是在夜晚，我是黑夜的树叶上的虫子，我吃黑夜这树叶。我是Disc Jockey，或者说我叫唱片骑师，你们还把我叫作DJ，这当然是一种简单的叫法。我几乎和夜晚共生，或者说我是一只有翼生物，当夜晚像被浓密的黑云吹动一样染黑城市，我便在城市的峡谷间鼓动双翼低空飞行。下午六点多钟，是我吃每天的第一顿饭的时候，我坐在餐馆里，我吃很辣的川菜或是朝鲜菜，我看着夜晚的幕布渐渐从半空中垂下来，这时候所有在街上行走的人，都如同长了翅膀，只要他们愿意飞，他们就可以飞。我在吃这种很辣的菜的时候却感觉我是在跳迪斯科，这当然是非常激动人心的事。我做DJ已经一年了，我停止做DJ是在我哥哥死了之后，我叫田畅，我哥哥叫田阳。从某种程度上讲他可能是中国最好的警察，因为他一共击毙了三个中国最凶残的罪犯，他们拔枪速度是非常快的，这使得他能够活到二十八岁，就成了中国最优秀的刑警。我是在叙说黑夜吗？噢，我当然看见了星星，当"星星对着原野上的树微笑"时，我就会站在城市的风中，像一棵倾斜的树一样在街道上前行。有时候我要一口气吃掉四个巨无霸汉堡包，我是在黑夜的树上生长的一种虫子，我吃城市上空的黑夜，和在黑夜中抖动的光线，那是我看不见的一种苍茫。

在晚上八点之前，我要站在DJ台的中央，这时候我仿佛是一支昆虫队伍的首领，在我的面前有几百张唱片，我看着它们，仿佛它们是别样的标本，或者说每一张唱片都是蝴蝶的标本，我翻动它们，我连接它们，我找到一首曲子和另一首曲子之间的"break"（间隙），我就会让这些音乐蝴蝶飞起来，成为盛开在黑夜空间中的一种节奏、一种战栗、一种飞动，让那些在迪厅里的树木般的人群像被伐木工人伐倒一样飘摇。我打算唤醒那些在黑夜城市中麻木的躯体，使他们血液中的航船扬起风帆，并且激越地出发。这时候，你要看到我，你就会看到一个长头发的人，我是自信的，我爱你们，我爱夜晚的降临。夜晚是人体一种细胞的营养液，它会让你在激情中疯长，一不注意你就会变成某种热带植物，在白昼到来的时候覆盖整个喧闹的街区。

九点钟，仿佛是钟声在黑色的海底被钝钝地传得很远，我就在头顶的屋棚上释放出的一氧化碳的雾气中开始我的工作，我真正投入了我的工作，也许你觉得我干的是一项简单的工作，如同你的母亲翻动烙饼一样容易，可事情并不是这样的，这绝对不像烙饼的翻转那样简单，我要把那些歌一首接一首地放下去，我像一头灵巧的骆驼，一头懂得穿动针线的骆驼，我把针和线，我把唱片和唱片穿起来，我把洛克塞特、玫瑰枪手、玛丽亚·凯利、红辣椒和老鹰乐队穿起来，我把它们像一条河流一样连起来，让它的浪花猛地打湿你的灵魂。

这就是我的工作，午夜里摇动的树枝，我使用调速器去连接那些歌，让人们一直能够找到鼓点，并且用音乐把他们的情绪引向一片绚烂的灯光之域，去活着，去敞开和重新被黑暗所遮蔽。

在更早的时候，我还是A大哲学系的学生。我迷恋海德格尔，我经常抱着《存在与时间》在走动。后来我还喜欢过罗兰·巴特，我曾经在一所中学教过政治，但那与我梦想的生活太远，于是我就去当了DJ，我哥哥说我是平面人，那我就是平面人好了。我就想当让音乐变成血液在人体内供氧的供氧师，我当了，而且很喜欢。我热爱我的工作，它与我的生活如此紧密相连，或者说我的工作就是我的生活，我二十五岁了，我喜欢这完美的音乐，我在夜晚的舞厅里，我戴着耳机，我和其他的人一起起舞，女人、烟雾、星星、鸟和星座都在我的周围闪耀，这是美妙的时辰，是和众多的人进行音乐汇合的时辰，你可以用皮鞭去抽打时间的金枝，那子夜的夜莺之歌与晨雨，都在狂暴的雷声中和灵魂一起降临。

当然，这也许有点儿太虚幻，比如现在我就坐在DJ台的中央，我在让一首歌连动一首歌，让那些阴暗处坐着的男女们充电然后放电。你了解迪厅吗？我的一位朋友过去喜欢来这里，但后来他认为迪厅里到处是在进行音乐吸毒的人，他们在狂暴的节奏中让自己变成比当代灵魂还破碎的东西，成为这个时代人已垃圾化的主角。比如现在我已不再去读那些哲学书了，我已变成了一个平面人，我听不懂他说的话。

我当然仍旧要提到我的哥哥，我的哥哥从上个星期突然陷入了一种可怕的忧郁，那是在他瞎了一只眼之后的第三个月，在一个夜晚他却告诉母亲说他要自杀。他已经成家，但他有时候要回到家里来看看母亲和我，我是在隔壁的房间里听到的，我忽然听到了我哥哥的啜泣声，那如同婴儿的哭声让我吃惊。我听出来是我哥哥，我没想到在他坚强的外表之下也有一颗容易破碎的心。在两个多月以前，在一天夜里，在公主坟新落成的立交桥边上，我的哥哥突然发现了他追捕多年的一个逃犯。"两个人的眼睛在一刹那之间都亮了一下，然后我们都拔出了手枪，我击中了他的胳膊，但他击中了我的左眼。"我哥哥对我说，他在失去一只眼之后仍旧显得异常沉静，"这可能是我的第一次失手。我追捕了他五年，没想到他又在北京出现了，在这之前他已经杀过两个人，其中一个还是十九岁的暗娼，那个暗娼很漂亮，但她死在他手里很惨，他把一个灯泡塞进了她的子宫里，可那个灯泡却碎了。那个十九岁的女孩一定是在一种十分痛苦的情况下死的，被他杀死的。这个人叫万鸥。他杀死了这两个人后却又逃向了南方，已被通缉多年。可那天晚上我们相遇，都吃了一惊，可能是因为有桥的阴影的阻挡，我没能将他击毙。但我一定会找到他的，我会的。"我哥哥说。

"那么找到他，能不能从他的两腿之间往上打上一枪？"

我问我哥哥，"让子弹像一颗种子一样在他的身体里旅行，然后在他的头发上开出一朵花来？"

"你可够残忍的。"我哥哥沉默了一会儿，用他的独眼望着我，拍了一下我的肩膀说。但那天晚上他却想要自杀，中国最优秀的刑警要自杀？我谛听着。原来在下午我的哥哥穿便衣去某个公共场所执行任务的时候，与一个搂着小蜜的大款撞了一下，那个大款立即叫骂着："看着点儿道，独眼龙！"这句话深深地刺伤了我哥哥，独眼龙？！当时我哥哥突然有一种拔枪的冲动，他当时想不是在别人的脑袋上开上一枪就在自己的头上打一枪，他的手在抖，他想不明白的是自己多少次忘却生死去与凶犯搏杀，保护的就是这种称他作"独眼龙"的人，那天他忽然感到了一种深深的绝望，他觉得一切都没意思，他想自杀，因为那是一种深渊一样的孤寂和冷漠，抓住了他的心。我在听着，听着他和我母亲诉说，他最信任她，那是一个漫长的夜晚，第二天早晨我看到他从他的房间出来，他的脸上已重新有了那种坚毅的表情，我正在刷牙，他掐了掐我的脖子："田畅，我要是抓住那个叫万鸥的家伙，一定从他的两腿之间往上打一枪，像你说的那样！"

我找到了一首歌与另一首歌之间的"break"，我把它们连起来，迪厅里的大屏幕的彩电和几台小屏幕彩电上的人影在飘摇，金属的鸟在嘶叫，我是音乐骑师，我是领唱，我唱"one、two、three、four"，然后迪厅里所有的人都一起颤动躯体，成为黎明前的山洞里的舞蹈着的人群。这是一个有着两层楼的若干包房构成的舞厅，在大厅里，仿佛是一个圆形的古罗马角斗场。我就在场子的中央，我和另一个调音师，当然他是副手，一起工作。我情绪饱满，我还要调整好表情，我们还有几个领舞员。她们会在整个场面情绪低落下去的时候走上圆形围墩，为所有的人领舞，她们是黑色的蛇妖，像充满诱惑力的蛇一样用身体伸展出韵律与节奏，她们都穿黑色的紧身裙。总之我的每一天都是这样，我到凌晨两点停下来，我乘坐出租车回到家里，我所经过的城市街道如同被飓风扫荡过一样空空荡荡，那些路灯闪着空寂的光，因此我说我喜欢这样空寂的街道与沉入睡眠的城市。

但是有一天，我看到了一个姑娘。那当然是在今年夏天，五月的夜晚已如火一样炽热，晚上十一点钟，我已将音乐推向了高潮，这时忽然有一个穿一条火红色紧身裙的女孩跳上了领舞台，她的身材非常棒，她像一团柔美的火焰，火红火红的火焰在跳动，与穿黑色裙子的领舞员相映成趣。但她跳得更疯狂、更柔软、更有弹性。她长得像是一个小雪人，她的表情很冷淡，她的身体像一团活火，可她的脸部仍旧一片沉静，她跳得好极了，她一上台，立即使整个舞厅里的气氛显得更为热烈，使舞厅里所有的人都陷入了一种狂迷。而她离我是那样近，她就在我的头顶，我身边的围墩之上起舞，我仰脸看着她，有点儿发呆，我觉得她很美丽，她看上去有点儿冷，可我却感到了心脏在猛烈地捶击，这对我是第一次，我有点儿发傻。我的样子一定很蠢，这时她忽然看了我一眼，我看见她对我笑了一下，这使我觉得这一刻舞厅里一下子凝固了，如同突然封冻的海洋，每一个人都是色彩斑斓的热带鱼，或者说我们都是在果冻中行走，那是迟滞的，忧郁而又激越的。这是她在刹那之间带给我的感觉。她大约跳了十五分钟，额头上也沁出了一些晶亮的汗珠，然后她跳下了台，她朝黑暗的边缘走去，她陷入了一片暗色，她又坐上了一个高脚椅，在她的旁边，另一个座位上，坐着一个穿黑色西装、白衬衣并扎领带的男人，她灵巧地坐下来，开始啜饮一杯饮料。我猜想那一定是一种叫作"龙舌兰日出"的东西，那是火红的液体，如同日出的太阳一样的圆形的冰块在酒中荡漾。她一定在喝这种东西，因为那与她的风格相媲美。她在和那个很壮的男人说话，她在逗他，她的眼睛也斜着看着他，可那个男人不苟言笑，或者说他只是勉强地笑了一下。他是她的什么人？我有些迷茫。我在找一首歌和另一首歌之间的"break"，我用目光搜寻着她，她再也没有上台领舞了，她只是坐在那儿喝东西，和那个不太说话的男人聊天。有一会儿她从座位上消失了，我从二层的围栏边看见了她，原来她是想从高处向下看，看一看在大厅中间跳动着的人们。也许在她的眼睛里，所有跳动的男女们都是电动玩具，你给他们上足了音乐的发条，他们开始有节奏地弹动，充满激情，旁若无人而又不能自已。我想也许她看着这一切会感到好笑，在夜晚人是多么脆弱而又有趣的生物，年轻的人们汇聚到迪厅，仿佛这里是一个祭坛，正在向城市之夜的黑暗之神献祭。那么我就是祭师了？一过凌晨一点钟，人们在渐渐离去，大厅里的人在减少，突然，我发现她也离去了。她的消失是我所不能察觉的。我有些失落，仿佛一团火从我的眼前飘走了，火的离去使舞厅里变得黑暗和寒冷。凌晨两点，所有的人都已离去，我关掉机器，舞厅里只剩下了我一个人，我只开着几盏小灯，我坐下来谛听城市的睡眠，我还可以听见机器的喘息声，虽然我关掉了它，可它也累了，因为我也累了。一些浮尘一样的音符在我的大脑中残留并跳跃。我有些失落，因为人们都已离去。我想起了她，她还会来的？我决定回家去，我锁好了所有的唱片，我把在脑袋里浮动的音符挤出去，我离开了迪厅，我朝一辆亮着红灯的出租车招了一下手，我喜欢这一刻的城市，这是一座沉入睡眠的空城，而一个城市祭师却醒着，眼前跳跃着一团火红的火苗，一团人影的火苗。

夜中之人，由蜗牛的荧光行迹导引他们跟踪那辆"宝马"730型轿车已经有一个小时了，那辆"宝马"车的车主似乎有些心神不定，在约莫一小时的时间里从亚运村旁边的"皇宫"娱乐城到了小关的"梦苑"舞厅，但车主一直没有下来，又去了西直门外展览馆边上的一个桑拿按摩场所。他们就坐在一辆深蓝色的桑塔纳里，守在路口一直等着。一个多小时以后，这辆"宝马"再一次地驶了出来，他们又紧紧地跟上了，汽车沿着西二环迅速向南开去，在过复兴门桥时他们发现"宝马"车迟疑了一下，因为它好像想上桥向西，但稍微放慢了一点速度又继续向前。在天宁寺立交桥上它突然加快了速度，开始在三条车道间来回穿梭。跟在这辆车后面的桑塔纳轿车紧紧跟上，但却显得有些力不从心。在桑塔纳轿车中一共三个人，他们都穿暗色的衣服。夜晚的幕布盖下来，但在高速路上，一辆辆汽车的尾灯闪烁，构成了一条奇丽而又变幻无定的灯光之河。

在菜户营立交桥上发生了起交通事故，使得高速路上积起了一条堵车的长龙。

"妈的，它在我们前面，隔了有三辆车。它要是溜了怎么办？"桑塔纳车中有人在问。

"跑不了，我盯过的东西从来都跑不了。你说我喜欢的东西哪有跑掉过？没有吧，狗杂种？"这是一个说话粗声的，他叫万鸥。他留短头发，两眼放着散漫的光。一辆抢险车把一辆被撞坏的夏利车逆行拖了过来，车流继续前行了。这一次他们盯得很紧，根本就没有叫"宝马"车距离他们二十米之外远，他们继续由南二环向前走，南二环的汽车流量骤然减少了，双向的六条车道里的汽车如同奔驰的流星，在暗夜里互相会面。"宝马"飞一样向方庄小区而去。这时已是午夜十二点半，他们在其后紧紧跟随，"宝马"留在了方城园小区一幢并不算很高的公寓楼前。紧紧跟着的桑塔纳停在一辆切诺基后面，悄悄熄了火，车中的他们快速地下了车，向那辆"宝马"走去。当"宝马"车主人从车上刚探出身，他们已扑了上去揿住了他，把他堵回了车内。

"你最好别叫，听我说，我是个逃犯，我盯你好久了，你要叫我就干掉你！我再说一遍，我们要跟你到家取点儿钱花。快，带我们上楼！""宝马"的车主看着顶着他的喉咙的一把手枪，额头早已冒出了汗。这是一个年近四十岁的经理模样的人。

"别紧张，伙计，"万鸥掏出了手绢，替他擦了擦汗，然后又把手绢塞进了他的嘴里，"你要叫我就干掉你，真的干掉你。走吧，上楼去！"

他们押着他上楼，手上的东西在黑暗中寒光一闪，那是瑞士军刀的寒光。他们押着他从人行楼梯向上走，而没有走电梯。到了五楼，他们走进了楼道，车主迟疑了一下，敲了敲门，门开了，一个女人穿着欧迪芬牌子的内衣惊讶地看着他们，她刚要尖叫，但匪徒们已冲了进去，把她按住了，刀架在了她的脖子上，台灯打开了，由于窗帘都拉着，万鸥满意地扫视了一下屋子，看见了屋角的一个小型保险柜。"你还真的挺有钱的。把钥匙交出来，快一点儿。我叫万鸥，你听好了，明天你尽可以去报案，我们拿了钱就走。"万鸥把车主嘴里的手绢掏了出来。车主因惊恐而脸色通红，他被迅速地反手绑在椅子上了。"钥匙，钥匙在口袋里。"他有气无力地说，"别，别杀我们。"这就是有钱人的德行，万鸥想，他多少有些蔑视这些有钱人，一旦到威胁他们生命时就屎尿一起流，与他们平时的贪婪刚好相反，变得连条狗都不如。万鸥看见了屋角的一个小型的保险柜："那玩意儿你女人会开吗？"他用枪指了一下早已瘫软如泥的女人。这是一个三十岁出头的漂亮的女人，但她早已花容失色了。"会，她会。"他说。这句话令那女人更害怕，万鸥过去把钥匙交给她。"你们可真是'珠联璧合'，他拿着钥匙，而你专开保险柜，快点儿，去打开保险柜。"万鸥说，女人接过了钥匙，她在轻声哭。另一个男人用刀顶着她的肋骨，他们向保险柜走去。第三个男人则已开始在屋子里翻动了，屋主人已经完全吓傻了。当保险柜打开的时候，万鸥的眼睛亮了一下，保险柜中有各种有价证券，还有厚厚的几沓美元和人民币。"嘿，好极了。"万鸥把钱拿起来，"这可全是黑钱吧？我知道你开的那家海鲜酒楼，专门为几个贪官污吏洗黑钱的。我盯了你有半个月，你知道吗？你这些钱没有几个是干净的，可我知道你为之舔屁股的那个大官儿要完蛋了。我这叫黑吃黑。喂，"万鸥转过身对女人说，"你是他老婆，可你知道他天天在外面花天酒地吗？你知道他在亚运村一个南方臭女人长期包房吗？你知道他在银行还瞒着你存了多少钱吗？你知道他一晚上在卡拉OK包房就花掉多少钱吗？唐宇，你把这钱装在包里，冯大头，你他妈的别乱翻了，我说过钱全在这保险柜里，狗杂种！"万鸥突然对自己的两个手下人吼道。他额上的青筋在暴起，女人小声地哭着。男人已有些虚脱："只要能给我条命，给我条命就行……"万鸥蔑视地看着他，他忽然把枪口伸进了男人的嘴巴，男人的眼睛瞪大了："我会给你条命的。"万鸥和他对视着，好久，男人在他的目光下渐渐变得刚强了起来："你杀吧！你杀吧！总会有警察把你抓住的，你杀吧，你杀吧！"

万鸥把枪缩回来："警察？一个追了我好几年的警察都叫我打瞎了一只眼，警察？呸，他奶奶的，我只是在1983年因为喊了一声'地震啦'，结果有人从楼上跳下来摔死了，有的摔断了胳膊，这些账都算到了我头上，碰上了那一年的'严打'，把我判了死缓。死缓！你奶奶的，整整七年，叫我在新疆的沙漠里慢慢变成干尸。可五年前我逃了出来，我发现世道早变了，连小时候是二傻子的人都发财了。所以我恨你们，狗杂种。所以，我现在就整天打听你们，然后我就登门拜访你，你的钱有一半都是脏钱，比我还脏，你这个脏货……"万鸥突然拽过来一个沙发坐垫，把它盖在男人的胸口上的枪上，扣动了扳机，一声闷响过后，男人的口中冒出了几个血泡泡。"打在肺上了，妈的。"万鸥骂道，他又开了一枪，声音依旧有些沉闷，不过像是什么东西从高空掉在了地上似的闷响了一下。男人抽搐了一下，死了。女人目光呆滞，停了片刻她明白发生了什么，她突然发出了一声尖叫，但这尖叫声刚传出来两秒钟，唐宇，一个光脸的男人的瑞士军刀就割破了她的喉咙，使得这声尖叫突然从半空中收住，变成了漏气的皮球的泄气声。唐宇把女人按倒在沙发上，在她的动脉上又割了一刀，由于有漂亮的沙发垫子盖着，血溅出时没有喷到他身上。

两个人都死了，屋子里一时竟出现了死寂一样的沉默。万鸥坐在了沙发上，脸上浮现出了一阵忧郁。冯大头在数着钱，唐宇说："我们走吧。头儿，我们走吧。"

"这是我们今年干掉的第几个人？"万鸥问。

"第二次，一共三个人，我们一共杀了三个人。"

"很好，我们才开始，就这样干下去。咱们走吧。冯大头，你清楚了没有？听好了。今天晚上你连夜把那辆宝马开到山东烟台去，你去'海声'大酒楼找老黑，叫他把车处理掉。唐宇你去把那个小骚货接回来，一会儿看不见她我就心烦。她为什么总喜欢到那些迪厅和酒吧里泡着？我猜她一定在'夜人'迪厅里，你去接吧，我独自打车回去。就这么办，走吧。"

他们迅速收拾好东西，屋子里并不太乱，巨型的龟背竹生机盎然，两具尸体的头都被两个沙发软垫盖着，看上去像是睡着了一样。"等一等，"万鸥忽然看见了唱片，他饶有兴趣地翻出了一张王洛宾的唱片，"在新疆的塔克拉玛干沙漠监狱里，我老听他的歌。我喜欢这个老头，可他前几天却死了。等等，我要听听他的歌再走。"万鸥走过去，把那张CD盘放进唱机，唱机立即就传出了那首歌。万鸥坐下来，仔细听着。这时候屋子里的气氛非常古怪，台灯下显得有些黑暗，冯大头和唐宇两个人站立着，他们一声不吭，而两个死人则更加沉默。万鸥听得有些忧伤，眼角沁出一些泪水。他一定想起了他的逃亡岁月。他觉得自己是如此喜欢王洛宾的歌，只有他的歌能让自己获得灵魂的宁静。听完歌，关掉音响，万鸥站起来："我们走吧。"

他们一行三人沿着人行梯下了楼，这时时针已指向了凌晨一点钟。冯大头钻进了宝马车，唐宇钻进了桑塔纳，万鸥冲他们挥了一下手，他们立即把车开走了。万欧背着装有钱的钱包，向外边的马路走去。他走在漆黑的夜里，有点儿不太相信这一切。他总觉得这仍旧是他在铁窗中做的一个梦，这些梦都是重叠的，每一个梦中他都获得了自由。但醒来之后发现自己仍旧身陷囹圄。他走在夜晚的大街上，空气潮湿而又美好。他拦住了一辆出租车："去西边，公主坟。"他对司机说。这一刻他格外喜欢这时的夜晚，夜晚是他体内的每一个细胞都充满活力的时候，他完全是夜中之人，在夜晚他才觉得自己活着，他在想，今天这又是我在铁窗中做的一个关于夜晚的梦吗？

散步的鱼

　　田畅觉得自己的内心和此时被夜晚所溶解的城市一样一片空茫，在他的眼前总是晃动着一团火苗，他挥之不去。午夜的城市早已是一座死城，连流浪汉也溜进了下水道去睡觉了。在路过东三环"夜人"歌舞厅的时候，这家彻夜营业的舞厅门前灯火辉煌，很多跑车、敞篷吉普都停在大门口，田畅叫司机停下来，他打算进去喝上一点儿酒，喝上一点儿烈性的墨西哥烈酒。他走进去，发现自己仿佛来到了太平洋上的某个岛国，这里的人打扮得多少有些怪，男人扎辫子的、戴耳环的，女人剃光头的、穿中山装的到处都是，这里才是黎明前的山洞，田畅想。不过这里的门票就是一百元，真他妈的太贵了，是我买一张唱盘的钱。他来到了酒吧，这家舞厅中间空出了一百多平方米的空间，是用于跳舞的，而四周高高矮矮地准备了很多石桌椅，这里完全是按山洞的布局来设计的，如同史前时代猿类部族的一次聚会，大家都聚到了一起，田畅看着各色各样的怪人，多少有些好笑。这里因为靠近使馆区，所以服务的对象大多是外国人，但最近来这里的人已是中国人居多。曾有传闻说这里是一个同性恋酒吧，但田畅环顾四周，也没看见有一对同性坐在一起。但他的视线忽然落在了一个人的身上，这使得他的眼睛里立即闪现出一团火苗。

　　她正是刚才在他的迪厅里跳舞的那个穿火红色裙子的女孩。她仍旧与男人坐在一起，但这次不同的是她与两个男人坐在一起，在她的右边又多了一个男人，那是一个很瘦的男人，脸又尖又长，如同一柄出鞘的鱼刀，田畅看见这个人就不喜欢他，他一定是个令人讨厌的家伙。但他的目光却无法离开她的脸，这张脸是如此生动，使他不能自已。他没有去听乐队的演奏，而是站起来径直朝她走去。他离她越来越近了，她在抽一根烟，在她的眼睛里闪现的却是一种冷漠。

"我要和你跳个舞。"他伸出了一只手去请她，目光咄咄逼人。

"太好啦，"她一下子变得欢快了，"我们跳什么舞？"她弹掉了手中的烟，扬了一下下巴。

"跳探戈怎么样？或者摇摆舞？扭扭舞？这些我都会。"

她朝两个男人扬了一下下巴，两个男人冷冷地看着她。他拉起她的手，向空无一人的台子中央走去。午夜的舞厅，到处都是沉醉的气息，人们互相在对方的怀抱里寻觅着看不见的温情。一切都已金属化和塑料化了，他想。他揽住了她的腰，她的喉咙里"噫"地哼了一声。"乐队，来一首探戈！"田畅像个真正的王子那样和她跳了起来。他身心澎湃，他跳得很好，他旁若无人，他潇洒至极，在舞厅里很少有人跳这种舞，可他跳得不错，他觉得她和他的配合非常棒，她几乎是在用一种迷醉和狂乱的眼神在看着他，他们如同是金童玉女一样在跳着舞，而她是他心目中的雪人，纯洁的雪人。有一瞬间她仰面弯下腰去，他俯身在她上面："你叫什么？我在贝斯特迪厅时就想问你叫什么……"他几乎可以看见她眼底湖水荡漾，但这样一双眼却空空茫茫。

"我叫邓梅，你是那个DJ，对吧？你盯过我的小肚子，在我领舞的时候，对吧？"她笑了起来，露出一口的小白牙，那白牙如同融汇聚合的玉米粒一样透露着光泽。

"我叫田畅，我觉得你是一团小火苗儿，小梅子？"他冷不丁叫了一声。

"嗯？"她答应了一声，"我们来跳摇摆舞吧。"他们压根儿就没停，又立即接着跳起了摇摆舞。这在八十年代曾经风行一时但早已绝迹了一样的舞蹈，突然在他们的舞步中又复活了。一些人从沉湎在恋人的怀抱中苏醒过来，探出头看他们跳舞。"他们在看我们跳，我们来玩个绝的。"田畅诡秘地说。他突然跺起脚来，他和她又跳起了真正的扭扭舞。"你是个空心的雪人，"他对她说，"而我是个平面人。"

"什么叫平面人？"她皱起眉头，如同嘴里含了一个毛毛虫一样地问他。"平面人？"她大声问他。

"嘿，那个跳探戈舞和扭扭舞的人，就是我。"田畅说。整个山洞一样的舞厅气氛与灯光异常昏暗，这里的一切似乎是早已回到了某个感伤的时代，甚至是美洲三十年代的狂欢时期，而根本不是九十年代，或者时间以一种重叠的方式让时间来了一次倒流。他们跳得很开心，他们不理会周围的任何一个人，一直到忽然一声巨响，激烈的迪斯科音乐响了，一些人弹跳起来，立即加入了这舞蹈的队伍，他们像一群奇异的动物一样向田畅和邓梅围拢过来，身体在流过一阵电流，这时她和他都站在舞台的中央，就好像他们是即将被送上祭台的祭品。

"我们逃走吧！"她大声地对他说。

"可我们逃到哪儿？"他问。

"逃出去！我讨厌跟着我的那两个家伙！"

"他们是什么人？"

"是我大哥的朋友，来看护我的。"

"是你的保镖？"

"不，不是，咱们走吧。嘿，别让他们找到我们。"她和他拉着手，猛地从那些狂跳着的野兽般的人群中间溜了出去，他们成了从网中逃脱的鱼。转瞬之间，他们就来到了大街上，他们看见了四周冷漠的高楼大厦，高速路上的飞速行驶而过的汽车发生了轰响，一切又回到了当代，回到了1996年，这使他们松了口气。

"我们散一会儿步吧，"她说，"我们是两条散步的鱼。""我们是两条鱼？"田畅问她，"我觉得我们是黑夜的树叶上的虫子。我们不是鱼。"

"你喜欢这座城市吗？"她问他。他看见城市的天空幽暗无比，一阵号角从遥远的城市东北响起，那里有一座兵营，也许是夜晚要紧急集合。马车在大街上快速地飞奔，它仍只有在深夜才被允许穿越城市。黑夜里的城市如同一座灯光黯淡的垃圾场，所有的楼厦都处于一种静默之中，如同它们是人们玩腻后丢掉的巨型积木。夜空之中是一种粉尘和硬塑料燃烧后混合的气味，城市仍旧在震颤，仍旧在喘息。它如同一头巨兽，已真正地沉入了睡眠。

"我喜欢，而又讨厌；我想拥抱它，而又想立即离弃，我就是在这样一种矛盾的心情拉扯下生活在这里的。我觉得我的空间已被越来越多的东西给占满了，被各种新开业的商场、购物中心、大饭店和出租汽车的尾气给充满了。我生活在一个充满了塑料花和干花儿的世界，我想逃离它，可我不知道逃向哪里，于是我只好做了一个DJ、一个调音师，我渴望在狂放的音乐中让自己与音符一起破碎与再次聚合。"

　　"我们逃走吧！我们一起，我和你。"邓梅的眼睛忽然亮了起来，"我们躲开你说的这些。我们逃走，我们乘坐出租车、双层巴士、地铁、旅游列车和汽艇逃走吧，离开你所说的粉尘与塑料花儿。我想找个安静的地方去。"她甜蜜地想了一会儿，但她旋即又忧郁了，她环顾四周，四周是一个黑暗的变形金刚一样的世界，那些高楼大厦都如同俯首凝视着他们的巨型机器人，只是它们一动不动。这是令人恐怖的时刻。"归根结底，我们也许逃不走。一旦我们离开这里，我们又会很快再回到这里，因为这里是舞台，是梦想的营养液与培养基，我们还要依靠它而呼吸。让我们跑一阵儿吧。"

　　他们都多少有些忧郁，但他们沿着宽阔的马路跑了起来，灯光把他们的影子拉长，又从中间斩断，然后再度拉长，他们跑过了一条又一条大街，他们像两个水中的鱼一样在城市中流动。他们找了一幢楼的暗影处，拥抱了。田畅紧紧地搂着邓梅，即使天有点儿热，可他觉得她仍旧有点儿发冷，她瘦弱的肩膀在抖个不停，他捧起她的脸吻了起来，他觉得他喜欢她、爱她，他感到自己内心之中的火苗蹿升。他们像恋人那样拥抱和亲吻，城市夜空中一只鸟也没有，城市之中已没有夜鸟飞翔。他们像城市午夜河流中的树桩一样在守候着黎明，他们喁喁私语，像交颈而立的公马和母马。他得知了她是从四川来的，她现在在首都师范大学进修英文，她在为去美国而做准备。"那两个男人，那两个今天跟着你的男人，他们是些什么人？"当田畅从她的热烈如同沼泽的嘴唇上挪开嘴唇时问她，邓梅的眼中掠过一层忧郁："他们是我大哥的小兄弟，他们天天都守着我。"

"你大哥？你在这座城市中有个亲哥哥吗？"他问她。

"不，不是的，我有一个亲哥哥，但在我十岁时他十九岁时离家消失了。谁也不知去了哪里，但有一天我在东单的一个过街之桥上，突然看见了一个男人，我怔了一下，我的脑海里响起了一个声音，它说：'快喊住那个人！他是你的哥哥！'于是我立即对他喊道：'哥，哥……'那个人怔住了，他大约有三十岁了，他的模样与我小时候的记忆，关于我那个走失的哥哥几乎一模一样。他愣愣地看了我一会儿，我突然流出了眼泪，他笑了一下，你是我的妹妹？你真是我妹妹？他一边说着一边朝着我走过来。我们就这样认识了。他现在是一家建筑工地的工头儿，只是我从来没去过他的工地。他对我非常好，非常非常好，像一个哥哥对亲妹妹那样。现在他几乎要天天看见我才行，他派了人天天陪着我，就是你曾在舞厅里见过的那两个人。"

"既然是你的哥哥，他为什么非要天天看见你？"

她有些黯然："其实在这座城市我们每个人都很孤独，我

365

们都渴望有亲人在一起，对吧？我白天上课，晚上我就喜欢在酒吧里待着，我一个又一个酒吧和舞厅地逛，直到最近我忽然对这座城市产生了一种怨恨，因为它太冷漠了，它根本就不喜欢我。"

"你怎么知道它就不喜欢你呢？"他问她，"城市是真正让我们表演的场合，这里充满了机会，一不留神，你就抓住了一个，变成了你想成为的那种人。"

"可我仍想离开这里。每一天在城市之中生活，我的大脑都被各种信息所填满，它们的一切都叫我既想厌弃而又热爱。我和你一样，我要逃走。你说我们逃到哪里去呢？她说完，他们一同注视着近处的午夜城市风景。一架挂着闪亮的某个花园小区的广告的自动飞艇在他们的上空缓缓飞过。"逃走，"他喃喃自语，"逃走……我们也许可以沿着马路逃走，因为我对我的生活也感到厌弃了，我想挣脱音乐吸毒的状态。我想让心灵恢复宁静。我最向往的是那样一种宁静，这宁静由天空中静静飘浮着的白云和羊群构成，这宁静当然还包括可以看得见夕阳静静下沉的房间，以及一个宁静的湖泊，而我们，就是坐在湖边默想的人。"

"太棒了，"她兴奋地看着他，"这与我所想象的一模一样，一模一样……"他们拥在一起。忽然，一辆轿车嗖地冲了过来，并且打亮了明亮的车前灯，在离他们藏身五米远的地方停了下来，灯光过于刺眼，他们紧紧搂在一起，但有几个男人已冲了过来，有一个用木棍狠狠地在田畅的头上打了一棍子，一下子就把他打昏了，田畅一阵头晕，他倒了下去。

"快搜！这个狗杂种，迷上我们的小狐狸精了。何铃，好样的，你当鱼饵最棒了。"一个男人在黑影中说。那个刚才叫邓梅但现在叫何铃的女孩飘到了这个男人的边上，但她又想起了什么，转身对正在用棍子击打田畅的一个家伙说："别把他打坏了，搜了钱就走，别太狠了。"

"你喜欢上他了？"她边上的人问她。她看了他一眼："怎么会呢？不过这人不坏。他讨厌这座城市，和你一样。"他们朝汽车走去，另外两个人搜遍了田畅的口袋，把他扔在了街角，就钻了汽车，他们的车立即掉头，离开了那里。"妈的，他的口袋中只装了四百块钱，何铃你怎么只钩上了这一条小狗鱼？"一个人在嚷嚷。

"你他妈的小声点儿行吗？"何铃突然生起气来，"我喜欢他，唐宇，我喜欢和他一起跳探戈和扭扭舞，你会吗？你们谁会？傻×！"她骂道，她好像真的生气了。她其实不愿意看到田畅被打，她只是和他跳舞跳得如此和谐才决定和他一起逃走。她已厌烦了给万鸥当诱饵，虽然这是生活之中唯一可以叫她感到刺激的，但她猛然被田畅看见她所迸发出的激情所袭染。她有点儿心疼他，她希望他能爬起来，早点儿回家。"下次我一定选一个又胖又蠢的有钱的男人，叫你们下手干得称心如意。"她冷笑着在汽车中对唐宇说。他们的汽车消失在东三环那空寂的高速路上，一个红色的小点儿迅速地融入了城市即将展开的黎明与黑暗所融合的部分，那黏稠得如同冰果冻一样的部分。

逃命之梯

    黎明的时候田畅从街角醒来，他的后脑肿了一个大包，他摇晃着脑袋，用手摸着那里，发现头上凝结了一块血痂。在他的大脑仍旧跳动着一些残存的音符，那全是昨天晚上的讯息。他想不起来昨天晚上发生了什么，那个叫邓梅的女孩早已不知去向，或者这一切不过是城市之中的一个梦境？他苦笑着摇摇头，一直沿着大街朝前走。城市的早晨弥漫着一种特有的粉尘，这种粉尘是一种细小的颗粒，它仍全部都由人的活动所带动而起。城市醒来了，在东升的旭日的照射下，宛如巨型积木的城市在轻微地震颤着，如同机器轰鸣前的准备与间奏，人们已经开始了新一天的劳作与出征。远远望去，在三环路上又聚集起了缓缓奔涌的车流，由于车太多，三条车道上的车速都非常缓慢。在自行车道上，黑压压的人流已经在欢快地流淌。城市，再一次恢复了它那河流和永动器的面貌，仿佛是上帝的手轻轻一拨，世界"咣"的一声，又重新地动了起来，永无休止而又千篇一律。

    但是白昼并不属于我，田畅想，在白昼中我是一株萎缩的植物，我要回到房间里去。有人击打了我，因为我喜欢上了火苗一样的一个姑娘。他依稀回忆起了昨天晚上的一些细节，暴力的阴影从他的眉目间掠过。我反对暴力！他想，但我哥哥是对的，他是用以暴抗暴的方法来回答这个问题，但是我不行，我必须沉浸到杂乱而又有序的音乐中，那种现代音乐的狂迷当中去获得解脱。

田畅走在城市早晨的空气中粗重地呼吸着，他是好多天来第一次在早晨与城市相遇。他觉得他越来越不喜欢城市。城市之中门和深渊无处不在，卡车的声音像醒过来的呜咽声，这是一个强暴真纯的水泥世界，它划分了每一个人的私密空间，让他们在这一个个狭小的空间中变成孤独的生物。每当他凝视那夜晚中的楼群，城市楼厦的每一间屋子都如同摇床与囚牢，在其中固定人的程序。田畅招手叫住了一辆出租车向家而去，在车上出租车司机在抱怨着越来越堵塞的交通状况，但田畅却几欲昏昏欲睡。一进家门，正好赶上他哥哥要出门去。

　　"你的头怎么了？你昨天晚上为什么没有回来？"田阳问他，"你是被打了吧，额角还有血迹，让我看看。"他不由分说，要为他检查头上的伤痕。

　　"烦不烦，让开，我要睡觉了。我昨天喝多了自己撞的，你就别管了好不好？"他推开了他的哥哥，走进了屋门。"喂……要不要去医院？"

　　"不去。"

　　"晚上有一个小型的摇滚音乐演唱会，你去不去？在'夜人'酒吧，那是一个新人摇滚乐队，主唱是个把头发理成板寸的女孩，你去不去？"

　　"不去。"田畅说。他走进自己的屋子把门关上了。他忽然憎恶起一切来，这全是因为城市，他想，我必须离开这座城市。他听见他哥哥走出了家门。

　　在东方显现出鱼肚白色的当口，冯大头开着那辆抢来的

"宝马"奔驰在去山东的路途中。这是有着双向四车道的高速公路,冯大头非常地快活,这辆汽车脱手后可以拿到三十万块钱,因为这是一辆相当不错的"宝马"车。他知道他把车开到烟台,那里会有把这辆偷来的车改造并翻新的一整班人马,他们会给这辆车重新喷漆,给它换上另外一种颜色,他们会把发动机上的号码也改掉,总之这一切会干得天衣无缝,直到它完全像是一辆新车,一辆走私"宝马"车被那些富起来的小业主、渔民、地方官僚所看中并买走。他知道他们已如此"消化"掉了不少名牌轿车,但他不管这么多。冯大头哼着歌,但他忽然发现前面的高速公路中间黑压压地聚集着很多人,他们一动不动的如同夜晚之中的羊群,他把车速迅速地减慢,但仍差一点儿就撞上了他们。他停下车,从车中钻了出来:"你们他妈的找死啊?让开!我要过去,你们挡住路干什么?"

"拿钱出来,昨天晚上有人开车撞死了俺村一个人,但他跑了。我们村决定每过一辆汽车就征收两百元过路费,直到征够了被撞死的人的老婆孩子下半辈子的开销为止。拿两百块钱我们就让你通过。"一个面容黑得像是一块炭一样的老者说。冯大头看着眼前的人群,他们似乎有上百人,黑压压一动不动,用躯体挤满了高速公路,沉默无声地看着他。在路边上,有一个担架上躺着一个人,身上盖着的白床单已渗出乌黑的血。"他奶奶的,可这并不是我干的,我为什么要给钱?没钱!"

他一边骂骂咧咧,一边又钻回到宝马车内,砸了一下喇叭,打算硬冲过去。我还想亲自撞死个人尝尝滋味呢,他恶狠狠地想，他猛然加速向人群冲去。那些刚刚还静止不动的人忽然跳了开去，一边大声咒骂他，冯大头正在暗中高兴，但人群突然闪开后，迎面却停着几辆拖拉机，他刹车不及一头撞了上去。他们愤怒了，他们把头破血流的冯大头从车子里拖出来，开始揍他。由于人太多，大家下手杂乱无章，很快冯大头就彻底瘫软了。"死了？"有人在惊呼。那个老者走到冯大头跟前，用手挥了挥他的鼻息，再摸了摸脉搏，许久他站了起来，默然地点了点头。"死了。"他肯定地说，"就说李二狗是他压死的。"人群仍旧在沉默着，他们如同午夜的羊群，在渐渐明亮起来的天光之下，围着两个死者一动不动。

午夜的时候田阳来到了"夜人"酒吧，他来这里想听听一个新出道的短头发的歌女的新歌，那个歌女把头发剃成了寸头，而且还穿一身将军黄色的中山装来演出。田阳从来都不喜欢摇滚乐，他也不喜欢去跳迪斯科，约莫几个月以前，他曾经去田畅所在的"最好的"迪厅去看他弟弟，他为那电光闪动中的嘈杂音响所震动。他奇怪他的弟弟怎么可以一夜又一夜待在这种无比嘈杂的地方工作，而且乐此不疲。在他的眼睛中，那些在黑暗中扭动的人群完全是一群奇怪的动物，他们扭动躯体，放出电流，他们让生命处于一种激越和喧腾的境况，这难道就是城市人的写真吗？

他在"夜人"酒吧那幽暗的大厅里找了个偏僻的位子坐了下来，他不太习惯周围那种散漫和自由的气息。因为当刑警当惯了，这使他的神经一直处于高度紧张当中，而酒吧里弥漫的恰恰是一种歌舞升平的景象，他要了一扎啤酒在慢慢品尝，一边用犀利的目光打量着四周。由于这家酒吧在使馆区的边上，来这里的外国人倒相当之多，空气中弥漫着酒精和浪漫的气息，音响所放的是德加的乡村音乐。他还看见一个小姐牵着一条雪白的巴黎犬走了进来。在公共场合允许带狗吗？田阳一下子想不起来相关的规定了。不过他今天晚上对狗毫无兴趣，他关心的仍旧是人，是人在摇滚乐面前的敞开状态。因为他平时太紧张了，仿佛随时都要拔出手枪来射杀凶狠的逃犯似的，他慢慢地喝着啤酒，听着那深沉而又感伤的歌曲，让自己的身体放松，再放松。

最近他突然觉得应多关心一下弟弟，因为他们俩从小在这座城市中长大，弟弟从小是内向的，不爱说话。有一次，那还是在他九岁，弟弟五岁的时候，他们一起在玉渊潭公园外的一片洼地上游玩，突然弟弟一脚踩空，掉进了一个被遮蔽着的水沟中。他看见弟弟迅速地在水沟中下降，脸上挂着一种极度惊慌的神情，他向田阳伸出一只手来希望他拉他出来，但那一瞬间他迟疑了，他担心弟弟会把他一起拽入那深不可测的暗沟。恐惧使他向后退了一步，他也瞪大眼睛看着弟弟缓缓下沉，弟弟如同一截木桩一样地沉入了水底。他拔腿往回跑，他打算跑回家去告诉母亲，叫大人来把弟弟捞出来。当他跑到大路上时，突然明白如果一直跑到家里，那弟弟也许真的就会窒息死掉了。他情急之下，就在大道上拉住了他所碰见的第一个男人的手，他们一同赶到他弟弟陷落的地方。那个人——他是一个刚刚转业的军官，把弟弟捞了出来。经过一番人工呼吸和压腹挤水，弟弟活了过来，他后来站了起来，没事儿了。两个人默默无语地手拉手走在回家的路上，那个转业的军人走了。他对弟弟说："你不能告诉妈妈，她会打死我们的。"

弟弟郑重地点了点头，他的眼睛里那一刻仍旧残留着恐惧和死亡的阴影。但田阳当时就对弟弟下陷而他没有首先伸出手拉他而内疚，在后来他也在悄悄地观察弟弟，弟弟在成长的过程中一次也没表露出对他的怨恨。但他自责。多年以后他当了警察，从某种程度上讲与那次事件有关。现在对于他来讲，死亡已经不是一个多么可怕的东西了，他经常和死亡打照面，但弟弟那时在眼角残留的对死亡的恐惧给他留下了永恒的印象。

当弟弟辞去了教师的工作，专心干起了迪厅的DJ时，他觉得弟弟的性格发生了变化，他忽然变得快活和爱激动了，也许这是一件不坏的事情，他想。这时"夜人"舞厅酒吧的顶棚处释放出了一层二氧化碳，在雾气升腾中乐队登场了。她就是他所期待的那个短头发歌女，她把自己打扮成男性的样子为了什么？这难道不是垮掉的一代的装束吗？他有点儿想不通，他最讨厌的是戴耳环的男人和穿男装的女人了，他又要了一扎啤酒，一阵鼓响，那个歌手开始唱了起来，她的嗓音非常奇特，有一点儿男性的沙哑和低沉，他听不清她唱的歌词，但他听明白这是一首有关城市的情歌，在这首歌中，充满了东西南北这些具有方向感的词，田阳只觉这个歌手的声音有几分悲伤。可是忽然他在她的脸上看到了一丝异常，他发现她的一只眼有点儿不对劲。凭着对自己的独眼的体会，他认定这个歌手的一只眼也瞎了。她怎么也成了一个"独眼龙"呢？想起"独眼龙"这个词就使他深恶痛绝，在内心之中他生出了一些对她的亲近感。一个独眼的听众在听一个独眼的歌手唱歌，事情就是这个样子的。

忽然，女歌手在灯光的聚光当中，为她那只死去的眼睛戴上了一个黑色的眼罩，她如同一个女海盗一样透露出了一种粗犷的气息，这使田阳多少有些兴奋。一些人开始跳起了舞，由于音乐节奏不算很快，人们在跳着大幅度的摇摆舞，这使得田阳也禁不住摇动起了躯体。他站起身，走进了舞池，和他们一起摇摆了起来。他身材颀长，如同一棵风中抖动的白杨树，他的心中生出了快活的烟云。那个歌手向他招了一下手，他也一下子跳上了台，她把眼罩摘了下来，充满热情地对他说："快呀，戴上它！"田阳愣了一下，就戴上了眼罩，这使他兴奋极了。我也变成了一个海盗船长啦！一个警察变成了一个海盗船长？田阳有一种奇异的感觉，仿佛他完全变成了一个新的人，他不再是警觉的警察，而是一个领舞员，或者是一个海盗船长。他扭动躯体来使自己放电，他跳着摇摆舞，那个歌手在对着他的耳朵歌唱：

　　说出以后

　　以后会有更多的少年

　　怀念我，把每一种温情铺在阳光之下

　　以后我依旧拥有一群一群爱我的人

　　我的朋友

　　他们在肖像之中听见诗句

我的倾诉。以后

会有更多的情人

她们为我担忧

宿命之中我就应当在地面上陨落

像一星火点。以后

为我自豪的人

为我感伤的人

春天的百花会更芬芳

然后凋落

以后，那些我所失落的和未曾有过的都会走向我

　　田阳被一种奇特的感觉给抓住了。他戴着黑色的独眼眼罩，像个伴舞的明星一样在跳着舞，那种舞步的节奏也仿佛是他的躯体原先就有的节奏，不过在今天被引发出来了而已。跳了一会儿，他把眼罩又剥下来给了那个歌手，微笑着走下了台。

　　他继续坐下来喝啤酒，忽然看见了他弟弟，他弟弟正和一个身穿黑色裙子的女人在说话。在离他弟弟和那个女人的桌子不太远的另一张桌子边，有两个很"酷"的男人也在喝啤酒，其中一个人的侧影令他从记忆的落叶中抓出了某个人的面容。他眼前的火花闪了一下，他下意识地摸了一下肋间的手枪。他警觉地扫视了一下四周，盯着那几个人在看。

翅膀上点缀红色的飞龙追逐向彗星盘旋而去的蛇

田畅来到"夜人"酒吧之后，不久就发现了他的哥哥，当时他哥哥田阳正在舞台上跳着摇摆舞，他觉得眼前一亮。他的哥哥在此之前还从来没有这样的激情表现，他欣喜地看了一会儿，但这时一团黑影向他走了过来。

"你好。"她说。她坐了下来，今天她穿了一件黑色的长裙，而且她涂的是黑色的唇膏，眼影也显得很重，只是她的头发被染成了黄色，那种十分耀眼的黄色。

"你改变了头发的颜色，你换上了黑色的裙子，你还用了黑色的唇膏。说说看，你昨天是怎样离开我的？"田畅冷静地看着她，"我又是怎样挨揍的？"

她在他对面坐下来，她的脸色有一些哀愁。"对不起，是我的大哥的几个兄弟袭击了你。他们把你的头打破了……"

"还让我的口袋里一分钱不剩。"田畅打断了她的话，"对吗？"

"不，不不……"她把头低了一下，"其实我不叫邓梅。我在骗你，我叫何铃，我真的叫何铃。我是从四川来北京一家学院进修外语的。我的男朋友，我曾经告诉过你我有个大哥，其实他是我的男友。我告诉你，我吸毒，一开始我吸大麻，后来还吸更厉害的。我最近服用摇头丸，我的父亲在我很小的时候就去世了。"她停顿了一下，拢了一把从额角上垂落下来的碎发："你有兴趣听吗？昨天晚上和你认识我很快活的，我……"

"我有兴趣听，"田畅打断了她的话，"我也注意到你胳膊上的针眼儿。我有朋友吸过毒，我了解这个。我也尝过大麻，但我没什么感觉。只是我在迪厅做DJ，进行音乐吸毒。也许我们的方式不同，好吧，给我聊聊你吧。"

她有一些欣慰地吐出了一口气。"我觉得我的好多努力都没什么意义。我不喜欢现实的世界，它冷酷，它变化多端，我喜欢过刺激的生活。自从我来到这座城市，我被城市的庞大和多变的面孔所吸引。但这座城市不是我的城市，又冷漠无情。我不知道我还会怎么样，但在城市中漂浮已是我的命运，我不想再回到家乡。我没有钱，是我的男友给我钱，使我可以买到毒品。但最近我觉得他太过火了。我想我们应该都算是罪犯，我曾经帮他引诱过有钱的男人，然后他们下手去抢劫。我怀疑他们还杀了人。我现在很害怕，我要摆脱他们，我要离开这座城市，但我不知道我是否会逃走，你能帮帮我吗？"她说话的声音如同在喘息的病人，她是急切的，这使田畅内心感到了一片冰凉。

他注视着眼前的女孩，她最多只有二十岁，他觉得他喜欢她。他从迪厅里第一次见到她就非常喜欢，这对于他来说已经是根深蒂固的了。他看着她，他发现她有一些慌乱，有一些焦急，额头上还有几点汗珠。他伸出手握住了她的手："好的。让我们一起去游历城市，然后逃离这里。我对这里的一切都烦透了。好吧，我会帮你离开你的男友。我的哥哥是警察，我叫他把你所说的那几个人都抓起来就行了。"

"可你哥哥也会把我抓走的，我只是想离开他们，我不想受惩罚。"她焦急地对他说。

"好吧。我听你的。"他说，"我们现在就走，我先走出去，过一会儿你就出来，我们就离开你所说的人。"田畅刚说完，一个男人，准确地说是万鸥，他走过来坐在了他们的对面。

"喂，你的头还疼吗？"万鸥吸了一口烟，眯起眼睛问田畅，"你不许对她有意思，明白吗？虽然有一句话叫作'天上的野鸽子谁抓住就是谁的'，可她不是一只野鸽子，你明白吗？"

田畅冷冷地看着他："我不明白。"

这时忽然有人用枪对准了万鸥说："不准动！把手放在桌子上别动！"田畅一抬头，发现是他的哥哥田阳，他正在对着万鸥在吼叫，气氛一下子变了，有人在尖叫，忽然一把椅子飞了过来，砸在了田阳的头上。他向一边跌去，但他开了一枪，枪声击碎了头顶的一个大灯。玻璃片四面飞溅了开来，大厅里有人在尖叫，一时局面大乱。在一些人的冲撞当中，万鸥和他的两个同伙逃了出去，那个歌手停下了唱歌，她木呆呆地看着酒吧里乱作一团的人群。当田畅把田阳扶起来的时候，他发现哥哥的头也被砸破了。酒吧里的人已经跑光了，只剩下了那个剃平头的独眼歌手在看着他们。"伤重吗？"田畅问田阳。"有点儿重。可我得去追那几个人。刚才你对面坐的那个人是我一直追捕的逃犯万鸥。我的眼睛就是被他打瞎的。我们快去追……"但他的眉头又立即皱了起来，他觉得有些天旋地转。"快一点儿送他去医院，要快！"那个歌手走过来说。他们一起把田阳扶到门口，叫了一辆出租车，直奔朝阳医院。在汽车里，田阳问田畅："那个女的是谁？你又和万鸥在说些什么？她是他的什么人？"田阳有些咄咄逼人地看着他，但他却一言未发。他决定不把何铃与万鸥扯在一起："那个女孩是我才认识不久的，我正和她聊天，万鸥那家伙就走过来，说要她跳个舞。她对我说我同意才行。我看了她一眼就说我不同意。那家伙非常生气，他说要揍我一顿，这个时候你就举起了手枪……"

"她呢？她也跑掉了吗？是不是和万鸥他们一起跑掉的？"

"当时酒吧里很乱，我不知道她是如何跑掉的，她又去了哪里。"田畅说。他忽然想起了何铃，他觉得他要找到她，不管她跑到哪里，他都要找到她。他送他哥哥到医院做了紧急的处理与救治，田阳没有受到严重的肉体损伤。他在病床上指挥他的队友们去"夜人"酒吧的四周进行了大搜捕，但没有发现万鸥的任何行迹。"我一定会抓到他的。"田阳对在病床边守候着他的田畅说。"但那个女人是一个突破口。我总是觉得她与万鸥有什么关系，也许应该从她下手。你是怎么和她认识的？"田阳咄咄逼人地看着田畅。田畅把目光挪开，他在想他能够到哪里找到何铃呢？她会有什么危险吗？我们最终会离开这座城市吗？

一轮火焰的梯子横跨苍穹

每当夜晚来临，田畅的内心都被黄昏的阳光如音乐一样的所充满。他现在很焦急，他决定尽快找到何铃。如果她愿意，那么他将和她一起逃离城市。他给他所在的迪厅经理打了个电话，告诉经理他近来身体不好，需要休息。而实际上，他已在城市午夜开始了寻找。他走动着，在夜晚，城市在星光下密密地敞开，每一粒灯光都如同白昼的牙齿，咬破了黑暗。田畅走在密集的星光之下，他仿佛看到了一轮火焰的梯子横跨苍穹，他奇怪为什么他在城市的夜晚能够看见这样一架梯子出现在天空。他开始寻找，他沿着那些灯火辉煌的街道，沿着那些午夜行走的人的行迹，去追寻何铃，另一个在城市的蛛网上挣扎与迷茫地游走的女人。这一天夜里的游历照旧从"夜人"酒吧开始。他发现这座城市的迪厅的生意在日趋冷淡。也许还有更好的宣泄的去处，人们早已蜂拥离去，如同一阵风。不知不觉间，这座城市的各种酒吧却多了起来，酒吧也是一种别样文化，是一种充满玫瑰色、暗红色的时间消磨，是一个孤独者相互交流的场地，一些本不相熟的人，在城市的酒吧里坐下，聊天，谈各自关心的事情，从而切入对方的生命，又让时间碎片的形成速度远离对方。

在每一间迪厅与酒吧中，田畅都在搜寻着何铃的身影。那是一团火红色或黑色的火苗，在他的期盼中跳跃。但他总是失望。他喜欢盯着那在酒吧吧台上方倒悬的一些透明的高脚玻璃杯，它们会随着他的走动而在一瞬间闪耀出奇异的光亮，让他的眼睛陷入一阵灿烂的迷离。

约莫到了很深的午夜，大约是一点钟，他在城西的一家具有拉丁风格的酒吧里看到了何铃。她一个人坐在那里。田畅的心头涌起了一阵狂喜。他朝她走了过去，他坐在她对面，他们的眼睛都闪现了一瞬间的火苗。他看着她，觉得她有一些疲惫和憔悴。

"你哥哥，他怎么样了？"她的声音平缓而又动听，但含着一丝孤寂与焦灼。

"他还好。"他盯着她，"可我没想到你是万鸥的女朋友。我哥哥的眼睛就是叫他给打瞎的。他追捕他已有好几年了。"

"他叫万鸥？我才知道呢。他一直告诉我他叫王山。不过，我从昨天晚上开始已离开他了。我想回家去，离开这座城市，我不要再吃摇头丸了。"

他沉默地看着她。她在喝一杯白葡萄酒。他也要了一杯酒，是一种殷红色的澳大利亚干红。"为什么要离开城市？"

"因为城市是一个祭坛，因为城市是一个战场，因为在城市中更多的人在厮杀，到处都是流弹在飞。它的抛物线构成了一个奇异的世界，在这个世界中，你一不留神，就会沿着一条抛物线，从上到下，结束一个轨迹。我很忧郁，因为在今天，城市已成为我们无所逃避的场所，我们必须在这里死，在这里生……"

他们在谈论城市，他们谈到了很多东西，在今天，在城市的下水道中，靠偷吃人类的残羹剩饭的老鼠已长得如小山羊一样大；一些孩子刚生下来就得了白血病死去，他们血液里的白细胞的增加已毫无缘由；一些青年人得了原因不明的恶性肿瘤，在细胞的战斗中痛苦地成为城市火葬场的列队被检阅着，化作轻烟飞入云霄。人们被汽车尾气所袭击，皮肤上已开始长出了各种疣类和红色血斑。每一幢楼层都在隔离着一个一个的人与家庭，分割他们的空间，让人们忍受孤独，远离地气，在钢筋水泥的牢笼中了却一生。城市早已如同一架极其精密的机器，你一生下来，你就被各种证件所包围，你被认证、被规定，你得在相应的地区就学，你要跨地区考入重点学校就得成为高分者，你脱离不了这些认证，你每前进一步其实都在丧失，丧失童趣，丧失快乐。城市还是一个巨大的剧场，一些人是主角，他们走上台去，表演一番，旋即再也没有人去谈论。城市人的生活是整齐划一的，每天早晨，他们黑压压地出动，使用被电视和报纸广告所充斥的牙膏、香皂、洗面奶以及其他各种化妆品，他们骑自行车、坐电车、乘地铁、坐小轿车、驾驶私人飞机去上班，去那些有着巨大的玻璃幕墙和爬满了爬山虎的老式土楼里，辗转于复印机、电话、传真机和办公桌之间，被上司训斥，埋头于那些数不清的文件与档案中。人的一切都将被量化、数字化。而人也被社会化了，人是一切社会关系的总和。在各种各样的城市空间中，到处都是无意义的或纯属礼节性或问候性的握手与交谈，话语千篇一律，意义在词语的暧昧与泛滥中被抽空，人们没有了在私密空间时的对镜自描，对镜化妆，以及对隐私处的观察与怀疑。人们就这样生活着，更多的人是麻木的、庸常的。可人们还不知道这一点，媒介上传播的各种信息，充斥在人们的生活和大脑中，这些信息早已代替了知识在运转，在交换与大面积流传。人们如同鼠审，在CD唱盘、CT检查与传媒工业、电脑网络的规范中成为一种新人，此外，人还是一些什么？

他和她在那家酒吧里谈了如此之多，以至于他们都多少有些吃惊。可重要的是他们要结束这种关于城市的形而上学的描述了，他们要进入到对他们自身的处境的谈话中。

"我哥哥也在想着要找到你。他认为你是他可以抓到万鸥的一个突破口。"

"你怎么看？"她眯起眼看他。

"我当然也希望你能帮我哥哥，抓到万鸥。我忘不了他那种阴沉沉地看着我的样子。他天生就是一个城市罪犯。"

"不，也许他只是偶然成为罪犯的，但从此他就再也无法成为另外的人了。我所能提供的东西也不多，你哥哥找到我，我也只能提供一部分证据。他干的任何重要的坏事，我都不在场。你相信我吗？"

"……我相信你。但我认为你现在也非常危险，万鸥也一定在四处找你。也许他担心你会告发什么。昨天他没有和你在一起？"

"不，枪声一响，我就溜走了。那一刻我非常害怕，我想我妈妈，我想逃走，就是这样的。"

"我们一起逃走吧。要不，我们一起去问一问我们所碰到的人，问他们为什么在生活着，他们为了什么而不离开城市。"

"我觉得我有点儿傻。你是怎么发现我今天坐在这里的？"

"我就一家酒吧一家迪厅地找过来的。我想我一定要在这座城市中找到你，后来我就找到了。"

"找到了我呢？什么感觉？"

"平静了。就是这样。"

"怕我出事？"

"对。我看你完好无损，就放心了。"

她的眼睛有些潮湿，她说："我们刚才都谈了些什么？你看，两个小时都过去了。人真的是非常地有趣，毫无意义的谈话可以使我们如此地消耗生命。归根结底，我和你不是一类人，田畅，你是这座城市的主人，你从小就生活在这座城市中，你一生下来就有一个保证，而我，不过是一个流浪的女人，一个和罪犯搅在一起的女人，毫无意义与价值，只等着成为罪犯的同谋或是有罪的证人，被你哥哥抓起来关进监狱。说到底这就是我们之间的关系。我无可救药，我吸毒、跳舞，我什么也给你带不来，你为什么还要找我呢？在这座城市中，我连开一个小店的能力都没有。我没有什么资本，我想做个现实主义者，可我又在梦想中飞翔。我来到城市，却变成了这个样子。我知道你是代表你哥哥来的，你要把我交给他，对吧？"她冷冷地看着他。

他也盯着她看："你是一个特别的女孩，你无论哭还是笑都有一种美。我已被你给迷住了。就是这样。我想跟着你，远走他乡。我不想把你交给任何人。"

"好吧。"她低下了头。

"我们走吧。"他说。他们站起来，但他们忽然看见有几个人闯了进来。"是万鸥，"何铃说，"是万鸥，他正在找我们，我们赶快到那边那个门那里去。"他们手拉着手，在灯光的暗影中向一扇门摸去。"他要在这座城市中找到我们，他会杀我的吧？他觉得我知道了他太多的事，他一定会杀我的，对吧？"何铃有些害怕，她在发抖，他们靠着墙在门后站了一会儿，他们停了一会儿，就溜了出去。

他们都觉得有些冷。城市的午夜中，如同有着某种暗流，在空中缓缓地流动，带动着冰川滑动的声音。他们都听到了。但今天夜里，城市的夜空非常迷人地出现了一种青白之色，如同在水中浸泡的颜料，在轻轻地荡漾开去。那种光波移动的感觉非常奇特。远远地望去，路上奔跑的全部都是载重卡车。远远地望去，城市三环高速公路上，一辆又一辆装满了被帆布盖牢的货物的卡车安静地列队行驶，而在便道上，则是马车在疾行。处于昏睡状态中的马车夫在低头打盹。马车和载重卡车是夜间才准许穿越城市的动物，它们的行驶有序而又昏暗，安静而又神秘，在青白色的天空下如同脱节的长蛇。

田畅和何铃在夜幕中疾驰，他们如同逃逸的鱼。在他们体内鼓荡的是一种奇异的风。风使他们的臂膀又生出了风。这是大地向上不断升出黑夜的时辰，是美的时辰，也是花园开启并向黑夜天空说话的时辰。他们发现他们已来到了一个大型公园的一侧。"翻进去。"田畅说。他们翻了进去，田畅在墙内接住从花墙上飞跃而下的何铃，他感到她的身体非常轻灵、柔和，散发出甜香的奶气，他们在花墙下紧紧拥抱住，并吻在了一起。

这肯定是吻中之吻，是在金属城市与虚无的爱中的着力一击，是相遇的火花在闪动。他们吻了一会儿，开始在公园中飞跑。由于是夜晚，他们的飞奔如同月光下的飞鹿，他们跑着，但他们知道公园看门人早已睡去，他们找到了一片草地坐了下来，他们相拥而卧。青草在细密地向上，仿佛要长入他们的身体。他们躺在那里，用手枕着头，探望夜空。夜云飞速地奔流，如同空中行军的队伍。没有鸟在谛听，他们觉得他们已不是现实中的人，这一刻他们褪尽了社会学意义上的一切，他不是DJ，不是唱片骑师，他是生长着的一棵树，他被雨露滋润着，他忘掉了那些在迪厅中像树枝摇动的平面人们；而她，则已开成一朵小花，她没有浪游，没有严酷的生活锁链的锁铐，没有了孤独。他们褪去了其他的人，社会、集体、制度，以及城市加到他们身上的东西。他们变成了两条浅色的鱼，在夜晚的天空下游动，在草地的风中游动。他们相拥而眠，仿佛青草和黑夜已渗入了他们的身体里。他们在爱着吗？他们相拥而进入了岩浆与花朵所充满的睡眠里。这是月光下公园草地上的一次做爱，一次相遇，抛弃危险与无聊，抛弃忧愁与烦恼，抛却了空虚与寂寞，在夜晚流云的天空下游动。

迷恋着女人的密码和群

他们决定逃离这座城市，但他们都知道一些人在找他们。找他们的人由警察和罪犯构成，找他们的人在寻找线索、弟弟、女友和可以被灭迹的证人。他们在逃离之前打算再游历一次城市，去看看在城市中成长的青年人的姿态。他们打算变成月光下的植物，静静地互相谛听，或者如同附着于岩石之上那幽暗的苔藓。天亮了，他们双双出发，他们打算避开来找他们的人，重新进行一次对城市的巡视。

九点钟，他们已到了一家很大的电子游戏厅，在这里的人全部都是兴高采烈的年轻人，他们每一个人都沉溺于各种电子游戏的短暂快乐之中，人人在与机器的程序和智力捉迷藏，而机器却在吞吃金钱，换句话说，机器以金钱为食物，它才愿意与你继续游戏。在电子游戏厅里待着的全是年轻人，他们快活吗？

田畅和何铃拉着手在大厅里走动，各种游戏都在进行中，那些早已被设计好的程序被操作着，溢现在年轻人的嘴角的是一种简单的快乐。他们在游戏厅中游走，发现了一个非常好的游戏项目。那是一台可以上下升降的机器，有一个头发染得蜡黄的年轻人，正坐在机器上上下飞舞地玩儿。他们站在一边看，出现在屏幕上的是一个奇丽的世界，那是奇幻的，现实世界中没有的世界。如同美国西部红褐色的大戈壁上，操作者所代表的一个奇异的有翼生物在前行，但总有什么企图阻挡住它的道路，阻挡它的可能是突然从地面上长出的一朵古怪的蘑菇，或者是从斜刺里杀出的一条飞动的巨大蜈蚣。但它运用各种枪弹在射杀，在前行。这个黄头发的小伙子玩得非常地道，他上下升腾，玩儿得非常在行。他几乎消灭掉了挡在他前面的很多玩意儿，他通行无阻，几乎就没有叫贪婪的机器再吃进去代用币。田畅和何铃有点儿傻了，他们俩站在那人后面，看着他在游戏机上前进，在奇幻的世界中前进。玩了一会儿，那个黄头发小伙子从机器上下来。

"嗨，有趣吗？你觉得这电子游戏机有趣吗？你是天天来玩儿吗？这估计要花掉你多少钱？"田畅一连串问了他好几个问题。

"有趣，当然有趣，没有比这更有趣的了。我就喜欢跟机器闹着玩儿，因为说到底它是机器，你说对吧哥们儿？告诉你吧，我原来在饭店当调酒师，后来我烦了，我不再想老是和瓶瓶罐罐打交道，这使我像一个小巫师。我就来玩电子游戏机和老虎机。我只花开动这机器的头几个币，然后基本上就一路杀了下去，无人能够阻挡我。这种程序没什么，在玩的时候你一定要眼疾手快。我每天要在这里打三个小时，直到机器告饶为止。机器告饶你猜它会怎么说？它会发出奇怪的咕噜声。咕噜咕噜，我就知道它告饶了，不想和我玩儿了，我就歇手不干了。我每天都把这些机器揍得它们咕咕告饶为止，然后我再玩老虎机，叫它把我一开始玩时投进去的币吐出来，不多不少，一共四枚。我每天只带这四枚币在这里玩上三个小时，主要是叫机器向我告饶，我很快活。"这个黄头发的青年人很高兴地说，他很神气地收起了硬币，走了。

他们走到了一个投篮的地方。有一个小胖子正在快速地投篮，他不停地投着篮，一个都不差，那些篮球又飞快地从下面滚出来，而他又接住，然后再快速地扔进去，如同传说中的西绪弗斯一样，将巨石推上山顶，那巨石立即滚下来，于是他就这样不停地向上推，周而复始，永无休止。这个人也一样，他非常专注地把那些篮球一个不剩地扔进篮筐，但旋即那些被他扔进去的篮球又被吐出来，他如同一个机器人一样，双手不停地做着两个机械的动作，让那篮球在运转不停。

他们俩就那样呆若木鸡地看他投篮，看了二十分钟那个人都没停手。结果还是那个胖子把篮球一扔，冲他们嚷嚷了起来："烦死了，烦死了，你们盯着我看干吗？难道这又有什么好瞧的吗？"

"你为什么一直不停地往里扔球？你天天都这样干？"何铃吃惊地问他。

"那我还有什么办法？我没办法，我离婚了，或者说我老婆离开我了。我叫黄凯，你们猜她是怎么离开我的？她是一个'发烧友'，她整天就在摆弄那些音响器材，以及各种的CD唱盘和唱片，都几乎疯狂了，然后终于有一天她发现自己应该一个人过，就一脚把我踢开了，就因为我无法和她一块儿'发烧'。我又不是一个病人，我当然不想和她一起发烧。她就走了，你猜她现在整天都干什么？她天天在家中，把门窗关严了，然后在房间里听她的音响，她把她的屋子都弄成了一个小的录音棚！你说她不是病人又是什么？喂，你们过来，"他忽然面露诡异之色，把嘴贴近了何铃的耳朵，"这座城市充满了病人。真的，到处都是病人，像我老婆这样的病人。现在她一下班就去摆弄她的音响，而过去她一下班就摆弄我。这太不正常了，你说我能咽下这口气吗？于是我就天天来这里玩游戏机，然后我变成了一个投篮机器，这真叫我快乐，我忘记了一切，我天天来这里投篮，我真高兴。"

"那你不觉得你也是一个病人吗？你天天就来这里投篮，难道你不是一个病人？"田畅多少有些天真地问那个胖子。

"我黄凯是一个病人？呸，你们才是！我一个人在这里玩得好好的，干你们什么事？你们却非要来骚扰我，叫我不快活，滚蛋！"他怒吼了一声，不理睬他们俩，自己又开始投起了他的篮球。

他们俩站了一会儿，胖子根本就不理他们，然后他们就走开了。"一个残缺的人，生活残缺者。他自己也是病人，他还不承认。"田畅对何铃说。

他们继续在大厅里晃荡，这使他们觉得自己就像是两个包打听，或者是来刺探城市人心灵情报的密探，他们会意地相视一笑，觉得这最后的城市游历还是非常有趣的。大厅里响着游艺机的各种声响，摩托发动声、赛车行走声、机枪扫射声、飞机轰鸣声、炸弹爆炸声、麻将和牌声、死人惨叫声、拳击比赛声，混合成一种驳杂的音乐，色彩斑斓而又平淡无奇。他们到达了弹子房边，忽然，弹子房传来了一阵阵悦耳至极的音乐，那种节奏简单明快的音乐响彻大厅，只见有一台机器哗哗地往下掉代用币，一下子下来了几百枚，按每枚五元钱计算这些代用币就可以值几千元。一个女孩，确切地说看上去是一个只有十七八岁的少女，欣喜若狂地把那些代用币全部上了起来。"我赢啦！我赢啦！"她高兴地呼喊着。田畅和何铃走过去："小姐，你经常赢吗？"

"不不，这是我一个月来第一次赢这么多。"她用手摸着那些硬币，田畅忽然发现她是一个盲人。是的，她是一个盲人，她轻轻地用手在点数那些币，但她的目光却是空洞的，空洞无物地盯着屏幕上的什么东西看，而目光却又久未离开。

　　"你看见了什么？"何铃问她。

　　"我什么也没看见。我只知道我赢了。"

　　"你的屏幕上是三个9，你得了大奖，你可以得到一辆夏利车，这是这里的规矩。你很激动吗？"

　　"不，我不激动。"

　　"你会拿那辆车干吗？"

　　"把它卖了。"

　　"卖了得的钱用做什么？"

　　"为了死，为了疾病，为了一切我可能遇到灾难。我不知道你是谁，向我问话的人，但我知道我活着是多么难。一生下来我就是一个豁嘴，我长到两岁时就经历了手术。一直到今天，没有哪一天我不是在病中，我得过各种各样的病，我的眼睛也在一次观看足球的过程中瞎了。足球！这是城市戏弄人的游戏，我坐在足球场上，忽然，那天空中响起了一种奇怪的声音，我侧耳去听，但我什么也听不到。我和父亲回到了家中，就在我家隔壁的一家化工厂爆炸了。一些东西飞上了天，在爆炸的一刹那我刚好走在化工厂的边上，我看见一团刺耳的白光打在了我的眼睛上，于是我立即就被抛了起来。后来我被救活了，但我却瞎了。那次爆炸一共死了六个人，一条河被严重污染，一千人得了呼吸道疾病，空中掉下来三百多只死鸟，一条河中浮起了千万条翻着白肚皮的死鱼！这就是城市带给我的一切。我去上盲校，我学会了用手去辨认一切。但我对已经见过的东西却无法忘记。每天，我都生活在被想象力所残酷折磨的黑暗中，忍受着孤独。但我在这里找到了我的字母，我的声音与颜色，那就是不停地打弹子，一下又一下，然后等着聆听那最美妙的音乐。然后某一天，忽然，就像今天这样，我面前的机器快乐地鸣唱了起来，哗啦啦地，从上面掉下来那么多的硬币。我就拥有了一辆轿车，这样我可以叫我父亲去开它，而我因此去周游很多地方，去嗅闻那里的空气。归根结底我是个瞎子，我就喜欢待在这里，你们还想问我一些什么？"

田畅看着何铃，他们都被说愣了："不不，够了，我们什么都不想再问了，谢谢，祝你好运！"他们与那个盲人少女握了握手，走出了游戏厅。

他们来到了大街上，但仿佛是一阵风刮来，街上已经到处都是行人，他们兴高采烈，仿佛是从地底下钻出来的一样充满了大街。他们想尽快忘掉他们在电子游戏厅所见到的残缺者的面孔，因为他们都给了他俩沉痛的东西，这些人好像生活在黑暗之中，像被某种东西遗弃的种群，沉溺于那种极其简单的快乐里，他们全是平面人。又有一些人欢快地拥入了电子游戏厅，这是苍白和被削平的一代，田畅悲痛地摇了摇头。"我们去哪里？"何铃问他。

"我们去那些商场和购物中心看看吧。我哥哥和万鸥绝对想象不到我们会在商场中转来转去。商场是城市的主要景观。在这里，交换是基本准则，我们去吧。"田畅刚说完，他们立即听到了一阵鞭炮声，那是千村百货商场开业的庆贺鞭炮声。他们两个人立即像水中鱼一样，拨开人群向商场浮游而去。

仍有活力的旧鞋

人，倘若你从高处看他们，那他们必是脆弱不堪、渺小至极，如同某种蠕动在沙地上的爬虫，以不可思议的缓慢动作在活动。因此从高处来看人，人将是可悲与可鄙的，他们的行为、动作与目的都有值得怀疑之处。这是萨特的一篇短篇小说的内容。现在，田畅和何铃就有这样的感觉。

他们现在坐在一家大型商场的露天咖啡厅里，这家商场是一种连体建筑，由三座大楼构成，如同三座巨大的碉堡，它的内部有自动电梯、名牌专卖店、紧急出口和快餐厅，有儿童玩具和家用电器，有床上用品和鲜花干花，有办公用具和各种家具，有钟表餐具和健身器材，有所有的东西，人们生活中需要的所有的东西。

他们就坐在临街的位子上，这使得他们可以看见下面的人群。这个咖啡厅伸在半空中，像被一只手臂托着，又像是一把平伸出来的小提琴。

他们刚才逛过了商场，从一层到八层，从第一座到第三座，每个商场他们都去逛了，每一面柜台，每一个来这里的人他们也进行了观察。

"我都有些受不了了，刚才再在里面多待一会儿，我的心脏就会狂跳不已，每分钟要跳到两百下以上。刚才就差一点儿。"田畅说，他还觉得有点儿头晕。

"为什么？你过去有这个毛病吗？"何铃关切地伸出手来摸他的头。

"不要紧了，只要一坐在这里就没事儿了。身处这么多人中间我的确感到紧张万分，我害怕这么多人，你说他们都到这里干什么来了？"

"来买东西呀，这还用问。"

"我们来干什么来了？"他问她。

"我们？"她摆了一下，"我们来这里是为了在逃离城市之前，记住城市。为此，我们进行城市中最后一次旅行。"

"对了，"田畅恍然大悟，"我差一点儿把这件事给忘了。我们去了电子游戏厅，看到了在那里的人，很多幽闭的人。我们来到商场，又看到了在这里吞噬物又被物吞噬的人。"

"为什么人们有疯狂购物的需要？为什么人们要买那么多东西？这些东西难道不会使他们生活得更糟糕吗？人们以为把各种物品占有，我们就会生活得更好，可实际上，物已挤压着人，把人的灵魂挤出了身体，挤到了天空之中。"何铃说。

"你真聪明，"田畅说，"我大学时代学的是哲学，但我还没有你表达得好。我们自然可以从高处来看他们，但实际上，我们也是他们中的一员。"

他们过了一会儿，不谈论了，目光都转向了大街。大街，城市的硕壮的血管，城市中所有的红细胞和白细胞，血小板与其他东西都在这血管中流动。它们是人群、自行车、汽车，从两个方向来，又向两个方向而去。从高处看，大街伸向更远的地方，那里雾气升腾，人们在地铁站中出出入入。

"我们还需要记住城市的什么？"何铃问田畅。

"我们还要去记住城市的标志，城市中的落日、电影院、垃圾处理场、下水道、火葬场、飞机场、酒吧、大饭店、胡同与小巷、有轨电车道、地铁、寻呼台、岗亭、公交车专用道、路灯、医院和火车站……我们要记住它们，然后我们就离开城市。"

"可离开城市，我们又能够到哪里去呢？我们又准备乘坐什么样的交通工具来离开城市？"她问他。

他想了一会儿，说："乘坐什么样的工具？乘坐飞机、火车、轮船，这些交通工具都是从城市到城市，除非你从半途中下来。从飞行中的飞机里下来，如果不带降落伞，那么你就把你交给了白云，被白云和万里晴空撕碎。倘若带降落伞，你就会降落到大地之上，看到农田与农民，看到秀美的山川与河流，你就会降落在牧场或是农舍前。如果从火车的半途跳车而下，我们看到的同样是朴素的农舍、小城镇、山川与岩石、蛛网与河流。轮船也是，我们跳下来，我们会游进那些支流，再从支流上溯，我们就会到达山间小河，再从小河上溯，我们就会找到小溪，再从小溪上溯，我们就会发现地下的涌泉，我们找到了源头，在那里安下家来。"

"也许还能生儿育女?"她笑了，"可现在，我感到空气十分窒息。城市的空气中有一种热烘烘的臭气。"

"我想了一个好主意，"他说，"我们可以乘坐鸭形游船，那种只能坐两个人的脚踏鸭形船，沿着护城河一路向东，再向南，从护城河出发，到达玉渊潭公园，再到达颐和园，再经过京密引水渠，找到京杭大运河的入口，然后向南而去，然后再去上溯，沿着一条河流上溯。""这倒是个好主意，"她说，"这是个好主意。可我们还是先在城市中体验足了再说吧。"他们坐在商场里的咖啡厅中不说话了。实际上，他们都明白，他们很难离开这座城市，城市是鸟巢，而他们是飞鸟。但现在，必须把他们与城市，他们与周围的人的关系，清理出来。

"现在，万鸥要找到你，要灭口。你知道他一些什么事?"他问她。

她有一点委屈："我真的并不知道他的很多事，我后来觉得他是一个罪犯，我隐隐约约觉得他是一个罪犯，我决定离开他。可能我有意无意听到过他们的一些谈话，我觉得他可能杀过人。我可以说出他的一些行踪，但我无法说出他到底干什么了。"

"我还担心的一点就是我哥哥如果发现你了，他会把你关进拘留所，非要叫你供出来一些什么不可。我也不能让他发现我们。咱们在旅馆里已经住了几天?"

"好几天了。"

"再过一天，我们再过一天就离开这里。在城市中，我们要看够那些风景，那些平面人的风景，然后我们再离开这座城市。我在想我哥哥一定能抓住万鸥，即使我们没有帮他，他也能抓住他，那样我们再回来，再开始我们的生活。我们去努力生活，努力挣钱，去买房子，买个大电视，找个好工作，周末去度假，或者，一起去旅游，我们拥有信用卡、影碟机、录像机、保险卡、驾照、健身器，我们像常人，像所有正常的人那样，像城市中的大多数人那样去生活。"

"说来说去，咱们又说回来了，逃走又回来了。那我们还能去哪里？离开了城市，吸不到这布满了粉尘的空气，我想我们反而不习惯了呢。"

"不管别的，"他拉起了她，"我们去进行音乐吸毒吧。在今天，我要去再当一次DJ，然后我们就沿着护城河漂流下去，不管漂到哪儿，不管回不回来，我们得先去漂流。好不好？我们去听音乐会吧，去三味书屋听瑞典大使的萨克斯演奏，去国际艺苑皇冠假日饭店听小提琴演奏，然后我们再去'红太阳'迪厅，我去做DJ，我要再做一次DJ，然后……"

"然后我们就顺着护城河漂流下去，"她说，她有些兴奋，"我还有一个问题，什么是平面人？我老听你在说平面人，可什么是平面人？"

"平面人，"田畅想了想说，"平面人就是沉溺于声像文化的人。你说我们是吗？"

"我想应该是吧。我们就是平面人，但我们要逃走，你说对不对？"

逃命的梯子

　　田畅拉着何铃又来到了一家酒吧，这是位于三里屯南街的酒吧一条街。这条街上的酒吧各有风格，有德国风格，也有美国乡村音乐风格，这里有法国风格同时也还有纯粹意大利风格。田畅打算再去这里唱上几曲，他们进去的是一家乡谣俱乐部，这里的装饰简单质朴，他要在这里唱上几首，但那里却已经有人在唱了。他与老板说了一下希望能唱上一首歌，老板同意了。于是他唱了平克·弗洛伊德和罗克塞特乐队的几支曲子，这家酒吧不大，四五张桌，再加高脚椅，这家酒吧中坐了有几十个人。男男女女都在听他唱歌，但不知为什么，田畅突然觉得非常地忧伤，忧伤是一种病，它在你最焦虑的时候使你的灵魂还乡，这种忧伤非常地巨大，它如同一股突然暴发的洪流，从一个他从来也没去注意的地方流泻出来，就在城市的夜晚，就在酒吧中，在一种烟雾缭绕的山洞般的气氛中在他们心中涌现了。于是他用日语唱了那首《草帽之歌》。

　　是的，这时候仍旧是夜晚，霞光流水，夜色无边。一个诗人的声音在这一刻响起来：

　　　　我将许许多多话语堆叠在一起
　　　　我用语言轰开灵魂铸成的城堡
　　　　铺成的路很长很长

都是通向你们

我替你们打开乐园之门

替你们抹去梦的边境是为了向你们伸出我的手

以后也会有很多人铭记我的诗句

一如你们从我的灵魂之上走过

道路宽广

是因为我胸怀人类

你们听见了教堂的钟声

我堆叠起鲜花般的语言

你们的全部幸福。所以在很久以后

你们也坚定地活着

我祝福所有生者

也为死者奏响安息曲

谁也不去惊动。人类短暂

那么我的微笑地久天长

地久天长地向你们伸出手。你们

一路平安你们

一生平安……

　　这是在田畅内心响起的一个诗人的诗句，在他唱这首歌的时候，他的内心之中突然产生了一种大悲悯，他知道，即使是明天来到这里，这里的很多人，绝大多数他都将碰不见，他们来来去去，他们生老病死，他们消失了。田畅内心的那种忧伤和悲悯是如此巨大，他唱完了那首歌，回头忧郁地回到了座位上。

"你好像突然之间有一种忧伤的感觉，你怎么了？"

田畅泪流满面，他看着何铃："有一天，我们今天在这里的所有人都将消失，我和你也将消失，那些音乐也将消失，孩子们全都长大成人，而老朋友则全部死光了。我突然有一种要改变生活态度的愿望。"

"什么意思？你要改变什么样的生活态度？"

"人的一生，不是做加法就是做减法，大致只有这两种活法。"

"什么加法和减法？"

"加法就是当你一无所有的时候，比如我们，我们就一无所有。我们打算拥有钱，拥有更大的房子、汽车、信用卡、大哥大、音响、高级相机、人寿保险、大电视，拥有一个好老婆或好丈夫，再找个好情人，总之这一切，这一切物质的东西都要我们去努力挣得，于是我们拼命学习，取得各种资格证书，然后转证上岗，勤勤恳恳地工作，直到有一天，这些想要得到的东西就哗地一下子全都来了。这就是加法。加法就是一个人不停地奋斗，奋斗，竭力使自己拥有的一切增值保值。这是一种积极向上，或是大多数人都遵循的一条道路。比如我哥哥，他就是这样的一个人，他的一生就是不停地做加法，不停地奋斗，他抽屉里的证书已有一大沓了。他现在没有多少钱，但他以后会有的，他现在没房子，但他一结婚就会有的，只要他努力，有些东西他就能得到。这是一种健康向上的人生。"

"那么减法呢？"

"过去在欧洲，具体说是在英国，有一个贵族，他拥有世袭贵族头衔，拥有大片的土地，拥有豪华的住宅、汽车和很多钱，有漂亮的女人，有一般人所羡慕的一切。但他的一生都在做减法，他把他的城堡送人了，自己只住很小的房子，他把他的钱也分给穷人了，他对他的世袭贵族头衔也嗤之以鼻。到最后，他只保留了一个忠实的女仆和一大房子的书。他认为书才是他最重要的财富，那些书使他得以和死者说话，得以拥有更丰富的精神世界。"

"可你是在做加法还是在做减法呢？"何铃问他。

"这就是我最矛盾的地方，一方面，我也很想做加法，我想拥有使人的生活方便的一切，我也打算努力工作，勤劳地挣钱，但我却又觉得最终我就算得到了这一切又怎么样了呢？我的价值最终与我拥有的这些东西是等值的。这使我难过。可做减法呢，我无法去干坏事，当一个人什么都没有的时候，如果他再去做减法，那么他只能去做坏事了。去偷盗、去吸毒、去撒谎，但是我不行，我做不到这种减法，于是我就变成了一个平面人，我放弃了那种真正的思考，我沉湎进了各种流行音乐和摇滚音乐，我不看书也不看报，我除了听磁带就是听CD，看VCD和录影带。玩电子游戏和电脑互联网，每天都被各种信息垃圾填满了脑袋。我不再去看书了。但是，我现在不知道我是在做加法还是做减法，我不知道我该怎么办，该走向哪里。因此我很忧伤。"

何铃看着他，她的目光之中有一种深深的关切。"你说要顺着护城河漂流而去，可我们真的可以离开城市吗？"

"是啊，"他低下了头，在喝一杯十二年芝华士酒，"我是在城市中，我渐渐地变成了一个平面人，而城市规定了我们，改变了我们，塑造了我们，我们毫无办法，我想，我们还是逃走吧。"

"你们逃不了的。"有一个声音说。

他们转眼看去，他们认出来了，是万鸥，尽管他戴了太阳帽和假胡子，但他们仍旧认得出来。他堵住了他们，他用鹰一样的目光盯着他们："你们想往哪儿逃？"

"顺着护城河漂流。"田畅淡淡地说。

万鸥愣了一下，他忽然狂笑了起来。"……顺着……护城河漂流？"他大声地笑着，假胡子在剧烈地抖动着。忽然，他拔出了一件什么东西，对田畅命令道："你哥哥把我们另外两个兄弟都抓起来了，现在只剩下我一个人了，我要和他拼个死活。你说你们想要逃走已经晚了！你们是我的人质，现在就跟我走，稍有不从，我就开枪打死你们。走，走吧。"

田畅和何铃交换了一个眼神，他们站了起来。他们都知道而且相信万鸥是一个残忍的家伙。酒吧里人越来越多，一些装束怪异的年轻人涌了进来，音乐更狂暴也更忧伤了，这完全是一个平面化的世界，在这个世界中一切物体都在音乐中变形。他们刚走出酒吧的大门，就看见有人扑了上来。枪声响了，田畅和何铃立即趴在了地上，他们滚落到一边，便于逃跑的地方，逃走了。他们真的想逃离城市，他们乘着夜色逃走了。

从那座被彗星撞空的山巅上，
飞来雄鹰，宣告诗人之辞

　　我叫田畅，我曾经做过DJ，我过去学习哲学，但现在我是一个平面人，我有一个哥哥叫田阳，他是一个非常优秀的刑警，就在不久以前，在一家酒吧，在我决心离开这座城市的时候，杀人犯万鸥发现了我和何铃，但一出酒吧门，我哥哥带着另外一个警察就扑向了他，枪声响了。我哥哥和万鸥都中了弹，他们用枪打死了对方。至于我，则非常伤心，我和何铃打算告别城市，我们进行了一次漂流。我们沿着护城河漂流，我们在星光流溢之夜进行了一次漂流，但我们没有漂离城市，我们只是环绕着整座城市漂流了一圈，天亮的时候我们的小艇接触到陆地了，我们上了岸，可我们发现我们仍旧走在城市之中。

　　是的，这的确仍是这座城市，当熹微重现，整座城市像一座岛屿一样从我们的眼前浮起来的时候，我们看见了一座崭新的城市。这是一座极其友善的城市，它那清新的颜容我还是第一次看见。因为许久以来，我们都是在夜晚生活，我们是夜晚的狂欢者、黑夜中的虫子，我们吃黑夜这树叶，我们是夜晚的主人，但是白昼降临，我们许久以来又一次看到城市时，我们震住了。

　　它生机勃勃，因为到处都是苏醒的人在走动，他们整装待发，在为新一天的生活在奔忙，他们全部都是做加法的人。我们站在一座过街天桥上，从四个方向看城市。城市是流动的，是生长的，是慷慨和清新的。突然之间，我和何铃都有一种感觉，那就是，我们要告别夜晚，告别平面的生活，直接进入白昼，对，从这一天直接进入白昼然后去做加法，去努力追寻生活之中坚实可靠的那一部分，我们要去努力工作，努力挣钱，买房子，买车，买个大电视，生个小孩，孝敬父母，去承担生活中最劳累和最平庸的那一部分，向前冲！是的，这是我们漂流了一夜之后的想法：向前冲！冲到生活中做个具体的人，我们都闻到了清晨的空气，这种空气足够我们呼吸下半生，去向前冲！

注：此文标题系引用画家米罗的画名，两段诗歌系诗人京不特的诗句。

波浪·喷泉·弧线·花园

波浪（独白）

"我看见了那波浪，"张丽说，"可它并不是海中的波浪，它像海浪，但它是沙子的波浪，一波一波从一些沙丘上向前涌，向铁路这边涌来。"

"它是城市喷泉，是城市嬉水乐园中的小波浪，我就泡在里面，我喜欢这类人工波浪，它像无数个湿润的小手指抚摸着我的身体，我觉得我很舒服，我的身体非常棒。"徐天心说。

"不，它不是沙之波，也不是游泳池中涌动的人工波，它是一种声波。当我站在舞台上向下看，我看不见他们，他们只是黑压压的一群，他们像是某种死灭的星星，他们的嗡嗡声，他们鼓掌或是向我喝彩时像是波浪涌动，过去我害怕这类波浪涌动，但是现在我非常喜欢这种波浪的涌动，使我感到我像是站在波光上前行。"方可欣说。

"但是波浪是不存在的，如同一切直线都可以被分解成无数个点。波浪也是这样，它由一些小浪花构成，是真正地涌动着却又从不存在，如同我看见整座城市中的人，他们就是波浪，从早到晚，这人的波浪涌动在每一片街区却从不停歇。"胡岚说。

"什么是波浪？我只看见我内心的波浪，或者我把波浪设计在我的服装图案中，我从来也不喜欢各种真实的水波、沙波、声之波。我喜欢看见我内心的波浪，只有人的内心才是真实的，我凭我内心的波浪的起伏来生活。我看不见其他的波浪。"服装设计师梁盈说。

"我是个护士，可我很怕血，很怕一切水波。只要是液体就会掀起波浪，因为它会涌动，却从不停歇。我看见那些水波涌动时才十九岁，我正乘火车到北方大城，我生长在这些沙之波的边缘的一座城市，我猜测有一天这些沙子就会涌到城市里来，用它更大的波浪淹没它，所以我就离开了新疆，穿越了这些沙之波，我到达了北京，我要去那里学习。在穿越那些沙之波时我很恐惧，但后来我们的列车穿越了它，它消失在我的视线里了。"

"还有一种波，大波、波霸，这些词从哪里传来的？对，是从南方，是香港传来的，什么是大波？大波就是大乳房姑娘，我听见有人在背后说我是波霸时，我顿感羞愧，但过去我不是这样，我喜欢我的乳房。第一次躺在浴盆里洗澡时，我就要用水覆盖我的身体，我喜欢在饭店工作，它可以使我每天都躲进一套高级客房中很舒服地洗一个澡。我喜欢我的身体，我喜欢水，我喜欢盛水的大理石浴盆，我从来就不喜欢淋浴。"徐天心说。

"那种声波，是的，那种声波也是一种旋律，也是一种节奏，它的涌动与我的情绪相配合，如果这声波令我激动，我身体的每一个毛孔就张开了，我就会唱得好。声波在空气中传来，扑在我的身体上，使我身体的曲线生动，使我唱得更好。"方可欣说。

"因为对于每一个人来说，城市就是一个大海洋，所有的人都是鱼，都是游动在这大海中的鱼。因此，有些鱼喜欢追逐波浪，有些鱼喜欢逆着波浪前行，而我，我喜欢研究与分析这城市的大海，我几乎可以一气看到海底，看见各种大鱼和小鱼，看见鲨鱼、海豚、金枪鱼、黄鱼及水草。然后我考虑下去捞鱼，我还研究鱼与鱼之间的关系，我是城市海洋的研究者。"胡岚说。

"当然所有的波浪都不如内心的波浪重要，所有的。"梁盈说，"实际上我很孤独，我就一个人测量内心的波浪，我一直一个人生活，白天我在公司设计服装，我把波浪画到草图上，让波浪在每一件衣服上涌动，但我自己，我是说我自己，宁愿测量内心的波浪。一旦这波浪涌动得太剧烈，我就不出门了，一旦这波浪小一些，我想晚上我还可以一个人到酒吧坐一坐，借以排遣孤独。"

"一切都是波浪，这是我发现的，人的一生就是波浪起伏，当然我才二十五岁，我还没有资格谈论人生，但我已经看见我的一生像波浪了，它一定会起伏不定的。我现在离开了乌鲁木齐，带着一个受伤的秘密。我打了胎，这是一个恋爱的结果，我恨他，因为他又爱上别的姑娘了，我决定走得远远的。我真的做到了，我去内地上学，我是军队医院的护士，我说过一切都是波浪，就让我在波浪上行走吧。"

"当水慢慢地淹没我的身体时，我的全身都沉浸在一片莫名的惬意之中，女人的身体是水做的，过去我这么认为，但现在我不这么看。我认为我的身体是一架精美的机器。它高速而又协调地运转着，它总是充满了欲望，它甚至可以吞吃波浪。你要问我最喜欢什么，我想我可能最喜欢银子。银子的闪亮比金子轻柔，我已经有一些银子首饰了。不戴时它们会渐渐变黑，但我喜欢银子。这个世界要都是银子做的该多好啊！"徐天心说。

"我有时候会在这声波中飞起来，像一张纸那样，左右摇晃着飞起来，这是一种境界，这是歌声的飞动。我最近录制了一张唱片，它叫《物质女孩》，我在舞台上喜欢穿有金属光泽的衣服，让事物显现出光泽来我就喜欢。"方可欣说。

"不过，尽管城市是一个巨大的海洋，可并不是人人都能捞到点什么，总有空手而归者，我觉得我活得有点儿累，因为我没有必要总是像渔夫一样盯住大海瞧个不停。"胡岚说，"我弄不明白最终我会捞到什么，我能够捞到什么。"

"在酒吧里总有人会来和我搭话，各种各样的男人，有的人一坐下来就说他很孤独，需要一个人陪着。我就跟他聊天，我假装什么也不懂，眯起眼睛笑着看这些男人，听他与我瞎扯，然后再听他们邀我出去，自然，我会拒绝他。第二天我就再换一个酒吧，因此到最后，这些男人的脸都像橡皮糖一样叠加到一起去了。我就很开心，我听见我体内的波浪在轻微涌动。"梁盈说。

"我从小就喜欢沙子，沙子的细碎和流动使我为之迷醉，沙子的流逝、涌动使我成长，使我看见了时间本身的涌动。我其实喜欢在月光下走出城市，去看那在月光下轻轻涌动的沙丘，在月海中，所有的沙丘都在涌动，真的，这是一片月之大海，它的波浪的神秘涌动使我伤心，使我感到了生命的脆弱。有时候就是在这种月夜我的例假会突如其来地提前来临，像湖泊一样在我的子宫之内涌动。"张丽说。

"银子饰物如果你不戴的话，它真的就会变黑。我喜欢有人送我银饰，银手镯、银耳环、银项圈、银戒指、银头饰、银发夹与银相框、银制餐具、银匕首……我在酒店的销售部任经理，总是有住酒店的客人会喜欢上我，他们给我送东西，我大都会拒绝，但只要是银制品，我就会非常地喜欢。"徐天心说。

"我踩着声音的波浪行走，我唱我喜欢唱的歌，我的歌都是我写的，是自然流露出来的，如同波浪都是因为风的带动生成的。那种声波对我的耳膜有一种天然的击打力。声波有长波、中波和短波，也许它同样有微波。声波冲击耳膜，使我们听见声音。因此，我依赖这种声波，我信奉它。"方可欣说。

"可女人天生是柔弱的。"胡岚说，"在城市中女人应该如何生存？女人就如同波浪，易碎、柔和、美丽，但这波浪不可能在空中停留太久，如同女人的容颜，这最容易变老的东西，不可能停留太久。这给了城市女人以严峻的挑战。于是各种各样的女人应运而生。因为说到底，这座城市是男人的城市，每一幢高楼都是男人建造的，大部分汽车司机也是男人。公司和机关领导也大都是男人，服装模特儿是女人，但设计师和观众却大都是男人。城市给女人留下的空间太少，要么是家庭，要么就是工作，城市中留给女人的是海沟、海峡、海滩与海礁。女人要发展自己太难了，如同易碎的波浪，从空中落下来，落进大海，更多的水珠溅起来，水珠融入水，波浪就此消失了。"

"不久前，我刚刚离开了一个男人。我像一股水流在涌动，冲向了岸，但生活之中有一种内在的力量在促使我退却。我一眨眼就爱上了他，可我发现我爱错了。他是一个自私的人，他甚至还要收回他送给我的一件皮裙。我还给他了，后来我听朋友说，这件皮裙已经是他三次送人又收回的了，他总是送给新交的女友一件皮裙，等到和她分手了之后再收回去，对我也是这样，这可真叫我恶心。这使得我内心的波浪急骤地涌动了起来。"梁盈说。

"城市之中没有沙丘，看不见沙子的流动是一种让我感到非常遗憾的事情，"张丽说，"尤其是到了这座北方大城，我更想念西北月光之下的沙丘之海了，但我看不见它。有时候我会在梦中梦见它，可白天我什么也看不见，我在一所医学院学习了两年半，然后我被分配到了一家军队总医院，管理血库。血库，听上去与武器库、粮库、仓库一样，是个很大的地方，实际上我告诉你，血库是个小地方，储存在那里的血加起来也许只有几水桶那么多，可它仍旧叫血库。我就负责血库的管理。我像个守卫压缩干粮的战地后勤卫士，我就干这个。我还算喜欢这个工作。"

"当我意识到我的身体其实是一个通道时我吓坏了。过去我从来也没这样想过。但现在，我发现我的身体就是一条通道，我饿了，就有食物经过我的身体，我渴了也是如此。当我有了那种需求，我身体的一条通道就会湿润，就会打开，让另一件东西伸进来触碰我身体的秘密。我甚至觉得风可以进入我的身体，我发现我的身体在渐渐变得麻木与僵硬，变得如同银器一样坚硬，因此我就是喜欢待在水里，我喜欢被水泡着，让小浪花随着我身体上的起伏而流动。"徐天心说。

"我唱《物质女孩》，可我本人是物质女孩吗？什么是物质女孩？我在想这个问题，物质女孩，是一种欲望的容器吗？是嗷嗷叫着扑向各种商品物质与尽情享用的动物种群吗？是浑身被物质包裹与填满的圣诞树吗？是橡皮女人吗？是全金属外壳的女人吗？是夜幕下的消费大军吗？是一种城市钟乳石？是吸血蝙蝠？是男人世界中的苔藓和地衣？是森林中的蘑菇和木耳？是什么？是躲避枪弹的小鹿，是引颈向天的天鹅？我想不明白，但我唱《物质女孩》，她们已经出现了，她们像空气一样布满了我们的周围。十八岁以后，我猛地发现我是一个物质女孩，于是我就开始唱这首《物质女孩》了。"方可欣说。

"在城市中人和人充满了邂逅，今天你认识的人也许在三年以后才有可能重新相逢，如同一段波浪，需要重新积聚起水滴，也要使水滴重新相融，我搞公共关系公司就是要使可以利用的城市人力资源进行再聚合，使它重新发挥出功能。"胡岚说。

"我害怕这座城市，如同害怕海浪，我去过海边，大连、青岛、厦门、珠海，这些美丽的城市我都去过，并且在海滩上漫步过，我看见过海浪，它就像是水的手掌，一下又一下地掀起来拍向岸边，我害怕它，我从不下海游泳。我从外地来到这座城市时，不认识这座城市中的任何一个人。我开始想当画家，但后来我发现这有要饿死之虞，于是我就加盟了一家服装设计事务所，设计时装和羊毛衫。我害怕这座城市的原因是在夜里它看上去完全像一头猛兽，在夜间它很有可能把我吃掉。"梁盈说。

"在医院里，你总能闻到一种气味儿，消毒液味儿、纱布味儿和福尔马林溶液气味儿，当然有时候我还能闻见血味儿，别人闻不出来，但是我可以闻出来。这与我管理血库有关系，血的味道是甜的、腥的，而沙子的味道则是涩的，还带一点咸。走在医院的走廊里，我一旦闻见了那种血腥味儿，就知道又来病人了，他在哪一间病房、他得的是什么病，我大概总能知道。"张丽说。

"我过去并不喜欢银子，也许我将来还会喜欢金子。但我过去最喜欢的是花，是各种各样的花朵，我喜欢极了，花似乎是精神意义上的，它美丽、易损。实际上花朵是植物的生殖器官，因为它才这么鲜艳。我觉得我的生殖器官也是美的，它是一朵小巧而幽深的玫瑰花。我是整个大学时代都喜欢花朵，也许那本来就是一个花季，离开大学以后，我就再也不喜欢花了。"徐天心说。

"你们去过酒吧吗？你们去过歌舞厅吗？你们去过演歌台吗？你们去过体育场吗？我总是在这些地方演出，我一步一步由酒吧走向大型歌舞厅，再由歌舞厅走向演歌台，然后是在体育场演唱，我是在上海长大的。这几年上海的建筑像竹节一样拔地而起，它变得越来越像芝加哥了。繁华、忙乱，到处是挣钱的声音。而年轻人白天都拥到摩天大楼与玻璃幕墙后面，到了晚上则充斥在商场、歌舞厅、迪厅、健身房、酒吧里。我觉得我看见了他们的灵魂，整整一代年轻人的灵魂在夜晚的城市上空飘拂，在低低地飘拂。"方可欣说。

"我喜欢看冲浪表演，这种运动实际上就是我生活的象征，总是在浪尖上，这种感觉是十分奇妙的，总是在浪尖上，谁有过这样的感觉？我把生活理解为冲浪。我总是要冲到浪尖上去，但是波浪总是要消逝的，我看见波浪消逝后，地平线那样的海，以及海面上的太阳，我看见了它，它像是正在被蒸发的一种东西，在变形，在夸张地变形，在水蒸气中消失。"胡岚说。

"不能不说到夜晚，一到夜晚我就会变得忧郁，变得孤单。在这座海洋一样的城市中我租了一间小屋，和那个收走皮裙的男友分手后，我又一个人住了。在这座城市中生活已经三年了，我有一种急切的停泊感。因此，在几个月以前当我在他的房间里认识他时，我有一种停泊感。我想也许我是为他的大电视、真皮沙发、大吊灯和上等地毯所迷住了？我想不是，而是他居所中的一种氛围———一种家的感觉，这种感觉使我有依靠感，于是当他邀请我去跳舞的时候，我就答应了他。再后来，再后来我们就同居了。"梁盈说。

"仔细回想起来，我为什么会爱上他？因为他像一头小豹子一样可爱吗？因为他比当时十九岁的我还小一岁吗？因为他那虎虎生气的外表吗？因为他健美壮硕的身体吗？都不是，我想，都不是，而是他为我写的一首诗。他为我写了不少诗，那时候他刚刚从新疆石油技术学校毕业，辞职后办了一家送菜公司和广告公司，一个十八岁就开公司的人！一头可爱的小豹子，他扑向了我，他叫我姐姐。他的目光柔和亲切，他的笑容淳朴生动，他的皮肤黝黑健康，他和我是水中追逐的鱼。我们就同居了。"张丽说。

　　"什么时候我不再对花朵有兴趣的？是什么时候讨厌起花，这色彩鲜艳的植物的生殖器的？我想是大学毕业的时候，肯定是那个时候。在大学毕业以前，我交了一个男友，他比我高一届，他喜欢唱歌，尽管他是一个电子系学生，但他的男高音唱得好极了。我爱他，我像爱花一样爱他。那时候我们淹没在一种爱的波浪中，那时候我很瘦，而他则喜欢唱歌。他比我早一年来到北京，我毕业的时候他还没有能力把我办进北京。在实习的时候我认识了一个从国外回来的受政府重用的博士，他在北京一个经济开发区当头儿，他开一辆绿色宝马，我在大学里从来也没有坐过这类轿车，我为了留在北京，答应了他一件事——在他的要求下，我和他过了一夜。他把我办进了北京。从那一晚上起，我就不再喜欢花了，我就不再喜欢那种易碎的、虚幻的花的生殖器了。我恨我自己，我把我自己心中的花给折了，我哭了。我主动与男友提出了分手，我想我的男友，我的好男友他永远也不知道这是为什么，但我对不起他，我讨厌自己，我进入了这座城市，我要开始另一种生活了，一种不同于校园的生活，这生活是复杂而又严峻的，它在我刚刚进入的时候就给我上了一课。"徐天心说。

"我看见那些声波在刺穿着我的耳膜，嗨，我说过我录了一张唱盘，而过去我是一个调酒师，我在一家美国风格的'星期五舞厅'当调酒师，据说这家连锁餐厅是专门开给女孩子的，由女孩子或女士约男士吃饭的地方。我当调酒师是在大学三年级的事，我毕业于一家外语学院，我一边调剂各种鸡尾酒，我的耳边整天都响着外国音乐，我听熟了，我也唱熟了，于是我学了几首歌，我试着唱了几首，很好。我的歌是为了哀悼我的女友的爱情的，因为她的男友去了美国，再也没有了音讯，后来我不再做调酒师，我开始唱歌了。"方可欣说。

"我不知道应该从哪里来讲我的故事。我的故事极其简单，在北京的一条胡同里，我长大了。那时候我的牙齿有点儿黑，我长得一点儿也不漂亮。后来我考入了北京广播学院编导系，然后我在一家电视台工作。我有一个男友，我们分分合合有六年之久，就在我毕业后一年左右，他突然继承了香港一个死去的叔叔的遗产，全是留给他的，有几千万港币。我想我肯定不是因为这些钱和他结婚的，但我们结婚了。然后他开始做生意，做贸易，四处奔波，我们买了两辆车子、两套公寓、一栋别墅，我在家守着空荡荡的房子，像个守墓人。我给他生了个孩子以后，觉得不能适应这样的生活，因此我就开了这家公共关系公司。"胡岚说。

"我就和他同居了。"梁盈说，"有一天，那大约是在我们同居三个月之后，我提出来要嫁给他，他笑了笑，说：'好呀，不过，我想去做一个婚前财产公证，一旦你和我离婚了，你就什么也别想从我这里得到。'我听了一下子呆住了。我想我爱上他了，我是出于爱才要和他结婚的，我并不贪图他的钱，我能理解别人去进行婚前财产登记，但是我不行，我受到了屈辱，我觉得他爱我并不深。我就走了，我走了，我不想见到他。后来他托人来要那件皮裙子，我淡淡地笑了笑，就把裙子交给了那人。那天我伤心得呕吐了半天。我病了，病得很重，我一个人躺在屋子里，听着外面阔大而又喧嚣的城市在转动，我却不能动，发烧、吃药，我一个人在床上躺了三天。我知道如果我死在这间屋子里是没有人来给我收尸的，我就坚持着扛了过来，我品尝了生活中的灰烬。"

"我们大约同居了一年，这期间也有反叛家庭的意味。我父亲是一家银行的行长，因此，我衣食无忧，从小就很顺利，这使我的性格乖戾、脾气暴躁，我很少有喜欢的男孩。可当有一天在医院里我救治他的时候，我一下子就为他的某种气质所吸引。他是被人打的，他刚刚工作就把工作辞了，一个人出来自己开公司，他那种虎虎生气叫我着迷。但我猜也许和他在一起是我们的灾难，但那时候我已管不了那么多了。我们租住了一间很旧的楼房，就在那间楼房里同居了。"张丽说。

"我出卖了自己一次，生平第一次出卖了自己，这一年我只有十八岁，我想我虽然出卖了自己，可我的性格中、人生态度之中也一定有要出卖自己的逻辑，我得符合逻辑才行。在大学时我很瘦，看上去像一根豆芽菜，有一点儿像林黛玉，我那会儿胸部很平。但后来，这一切都变了，我突然明白我不是属于精神的，我是属于物质的，属于豪华酒店、高档写字楼、名牌名店廊和小轿车的。我应该过另一种生活，我既然已经出卖了自己一次，我为什么不可以多卖几次？但我要卖得机智、卖得巧妙，以最少的付出获取最大的收益。这是交换的原则，这是交换的时代。"徐天心说。

"那绝对是一种狂迷，那是对声波的狂迷，那是一种瘾、那是宣泄，是表达的痛快，是肉体的愉悦，我在唱歌的时候就像在吸毒一样。在迪厅里有人兜售一种叫摇头丸的毒品，很多人都在那里摇着头，只有我在唱歌，在唱《物质女孩》，为的是给那帮子沉湎于酒吧和声像文化的小男孩一点告诫。"方可欣说。

"结婚以后我大约过了有两年的与世隔绝的日子。我们把在市区买的一套房子租出去了，我们住到了郊区的别墅里。这是一片未开发完的别墅区，有三分之二，约两百栋别墅都没有灯光，我住在这里，和一个丑保姆在一起，先生在家，我有时候也做饭，先生倘若要出门都是我给他打的领带，选好衬衣、西服和皮鞋。当我怀孕了以后，我就待在家中，哪里也不去。有时候我去买花和蔬菜，以及日用品，我才开着车出去一下。我守在静静的墓穴里，感到自己像某种陪葬品，也就是说，我陪丈夫一起下葬了，下葬到这座离城区二十公里，周围一片漆黑的墓穴别墅里了。"胡岚说。

"一个人面对城市如同一个人面对大海，我病了好几天，病好了之后，我放弃了要当画家的梦想，因为如果不先挣到饭钱我就会被饿死。在城市中，不论男女你必须先得有一门手艺，你才有一把打开城市的钥匙，我想我学的就是工艺美术，我为什么不先从设计广告图案开始呢？于是我就开始干了。我应聘到一家服装设计公司，我成了一个时装人。"梁盈说。

"我有一种结了婚又离了婚的感觉，真的，同居到后来受伤的总是女人，爱情是什么？爱是一把双刃剑吗？它总会刺伤相爱的一对吗？"张丽说。

"我说不清我的身体是从哪一天开始发生变化的，后来我再也不是豆芽菜了，我的胸部变饱满了，我变胖了，我的身体，整个的身体有一种波浪一样的起伏，我是从哪一天变成波浪的？"徐天心说。

"我总要唱出一代人的心声，我要唱出他们心灵中那种鸡尾酒般的层次，一层一层的非常漂亮的分层，可我算是一个物质女孩吗？我总是提不起精神去喜欢男人。只要一靠近他们我就紧张，乃至厌恶起来了。我弄不明白这是为什么。"方可欣说。

"一个女人必须有独立的人格，必须自尊。一个女人不应该依附任何人，这样她才活得自由，心像镜子一样干净自然。一个女人不应该成为附庸，但一个女人也应该做好女人应该做的事。一个女人应该做好她分内之事，然后，她就应该确立自己了。"胡岚说。

"不能不说到流浪。我成长在大巴山区，别人说我美丽，说我身上有一种野花般的美。十九岁我去浙江美院工美系自费读书，三年以后我自己来到了京城。我弄不明白野花应该如何在高楼大厦的缝隙里生长，我还弄不明白，也许我应该再丢掉一些自尊，再失去一些纯真，我就明白这一切了。"梁盈说。

"但是那些沙之波浪呢？在城市中生活了几年之后，我渐渐记不起那些沙丘的掀动了。我的目光总是要被崛起的那些高档大厦挡住，我看不见那些沙之波了。如同我看不见他的脸，比我小一岁的男友的脸了。我为什么要与他分手的？我想也许这很简单，因为我觉得他没有行为能力，他还没有定型，而我则即将定型，我要的是另一种生活，而不是和他在一起的那种滥情而又畸形的生活，因此，在和他同居了一年之后，我离开了他。"张丽说。

"当我的身体开始变化以后，我的其他东西也开始变化了，我喜欢起银制物品来。在大酒店里有各种各样的客人，从各个国家来的，他们带来了各种各样的气息、声音和感觉。这时候我才看清了我的道路，我其实并不弱小，我甚至很强大。我是一种具有摧毁力的物质。我要走我自己的路。我在北方一座小城市长大，那座城市中人们庸庸碌碌，像蚂蚁一样地活着，我离开了那里。我去了长江边上一所重点大学读书，然后我来到了北京，我把自己卖了一次，我恨那个留洋的博士，他身上有一种汗酸气叫我恶心。他射进我体内的精子有一种鱼子酱味儿叫我恶心，他的手没有长毛，但像树袋熊一样叫我恶心，他的笑容之中有一种真正的冰冷和残酷叫我恶心。我落下了工作关系，落下了户口，办下来了身份证明，然后，我就悄然辞职了。"徐天心说。

"而我的听众大部分都是男性，在黑暗之中他们的目光使我害怕。我在中学时代喜欢过我的中学语文老师，他是一个文静腼腆、皮肤白皙的年轻人，他戴眼镜，但有一天我们那间教室隔壁的隔壁是杂物室，工友从中发现有一张大讲桌里塞进了一个十七岁女孩的尸体，她已经死了五天了，尸体都发臭了。后来警察发现是我的老师干的，他强暴了她，又把她杀了。我的少女梦破碎了。我讨厌周围的男人们。在大学时代，我交了一个男朋友，但当他要吻我、要抚摸我的时候，我总是有一种恐惧感，我禁不住浑身颤抖了起来。也许这是一种心理障碍，如同逾越一道波浪那滑板运动员就会翻船一样，我逾越不了这个障碍，我现在还不行。"方可欣说。

"我从家中墓穴走了出来，我办了一家公共关系公司，我组织大型活动，去办理各种批文，我帮助别人进行股票公司上市推展，帮助外省市的政府机构在北京举行大型贸易洽谈会，我很忙，我有我自己的事业和工作，我很累，我忙了一年多，我不再是墓穴主了。可这时候我又想如果能做个家庭主妇该多好啊！"胡岚说。

"在这座城市中我很少看到下雨，甚至在整个北方，我也很少看到雨，我喜欢在雨中狂奔，这样我内心的波浪就会涌得高一些，我的心灵就会变得潮湿，我已经二十七岁了，我快要成一个老女人了。可我的归属在哪里？我的归属只是一段波浪吗？"梁盈说。

"要是回想起我和他那同居一年的生活，当然是刻骨铭心的。那是一种癫狂的充满了激情的生活。我想那时候我十九岁，我的大脑有一种疯狂的念头，就是我要反叛家庭。我说过我的父亲是一家银行的行长，他对我的要求就是去上学，然后再由他帮忙进一家银行或者报社，然后再与某个副市长结个亲家，我讨厌他的这类想法，于是我和他认识了。我们一同组建了'红旗'乐队，我们还吸大麻，但我后来不爱吸了，我只爱闻大麻味儿，而不愿再沉浸在那种虚无的快乐中。然后，一年以后，有一天我仿佛看到一束光从天上打下来，打在了我的天灵盖上，我决定要告别这样的生活了。我离开了他，离开了我们肮脏的小屋，我要去远方。于是我就走了。在走的路上我看见了那些沙子的波浪，它们的涌动锲而不舍，热烈而又忧伤。"张丽说。

"我看见了我自己的道路，一条通向新大陆的道路。新的大陆，它是美国吗？它是日本吗？它是欧洲吗？它是香港吗？我不知道，但我想我得去这些地方，我也能去这些地方，我很想去这些地方。这是一条早已铺设好的道路，但也得有人帮我，我在饭店当客房部经理为的就是可以接触更多的人，我想机会是由人与人接触才得来的。我有一天经过酒店大堂的室内喷泉时，有一个穿白色西服的人放下手中的《南华早报》，对我说：'小姐，我可以和你聊几句吗？'我看了他一眼，我似乎震了一下，我明白我要的快来了。"徐天心说。

"如何才能克服对男人的恐惧？我感到那就做个在黑夜中的歌手吧。我毫不责怪那些变成了物质女孩的女孩，不是她们自己要变的，而是其他的力量使她们变成了这个样子，使她们变成了欲望的容器。归根结底是男人变了，女人才会变成这个样子。归根结底这是一个男人的世界。我决定成为夜晚的歌手，我想我不会再有男人了。就让他们的眼睛在黑暗中闪烁吧。"方可欣说。

"就在我突然感到了疲劳的时候，就在我决定重归家中，做个家庭主妇的时候，我听说了我丈夫有了外遇。当两个人都在忙碌，没有一个人顾家，孩子都交给了保姆后，他对我非常有怨言。后来，一个女人走进了他的视线，一个顾家的女人，一个温柔的女人，一个要抢走我丈夫的女人。我要和他谈一谈，我们已经分居了，我现在住在城区的一套房子里，他住在郊区的别墅里。我要和他谈一谈，可我们从哪儿谈起呢？"胡岚说。

"一个人的成长就是丧失的过程，没有丧失就无法成长。这是肯定的。我觉得我品尝了生活中艰辛的部分，我品尝了流浪，迎来了成长。我想我拥有的东西不多了，我必须守住自己，我希望自己能够拥有正常的生活：一个爱我的人，我们一起生孩子，一起挣钱过日子。我想这样简单的生活理想难道我就不能实现吗？"梁盈说。

"我又看见了那些沙丘，当然是在梦中。那些沙丘波浪涌动，"张丽说，"在梦中它们是大海。"

"我说过我喜欢游泳池中的波浪，我喜欢人工喷泉中的水流，我喜欢一切的人工，而我不喜欢大海的波浪，那种波浪多么令人恐惧啊！"徐天心说。

"没有一种波比声波更美，完全使我们的血发烫、心灵发抖、脚踝松弛。"方可欣说。

"我十分郁闷，于是我就去了青岛的黄岛金沙滩。我看见了大海，那天起风了，我去海边走，海浪一浪一浪地打过来，打在我的身上，我觉得天地一下子开阔了。"胡岚说，"我有一种解脱感，我想过死，但见到了大海，我不想死了。"

"我把波浪设计在了服装上，我的服装获了大奖，我喜欢波浪的曲线，它们是我最喜欢的线条，我注定要与波浪结成同盟。"梁盈说。

喷泉（场景）

徐天心在酒店大堂的带有人工喷泉的咖啡苑边上走过时听到一个男人向她说话。人工喷泉的水喷起来，像一朵大花，它发出的声音并不大，因此可以准确无误地听到他在说什么："小姐，我可以和你说几句话吗？"

她停下了步子："当然可以，先生，我是饭店客房部的经理人员，随时准备为您提供帮助。"她看着他，他穿一套白色的衣装，白衬衣，白色带黑点的皮鞋，领带是红色的，因此非常扎眼。她闻到了他身上那种迪奥牌浓郁的香水味儿。他的皮肤很白皙，看不出他有多大，大约在三十岁，脸型很瘦，目光柔和而又果敢。

"我注意到你已经有半年了。"

"您注意到我已经有半年了？"她有些惊讶。

"是，半年前我来这里住下的时候就见过您。我送给你一条小狗，还记得吗？"他微笑着说。"啊！"她立即想起来了。那时候她刚刚在酒店工作，在大堂里看见有一个女人牵着一条蝴蝶犬，她当时在为一位住客登记时注视过大堂里的那只狗，她说那只狗很漂亮，那时候她刚刚摆脱了那个雄海狗一样的留洋博士，又与真心爱她的男高音男友分手，内心一片苍凉。她自己一个人租住在一个老华侨在北京买的房子里，买了一大堆二手电器生活。后来，一周以后，客房部另一个同事通知她，有一个客人留给了她一条狗，就是那只蝴蝶犬。但她不知道是谁留下的狗，现在她明白了。

"是你吗？"她快活了起来，"谢谢了。"

"那条狗呢？"

"还在啊。我非常喜欢它。它别的什么都不爱吃，就爱吃猪肝和羊肝。"

"嘿？我希望我有机会能看到它。"他又微笑了。他的微笑十分动人。

"那我明天把它带来叫你看看，它长胖了。"

"你也胖了点。你过去太瘦了。"他说。

"你是商界人士吧？"她问他。

"是。"他冲她眨眼，"我在这里住了一个星期了，我每天都看到你，我总想对你说一句话。我有半年时间一直在想这句话，我不知道该不该把它说出来。"

"什么？先生，您可以尽管把它说出来。"

"我想我爱上你了，半年前我就爱上你了，就这句话。我一直试图忘掉你，可我忘不掉，我这次来中国就是为了向你说这句话的。"他盯着她平静地说，"我想把你带走。"

她看着他，她愣住了。她有些喘不过气来。

"你为什么总是要迟到？"他生气了。张丽从她的医院赶到约会地点时天已经黑了。

"对不起，迟斌，我来晚了。今天医院里有一个女人大出血，她是总队文工团的演员来我们医院做人工流产，刮宫术，但不知为什么大出血了。那血根本就止不住，像一条溪流。血库里的AB型血全部都用完了，我们就自己去找血，后来那血还是止住了，但我看她也活不了太久。"她有一点忧郁。

迟斌开着一辆桑塔纳，他是她的朋友介绍的男友，他不爱说话，性格有一些内向，跟她外向的性格差别很大。他们在一起有半年时间了。一般他们每周约会两次，总是他开着车在羊坊店路的路口等她，她不想叫医院那帮多嘴多舌的同伴们看见她和他，因此她从不叫他去接她下班。

和他在一起，一切都有，房子（一套三居室）、汽车、钱（他做贸易生意），但她就是觉得激情不够。当生活向她展现出了它平庸的一面时，她不禁怀念起比她小一岁的男友了。那是一种真正激情的生活，充满了火焰的形状。

她每一次和他约会都要叫他开着车在城市里转悠，叫他开得既不快也不要太慢，她也不和他说话，一个人靠着窗子，仔细地看着窗外的街景。她喜欢看到整座城市的每一片局部的变化。

她发现自己最近有一个小小的毛病，那就是喜欢数那些高楼大厦的楼层。每看到有一幢新近崛起的楼厦，她就像得了强迫症似的一层层地飞快地数完它。

"你在干什么？"迟斌一边开车一边转头问她。

"这里的这一片楼又要盖起来了。这是一片金融商贸区大楼。"她茫然地说。城市越来越大，也越来越漂亮了，它的街区在拓展，道路在加宽，楼层也长得密集和高大，众多的立交桥、地下通道、过街人行天桥使它变得多层和立体。它的空间在膨胀。可我却会在哪里栖身？和迟斌的约会总是开车在一些街区闲逛，然后去吃饭，他和她的话并不多，他是一个有些内向的人。他想过正常的家庭生活。然后他们把车停在一个地方，一起去逛商场。然后，他们开车回他的住处。那是一个很大的小区，楼房也都很高。他们照例是看电视、洗澡，然后上床。在黑暗中，有时候她觉得他的身体变得小了，甚至变得比她的还小。他像一个孩子那样在她的怀里蠕动。在一次高潮来临中，她突然喊出了比她小一岁的男友的名字。他停下来了："你说什么？你刚才在喊什么？"

后来她开始唱歌了。她放弃了在那家西餐厅做调酒师的工作，她开始一家酒吧一家酒吧地唱。后来她认识了一个人，这个人看上去还像个大学一年级的学生，他骑一辆摩托车，总是在酒吧里坐前排听她唱。有一天她走出酒吧的时候他冲她招手。

"你来一下。"他说。她走到他跟前。

"怎么啦？"她问。

"我喜欢你的歌。我知道你要去哪里，我送你吧。"他说，"你要去'通通'俱乐部，对不对？"

"是。"她很高兴。她坐上了他的摩托车，在上海的一片片街区中穿行。街道很窄，但到处都是人。到处都是一片繁华的景象，后来每一次她在一家酒吧里唱完歌，他就骑着摩托车在外面等着。她坐上去，赶去下一个地方唱歌，有一天她问他："你叫什么？"

"我叫夏商周。"

"是三个朝代的名称。你为什么起这个名字？你是干什么的？"

"我姓夏，就起了这么个名字。我是一个邮递员。"

"怪不得你对整个街区那么熟悉，你白天就是骑着摩托车穿行在大街小巷之间去送信的吗？"

"是，不过我已经把工作辞了。"

"那你做什么？"

"我和朋友开了一家形象设计所，专门给人设计形象的。"

她感到他身体的活力，他有一些纤弱，他可能还不到二十三岁，他的头发很长，有一点玩世不恭。"你为什么要这样接我？"

"我看见没有人接你，我就接了。我看见你要一个酒吧一个餐厅地唱下去，我想天天这么晚你要跑这么多地方，我又没有什么事儿，就专门接你吧。"

她感到内心之中涌动着一股暖流。她原来很害怕男人，但这一次，她长到二十一岁头一次对男人不惧怕了。她揽着他的腰，他们在黑暗处穿行。他们到了一个叫"通通"的俱乐部门口，看见了那里有一座人工喷泉，彩色的人工喷泉。

"昨天有一个醉鬼一头栽到那人工喷泉中，就给呛死了。"她说。

"没有人去扶吗？"

"没有。可能人们以为他是闹着玩的，他摇摇晃晃从房间里走出来，就一头扎进去了，半个身子在外面。几分钟后有人把他拖出来，他已经死了。"

两个人站在喷泉外面，看着从中涌动的水波在半空敞开，灯下有一道彩虹。"这真是个有意思的喷泉。"他们注目了一会儿，就一起走进去了。

胡岚开着车向郊外走去。到处都是工地，到处都是人在筑路，尘土飞扬，什么也看不见。

她的心情不好受，她这次是去和丈夫谈判的，她不想和丈夫离婚，但丈夫打电话要和她谈一谈。那就谈一谈吧，她想。当她第一次听说丈夫有了外遇，真的是惊呆了。而且她还知道了那个女人竟然是一个写字楼的总机小姐，就气不打一处来。这会儿她开车有点儿心不在焉，险些要撞到墙上去。

他们买的那幢别墅一共有二百多平方米，分上下两层，现在他住在那里。一路上，可以看到很多空置的别墅群，只有门卫守在尘土飞扬的大门口。从亚运村向北，一路上分布着很多这类别墅小区，总数在三万多栋，而且仍旧在缓慢地销售着，她在一家报纸上读到过这类消息。而他们买的那一栋还在更向北的位置。她一路开去，走了二十几分钟，到达了别墅区的大门口，看见了她所熟悉的两个石狮子，将车拐了进去。

她把车停在了自家房子的门口，看见了门口处的一个喷泉。它现在是干涸的，假石山上的草都快死光了，没有水草就会死，没有喷泉那么这片小区就没有生机。没有爱就无法再有婚姻。她走上台阶，用钥匙打开了门。

她走了进去，闻到了一种奇特的香水味儿。这肯定是一个女人用的，但她说不出它的品牌。不，不，它好像是雅诗兰黛牌的。这时她看见了在大客厅尽头的一个人。

那是她的丈夫邓方。客厅有七十多平方米，地面全部由花岗岩铺就，在客厅的尽头，摆放着一张餐桌，她丈夫扎着领带，穿一套银灰色西装就坐在桌子边上。

"我闻到了另一个女人的气味，她也在这间屋子里吗？"她向他走过去时说。

"不，没有人，就我们俩。"

"可我闻到有人。有一个女人。"她盯着他说。

"不，我说了，没有。"他有些愤怒。

他们沉默了一会儿，他问她："如果我要和你离婚，你打算怎么办？"

她的身体震了一下："孩子归我。"

"房子呢？"他问她，"车呢？"

"我只要城里那套。两辆车你先挑。我甚至可以不要车。"

　　"好。"他放心些了。

　　"可是，除了你有了女人，我们离婚还有别的原因吗？"她问他。

　　他看着她："你自己不知道吗？你整天连家都不回，我们两个人到底谁更忙？我们当然无法继续生活了。这也是……也是我要离……的原因。"

　　她沉默了一会儿，说："但我闻到了另一个女人的味儿，我和你没有离婚，你就让她住进来……"她站起来，在屋子里走动，她有些激动，不知说什么好，她的心里有点儿乱，他们相爱五年，结婚三年，就落了这么个结果。这是个性不合还是生活中的变故太多？

　　"你先看看这份协议，如果你同意，就请你在这协议上签个字。"他递给她一张纸。

　　她接了过来，说："好，我回去考虑一下。"她出了门，出了那幢"墓穴"，她向她的白色桑塔纳走去，她钻进了车，她发动了车，车子离开停车棚，但拐弯时未注意，撞在了那座干涸的人工喷泉护栏上。

　　就在这时，喷泉突然出水了，水都溅在了她的车上，她愣住了，看着这座多少有点儿像火山喷发的喷泉，心里有些茫然，然后她把住方向盘向外行驶，她行驶得比较慢，她发现自己的胳膊用不上力。车子上了大路，她取出协议铺在方向盘上，他不愧是做贸易的，如何分配财产，一条条都写得很细。她突然觉得浑身没有力气，她的双手无法控制方向盘，她眼前一闪，她的车撞到了路边停着的一辆推土机上。

梁盈与那个要与她进行财产公证的胡强分手以后，他托一个人来要走了他过去送给她的一条皮裙，那是一件黑色的羊皮裙，很柔软，不算长，但穿起来很舒服。只是它真是被送给三个人过吗？它不能说话，要是它能说话就好了。这样她就可以问一问它，另外那两个曾经拥有它的姑娘是什么样的人，她们都受过什么样的伤害？

她站在自家阳台上朝四下望去，天气已经变得炎热了起来，附近的住户们三三两两地在外散步。在园子的中心，有一座人工的彩色喷泉，她站在阳台上可以听到它那水流声。

她忽然觉得有一阵屈辱袭上心头，她不曾想到过自己的一次爱情竟然连一件皮裙都不值。她想起了远方的父母，要是他们听到这个消息，一定会伤心得落泪。她现在非常想再见到胡强，问一问另外两个女孩是什么样的人。

她决定干一件事，她给在北京的两个朋友，两个长得很壮的家伙，许青和黄翔讲述了这个故事。他们甚至比她还气愤。

"我隐约听说过这个家伙，这家伙就是这么一个坏家伙。"许青说。

"我们去揍他一顿。你真的被他欺骗了。"黄翔说。

她点了点头，她是一个北方姑娘，她觉得有时候用拳头来解决问题要省事得多。她有时候崇尚暴力!

他们来到了胡强的住处，敲开了门。胡强穿着一套丝绸睡衣，一副睡眼惺忪的样子。"我并不认识你们。"他既冷漠又警觉地对许青和黄翔说。

许青上去揪住他的领子："你会认识我的拳头的，杂种!"他是一个急脾气，他已经一拳打在了胡强的肚子上。黄翔扑过来又用力地顶了他几下膝盖："你以为你那件皮裙很值钱吗?"他们两个人打得他无还手之力，几分钟下来，胡强已经鼻青脸肿了。他的鼻子出血了，趴在地上呼哧呼哧地出气，血流在了那面灰色的地毯上。梁盈在一旁一直看着，她奇怪自己居然连一点同情心都没有了。她取出了一本相册，把自己的照片一张张地取出来，再把和他的合影撕成一半，那声音听上去十分好听。

然后，她站起身："胡强，我有一个问题:你的那件皮裙还送给过谁?她们是谁?"

胡强趴在那里不说话，许青按住了他的头："说呀，小子。"但胡强就是呼哧呼哧地喘气，不说话。

"好，不听了。我们走吧。"她说。他们松开了他，她和他的目光相遇了，他什么都没说，但他的目光十分寒冷。而她，也是这样。两个人的目光都已变得很寒冷。

是的，张丽在黑暗中听到了一声呼喊，她听见了它，它真的非常真切，她想那声呼喊是如此尖厉，以至于刺痛了她的耳膜。

迟斌大声地问她："你在喊谁的名字?吴浪是谁?"

她没有说话，吴浪就是那个比她小一岁的男孩，她是如此爱他，到今天她发现她爱的还是他。他那明亮的大眼睛，像小豹子一样壮实和敏捷的身体。他为什么会发出一声尖厉的呼喊？这呼喊如同狼的呼喊，如同狼站在月光晦暗的悬崖之上的长嚎。可是，他为什么要发出这样的叫声？她和他同居了有一年多的时间，那一年多中，他们的同居生活充满了激情。也许这种激情是火焰式的、畸形的，但它洞穿了她的生命。当时她痛恨她的银行行长父亲，她认为他是一个贪污犯。但没有任何证据证明他是一个贪污犯，可她就是认为他是。他给她设计了道路，她偏不那样走，这时刻她遇上了吴浪，那是在一天晚上，她走在乌鲁木齐的大街上，听见一个人坐在街边旁若无人地在唱歌。她就听了一会儿，便和他认识了。他们不久就同居了，在内心之中，她以这种方式反叛了父亲和家庭。

但那一声尖厉的呼喊是什么意思呢？她弄不明白。后来，她也没有向迟斌解释。又过了几个月，迟斌向她求婚，送给了她一枚钻戒，把它戴上手的时候，她也没有说什么。但是有一天，那大约是在她决定要和迟斌结婚，定下来的结婚日的前三天，有一天晚上她又听到了那声尖厉的呼喊，声音痛楚而又凄厉。她立即给吴浪打电话，但她手中所有关于他的电话都找不着他。难道是他出事了吗？她没有犹豫，她立即去买了机票。乘坐伊尔-86大型飞机升入天空，离她结婚日又近了一步。她想她一定要再见吴浪一面。

后来，徐天心就和那个送她一条狗的人认识了。他叫陈查理，是美籍华人。在美国受的大学教育，这几年穿梭在新加坡、美国和中国大陆、中国港台，做纺织品的贸易生意。他那天说他爱上她了，说得非常郑重，但又非常轻松。这天晚上，他约她在饭店三十八层的旋转餐厅吃饭。

"要一份什么？"他问她。

"要一份意式海鲜面，一杯西班牙白葡萄酒。"她说。他要了一份墨西哥玉米饼卷肉。"我喜欢吃这个。"他说。

她看着他，她觉得他大约有四十岁了，但他还一点也不显老。她这会儿觉得，自己真的是一段波浪，一段不停地向前涌动的波浪。她觉得这是一个机会。他是一个叫她不感到那么讨厌的男人，但如果要爱上他，恐怕也得费不少时间的，但现在不管别的，这是一个机会，也许我又要离开饭店了。有一大片更广阔的天空等着我。

"你结过婚吗？"她问他，"海鲜面很不错。"

"没有，好像是上帝专门叫我等着你似的。"他说。他说情话也像真的。在酒店工作，她经常被客人骚扰和挑逗，他们大都是外国人和外籍华人，但他们又都非常有分寸感，从不粗俗地表达意思。她常告诫自己看人要看准一些。她听说了在这座城市中，有不少艾滋病患者都是饭店的男服务员或是女服务员，就因为他们被客人看中后与这些人上了床的后果。她一边吃晚饭一边在想，如果他要求和我上床我干不干呢？这又是一桩难下决心的买卖。

吃过晚饭，他邀请她去他住的商务套房聊天。"咱们喝一点儿加冰的威士忌吧。"他说。"不，我爱喝白葡萄酒。"她说。他打电话叫侍者送上来一瓶法国波尔多1995年生产的葡萄酒，酒很快就来了，他们坐下来聊天。这套房子是套间，非常大，他们坐在阳台上，看着外面星空下的城市。现在，他们可以看见北京东部的商务区的灯光，这是一片高楼林立之处，它日益成为北京的曼哈顿区。它是华美的，有一种醉人的光芒。他们就聊了起来，聊得非常多。夜渐渐深了，有一会儿他们都不说话了。后来他没有看她，他说："请你今天晚上留下来吧。"

　　她看着他，她站起来，手中握着那个高脚杯，里面的1995年丰收的法国波尔多地区的葡萄酿制的鲜红的液体在晃动，他站了起来，拥抱了她，她手中的酒杯晃了一下，酒洒了出来，洒在了她那开胸很低的乳沟里。他放下了她手中的酒杯，就从那洒有葡萄酒的地方吻了下去。

　　胡岚把自己的头撞昏了。她出了车祸，但她没有死。她想也许这是天意。这么多年来，我走得太顺了，从来没有遇到过不顺利的事，这就是上天给我的安排。汽车撞上那台推土机的一瞬间她觉得她要飞出去了，她的头狠命地撞在了汽车挡风玻璃上。

　　没有人上来救她，这很奇怪，过了几分钟她自己醒了。还好，车子居然又发动了。她挣扎着把车子开到了医院，她只是觉得头疼，她仔细地想了想发生这件事的全过程：她开着车去看老公，在那座如同大墓穴一样的别墅里，老公坐在桌子的尽头，和她说了几句话就取出来了一张协议叫她看，那时候她就觉得头有些晕，而且，在房间里她还闻到有一种女人用的香水味儿。那种香水她过去从来没用过，一定是丈夫勾引或是勾引她丈夫的那个女人留下的。她很生气，当时应在房间里找一找，她猜想那个女人就躲在某一间屋子里，她还想象丈夫将协议给了她，她签了字离开后，那个女人就会从某个房间里走出来，非常高兴地扑入丈夫的怀抱。她被自己这种想象折磨着。在车上，她一边行驶在尘土飞扬的大道上，一边在看那张协议。协议写得非常清楚明白，哪一套房子是她的，孩子的抚养权，金融有价证券的分配，现金和存折的归属，家中各种物品应该给谁。但是丈夫在协议上希望要走孩子。看到这里的时候她眼前一阵发黑，于是就朝一辆停在路边的推土机撞了上去。

大夫给她检查的结果是她得了脑震荡，是轻度的，只要休养一段时间就会好起来。她的心情仍旧非常郁闷。她只是把出车祸的消息告诉了母亲，母亲立即来医院看她了。

她把那张离婚协议递给了母亲，母亲看完以后黯然神伤："我一直以为你们会白头偕老的，我一直……"

"我同意他的其他条件，但孩子得由我来抚养。"她说。说完，她的头仍旧很疼。

"难道就没有挽回的可能性了吗？"

"没有了，"她停了一下，"没有了。"

"为什么？"

"因为没有爱了。妈妈，没有爱的婚姻还能够维持吗？再说，我们都已经变化了，我们已不是前几年的我们，我们都变了。”她说。

“他又有了女人？”

“可能吧。”

“离了婚你怎么办？”母亲有一些担忧。

“不知道。”她说。

方可欣从“通通”俱乐部里走出来，她又看见了他，他仍旧靠在他那辆本田摩托车上。他正仰脸看着星空。

“你看见了什么？”

“什么也没看见。”他把脸转向她，“下一站，凯撒皇宫娱乐城？”

“不，我想回去了，心情有些不好。”

“为什么？”

她看了他一眼：“不知道。”

“不会是来例假了吧。”他说。

她没有说话，她又看见了那个喷泉，它喷出的水流经灯光的折射，变成了五彩喷泉。她快步走到喷泉的跟前，注视了一下喷泉里的水，这是淹死了一个人的喷泉，然后她蹲下来一下子把脸浸到里面去了。她感到一阵凉意进入了她脸部的皮肤与毛孔。停了一会儿，她睁开了眼睛，她试图看见那张脸，那张被淹死的人的脸，但她什么也看不见，她看见了一团漆黑，而那五彩的灯光已消逝不见。

弧线（片断）

其实任何飞行的物体都会有一道弧线的，张丽想。比如说飞机起飞，飞鸟在半空旋转，你向空中抛出一件东西，或者一件东西从高处落下，从起飞点到落点，总是一道弧线。

比如飞机的起飞，张丽想。她坐在飞机上，本来再过三天她就要嫁给迟斌了。可她觉得她听到了一声呼喊，那是来自吴浪的。她觉得她离开他离开得太仓促，她听到了那样一声呼喊，她要去看他。伊尔-86飞机在空中像一只大鸟，它在吼叫，它的声音很大。张丽坐在飞机舱窗边上可以看见白云和大地，它由绿变黄，由黄再变成了褐黑。大地是一张地图，而我是一道弧线正飞过它。

她没有向迟斌做任何说明。她有一种感觉，那就是吴浪需要她，到后来，到离他更远的地方，她才发现她最爱的人仍是他。

"你像一只夜鸟，你在舞台上的样子像一只夜鸟飞行，留下了一些凌乱的弧线。"夏商周说。

"我一向喜欢飞鸟的飞动。弧线是最美和最生动的。"方可欣说，"女人就是弧线，而男人是平面与直线。"

这是在录音棚中，方可欣在录制唱盘，工作的间隙她坐下来和夏商周聊天。夏商周显得更像是一个无所事事的年轻人，他总在听她谈论喷泉、弧线与波浪，他似乎对这类事物有一种出奇的敏感。

她想他爱上了她。在此之前，她对任何男性都有一种恐惧。她不知道她能不能消除那种恐惧。因此她既希望看见他，又不希望自己看见他。最近，他的形象设计事务所好像没生意似的，使得他总要天天来看她。

她在录制那盘《物质女孩》。在这盘有六首歌的带子中，你可以听到一个女孩内心的呼喊，一个女人的飞行，飞越当代都市越来越高的楼厦的丛林，飞越人工景点和修补后的大江大河。她录完后又坐下来与他聊天。他穿着黑色的T恤、黑色的裤子，而他的眸子也又亮又黑，后来录音师说明天再录，她就坐着他的摩托跑到淮海中路一家餐厅吃饭去了。

在餐厅里，他们坐下来，他觉得今天有点儿累。她说："我还一点儿也不了解你呢，你还从来也没有向我谈起过你。"

"我？"夏商周笑了，他的手上戴着一枚铂金的骷髅戒指，"我的经历如同候鸟，生在上海，大学是在北京读的。回到上海在一家公司干了一年，又把工作辞掉了。现在我完全是城市中的一块漂浮物。我干过很多我感兴趣的工作。我自己掌握自己的命运，我不太喜欢老干一件事，老在一个地方待着。"

"我想，也许我可以离开这座城市。"方可欣嚼着鸡块，"我觉得上海令我气闷。当街道越来越窄时，我看不见飞鸟的弧线了。我想离开这座城市去南方或北方发展。"

"做音乐，在北京或者广州也有发展，当然北京更好，如果你打开了那里的市场，你就会在全国站住脚，而我，我也想去北京换换空气，我要在那里开一家形象设计事务所。"夏商周说。

在这天晚上他们商定了要北上的计划，为此方可欣非常激动。他们吃完饭，开始骑着摩托向郊外狂奔而去，坐在后排座位上的方可欣把头靠在了他的肩膀上，她觉得这种感觉非常好，非常美妙。仿佛是一道弧线的落点一样，这弧线落在了他的肩膀上。过去她没有这种感觉，但现在她有了。

他们都没有说话，他的摩托骑得很快，渐渐地，繁华的城市消失了，那种在城市中涌动的热浪也被一种清新的空气所代替，星空变暗了，星星也变得非常具体。几个小时后，他们来到了一大片的农田边上。仿佛是在进行着一次偷情，他们手拉着手进了一片豌豆地。

他拥抱她，吻她。她尝到了黑夜的滋味，如果她是物质女孩，那么她的牙齿应该是石头做的，应该发出一种磕碰声。

她躺了下去，心情复杂。她向他敞开了，他还是一个她并不熟悉的男人。她惧怕他，可他单刀直入，已然突破了她的防线。她感到有点儿疼，身体里的虚空一下子被填满了。

胡岚的心情非常黯淡。当大夫检查出她是脑震荡之后，她决定不在医院里住，她想回到家中。母亲把她接回家，她叫保姆把孩子也接在身边，他还不到两岁，但世间的一切他已全然知道了，一看见他的眼睛她就感到心疼，那是一双清澈透亮的眼睛，对世事一无所知，只会叫爸爸妈妈的小嘴从来不停。她觉得非常沮丧，就在内心之中清理着和丈夫邓方的关系，问题到底出在哪里？在婚姻中，总有一方应该负主要责任，可我们的问题出在了哪里？

于是她从头开始想起，她要做一只鸟，从开始之处飞翔。他们相识有好多年了，至少有七年了，那时候她还在上大学，而他则和他的一个朋友到她住的宿舍来找她的一个室友，那个女孩不在，结果他们聊起来了。后来邓方就经常来找她。他开始追求她。像一切追求者那样，他向她送花，约她吃饭，聊天，郊游，听音乐会，散步……像捉迷藏一样，一开始她并不是很认真，她尽量躲着他，或者说她在逗他，有时候她也与别的男孩约会，这也刺伤过他，但他毫不气馁，仍旧在追求她。一年以后，她答应了他，开始真正和他固定了关系，他身上有一种非常执着和顽强的气质吸引了她。

那时候他们都很穷，她还在上大学，毕业后在电视台做编导也同样没有多少钱，他在一家国有公司工作，他们的生活渐渐地显露出了非常成型的一部分。如同所有有结果的爱情都会落到婚姻上一样，毕业一年后，他们结了婚。又过了一年，突然地，仿佛是好运从天而降，他在香港的一位亲叔叔去世了，给他留下了一笔数额可观的财产。而后，他辞去了工作，开始做生意了。

生活于是从这时候开始发生了变化，骤然之间，那笔财产让他们的物质生活发生了巨变。他经常到处跑，他在家的日子越来越少，她觉得自己的房子像个墓穴。因为她一个人在家里待久了都可以闻见墓穴的那种霉味儿。他们商量生了个孩子以后，她越来越不习惯在家里头待着，于是就开了一家公共关系公司。她也开始忙了，两个人都在外面整天忙。有一天他抱怨说她再也不给他打领带了，她再也没有心思给他挑选衬衣了，她还没有料到事情的严重性。

再后来，再后来他们经常吵架，经常吵完了架之后两个人就开车出去，各自住在不同的属于他们自己的公寓里。再后来，有一天她正在写字楼中为东北一座城市在北京开招商引资会而忙碌，邓方打来了电话："我要和你谈一谈。"

"谈什么？"她放下了手中的笔。

"谈……我们是不是该离婚了。"

"为什么？"她愣住了。

"我和你都三个月没有一起在一张床上了，你说这是为什么？"

"……什么时候？"

"明天。我拟好了协议，到时候会交给你。"他说。

她一边接电话一边看着窗外，她觉得这时候天好像一下子就暗了下来。

她去见了他，然后他交给了她那张协议，在回城的路上，她出车祸了。

她理清了头绪，她觉得自己的头不疼了。一些朋友来看她。他们听说她出车祸了，后来，她接到了一个电话。那是一个男人的电话，他叫黄凯，外号黄胖子，他原来是一家电影院的领座员，后来他开了一家画廊。他比她小五岁，他们曾经在生意上合作过。

"我们有许久没有联系了，我想请你吃西餐，晚上有时间吗？"他问，"有个忙想让你帮。"

"有，当然有。"她奇怪自己为什么这么干脆地答应了，"什么忙？"

"那我们去吃墨西哥风味的美食，去威尼斯餐厅。晚上再说吧。"

"晚上见。"她放下了电话。她觉得自己在期待着自己生活中的变化，这种变化似乎已经悄然来临了。

从那天以后，陈查理就经常把葡萄酒洒在徐天心的胸脯上，然后一路吻了下去。他非常喜欢她的身体，他并不了解她的身体是如何由瘦削而变得丰满的，这个过程如同一个成长的秘密。而她，从不再喜欢花改而喜欢银器开始，就觉得她自己变了，仿佛另一个她沉睡在她的体内，到了社会上，那个她突然地醒了，她决定要去努力攫取了。

她了解了陈查理是一个纺织品贸易商，她想对于她来说，现在她需要继续放宽视野。他告诉她想把她带走，她的内心一片欢喜。

"我们先去香港，我需要你做我的帮手，然后我们再去美国。你在那里的学校读两年书，学习商务管理。然后，你就可以自己负责我们的一家公司，这是我这几天认真考虑的。"

徐天心明白自己的命运发生了重大的变化，她在这天是一个人过的。她觉得她需要一个人待一晚上，仔细地想一想这两年她来到这座城市所发生的事情。晚上，她躺在自己租的那套房子里哭了，她趴在床上，哭得像个泪人。

她没有想到，从学校毕业这两年她的变化会有这么大，她觉得她一下子多活了几年似的，她变成熟了。而从今以后，她仍要有新的变化，她的道路在延伸，不久，她就可以去香港，然后，去另一片更新的大陆，去瞭望到更广阔的世界。她哭了一会儿，爬起来到了阳台上。她刚打开阳台门，就看见有一只鸟扑啦啦地飞了起来，向更高处飞去，它的飞行留下了一道弧线。

是的，那是一道在黑暗之中可以看得很清楚的弧线。它是平行的，在这一大片楼群中兜个圈子，然后向东飞去。她奇怪她自己能看见那道弧线，她觉得她就是那只黑鸟，在黑暗之处飞行，光亮在前，而她只能在暗处为扇动翅膀飞行。她呼了口气，觉得自己平静了。她想通了，必须学会飞行。女人必须学会飞行才行。

后来，胡强又给梁盈打了个电话："你不该那样，你不该叫人打我的。"

梁盈沉默了一会儿，说："我最痛恨的就是欺骗，而你恰恰欺骗了我。"

"我欺骗了你？是我欺骗了你还是你欺骗了我？你真的爱过我吗？我一直都不相信你，我不相信你爱我。"

"你没有理由说这个话。"她说。

"我怎么没有理由说这个话？你当然不是真纯地爱着我，那天，是欧阳飞带你来我家玩儿的，那天我们认识了，那天我就注意到你在看着我的大电视、真皮沙发、CD机和电脑时，你脸上流露出一种十分贪婪的表情。我最痛恨的就是对物质有欲望的女人，我注意到了这一点。是的，你的气质非常独特，这使我爱上了你。我们同居了，但在心里，我一直把你当作是一个物质女孩。我觉得我们现在倒可以心平气和地来讨论这个问题了。"他说。

她突然又感到了一阵恶心，她觉得无法和他说明白。"胡强，你说错了。是的，我的确是在这座城市中漂浮着，我想要一个家，在这时候，我与你相识了。你的优点在性格上，你吸引了我，至于你买的那些东西，我没有要去占有它的，当然，如果我是你的妻子，我想我也有权去享用你获得的一切。但这一切，这一切都应该是以感情为前提的。我没有想到的是，你仅仅拥有了一台大电视、好音响与真皮沙发，当然还有一套房子，就以为这些东西是我与你争夺的内容。我讨厌你！"她说，"我讨厌连件皮裙子都要讨回的男人。"

"那件皮裙，我已经送给我新交的女友了。"他顿了一下说。

她感到有些好笑："看来这件皮裙你可以无休止地送下去。我真的感到恶心，我真的为你还是一个男人而感到恶心。"她挂断了电话。

她呼出了一口气，她觉得恶心坏了。但重要的是，我必须自立，再也不做，任何男人生活中的附庸。她暗自流下了眼泪，她觉得这个道理是她经受了如此沉痛的情感代价才明了的。

她立即赶到了吴浪的家，她找到了他的父亲。他的父亲是钢铁公司的一名工程师，一见到她，他吃了一惊。

"张丽……你不是在北京吗？"

"对，可我突然决定来看看吴浪。他现在怎么样？"

"他在戒毒所。他吸毒上瘾了！而且他还染上了脏病。我真恨不得拿钢条把他打死……"吴浪的父亲非常激动。

明白了。她想，她听到的那声尖厉的呼喊一定是吴浪在戒毒所里发出的。这时候，她明白了，他一定需要她，不然他不会发出那样一声嘶鸣，而她也不会在远在北京的地方听到。

她赶到了戒毒所，看到了他。他已经瘦得不成样子，他彻底变了。看到她的时候他的眼睛亮了一下："丽丽？丽丽！"

"是我。"她有一些痛楚。

"你……不是在北京吗？"

"我听到了一声你的呼叫，我觉得你出了事，我就来了。"

"是吗？哈，你看我这个样子，你开心了吧。"他苦笑了一下，现在，他只有二十二岁，但他却连站都站不稳，"而且，我还染上了脏病。"

"什么病？"

"梅毒。"

"几期？"

"二期。"他伸出了手臂，露出了玫瑰红色的小点。

她的脸红了一下，一瞬间她想扭头就走。她想也许她太冲动了，只是凭着第六感觉听到一声呼叫，她就来到了自己过去男友的身边，却发现他已经变成了另一个人，一个活着的死人，一个梅毒病人与吸毒者。她觉得她有点儿受不了了。

"你走吧，我不愿你见到我这样。"他将无力的目光转向别处。

"可是，你为什么，为什么要这样？你为什么要变成这样？"她哭了，她想扑过去打他，但她却没有一点力气。

他笑了笑："你知道，我想尝尝各种滋味……"

她哭了，他看着她："……别哭了，丽丽，真的，你回去吧，你有你的生活，我有我的路。我戒了毒，治好了病，我会好好生活的，我……"吴浪说不下去，连他都知道他也许根本做不到这一点。他取出一个笔记本，递给了她。

"这是我过去为你写的诗，在这里没事儿的时候我就看一看，有时候再接着写几首。你拿去做个纪念吧，今后，我再也不会写诗了。"他站起来，向回走去。

她坐在长条桌子的这一面，她看见他由一头敏捷的小豹子在短短的一年间就变成了这个样子，她觉得这简直像是一个幻觉，可它真的发生了，就发生在她的跟前，那个她爱过也爱过她的人，他是她的初恋，可他已变成了另外一个人，正以一种迟滞的步伐向他的房间走去。

在威尼斯餐厅里，烛光使整个环境变暗，使音乐显得暧昧不明。胡岚看着他，他叫黄凯，他们点了法式面包、意大利浓汤、巴西烤肉，还点了葡萄酒。她的神色仍旧有一些黯淡，她不想说话，因为她的情绪坏透了。

"最近过得怎么样？"她问他。他们在半年前有生意上的密切合作，但好久没有什么联系了。

"不怎么样。我离婚了。"

她愣了一下："什么时候？"

"一个月以前。"他喝着浓汤，"她变成了一个发烧友，她把我们的家打扮成了一个录音棚，她完全疯了，她想把那些音乐变成坟墓，然后把我也一同埋葬掉，我当然受不了了，于是，经过协商，我们就离婚了。"后来他要的烤肉上来了，他就专心致志地吃那份烤肉。然后，他说要她帮个忙，他原来账上有一些钱，需要在她的账号上走一道。"这样她就拿不到那笔钱了。我们做个假账，帮我在这次婚姻战斗中减少些损失。"

"好。"她答应了。他们继续吃饭，她停了一会儿，说："为什么很多婚姻到后来都变成了战斗？"

"也许男人和女人天生就是敌人吧，是天敌。彼此互为营养，互相伤害或利用？比如我老婆，她从离婚中就获得了绝大的好处，她得到了房子，得到了所有的家具及电器。她还想把我挣的钱也分一大半走。她赚大了。"他说。

"我也要离婚了。我前几天才签了离婚协议。"她说。

"真的？真没想到，你们过去那么好，你们……"

他们都沉默了。晚上十点钟到了，这家餐厅的中间地带的桌子全撤了，变成了跳舞的场所。这里跳情人舞和摇摆舞是有名的。"我们去跳个舞吧。"他吃完了烤肉，推开了盘子说。

"好。"她站起来。他们走进了舞池，灯光暗下来了，他们搂在了一起，他的肩膀有一种吸引力，她觉得她并不排斥他，过去除了丈夫，她对所有的男人的身体都有一种排斥，但她发现她不排斥他。他们跳得很开心，他还只有三十几岁，因此他非常有活力。那天他们玩儿得很晚才回去，她的心中产生了一种异样的情愫。

梁盈开始行动了。她决心重新振作，她觉得自己必须在这座城市中扎下根来。她拟定了一个发展自己的时间表，列出了她在这座城市中认识的人，他们也是一个小小的关系网。她于是最先到一家服装设计公司应聘担任服装设计师，在那里干了半年，后来一家新加坡服装设计公司把她挖走了，让她去新加坡培训了几个月，她觉得自己的设计水平越来越高了。实际上她想着有一天自己开一家公司，来设计她创立的品牌。

这是她面对这座城市时所想到的。就连一只鸟，在飞越城市时都会留下一条弧线，何况人。

梁盈觉得自己有信心在这座城市里待下去并且拥有自己一片真正的天空，一条属于她自己的真正的弧线。但是要把笔下的草图变成真正的衣服，同时又将这种衣服真正地生产出来，是需要有人投资的。她开始经朋友介绍与一些投资商接触，她想自己干，不想给任何一家时装公司打工，但这是困难的。后来，有一个香港商人看了她的全部设计，打算采用她的一些服装样品，开始要试一试了。

她睡着了，这是她在这座城市生活了两三年中睡得最香的一晚。她梦见自己在一面大湖中沐浴。湖水中游弋着几只白色的天鹅。她也是裸体的，天鹅不怕她，或者她就是天鹅中的一只？在水中的倒影上，她看到了自己的身体。这身体是完美无缺的，它全部由各种优美的弧线构成，乳房、后腰、微微翘起的后臀、肩膀与小腿，它们都带有某种弧度，自由地伸展开去。她的全身就是由这些弧线构成的。那些天鹅真的不怕她，或者它们就根本没有看见她。后来，她突然看见在湖边的芦苇丛中伸出一支乌黑的枪管，这支枪管指向了天鹅群。她睁大惊恐的眼睛，那支枪管喷出了火焰，她听见了那些天鹅飞起来的声音，它们的翅膀努力地拍击着水面，进行了强行起飞。是的，它们飞起来了，而那火焰，那是一团迅疾飘动的活火，飞过来击打在了她的胸膛上，她在水面上倒了下来，她浮在水面上感到自己在变轻，变得很轻，像一张纸一样被水流所托住了……

　　她醒了。这是她在无数个夜晚里惊醒的一次，但是这一次她并不再害怕夜晚了。即使有枪声从黑暗的地方袭来，她也不害怕了。但她对夜晚仍旧有些惧怕，这也许是一种与生俱来的情绪。她想她必须战胜自己，连带战胜这黑夜。

　　方可欣和夏商周包好了全部的行囊，打算离开上海到北京发展。传说这是文化的中心和天堂，他们一个想在这里真正地成名；而另一个，则想找到一种漂泊的形式。

　　他们是坐火车出发的，如同一声最长的汽笛响过之后，他们出发了。星夜兼程，外省青年，直奔北京。

方可欣听见了自己身体深处的一种声响，这种声响类似于一种竹子拔节的声音。她非常激动，把夏商周拉向了她的腹部："你听，我体内有竹子生长的声音……"

他在静心谛听，但他听到的不是竹子拔节的声音："你饿了，我听到了咕咕叫的声音。"

她笑了，她想他有时候一定很坏。她现在不再惧怕他了，她谁也不怕了。火车在颠簸着，夜晚覆盖了土地。没有同伴，没有食粮与水，只有星光指引。向着北方，那里群鸟失去了踪迹，冰层在融化，一座城市从清晨的阳光中升起。鸟的飞翔也是人的飞翔，这再次起步的旅程充满了欢欣和光荣。没有停泊，没有歌声，只有星光指引。这天空中的指南针，向你说明了你的到达。

花园（留言）

"每一个女人都是一座花园，"胡岚说，"这是一座让女人自己也让男人迷失的花园，女人就是一座花园。"

"女人的芬芳来自她心灵的花朵。后来我才明白了，并不是所有的花朵都是鲜艳的，有些花是有毒的，可是我并不希望我内心的花朵是有毒的。当我看到吴浪成了吸毒者和性病患者的时候，我想这一定是两种有毒的罂粟花害了他：毒品的花和坏女人的两腿之间那腐烂的玫瑰花。"张丽说。

"女人是花园？我从来也不相信这类说法。我发现我的身体正在变得橡皮化、塑料化，我发现我的感情也像稀薄的空气一样不见踪迹。我爱陈查理吗？我想我不爱他，他不过是一个台阶罢了。"徐天心说。

"但是，未来也许从来就不是一座花园，很多人都说未来是一座花园，我过去相信这类说法，但我现在不再相信这种说法了。因为我到北京三个月后，我的左眼就被打瞎了。"方可欣说。

"黄凯就说我的身体像是一座花园。我说不清楚我们的激情是在哪一天迸发的。也许就是从那天我们一起去威尼斯餐厅吃饭和跳舞之夜开始的。后来我们经常约会，彼此想得发疯，也就是在这个时候，邓方突然又不想和我离婚了。当我签署了那张离婚协议之后，他却反而不签了。"

"我看见我的心灵深处长出了一朵花，一朵橘红色的鲜艳的花，一朵非常善良的花，见到吴浪以后，我才明白我要做的事情，我要来改变他，让他重新获得生活的勇气和阳光。"张丽说。

"有时候，当女人不是独立的时候，女人的花园是荒芜的，到处是杂草。我深信这一点，所以，我决心重建花园，我决心重造我自己。我过去太软弱了。而今后，我会坚强起来的。"梁盈说。

"我和黄凯之间突然迸发了一种可怕的激情，这完全是肉体的激情，这完全是火，是要烧死我们的火。从那以后，我们经常约会，我们一整夜都在做爱，让火焰从我们的身体里向外燃烧。过去我从来不相信有肉体的火焰，我发现它过去被遮蔽了。但现在，它又重新被点燃了，是被黄凯点燃的。他离婚了，而我，则在经历着一次婚姻的危机。可为什么邓方又突然不离婚了呢？他说他突然觉得，如果我们共同生育的孩子在没有父亲和母亲的环境中长大，那么孩子的心灵一定是不健全的。他因此不想与我离婚。但我发现我心中那对他的爱的火焰已经死了。这火焰被另一个男人，一个比我小五岁的男人点燃了。每一次我们的约会之夜，他都像一只迷途的小鹿，或者是一只辛勤地采蜜的蜜蜂，在我身体的森林里迷失，在我的身体的花园里采蜜。我沉醉于这种纯粹感性的体验，它抛却了责任、义务，它只有肉体的欢愉。我想我没有背叛过感情，我的感情从来都是鲜活的。"胡岚说。

"我的内心有一座花园，我确信我看见了它。我要把吴浪从毁灭的边缘拉回来。我把他从戒毒所接回了家里。我又见到了我的父母亲。我的父亲已经退休了，他好像突然理解了我，理解了一个从十九岁就开始反叛他如今却已经长大了的女儿。是的，我长大了，我看见了我内心的花园。我把吴浪接到了我家中，我要把他从那种颓丧的边缘拉回来。我把他接回了家，我看见了他那种悲哀和低垂的眼神，内心非常沉痛。我开始强行给他戒毒。他毒瘾发作的时候谁都不认。就在昨天，他还咬了我。他咬我的耳朵、脖颈、肩膀，咬我的手臂、手指和乳房，我好不容易才使他渐渐地平静下来。他平静下来了，他看见了被他咬得遍体鳞伤的我，他哭了。他说他一定要把毒戒掉。而他的性病也被控制住了，每天都是我亲自给他打针与用药。我一定会把他治好的！因为我是一座花园，或者我看见了我内心的一整座花园。"张丽说。

"我的身体已越来越僵硬，它真的在变成物质化的东西。也许，我正在变成一个石头女人？后来我常常在想我是怎样渐渐地变成了一个石头女人，我想这一定与我第一次出卖自己有关。从那以后，我身体中的一部分就坏死了。如果说我是一座花园，那么从我为了进入这座城市而出卖了自己的那一刻起，我的花园就开始变得荒芜，它渐渐地被一种杂草所充满，是的，这种变化就是从那一刻开始的。然后，我渐渐地变了。当陈查理以啜饮葡萄酒的方式从我的胸脯上吻下去时，我明白我又将进行一次交易。但这一次，我发现了我身体正在变异的秘密。我担心有一天我早晨醒来，发现自己已变成了一座石膏像，永远地保持一种姿势，躺在那里一动不动，带着我的创伤记忆，带着我全部的未完之梦，变成了一个石膏女人。这使我感到了恐惧，这使我后怕。我想也许真的在我身体内还有另一个我，这个我在与另一个我争吵、厮打，她们彼此防备与战斗，她们使我备受煎熬，让我永不得安宁。"徐天心说。

"我的眼睛为什么会瞎了呢？这是一次殴斗的结果，我离开了上海，来到了北京。北京，与上海完全不同，它是一座北方的大都市，它的风格更具包容性。在这座城市中我认识了很多人，他们大都是游走在城市边缘的人，这对于我来说是一座陌生的城市，我想我要去认识这座城市，我要去认识更多的在这座城市中生活的人。我尤其迷恋那打在胡同墙壁上的阳光，那是一种古老的阳光的凝固。到了晚上，我像在上海时一样，在那些酒吧、歌舞厅里演唱。我们白天奔波在城市当中，与一些音乐制作公司交往，说服他们听我在上海录制的带子，与我签约。但他们似乎不欣赏我在歌声中那种对物质女孩肯定的态度，他们对我兴趣不大。我受到了挫折，有一天在一家酒吧唱歌的时候，一个家伙要点歌而我不唱时，他用酒瓶子砸在了我的眼睛上，我的眼睛瞎了。"方可欣说，"这时候，我突然看见黑暗的真正内容了。"

"我看见他在好转，我想他似乎看见了我的内心的花园，我是一整座花园，吴浪在我的精心照料下逐渐康复。只是要全面恢复，还需要一些时日。过了几个月，他真的明显好多了。有时候静下来的时候，他问我：你已经有了你自己的生活，为什么还要来管我？我说我听到了一声呼喊，那是他发出的。于是他就叫我描述那种呼喊，因为他感到很好奇。我给他详细地描述了那种呼喊，他惊讶极了。有一天，他的精神很好，他躺在我的怀里，他说他闻到了一种芬芳。我问他，是香水味儿呀？他说不，不是的，是一种整体的芬芳，类似于某种花园的全部芬芳。我就悄悄地告诉了他，其实我就是一整座花园。他问我，你真的是一座花园？我说当然，正是这种芳香叫你一天天又变好了的。我们又回到了过去激情如火的日子中去了。可我在和他做爱的时刻，又听到了一声呼喊，没错，一定是他，我知道他要从北京出发来找我了。"张丽说。

"可是你们谁也料不到，黄凯是一个骗子。其实他没有离婚，我是后来才知道的。他的妻子是医院的护士，对他非常好，既温柔又贤淑。而他完全欺骗了我。但那个时候我已经被他给迷住了。每一天，我必须听到他的声音，能摸到他的身体才行。我想我一定是疯了，我想我看见了一种激情的海市蜃楼。它在他身上出现了，而我看见了它，我要抓住它。我把我的钱都花在了他身上，因为他的画廊实际上要倒闭了。我把一辆轿车也给了他，我给他买衣服、给他做饭洗衣服，我希望我能抓住他的心。我想这是我活这么大，快三十岁时所迸发的最激烈的一次爱情的火焰，我必须叫它有结果，我想我可能真的疯了，后来我才发现我陷得太深了。我的丈夫邓方又找我谈了一次，我告诉了他这个情况。他第一句话就是：他不会和你结婚的。我不信，我说：为什么？为什么他不会和我结婚？他说：因为他也有一个孩子。我笑了笑，我说这不是障碍。他说：那你就去试一试吧。"胡岚说。

　　"我想我已经变成了另一类女人，"徐天心说，"变成了一个喜欢银器、酒店高级浴具、大堂喷泉与辉煌灯光、羊绒制品的女人。我觉得我的身体在变化，我不仅仅变得丰满了，而且我还变得僵硬了。这种僵硬的麻木感从下肢一直延伸上来，一点一点地，它先是漫过脚踝，而后又涉及小腿，再后膝盖也不灵了，再后来我的臀部周转不灵。我觉得我和陈查理做爱时没有激情，我也感觉不到潮湿，因为我下肢麻木了。但我的上半身还好，我不能把这一点告诉他，否则我就无法出去了。很快，陈查理就为我办好了去香港的一切手续，我到了香港。我一开始对香港并不习惯，因为香港的楼群太过密集，人的生存压力也太大，而且，我已习惯了北京的开阔和大气，我不能习惯在香港时目光总被高楼大厦挡住的情况。但后来我习惯了，我被香港的繁华和自由给吸引了。我不再担心我的身体的异变，我在陈查理设在香港的分公司工作，半年以后，我就做了这家公司的经理。我已经熟悉了贸易行业的业务。而陈查理则在美洲和亚洲来回穿梭。他说他要娶我，但我想，我的归宿就是他吗？"

"我觉得我无法喜欢这个城市，正是这座城市使我的眼睛变瞎的，我甚至有点儿恨它。这座城市一直非常自大，正是它的自大使我的眼睛变瞎的。我在这座城市的活动收效一般，但一家文化发展公司为我出了一张专辑，我想我应该振作一些。在地下音乐圈子里我已有些名气了。但我瞎了一只眼，这对我的打击非常大。而且，告诉你吧，我现在已经和夏商周住在一起。他干得很好，他干平面设计与形象设计，他干得很漂亮，但是我的心情很糟。我有一点儿颓废，我不知道该怎么办，是的，我唱歌，可我也像我的歌一样茫然，没有方向，没有目的。我想这一定与瞎了一只眼有关。没有比这一点对我的打击更大的了。我有些消沉，可夏商周他朝气蓬勃，他干得不坏，他甚至想让我也不要唱歌了。我不知道我应不应该唱下去，我想我是这样一类女人，我想走在路上，我不想停下来，我还没有要选择家庭的想法。我喜欢在舞台上与人交流，可我的内心却孤独得要命。我想走得更远，可我实际上却一直原地踏步。但我瞎了一只眼，我还能唱歌吗？我有些颓丧，我不知道该怎么办。这是一件棘手的事情，一些公司打算与我合作，但他们又撤伙了。因为关于我有一些传言，说我和流氓混在一起眼睛才被打瞎的。一些大型演出也不邀请我了。我想他们一定不希望看到一个戴着一只黑色眼罩的独眼女人在舞台上演唱，这风格的确很酷，但让人接受不了。难道我的路就如此终止了吗？难道这就是我的命运吗？"方可欣说。

"从来就没有救世主，从来就没有，从来就只有一个人，那就是你自己。的确是这样，肯定是只有你一个人。只有你一个人能救你自己，我就是这样，我长大了，我不再是一个女孩子了，我明白了我是一个人面对着整座城市，我是那类好强的女人，我被男人伤害，我当然想成为我自己。长久以来我就在想女人，想中国女人的真正状态，这是一个社会大变革时期，它为女人提供了实现自我的机会，但同时，传统对女人的要求也依然在，女人必须在这两种诱惑与要求下找到实现自己的道路。是的，我过去想当画家，但现在，我知道这一点非常难。但我会成为一个优秀的服装设计师，我将波浪设计在衣服上，各种各样的波浪，波浪的线条起伏异常生动。我在寻找我自己。人人都在寻找他们自己。我觉得我快要找到了。"梁盈说。

"我又听到了一声呼喊，我想那一定是迟斌的。我知道我回到新疆这几个月里，他一直在焦急地期待着我，但我一个电话也没给他打过。也许我太无情了？我知道我主意已定，我要离开他了。就是这样，吴浪需要我，他非常需要我，我爱他，因为我要改变他。我想迟斌就要来了。果然，几天以后，他就飞到了乌鲁木齐，找到了我。他明显变瘦了。我无言以对，我想告诉他我又发现了一个我，这个我将按照她固有的逻辑去生存，我就告诉他了，他听不懂。他说：你的意思是说，你要和一个吸毒者过一辈子？我说，不，他是我过去的男友，我要帮他振作起来，而且，他已经在振作了。他沉默了一会儿，突然暴跳如雷：我要杀了他！我要杀了他！他怎么能从我的手中把你抢走呢？他怎么能这样做？我一定要和他决斗！我没有说话，我想，这是我个人的事，但他非要去见吴浪，于是我就安排他们见了一面，他看到了吴浪，吴浪也知道了他。我是后来才知道的，那天我出去后，他对吴浪说：我们都爱她，干脆我们进行一次决斗吧。吴浪想了想，决斗？我身体太差，我还没有恢复，肯定打不过你的。迟斌说，那我们开车相撞吧，每人开一辆吉普车，向对方撞去。吴浪爽快地答应了。他同意每人开一辆吉普车向对方撞去，谁活下来谁就可以拥有我。吴浪在瞒着我的情况下去找了一辆吉普车。他们就要互相决斗了。"张丽说。

"仔细地回想起来，我和黄凯的关系难道是健康的吗？难道我和他之间燃烧起的那种肉体的激情，是一种真正与感情相融合并无可挑剔的吗？我难道不是出于对爱情的失望，在爱情消失的情况下去渴望抓住爱情的稻草吗？我难道是冷静的吗？肯定不是。我想，一定是邓方使我太失望，而我为了不至于太过绝望，突然之间迸发了这种激情。但是后来，是的，在后来我明白了这里面的奥妙。如果我是一座花园，那么我只是独自开放的。黄凯他并没有离婚，他欺骗了我，但他似乎就是有一种魔力，使我离不开他，每一回我打算离开他，他只要暗施小计，我就心软了。

我照例把我的车给了他，我还送了他手表、各种名牌的衣服。因为这些东西他都没有，他都想要，我就都给了他。我没料到我会处于一种这样的境地，我就好像处于一种夹缝地带，我不能向左，也不能向右。我当然已不能重回到邓方的身边，我无法谅解他的背叛。但这时候出了一件事，出了一件我既无法原谅他也无法原谅我自己的事，那就是，我们的孩子死了。"胡岚说。

"我开始发现陈查理好多事情都瞒着我，"徐天心说，"在香港，每个月我只有一半的时间才能和他在一起，但他对送我去美国留学的承诺一直没有实现。不久，他突然病了，他是在香港病倒的，经检查他的血检呈阳性！他是一个艾滋病患者！他和我一下子都受到了最大的打击，而我，也去进行了血检，发现我的血也是阳性，也就是说，我也已成了一个艾滋病病毒携带者，只是我还没有发病。我一下子愣住了。这是谁在对我惩罚？这是不公平的，这肯定是不公平的，我想，这与我无关。陈查理发病了，他病得不轻，很快他就瘦了下来。他被送回美国治病了。在他回去之前，我问他，是谁让他染上了艾滋病。他想了想，说可能是他的一个哥伦比亚籍情人，一个火热的哥伦比亚女人。我想打他，但我想这没用，我和他还没有结婚，他的钱我无法共享，他去了美国，我答应和他一块儿去，因为有一个人发明了'鸡尾酒疗法'，可以治这种艾滋病，后来，我悄悄地把他在香港公司的一些钱转移到了一个账号上，也去了美国。我们在芝加哥碰面，他快死了。他对我有愧疚，他把他的财产一部分留给了母亲，一部分给了他的一个弟弟，还给了我一百二十五万美元。可我明白，我要这一百二十五万美元一点用也没有。我采用了'鸡尾酒疗法'，据说，这种疗法对艾滋病病毒携带者还有用，我还没有发病，但陈查理死了。我承认我对他有些感情，在我上半身还没有变成石头的时候，我的上半身对他产生了感情，毕竟是他改变了我的生活。他死了，死的时候我在场，我忘不了他那无力和悲哀的眼神。他的身体完全垮了，到处都是溃疡，骨瘦如柴。他死了……埋葬了他，我一个人跑到了肯塔基乡下，在那里租了一套房子，那是身处半山的房子，我就住在那房子里，我什么人也不想见，我要一个人生活一段时间。我还太年轻，但我好像已经历了所有的事情。我的心是沧桑的，形同老人。"

"夏商周对我说，必须前进，可往哪里前进？到哪里去？他答不上来。我不想前进了。我要回家。我说，我要回家。我为什么要回家，因为我喜欢上了另一个人，他叫田阳，他是一个警察，他喜欢听我的歌，但是他死了，他在追捕凶犯时牺牲了，我很难过。但是这个时候，我的歌开始在北京走红了，这是在我的主打歌进入了一些排行榜之后，有人喜欢我的歌，我走红了。我的磁带发行了很多盘，可我想回家了。我哪儿也不想去，我不想在路上，我想回家了，我要做个好女人，我动员夏商周也回去。我们还是一起回家吧，我说。不，他说我决不回去。你真的决不回去？我问他，他说是，我决不回去。你看我挣的这些钱，我为什么要回去？他掏出一大把百元券，我不回去。那我回去了，我说。可是你为什么要回去，他焦急地问我，你过去是一个地下歌手，现在你有名了，你可以一直唱下去，直到获得你要的一切。

我摇了摇头，不，我要回家，我要逃走。我是肯定要回家的。于是我就悄悄地一个人回家了，我要从所有人的记忆中消失。消失，是我的最好方式。"方可欣说，"因为，田阳也消失了，消失在大气里了。"

"他们开着吉普车向对方撞去，他们都没有死，两个人都受伤了。吴浪受的伤重一些，而迟斌受的伤轻一些。我认为这是一件荒唐的事情，我无法不说这太荒唐，我知道这件事，我把他们说了一顿。这的确太荒唐。迟斌知道我真正爱的是吴浪，他走了。他不会再回到我身边。我呢？我爱着吴浪，我明白了这一点，我打算和吴浪一起生活，让他重新振作。我看见他的眼睛里重新有了亮光，过去我没看见过这种亮光，现在，我又看见它了，这说明他在好转。他说：车子相撞的一刹那非常激动，我以为我要死了。我好像突然听到了一个声音，那个声音一定是你的声音，告诉我为什么我会听到你的声音。我问他：是什么样的声音？他说，那是一种非常温柔的声音，告诉我生活是美好的声音。我从此以后要好好活着了。是的，我们从此以后要好好活着了，我们要成立家庭，生儿育女。我决定从北京回来，我要在乌鲁木齐找一家医院工作，我想我决定了。"张丽说，"生活中平静的一面，在经历了波折之后，在我们之间展开了。"

"我死了。现在，是我的灵魂在对你们说话。我真的死了吗？我的灵魂在空中飘荡，我的确死了，因为我明白既没有天堂，也没有地狱，我就停留在中间地带。在后来，发生了一件事，发生了一件叫我一生悔恨的事。我和邓方生的孩子死了。他是被闷死的，他才一岁多一点，他就闷死在床上了，闷死在被子里了，这种事情发生得太荒唐。保姆回家了，说好邓方看管他，而邓方和他的情人约会没有回家，第二天，邓方回到家中，发现他已经死了。就是这样，为什么我们的生活乱糟糟的？一定是哪里出了问题，肯定是这样，有个地方出了问题。本来一切都很好，我们可以生活得很幸福，可有一双大手把一切都弄乱了。我受不了这一点，我突然醒悟了，我觉得我有责任，我是孩子的母亲。我在邓方和黄凯两个人那里都得不到爱，于是，我从楼上飞了下来。那是八楼，我飞下来到了中间时，我的灵魂就脱离了我的身体，然后就看见我的身体掉了下去，摔在了地面上，发出一声闷响。我看见一些人围过来，他们在围着我的身体说话，但我听不见他们说些什么。人的灵魂一旦与肉体分离，是听不见人说话的，我的灵魂就这样在半空之中飘着，我知道我会永远这样飘着，告诉你一个女人灵魂没有着落的故事。你们看不见我，我就像空气，与你擦身而过，我死了，其实一直都是我的灵魂在向你说话，给你留言。"胡岚说。

"女人是一座花园，但是这花园不一定是芬芳的，要你自己去发现这种芬芳，我后来自己发现了它。"张丽说。

"女人要成为一座独立的花园，要自我呈现、自我美丽、自我开放、自我欣赏。我现在还在路上，我的所有的想法都还没有实现，但我想我会的。"梁盈说。

"我现在已变成了一个石头女人，在美国肯塔基州的一处石山的半山腰的一幢房子中，我雇了一个快活的黑人女人做女佣，我现在孤独一人，我还没有发病。我会发病的。但我内心已平静。我生活过就够了，你们说对不对？我生活过，我死了，也没有什么。我后来发现我的脖颈以下都变僵硬了，我变成了一个石头女人。但我的头还是好的，我可以回忆，可以说话，可以思考。我想有一天，也许连我的大脑也会变成石头，但那一天还没有到来。我不需要怜悯，这都是命运，每一个人都有自己的轨迹，如同波浪，如同飞鸟的弧线，如同喷泉和花园。"徐天心说。

"我消失了，你们谁也找不到我，我在自己成名之后回家了，我消失了，我想我的心情很一般，我有退有进，我回家了。回家非常好，我回家后就消失了。"方可欣说，"因为田阳也消失了。"

"每一个女人都是一座花园吗？每一座花园都有荣有枯吗？"胡岚说，"每一条道路都有尽头吗？每一条河流都会流很久吗？每一个人都要回家吗？每一只鸟都要留下弧线吗？每一段波浪都要成为碎片吗？每一个喷泉都会干涸吗？每一次飞翔都会降落吗？每一颗种子都会生长吗？每一扇门都会关闭吗？每一个黑夜都会在白昼的枝条上盛开吗？每一句话，一旦它说出，它就会随风飘散吗？"